Everest[126]
Das letzte Element

MOUNT EVEREST im Winter: Eisige Winde peitschen über den Gipfel, die Temperaturen liegen permanent unter minus zwanzig Grad, Lawinen sind eine ständige Bedrohung, in Gletscherspalten lauert der Tod.

Die Extrembergsteigerin Gilda Hunt weiß, dass sie auch unter diesen extremen Bedingungen den Berg der Berge ein zweites Mal besteigen muss. Denn *Big E* hütet einen Schatz, der sie in eine andere finanzielle Liga katapultieren würde – aber nicht nur sie. Ihrem Team schließen sich zwei Wissenschaftler an, die in einem erbitterten Konkurrenzkampf stehen. Geht es ihnen um das rätselhafte Element 126, dessen Entdeckung den Nobelpreis bedeuten würde? Und welche dunklen Ziele verfolgen die skrupellosen Finanziers der Expedition? Die Antworten liegen auf über 8000 Metern in der Todeszone ...

CORDT COEHNE ist nicht nur Thriller-Autor, sondern auch Arzt, der an der Entwicklung neuer Medikamente gegen seltene Erkrankungen mitgearbeitet hat. Mit einer Vorliebe für Reisen in exotische Länder, einem Faible für die Geheimnisse der Naturwissenschaften und inspiriert durch seine Erlebnisse am Mount Everest hat er den Science Thriller »Everest[126]: Das letzte Element« geschrieben. Coehne lebt mit seiner Familie und drei Katzen in der Nähe von Berlin.

Mehr zum Autor: www.cordt-coehne.de

CORDT COEHNE

EVEREST[126]

DAS LETZTE ELEMENT

THRILLER

Bibliografische Information der Deutschen Nationalbibliothek:
Die Deutsche Nationalbibliothek verzeichnet diese Publikation in der Deutschen Nationalbibliografie; detaillierte bibliografische Daten sind im Internet über http://dnb.dnb.de abrufbar.

© 2025 Cordt Coehne
Mehr zum Autor: www.cordt-coehne.de
Lektorat: Dr.Tanja Lampa (www.tanja-lampa.de)
Korrektorat Nadjenka Borch (www.strichpunktstrich.de)
Umschlaggestaltung & Illustration: Agentur Guter Punkt, München (www.guter-punkt.de), unter Verwendung eines iStock Fotos / Getty ImagesTM

Verlag: BoD · Books on Demand GmbH, In de Tarpen 42, 22848 Norderstedt, bod@bod.de

Druck: Libri Plureos GmbH, Friedensallee 273, 22763 Hamburg

ISBN: 978-3-7597-9351-5

»Wir suchen nach der ›Insel der Stabilität‹, weil sie da ist, wie der Mount Everest. Aber wie beim Everest gibt es auch hier tiefe Emotionen, die die wissenschaftliche Suche nach der Prüfung einer Hypothese durchdringen. Die Suche nach der magischen Insel zeigt uns, dass Wissenschaft weit entfernt von Kälte und Berechnung ist, wie viele Menschen annehmen, sondern voller Leidenschaft, Sehnsucht und Romantik.«

Oliver Sacks, »The Island of Stability«

The New York Times, 8. Februar 2004

(dtsch. Übersetzung)

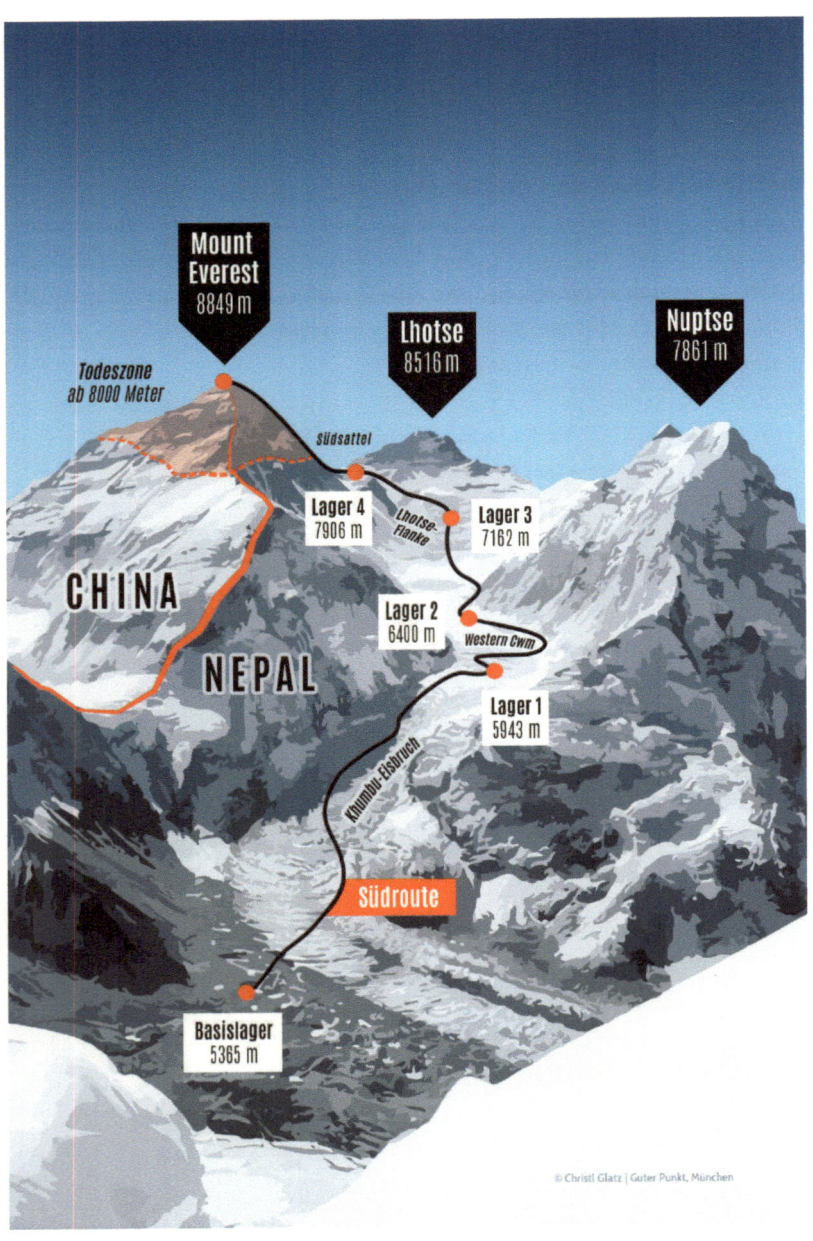

Lageskizze Mount Everest & Khumbu-Eisbruch

KAPITEL 1

»Yeah, wir haben den Bastard erledigt!«

Gilda Hunt reckte ihren Eispickel triumphierend in die Strahlen der tief stehenden Sonne und sank im Pulverschnee auf die Knie, um sich herum ein Meer aus bunt flatternden Gebetsfahnen, die eine Kuppe von der Größe eines Billardtisches bedeckten. Sie hatte soeben den letzten der *Seven Summits* bezwungen, 8849 Meter, aufgetürmt aus Felsen, Eis und Schnee. Sie riss sich die Atemmaske vom Gesicht und kleine Dampfwolken stiegen auf, die in der kalten Luft sofort zu Eiskristallen gefroren. Ihr Herz raste, ihr Atem kam nur noch stoßweise. Sie schob ihre Schneebrille hoch und schaute sich blinzelnd um.

Vor ihr breitete sich ein Bergpanorama von märchenhafter Schönheit aus. Bis zum Horizont reichten die mit ewigem Schnee bedeckten Gipfel, die teils schon im Dunkeln lagen. Tränen nie gekannter Freude liefen ihr die Wangen herunter und ein unbeschreibliches Gefühl der Euphorie und Dankbarkeit durchströmte sie. Die Entbehrungen und Strapazen der letzten Tage und Wochen, die Ängste und Zweifel, die sie geplagt hatten, die ewigen Streitereien mit anderen Bergsteigergruppen, all das war vergessen. Einzig dieser Augenblick zählte. Sie stand endlich auf dem Gipfel aller Gipfel. Wenn ihr Vater davon erfahren würde – er wäre zum ersten Mal stolz auf sie. Vielleicht.

»Wir haben es geschafft«, keuchte der Mann in dem roten Daunenanzug, der mit rasselndem Atem herangeschlurft kam. Er ließ sich neben ihr erschöpft auf die Knie fallen und schob seine Kapuze zurück. Er lächelte Gilda müde an. »Der letzte der sieben Hügel. Hartes Stück Arbeit.« Er beugte sich zu einer der Gebetsfahnen hinunter und küsste sie.

Gilda legte den Arm um die Schultern ihres Kameraden. »So ist es, Ian. Heute Abend liegt uns die Welt zu Füßen. Wir sind *ganz* oben!«

Schweigend saßen sie da, ausgepumpt, todmüde, aber überglücklich. Gilda wischte sich die gefrorenen Tränen von den Wangen. Dieser einzigartige Moment gehörte nur ihr allein.

Sie blickte nach Westen, wo die untergehende Sonne den Berg in ein Licht wie aus flüssigem Gold tauchte. Nach Osten hin, dort, wo die Bergrücken Tibets nur noch schemenhaft zu erkennen waren, warf die Gipfelpyramide einen langen, düsteren Schatten auf die Wolkendecke. Die Nacht senkte sich langsam herab, und erste Sterne funkelten matt am Himmel. Wie gerne würde sie hier auf dem Gipfel des Mount Everest noch verweilen, und sei es für eine Ewigkeit.

Ein Knistern in ihrem Funkgerät, das an der Schulterschlaufe ihres Rucksacks befestigt war, riss sie aus ihren Gedanken. Sie drückte die Sprechtaste. »Hallo, Basislager? Seid ihr das? Könnt ihr mich hören? Hier ist Gilda, und neben mir sitzt der etwas müde Ian Sanders. Wir befinden uns auf dem höchsten Punkt dieses Planeten!«

Für einen Moment war es still, dann knackte es und eine Stimme drang aus dem Funkgerät. »Na endlich meldet ihr euch. Wir haben uns schon Sorgen gemacht. Aber erst einmal herzlichen Glückwunsch. *Great job!* Wie geht es euch? Seid ihr okay?«

»Ja, Harold, alles prima. Wir sind etwas spät dran, aber wir machen uns gleich auf den Rückweg ins Lager 4.« Sie zögerte einen Augenblick lang. »Wir packen das schon. Bestimmt. Ich melde mich wieder, wenn wir auf dem Südsattel sind.«

»Alles klar! Wir drücken euch beide Daumen! Und tut uns einen Gefallen: beeilt euch. Der Wetterbericht sagt für die nächsten ein bis zwei Stunden einen Sturm voraus.«

Sie schaute erneut nach Westen, wo jetzt dunkle Wolkenfelder wie überdimensionierte Wattebäusche in Richtung Everest herantrieben. Eisige Böen fegten über den Gipfelbereich und wirbelten den Schnee in einem eisigen Tanz auf. Ihr Magen krampfte sich zusammen.

»Ja, da kommt was auf uns zu. Sieht nicht so gut aus. Aber wenn die Front den Gipfel erreicht, liege ich bestimmt schon in meinem Schlafsack.«

Hoffentlich, fügte sie in Gedanken hinzu.

»Wir drücken euch beide Daumen – und kehrt gesund zurück!«, krächzte die Stimme.

»Machen wir, Harold. Morgen Nachmittag sind wir bei euch im Basislager. Stellt schon mal den Champagner kalt.«

Sie schaute auf die Uhr. Sie könnten Lager 4 in zwei bis drei Stunden erreichen, wenn alles gut lief. Dort standen ihre Zelte, die ihnen Schutz vor dem Sturm böten, und neue Sauerstoffflaschen gab es dort auch. Falls sie es doch nicht rechtzeitig schaffen sollten – sie kannte nur allzu gut die Geschichten von Bergsteigern, die zu spät mit dem Abstieg begonnen hatten.

»Lass uns umkehren!«, rief Gilda Ian gegen den immer stärker werdenden Wind zu und stand auf. »Ich will nicht im Dunkeln absteigen und womöglich in China landen.« Sie stupste ihren Partner an, der apathisch im Schnee hockte. »Los jetzt! Wenn du hier nicht festfrieren willst, stehst du besser auf!« Ian nickte. Er erhob sich schwerfällig, setzte seine Atemmaske auf und stolperte auf den Grat zu, den sie vor mehr als einer Stunde erklommen hatten.

Gilda stapfte ihrem Kletterpartner durch den verharschten Schnee hinterher. Ihr Blick fiel kurz nach Westen, wo sich die Wolken mittlerweile zu einer schwarzen Wand auftürmten und immer schneller auf sie zukamen. Sie erschrak. Es würde keine halbe Stunde mehr dauern, bis hier oben die Hölle losbrach. Sie mussten deutlich schneller gehen, wenn sie nicht in ein tödliches Inferno geraten wollten. Zur Not mussten sie biwakieren. Was das bedeutete, hatte ihr Harold einmal erzählt. Er war vor einigen Jahren mit drei Bergsteigern auf der Annapurna von einem Schneesturm überrascht worden und hatte in siebentausend Meter Höhe übernachten müssen. Ohne Zelt, ohne Kocher. Am nächsten Morgen war er der einzige Überlebende gewesen. Das würde ihr nicht passieren. Sie war bisher mit jeder Situation fertiggeworden.

Sie blickte nach vorne. Wie ein Betrunkener torkelte Ian den Abhang hinunter, ohne darauf zu achten, wohin er trat.

»Hey! Bleib stehen!« Mit ein paar Schritten war Gilda bei ihrem Partner und packte ihn an beiden Schultern. »Was ist los mit dir?«

Er starrte sie aus glasigen Augen an, seine vereiste Atemmaske baumelte um seinen Hals.

Erst jetzt begriff sie. Ihr Partner hatte keinen Sauerstoff mehr. Sie nahm ihre Maske ab und setzte sie ihm aufs Gesicht. Es dauerte ein paar Sekunden und das Leben kehrte in ihren Gefährten zurück. Gierig atmete er die Luft ein und streckte beide Hände hilfesuchend nach Gilda aus.

»Schön ruhig. Es wird alles gut! Einfach weiter tief einatmen.«

»Sinnlos. Meine Flasche ist leer«, keuchte er unter der Maske. »Ich kann nicht mehr. Geh allein weiter.«

»Kommt gar nicht infrage! Du klinkst dich bei mir ins Kurzseil ein. Wäre doch gelacht, wenn wir es nicht bis ins Lager 4 schaffen!«

Sie ließ Ian ein paar Atemzüge nehmen, dann setzte sie ihre Maske wieder auf. Das sah nicht gut aus. Der Abstieg allein war schon schwierig genug, aber mit ihrem angeschlagenen Partner war er fast unmöglich. Sie würden bei diesen Wetterverhältnissen mindestens drei bis vier Stunden brauchen, um den Südsattel zu erreichen, wahrscheinlich sogar länger.

Entschlossen setzte sie ihren Rucksack ab, holte eine Kurzseilsicherung heraus und klinkte den Karabinerhaken in eine Hängeöse an Ians Klettergurt ein.

»Ich gehe voran, du folgst mir!«, schrie sie gegen den Sturm an. »Wenn du nicht mehr kannst, ziehst du kurz am Seil. Klar?«

Statt einer Antwort formte ihr Partner Daumen und Zeigefinger zum Okay-Zeichen und taumelte zwei Schritte vorwärts. Der Sturm wurde immer heftiger. Eiskalte Böen peitschten Gilda ins Gesicht und ließen die Haut gefrieren. Die Finger in ihren Handschuhen wurden langsam gefühllos. Die zunehmende Dunkelheit beschränkte die Sicht auf nur wenige Meter und der Weg vor ihnen war nur noch schemenhaft erkennbar. Ein Schritt zu weit nach rechts oder links und sie würden beide in den Abgrund stürzen. Vorsichtig suchte sich Gilda ihren Weg entlang des Grats, den Kopf vorgebeugt, um dem Sturm möglichst wenig Angriffsfläche zu bieten. Sie schaltete ihre Stirnlampe ein. Millionen von Eiskristallen wirbelten im Lichtschein umher und bohrten sich schmerzhaft in ihr Gesicht. Ihr Herz hämmerte und die Luft, die sie einatmete, kam ihr vor wie ein dünnes, energieloses Gas. Jeder Meter, den sie zurücklegte, kostete sie ungeheure Anstrengung, und alle zwei, drei Schritte musste sie innehalten, um neue Kraft zu schöpfen. Minute um Minute quälte sie sich so vorwärts.

Plötzlich spürte sie einen kurzen Ruck am Seil. Sie drehte sich um und sah, dass Ian stehen geblieben war. Er sah fürchterlich aus. Die Kapuze seiner Daunenjacke war zurückgeschoben, der schneebedeckte Kopf sah aus wie ein Totenschädel, aus dessen leeren Augen ein wirrer Blick ziellos umherwanderte. Seine Hände, weiß wie Marmor, hingen leblos herunter. Er trug keine Handschuhe mehr.

»Oh mein Gott!«, schrie Gilda. In diesem Zustand konnte er unmöglich weitergehen. Sie kämpfte sich gegen den Wind zu Ian zurück, nahm ihn in den Arm und drückte ihm ihre Atemmaske auf das Gesicht. Für einige Minuten standen sie eng umschlungen da, ein einsames Paar, gefangen in einem Schneesturm auf dem Gipfelgrat des Everest.

»Gilda«, lallte Ian. »Tanzen! Frühling! Die Bäume, sie blühen!« Er streckte seine erfrorenen Hände in den Nachthimmel und versuchte, die umherwirbelnden Schneeflocken zu fangen.

Angst stieg in ihr auf. Ihr Gefährte befand sich schon in einer anderen Welt. »Nein, es ist nicht Frühling, und wir werden auch nicht tanzen. Hak dich bei mir unter, dann suchen wir uns ein schönes warmes Plätzchen für den Rest der Nacht. Okay?«

Sie klinkte die Kurzseilsicherung aus dem Gurt ihres Gefährten aus, um mehr Bewegungsfreiheit zu haben, und verstaute das Seil in ihrem Rucksack.

Als sie sich Ian wieder zuwandte, taumelte dieser auf den Rand des Grats zu, wo die Südwestwand des Everest über tausend Meter steil abfiel.

»Neeein! Bleib stehen!«

Ian hob die Arme, schwang sie hin und her, bewegte sich und eine imaginäre Tanzpartnerin mit kreisenden Bewegungen auf den Abgrund zu. Für einen kurzen Augenblick hielt er inne und blickte Gilda verklärt an. Dann verschluckte ihn die Nacht.

KAPITEL 2

»Nein! Oh mein Gott, bitte nicht!«

Gilda sank auf die Knie und vergrub das Gesicht in beiden Händen. Sie hatte gerade ihren besten Kameraden verloren und würde selbst hier oben sterben, wenn nicht bald ein Wunder geschah. Ihre Tränen gefroren im eiskalten Wind und erinnerten sie schmerzhaft daran, wo sie sich befand. Sie musste schnell handeln.

Auf allen vieren kroch sie auf die Stelle zu, wo ihr Gefährte abgestürzt war. Sie blickte nach unten in den Abgrund, in eine von Schneeflocken durchtanzte Schwärze.

Nichts.

Sie schob sich vorsichtig vor. Noch ein Stück weiter und sie würde unweigerlich denselben Weg wie Ian nehmen. Das Licht ihrer Stirnlampe reichte nur ein paar Meter hinunter, aber sie konnte einige Vorsprünge erkennen, die aus der Wand herausragten. Angestrengt suchte sie immer wieder die Umgebung ab. Wo war er?

Dann entdeckte sie ihn. Er lag regungslos ein Stück tiefer auf einem Felsvorsprung, sein linkes Bein hing verdreht über dem Abgrund.

Auch wenn es auf den ersten Blick nicht so aussah, könnte er den Sturz doch überlebt haben. Sie würde absteigen, Ian ihren restlichen Sauerstoff geben und ein notdürftiges Biwak einrichten. Am Morgen würde sie Hilfe holen und Ian ins Basislager bringen. Ein Hubschrauber könnte ihn dann nach Kathmandu ausfliegen.

Im gleichen Augenblick wurde ihr klar, wie absurd ihre Gedanken waren. Niemand würde ihren Freund retten. Und trotzdem – sie würde ihn nicht so liegen lassen. Das schuldete sie ihm.

Gilda sah sich die Wand unter ihr genauer an, um einen möglichen Weg nach unten zu finden. Es gab einige vereiste Felsvorsprünge, die sie nutzen könnte, aber es war ein Abstieg auf Leben und Tod. Ohne Sicherung, ohne Seil; ihr bergsteigerisches Können war die einzige Versicherung, die sie hatte.

Egal. Zunächst musste sie das Basislager informieren. Sie drückte die

Sprechtaste ihres Funkgeräts. »Gilda Hunt an Lager 1. Könnt ihr mich hören?«

»Gi...a! Wo ... ihr?«, kam es abgehackt aus dem Lautsprecher.

»Ian ist –«, sie stockte. »Er ist abgestürzt. Er liegt in der Südwestwand.«

»Lebt er no...?«

»Ich ... ich weiß es nicht. Also vielleicht, ja bestimmt sogar! Ich klettere zu ihm runter.«

»Das ist sinnl... Geh allei...!«

»Nein! Ich bleibe!« Sie schaltete das Funkgerät ab. Es war egal, was das Team im Basislager ihr riet. Hier oben war sie auf sich allein gestellt, und niemand konnte ihr oder Ian helfen.

Sie kroch am Rand des Grats entlang, bis sie eine Stelle gefunden hatte, die ihr für den Abstieg günstig erschien. Sie legte sich auf den Bauch und schob sich langsam mit den Füßen voran über die Kante hinab, während sie gleichzeitig mit den Steigeisen Halt in der Wand suchte. Als sie eine sichere Stelle fand, schlug sie den Pickel ins Eis, hielt sich an ihm fest und ließ sich ein Stück weiter nach unten gleiten.

So bewegte sie sich vorsichtig abwärts, während der Sturm über sie hinwegraste. Immer wieder schaute sie in die Tiefe, um sich zu vergewissern, wo Ian lag. Sie war vielleicht noch zwei Meter von ihm entfernt, als sich ihr Eispickel langsam, aber sicher aus der Wand löste. Sie spürte, wie sie den Halt verlor.

Es war aus, sie hatte versagt. Sie schloss die Augen und wartete auf den Absturz. Der Pickel rutschte vollständig aus dem Eis und sie glitt ins Leere.

KAPITEL 3

Der Aufprall auf Ian war hart.

Auf einen Schlag wurde alle Luft aus ihrer Lunge gepresst und ein stechender Schmerz durchfuhr ihren Körper. Sie schrie auf wie ein tödlich getroffenes Tier. Für einen kurzen Augenblick spürte sie, wie der Sturm mit voller Wucht gegen den Everest anraste und wütend an ihrem Daunenanzug riss, dann wurde um sie herum alles dunkel.

Als sie wieder zu sich kam, war der Wind abgeflaut und es schneite nicht mehr. Über ihr spannte sich ein klarer Himmel, an dem die Sterne kalt funkelnd ihre Bahn zogen. Die Nacht war von einer unglaublichen Leere. Sie fühlte ein dumpfes Pochen in den Knien, Schmerzen durchzuckten sie wie Blitze bei jedem Atemzug. Wahrscheinlich hatte sie sich einige Rippen gebrochen. Mühsam richtete sie den Oberkörper auf, stützte sich auf den Unterarmen ab und schaute sich um. In wenigen Kilometer Entfernung sah sie den weißen Gipfel des Lhotse, in der Tiefe das Western Cwm, das Tal des Schweigens, und den Khumbu-Eisbruch. Sie drehte den Kopf zur anderen Seite und erkannte, dass sie auf einem schmalen Felsvorsprung gelandet war, der unter einem Überhang weiter in die Wand reichte.

Ein idealer Biwakplatz, schoss es ihr durch den Kopf. Hier könnten sie die Nacht halbwegs sicher verbringen.

Ian!

Gilda rollte sich von dem Körper unter ihr herunter und fegte den Schnee vom Gesicht ihres Kameraden. Sie schrak zurück. Seine Augen starrten sie ausdruckslos an.

Ian war tot.

Sie schluchzte kurz auf. Musste sie jetzt auch auf dieser einsamen Felseninsel sterben? War das die Belohnung für die letzten Jahre voller Strapazen, Anstrengungen und Entbehrungen?

Gilda atmete einmal tief durch, noch hatte sie genügend Luft in ihrer Sauerstoffflasche. Sie kniete sich hin und legte den Kopf in den Nacken. Sie starrte zur Kante hoch, von der sie abgerutscht war. Resigniert ließ sie die Schultern hängen. Über ihr ragte eine schwarze Wand aus Stein und Eis empor, deren Ende sich im Dunkel verlor. Ohne Seil auf den Grat zurückzuklettern, war fast unmöglich, und die Südwestflanke des Everest hinabzusteigen, war ein sicheres Todesurteil. Sie legte sich wieder auf den Rücken und starrte in den nachtschwarzen Himmel.

Sie dachte daran zurück, wie Ian und sie sich für eine von der BBC gesponserte Expedition beworben hatten, die nach marinen Fossilien auf dem Berg suchen sollte, nach versteinerten Zeugen dafür, dass der Gipfel einst in einem tropischen Meer gelegen hatte. Mit Charme, Überzeugungskraft und dem Verweis auf ihre Kletterkarriere hatte es Gilda ins Team geschafft – als einzige Frau.

Es war ein schneearmes Jahr und der Fels lag an vielen Stellen frei. Als Ian auf Höhe des Gelben Bandes mit seinen Steigeisen eine Gerölllawine lostrat, legte er dabei eine Steinplatte mit dem komplett erhaltenen Skelett eines *Isotelus rex*, einem fünfzig Zentimeter großen Trilobiten, frei.

Volltreffer!

Noch am selben Abend verschickte sie per Satellitentelefon eine Meldung über den Fund, zusammen mit einem Foto des Fossils. Am nächsten Tag verkündeten internationale Boulevardzeitungen die Sensation auf ihren Titelseiten.

Und jetzt? Sie würde hier oben ihr Leben lassen. Ihr ständiger Kampf, der ganzen Welt beweisen zu müssen, wie erfolgreich sie war und dass sie als Frau mehr leistete als jeder Mann, war endlich vorbei. Ihr Vater und ihre Brüder würden sich bei der Meldung ihres Todes bestätigt fühlen. Vertreterinnen des schwachen Geschlechts gehörten ihrer Meinung nach nicht auf den Everest, sie sollten nicht als Investmentbankerinnen arbeiten, sie sollten nicht mit Männern konkurrieren. Sie sollten vielmehr das tun, was man von ihnen erwartete: zu Hause bei den Kindern bleiben und auf den Ehemann warten.

Sie hatte keinen Ehemann, kein Zuhause – und keine Kinder.

Ein Gefühl tiefen Friedens durchströmte sie und sie schloss die Augen. Nichts mehr müssen. Nichts mehr wollen. Einfach aufhören zu sein. Der Tod war ihr ein willkommener Gast.

KAPITEL 4

»Gilda, melde dich!«

Die Stimme kroch in ihr sauerstoffhungriges Hirn und rief für einen Augenblick Erinnerungen an eine ferne Welt wach, in der sie einmal gelebt hatte. Wer sprach da? Ian? Lebte er noch?

»Verflucht, hier ist Harold. Wir machen uns große Sorgen um euch! Bitte kommen!«

Das war nicht Ian, sondern ihr Expeditionsleiter Harold Curtis. Aber warum konnte sie ihn nicht sehen?

»Gilda, ich weiß, dass du mich hörst. Dein Funkgerät ist eingeschaltet. Wenn du nicht sprechen kannst, drück zweimal die Sprechtaste.«

Welches Funkgerät? Ach ja, das hatte sie doch ... Ihr Gehirn arbeitete im Zeitlupentempo. Unendlich langsam tastete sie die rechte Hälfte ihrer Daunenjacke ab, bekam einen unförmigen Gegenstand zu fassen und hielt ihn dicht vor den Mund. »Haaroold?«

Als Antwort kam nur ein leises Zischen, gefolgt von einem Hauch, der eisig in ihre Nase stieg. Sie schnappte nach Luft und sofort zerteilte sich der Nebel in ihrem Kopf. Sie blickte auf ihre Hand. Das war nicht das Funkgerät, sondern ihre Atemmaske, aus der gleichmäßig Sauerstoff strömte.

Luft!

Reflexartig zog sie sich die Maske über das Gesicht und sog begierig das lebensspendende Gas ein. Innerhalb weniger Sekunden war sie hellwach.

»Gilda, was ist los bei euch?«

Das verfluchte Funkgerät! Wo war es?

»Harold, lass es sein«, hörte sie eine zweite Stimme. »Es hat keinen Zweck mehr. Wahrscheinlich ist sie schon tot.«

Wo steckte das Ding? Panisch tastete sie ihre Jacke ab. Nichts.

»Einen Versuch noch, Ray«, hörte sie Harold zu jemandem sagen. »Das sind wir ihr schuldig.«

Sie schloss die Augen und versuchte sich darauf zu konzentrieren, aus welcher Richtung die Stimmen kamen. Sie musste es schnell herausfinden, sonst ...

»Basislager an Gilda, bitte melde dich endlich!«

Das kam direkt von unterhalb ihres Kinns. Entschlossen griff sie dorthin – und bekam die Sprechtaste zu fassen. »Gilda Hunt an Basislager. Ich lebe!«, keuchte sie ins Mikrofon.

»Mein Gott, du bist es tatsächlich!«, jubelte Harold. »Du glaubst gar nicht, wie erleichtert wir sind! Wir versuchen seit Stunden, Kontakt mit dir aufzunehmen. Ray hatte dich schon abgeschrieben. Nimm die Maske ab, damit wir dich besser verstehen können.«

Natürlich. Sie nahm ein paar tiefe Atemzüge und streifte die Sauerstoffmaske ab. Ihr wurde wieder schwindelig und die Umgebung verschwamm vor ihren Augen.

»Harold, ich stecke in der Klemme. Ich hocke hier auf einem Vorsprung irgendwo in der Südwestwand und komme nicht weiter. Ich habe mir die Rippen gebrochen, habe kaum noch Sauerstoff und nichts mehr zu trinken. Bis auf meinen Eispickel und einen Biwak-Rucksack bin ich so gut wie nackt. Sieht ziemlich übel für mich aus.«

»Stimmt doch nicht. Nackt machst du eine noch viel bessere Figur!«, hörte sie aus dem Hintergrund Raymond Anderson, den Lagerarzt, witzeln.

So ein Idiot.

»Was ist mit Ian?«, fragte Harold.

Sie spürte, wie sich der Nebel wieder in ihrem Kopf ausbreitete und mit ihm das Gefühl unendlicher Gleichgültigkeit. Ihr wurde warm und sie zog den Reißverschluss ihrer Jacke ein Stück weit auf.

»Ian? Ach ja. Der ... ist tot. Abgestürzt. Liegt neben mir.«

Einen Moment lang herrschte Stille, nur Rauschen drang aus dem Funkgerät.

»Das ist nicht wahr! Unmöglich.«

»Dooch. Er ist toot, mausetoot«, lallte Gilda. Sie fühlte, wie die graue Wolke in ihrem Kopf immer größer wurde und langsam ihre Gedanken erstickte. Gleichzeitig wurde sie müde, so müde. Nur noch schlafen, schlafen, schlaf...

»Schätzchen, jetzt reiß dich mal zusammen und penn uns hier nicht weg! Das ist eine ärztliche Anordnung«, kam Andersons Stimme schneidend aus dem Funkgerät. »Setz deine Maske wieder auf!«

Blödmann!

Schwerfällig zog sie die Atemmaske ans Gesicht heran und atmete mehrmals tief durch. Die Schwaden in ihrem Kopf verschwanden und ihre Gedanken wurden wieder klar.

»Ray, ich mag zwar deine Machosprüche nicht, aber der Tipp mit der Maske war echt klasse! Du hast was gut bei mir.«

»Warte lieber ab, bis ich dir meine Abrechnung für ärztliche Leistungen präsentiere.«

Gilda lächelte. Anderson mochte ein Chauvi sein, aber ein sympathischer.

»Hier ist wieder Harold«, hörte sie die Stimme des Expeditionsleiters. Er klang resigniert. »Was können wir für dich tun?«

Gilda schüttelte den Kopf. Sie registrierte die Hilflosigkeit in dieser Frage. Für die Teammitglieder im Basislager hätte sie ebenso gut auf dem Mond sein können. Sie konnten ihr im Augenblick nicht helfen.

»Schickt mir einfach ein Taxi hoch, gut beheizt und mit einem netten Fahrer.«

Ein krächzendes Lachen war die Antwort. »Schön, dass du deinen Humor nicht verloren hast. Kannst du wenigstens da oben biwakieren?«

»Muss ich wohl«, erwiderte Gilda. »Der Vorsprung scheint weiter in die Wand hineinzureichen. So eine Art Vertiefung.«

»Richte dich dort ein, so gut es geht. Wenn es hell wird, schicken wir dir vom Südsattel ein Team mit Seilen, Sauerstoff und heißem Tee hoch. Wir holen dich da raus! Versprochen!«

Wenn ich dann noch lebe, ergänzte Gilda in Gedanken und schaltete das Funkgerät aus. Die Wahrscheinlichkeit, in über achttausend Meter Höhe bei minus zwanzig Grad zu überleben, war nicht groß.

Sie kroch auf allen vieren von der Kante des Vorsprungs weg in Richtung Wand, wo im Dunkeln eine Öffnung zu erahnen war. Sie schaltete ihre Stirnlampe an, deren kaltes Licht eine zwei mal drei Meter große Nische im Fels ausleuchtete. Solche Höhlungen waren nicht unbedingt typisch für den Everest, aber die Südwestwand war bisher nur wenige Male durchstiegen und kaum erforscht worden. Sie schob sich weiter in die Nische hinein und spürte, wie der Wind nachließ. Für einen Augenblick kam fast ein Gefühl von Behaglichkeit auf. Möglicherweise hatte sie doch eine kleine Chance, die Nacht in dieser steinernen Behausung zu überleben. Wenn sie sparsam mit ihrem Sauerstoff umginge, könnte sie bis zum nächsten Morgen durchhalten.

Was würden ihre Kollegen in London wohl sagen, wenn sie es nicht schaffte? Die Gedanken schwirrten ihr nur so durch den Kopf.

War doch klar, dass das Püppchen die Tour nicht packt oder *Schade um sie, sah eigentlich ganz gut aus*, vielleicht auch *Das Girlie wusste wohl nicht, dass auf dem Gipfel kein Hotel steht, haha!* Im Extremfall würden einige Typen bedauern, dass man sie auf der nächsten Party nicht als One-Night-Stand abschleppen konnte. Ihr Chef Lloyd Parker würde kopfschüttelnd feststellen, dass der Everest eine Nummer zu groß für sie gewesen war und dass Frauen dort nichts zu suchen hatten. Wahrscheinlich würde er ihre Stelle mit irgendeinem Dummkopf aus der siebten Etage nachbesetzen, womöglich mit diesem Swanson.

Es war so frustrierend und am meisten ärgerte sie sich über sich selbst. Hätten Ian und sie doch den Mut aufgebracht, den Aufstieg rechtzeitig abzubrechen. Es half nichts – wenn sie nicht wollte, dass ihr mit Trauerflor umrandetes Foto im Eingangsbereich der *Beryllium Investment Group* von feixenden Kerlen begafft wurde, musste sie es hier rausschaffen, egal wie.

Sie wandte den Blick nach rechts, wo die Wand eine kleine Biegung machte und in einem dunklen Nichts endete.

Sie erstarrte.

Der Mann vor ihr stierte sie an, den Mund zu einem zynischen Grinsen verzogen. Fordernd streckte er die rechte Hand nach ihr aus.

Ein Entkommen war unmöglich.

KAPITEL 5

Holm Terbergen trommelte mit der flachen Hand auf das Lenkrad des VW Golf und drückte das Gaspedal weiter durch. Er war spät dran. Um zwanzig Uhr sollte er einen Vortrag in der Martinskirche in Darmstadt halten. Im GSI Helmholtzzentrum für Schwerionenforschung, seinem Arbeitsplatz, hatte er mehr als sonst zu tun gehabt. Die finale Abfassung des Versuchsprotokolls zur Überprüfung von Experimenten aus Berkeley und Dubna hatte ihn reichlich Zeit gekostet.

Als er dann um halb acht einen Blick auf die Uhr geworfen hatte, war ihm sein Termin wieder siedend heiß eingefallen. Hastig hatte er seine Sachen zusammengepackt und war zum Parkplatz des Instituts geeilt.

Trotzdem, dieser Tag war für ihn erfolgreich gelaufen. Sein sonst so kritischer Vorgesetzter, Dr. Bäumer, hatte sich nach dem Durchlesen der Versuchsanleitung ein grummeliges »Ordentliche Arbeit, Terbergen« abgerungen.

In ein paar Wochen würde er die Ergebnisse zur Erzeugung von *Livermorium* seinem Chef vorlegen. Das war dringend notwendig, wenn er nicht einen weiteren Karriereknick erleiden wollte.

Vor zwei Jahren hatte er in einem Zeitungsinterview voreilig erklärt, dass bei den künftig erzeugten chemischen Elementen mit deutlich längeren Halbwertszeiten zu rechnen sei. Würde man Atome jenseits der Ordnungszahl 120 herstellen können, so seine These, dann würden die Zerfallszeiten Minuten, Tage oder sogar Jahre betragen. Und in dieser Reihe neuer Elemente würde eins hervorstechen: Nummer 126.

Holm war überzeugt, dass dieses Atom mit seinen »magischen« Zahlen aus 126 Protonen und 184 Neutronen so stabil war, dass es noch irgendwo auf der Erde existierte. Unbihexium, wie es nach seiner Ordnungszahl 126 auf lateinisch-griechisch vorläufig genannt wurde, wartete an einem unbekannten Ort auf seine Entdeckung.

Aber in der Folgezeit waren seine Träume ebenso schnell zerplatzt wie die neu synthetisierten Atome, die bereits nach Millisekunden ihr Leben aushauchten. Seit dieser Zeit nannten ihn die Kollegen hinter vorgehaltener Hand spöttisch »Holmi 126«.

Jetzt musste er zeigen, dass in ihm ein ernst zu nehmender Wissenschaftler steckte und kein Fantast. Wenn ihm das gelang, hatte er Aussicht auf einen Abteilungsleiterposten im neuen Beschleunigerzentrum FAIR, das sich momentan im Bau befand. Dann konnte er in der Anlage endlich Nummer 126 synthetisieren. Bis dahin hieß es arbeiten und nie das Ziel aus den Augen verlieren. Das war er seinem verstorbenen Bruder Claas schuldig.

Der Blitz einer Radarfalle erinnerte ihn daran, dass innerorts die Höchstgeschwindigkeit bei fünfzig Kilometer pro Stunde lag – und nicht bei siebzig. Egal, er musste pünktlich erscheinen, denn heute Abend hieß es, wichtige Karrierepunkte zu sammeln. Sein Vortrag vor einem Laienpublikum hatte sich bei GSI herumgesprochen, weshalb damit zu rechnen war, dass Kollegen unter den Zuhörern sein würden, womöglich sogar Dr. Bäumer.

Vor wenigen Wochen hatte Pastor Camphausen, ein Mann mit schütterem Haar und dem Gesicht eines lebenslustigen Mönches, Holm gefragt, ob er seiner Gemeinde die Schöpfungsgeschichte aus einer anderen Perspektive erzählen wolle. Er war zunächst skeptisch gewesen. *Die Genesis aus der Sicht eines Kernphysikers erklärt? Naturwissenschaft und Glaube?* Die waren doch wie Feuer und Wasser!

Pastor Camphausen hatte geschmunzelt. »Lieber etwas wissenschaftlich angehauchte Religion als gar keine Religion«, hatte er argumentiert. Seitdem die Zahl der Kirchenbesucher in den letzten Jahren immer weiter zurückgegangen war, wollte der Geistliche die Menschen mit Themen locken, die über das Alte und Neue Testament hinausreichten. Holm hatte schließlich zugesagt. Man wusste ja nie, wozu so etwas nützlich war.

Mit quietschenden Reifen bog er in die Heinheimer Straße ein, raste zum Haupteingang der Kirche vor und stellte den Golf direkt auf dem Fahrradweg ab. Es war zwei Minuten vor acht Uhr. Er hastete die Treppenstufen hoch und stieß die Kirchentür auf.

»Und Gott sprach: Es werde Licht! Und es ward Licht.«

Holm stand mit ausgebreiteten Armen am Ende des Kirchenschiffs und schaute in die überraschten Gesichter der Anwesenden, die sich nach ihm umdrehten. Schummriges Abendlicht fiel durch die hinteren Fenster und verbreitete eine stimmungsvolle Atmosphäre. Langsam und etwas außer Atem schritt er zwischen den Bänken nach vorne, bis er an der Treppe zum Altarraum stehen blieb und sich umwandte. Er ließ seinen Blick über die Zuhörer wandern. Nur wenige Plätze waren in der Martinskirche frei geblieben.

In der ersten Reihe saß Pastor Camphausen und lächelte ihm aufmunternd zu.

Holm faltete die Hände vor dem Gesicht, senkte kurz den Kopf und atmete tief durch. Dann richtete er sich zu voller Größe auf und sah die Zuhörer an.

»Guten Abend, meine Damen und Herren! Ich freue mich aufrichtig, dass sich so viele Menschen für eine andere Version der Schöpfungsgeschichte interessieren, nämlich für eine naturwissenschaftliche. Ich bin Dr. Holm Terbergen und arbeite als Kernphysiker am Helmholtzzentrum für Schwerionenforschung, nicht weit von hier entfernt. Vielleicht kennt der eine oder die andere das Institut.«

Holm sah im Dämmerlicht, wie einige Personen nickten.

»Ich möchte Sie auf eine spannende Reise durch die Entstehungsgeschichte der Materie, der chemischen Elemente mitnehmen und bitte um Nachsicht, wenn meine Erzählung nicht immer im Einklang mit der Bibel steht. Der liebe Gott arbeitet schon mit Hochdruck an einer aktualisierten Neuauflage, und wir Kernphysiker werden ihm dabei gerne helfen.«

Einige Zuhörer lachten leise.

»Als es beim Urknall ›Licht‹ wurde, da wurde es auch laut!«, fuhr Holm fort. »Geringfügig lauter als auf der A5 am Frankfurter Kreuz am Freitagnachmittag. Und es passierte noch etwas. Innerhalb einer unvorstellbar kurzen Zeit, binnen einer millionstel Sekunde, wurde aus reiner Energie Materie. Es entstanden Elektronen, Protonen und später Neutronen, die Bausteine von Atomen. Am Anfang war nicht das Wort, sondern der Wasserstoff!«

Ein älterer Herr in einer der vorderen Reihen stemmte sich mühselig von seinem Platz hoch und zeigte auf Holm.

»Junger Mann, Ihre Wissenschaft in allen Ehren. Aber das geht jetzt zu weit. Ich bin gläubiger Christ. So, wie Sie das erzählen, steht das nicht in der Heiligen Schrift!«

Holm hob beschwichtigend die Hand. »Sie haben selbstverständlich recht. So wird das in der Bibel nicht beschrieben. Vielleicht hat ein Mönch im Mittelalter bei der Übertragung vom Griechischen ins Lateinische diese Passage vergessen. Genau deshalb gibt es ja demnächst die überarbeitete Neuauflage.«

Manche Zuhörer lachten wieder, aber es war auch missbilligendes Murmeln zu hören. Der alte Mann schnaubte verächtlich und setzte sich.

»Lassen wir die Mönche mal für einen Augenblick außen vor. Zurück zum jungen Universum. Das dehnte sich für ein paar hunderttausend Jahre aus, während Wasserstoff, Helium und ein bisschen Lithium durch die einsamen Weiten des Alls waberten.«

»Ah, Lithium! Der liebe Gott hat also bei der Schöpfung schon an die Akkus von E-Autos gedacht«, ertönte eine Männerstimme aus dem Publikum.

Holm machte eine Pause und ließ den Blick suchend über die Köpfe der Zuhörer gleiten, konnte den Störenfried im Halbdunkel aber nicht entdecken. Er zuckte mit den Schultern. Mit solchen Reaktionen musste man rechnen.

»Ja, Lithium, das dritte Element im Periodensystem. Sonst passierte damals wenig, außer dass sich das Universum kontinuierlich ausdehnte. Nach einer Weile rückten einige Wasserstoffatome etwas dichter zusammen, fingen an zu kuscheln und formten einen Gasnebel. Was dann geschah, kennt man von Weihnachten, wenn man zu viel gegessen hat – es bildete sich eine kritische Masse. Unter ihrer eigenen Schwerkraft brach die Gaswolke zusammen und Wasserstoffatome vereinigten sich mit brutaler Gewalt zu einem neuen Element: zu Helium.«

»Sich *brutal* vereinigen? Klingt nach Ehe«, erklang die Stimme wieder.

»Oh, Sie scheinen unerfreuliche Erfahrungen gemacht zu haben«, erwiderte Holm. »Schlägt Sie Ihre Frau? Erzählen Sie mehr!«

Die Zuhörer lachten, aber der Ruhestörer schwieg.

»Nun gut, wir sind hier nicht in der Eheberatung, sondern in der Kinderstube des Universums. Als Wasserstoffatome zu Helium fusionierten, war dies gleichzeitig die Geburtsstunde eines neuen Sterns: *A star was born!* Auch unsere Sonne hat so ihr Leben begonnen. Ich will Sie die nächsten vier Milliarden Jahre nicht damit langweilen, wie der Wasserstoff langsam verheizt wurde. Interessanter ist, was sonst so in einer Sonne passiert, denn dort entstehen zahlreiche chemische Elemente.«

»Schwefel zum Beispiel!«, meldete sich der Unruhestifter wieder. »Wo Gott ist, ist der Teufel nicht fern!«

Holm stutzte. Die Stimme kam ihm bekannt vor. War *er* es, der ihn permanent störte? »Zu Luzifer kommen wir später. Tatsächlich entstehen in der Sonne Schwefel, darüber hinaus Elemente wie Sauerstoff, Kohlenstoff oder Stickstoff. Irgendwann ist aber Schluss mit der Kernfusionitis. Bei Eisen hört der Feuerzauber auf, denn Eisen brennt nicht gut.«

»Nanu, wer hätte das gedacht! Ihr Periodensystem endet also mit Rost!«, höhnte die Stimme aus der Dunkelheit.

»Ja, was ist mit den anderen Elementen?«, rief ein Mann mit Hornbrille in der zweiten Reihe. »Blei zum Beispiel. Wo kommt das her?«

Holm hob den Zeigefinger. »Jetzt wird es spannend! Bei der Entstehung der Atome bis zum Eisen wird Energie freigesetzt. Für die Synthese der schwereren Elemente hingegen müssen ungeheure Mengen an Energie zugeführt werden. Die Kraft der Sonne reicht dafür nicht aus. Wenn der erwähnte Teufel uns mit Gold in Versuchung führen will, dann muss er für dessen Herstellung vorher ordentlich schwitzen. Wahrscheinlich ist es deshalb in der Hölle so heiß.«

»Und woher kommt diese Energie?«, fragte eine junge Frau mit Latzhose. »Aus Vulkanen?«

»Aus russischem Gas bestimmt nicht mehr!«, rief der Störenfried mit einem meckernden Lachen.

Holm ignorierte den Zwischenruf. »Die Energie und der Druck eines Vulkans reichen nur für die Produktion von Diamanten aus, nicht jedoch für die von Gold.« Er war zufrieden. So langsam interessierten sich die Leute für sein Thema. »Die schweren Elemente entstehen in einem Höllenfeuer von unvorstellbaren Ausmaßen. Wenn ein Stern ausgebrannt ist und keine Materie mehr für die Kernfusion zur Verfügung steht, dann fällt er in Bruchteilen von Sekunden in sich zusammen und stößt in einer gewaltigen Explosion, in einer Supernova, seine äußere Gashülle ab. In diesem Inferno prallen Atome mit einer derartigen Wucht aufeinander, dass sie zu neuen Elementen verschmelzen: zu Silber, Platin und ja, auch zu Gold. Die Damen hier schmücken sich mit den Tränen eines sterbenden Sterns.«

Ehrfürchtiges Schweigen folgte seinen Ausführungen.

Holm rieb sich mit der Hand über das Kinn. Ihm kam ein kühner Gedanke. Sollte er in dem Vortrag seine Theorie vorstellen? Würden ihm die Menschen hier mehr Glauben schenken als seine skeptischen Kollegen im Institut?

»Wenn Sie sich in dieser Kirche umschauen, können Sie davon ausgehen, dass die gesamte Materie hier vor Ewigkeiten entweder in einer längst erloschenen Sonne erbrütet oder in der Gluthitze einer Supernova geschmiedet wurde.« Holm machte eine ausladende Handbewegung. »Jenseits des Urans gibt es im Periodensystem keine stabilen Atome mehr, nur noch radioaktive Elemente, die auf der Erde nicht existieren und nur künstlich hergestellt werden können. Ich verdiene damit übrigens mein Geld.«

»Ja, leider!«, ertönte die Stimme.

Holm rieb sich die Nasenwurzel. *Er* war es, definitiv. Daran bestand kein Zweifel mehr.

Er senkte die Stimme und seine Augen leuchteten. »In seltenen Augenblicken der Schöpfung geschah noch etwas anderes, etwas von einer unbeschreiblichen Schönheit. Zwei Neutronensterne von ungeheurer Masse, Überreste einer Supernova, begegneten sich irgendwann auf ihrer Reise durch das Universum. Wie Liebende, die sich seit langer Zeit suchten, fanden sie endlich zusammen, tauchten in Ekstase ineinander ein, verschmolzen miteinander und wurden für immer eins. In ihrer Hochzeitsnacht zeugten sie ein wunderschönes Kind mit göttlichen Eigenschaften: Element 126.«

Holm hielt kurz inne. Seine Stimme war nur noch ein raues Flüstern. »Dieses neue Element hat wunderbare Eigenschaften: Es ist stabil. Es zerfällt nicht so rasend schnell wie künstlich hergestellte Atome. Es hat eine Halbwertszeit von mehreren Millionen Jahren. Es ist supraleitend und wird den Bau von Quantencomputern ermöglichen. Es wird die moderne Physik revolutionieren und uns zeigen, dass die Schöpfungsgeschichte noch längst nicht zu Ende geschrieben ist! Ich weiß, dass viele an meinen Worten zweifeln. Aber ich glaube fest an die Existenz von Element 126. Es ist hier, hier auf Erden! Amen.«

In der Kirche war es absolut still geworden. Niemand klatschte. Jeder schien die Erhabenheit des soeben Gehörten sowie die Göttlichkeit, die sich in diesen Worten offenbarte, zu spüren.

»Wie ergreifend! Sie *glauben* daran? Wird bei Ihnen neuerdings Wissenschaft durch Religion ersetzt?«

Das Klacken metallbeschlagener Schuhe auf Stein hallte durch die Kirche, und aus dem Dunkel schälte sich die Silhouette eines hochgewachsenen, schlanken Mannes. Schwarzer Anzug, weißes Hemd und ein kahl rasierter Schädel. Ein kühler Luftzug wehte durch das Kirchenschiff. Mit energischen Schritten näherte er sich dem Altarraum. Als er Holm erreicht hatte, blieb er stehen und zeigte mit ausgestrecktem Arm auf ihn.

»Nicht nur in der Kirche, nein, auch in der Forschung gibt es Ketzer und Verräter! Und Sie, Terbergen – Sie sind einer der schlimmsten. Mit Ihren ständigen Halbwahrheiten, mit Ihren Lügen, fantastischen Vermutungen und kuriosen Behauptungen haben Sie das Kostbarste der Wissenschaft verraten: das Vertrauen in die Ergebnisse unserer Arbeit. Sie haben keinen Anstand und keine Moral. Sie sind ein Scharlatan. Gehen Sie!«

Holm seufzte. »Wenn man vom Teufel spricht: Mein überaus geschätzter Kollege hat tatsächlich den Weg ins Haus des Herrn gefunden!«

Vor ihm stand sein aus Dubna zurückgekehrter Konkurrent Dr. Gunter Ott, auch bekannt unter seinem Spitznamen G.OTT.

KAPITEL 6

Panische Angst durchflutete sie. Vor ihr dieser Mann, hinter ihr der Abgrund. Es gab kein Vor und kein Zurück. Sie wollte schreien, aber ihre Stimme versagte ihren Dienst. Nur ein heiseres Krächzen drang aus ihrem Hals. Zitternd starrte sie die Kreatur vor sich an, als sie allmählich begriff. Sie blickte in das Gesicht eines Toten.

Sie verharrte einen Moment, dann näherte sie sich zögerlich der Gestalt, die auf einem Felsblock saß, den Rücken gegen die Wand gelehnt. Wer war dieser Mensch und wie war er hier hingekommen? Alle anderen hatten vor ihr den Abstieg geschafft und waren heil zum Südsattel zurückgekehrt. Sie stutzte. Irgendetwas an dieser Person stimmte nicht.

Der Mann hatte keinen Daunenanzug an, wie ihn Bergsteiger üblicherweise trugen, stattdessen eine wattierte, graubraune Jacke aus Segeltuch, die ihm bis über die Hüfte reichte. Die Beine steckten in weiten Hosen aus dem gleichen Material, die unterhalb der Knie mit einem Strick zusammengebunden waren. Darunter Wickelgamaschen aus Fell. An den Füßen fielen dicke Nagelschuhe auf, deren brüchiges Leder sich in Fetzen teilweise abgelöst hatte. Das war keine Ausrüstung eines modernen Bergsteigers. Am auffälligsten war jedoch die Kopfbedeckung: eine Fellkappe, die seitlich die Ohren bedeckte und dem Mann ein groteskes Aussehen verlieh. Dieser Mensch stellte keine Bedrohung mehr dar. Wenn sie genau hinsah, kam ihr das eingefrorene Lächeln in seinem mumifizierten Gesicht sogar fast freundlich vor.

Gilda ließ die ganze Erscheinung auf sich wirken. Ein Schauer lief ihr über den Rücken. Konnte das der verschollene Andre Irvine sein, der Partner von George Mallory? Beide hatten 1925 versucht, den Everest als Erste zu bezwingen und waren auf über achttausend Meter Höhe in den Wolken verschwunden, ohne jemals wieder aufzutauchen. Erst 1999 hatte eine Suchexpedition Mallorys Leichnam in der Nordflanke entdeckt, jedoch ohne Spuren seines Bergkameraden. Vor Kurzem hatte man allerdings auch sterbliche Überreste von Mallorys Partner gefunden, einen Fuß der in einem Bergstiefel steckte. Nicht auf der Südroute, sondern am Rande des

Rongbuk-Gletschers, unterhalb der Everest-Nordwand. Nein, dieser Mann war definitiv nicht Irvine.

Sie kroch näher an die Mumie heran. Dann sah sie es: Auf dem rechten Ärmel der Jacke war ein roter Stern mit Hammer und Sichel aufgenäht, das Symbol der untergegangenen Sowjetunion. Ein Russe auf der Südseite des Everest? Gilda erinnerte sich vage an eine verschwundene sowjetische Expedition von 1952, die über die Nordroute den Gipfel erreichen wollte – ein Jahr vor der Erstbesteigung durch Edmund Hillary. Saß hier vielleicht der erste Mensch, der den Everest bestiegen hatte?

Sie berührte sacht den linken Arm des Toten. »Hi Igor, ich bin Gilda. Ich darf dich doch Igor nennen, oder? Nett, dich kennenzulernen. Wenn der Berg es will, bleiben wir wohl eine Weile zusammen. Vielleicht hundert Jahre oder so.«

Trotzig unterdrückte sie ein Schluchzen. Sie wollte hier nicht sterben. Erschöpft lehnte sie sich neben den Russen an die Felswand und dachte nach. Auch wenn die Entdeckung des möglichen Erstbesteigers des Everest eine Sensation war und die Meldung zu einem weltweiten Medienrummel führen würde – sie hatte im Augenblick andere Sorgen. Sie hatte brennenden Durst und ihre Trinkflasche war leer.

Sie wusste nur zu gut, dass der Körper in der trockenen Höhenluft des Everest schnell an Flüssigkeit verlor, weshalb man deutlich mehr trinken musste als sonst. Anderenfalls drohten totale Erschöpfung, Verwirrtheitszustände und im schlimmsten Fall Blutgerinnsel. Das hatte sie selbst vor drei Jahren am Aconcagua in den Anden erlebt, als sie zu wenig Wasser mitgenommen hatte und vor Durst fast umgekommen war. Es hätte nicht viel gefehlt und der Vierte ihrer *Seven Summits* wäre ihr letzter gewesen. Für einen anderen Menschen hingegen hatte dieses Versäumnis den Tod bedeutet.

Sie öffnete ihren Biwak-Rucksack, holte eine kleine Aluschale, einen Kocher sowie einen Beutel Suppenpulver heraus und schaute sich suchend um. Sie brauchte Schnee zum Schmelzen, aber überall war nur nackter Fels. Sie blickte zu der Mumie herüber.

»Na, Igor, hast du eine Idee, wo es hier was zu trinken gibt? Einen Cola-Automaten zum Beispiel?«

Ihr Blick fiel auf die ausgestreckte Hand der Leiche, die auf etwas Bestimmtes zu deuten schien. Sie schaute in die Richtung, in die der Tote zeigte. Das Licht ihrer Stirnlampe ließ am unteren Rand des Granitfelsens eine weiße Fläche aufleuchten. Schnee, der vom Wind hier hereingeweht worden war und sich an der Wand abgelagert hatte. Nicht viel, aber genug, um ihren schlimmsten Durst zu löschen. Gilda drehte sich zur Mumie um und lächelte.

»Danke, Igor! Du hast mir sehr geholfen. Ich denke, wir werden noch gute Freunde!«

Sie schleppte sich zur gegenüberliegenden Wand und kratzte mit der Aluminiumschale Schnee ab. In wenigen Augenblicken war das Kochgeschirr gefüllt. Sie wollte gerade kehrtmachen, als sie ein Funkeln in der Felswand bemerkte. Sie kroch dichter heran und betrachtete das Gestein genauer. Kleine Kristalle leuchteten im Licht ihrer Stirnlampe goldgelb auf. Ihr Herz schlug rasend schnell, und ihr Atem kam nur noch in kurzen, keuchenden Stößen. Sie riss sich die Maske vom Gesicht, und die gefrierende Atemluft legte sich als eisiger Schleier auf die glitzernde Oberfläche. Ein schwacher Schimmer blieb sichtbar, bis die Feuchtigkeit verdunstet war. Dann trat er wieder hervor, der metallische Glanz, der die Menschen schon seit Jahrtausenden in blutigen Wahnsinn trieb.

KAPITEL 7

Es hatte aufgehört zu regnen. Sonnenstrahlen brachen durch die Wolkendecke und Dampfschwaden stiegen von dem abtrocknenden Asphalt auf. Noch einmal kratzten die Scheibenwischer über die Frontscheibe des alten VW Golf und ließen die letzten Regentropfen verschwinden, bevor Holm die Wischer abschaltete. Er war auf dem Weg nach Hause und summte zufrieden sein Lieblingslied *It's My Life* von Bon Jovi mit, das gerade im Radio lief. Trotz Otts Störungen und des theatralischen Auftretens am Ende seines Vortrages war die Veranstaltung ein voller Erfolg gewesen. Mehrere Zuhörer waren nachher zu ihm gekommen und hatten ihm gratuliert. So einen interessanten Vortrag hätten sie schon lange nicht mehr gehört. Was er am meisten genossen hatte, waren die Fragen zu Element 126 gewesen. Diese Leute waren gegenüber neuen Theorien definitiv aufgeschlossen.

In ein paar Minuten würde er mit seiner Frau Dagmar am Tisch sitzen und gemütlich zu Abend essen. Er schaute in den Rückspiegel und betrachtete sich kurz. Aus hellblauen Augen blickte ihn ein verschmitzt lächelnder Mann Ende dreißig mit einem Dreitagebart an, das volle braune Haar durcheinandergewuschelt. Die ständige Müdigkeit, die ihn in den letzten Wochen geplagt hatte, war wie weggeblasen. So würde er Dagmar wieder gefallen.

Pfeifend bog Holm in die Auffahrt seines Hauses ein, stellte den Golf ab, stieg aus und ging mit beschwingten Schritten zur Haustür. Es würde ein harmonischer Abend mit seiner Frau werden.

»Die Spaghetti sind kalt!« Holm stieß den Teller von sich, wobei einige Spritzer Tomatensoße auf der Tischplatte landeten. »Dagmar, du weißt, dass ich kein abgestandenes Essen mag und schon gar keine lauwarmen Spaghetti Bolognese!«

»Und du weißt, dass ich Unpünktlichkeit hasse«, konterte seine Ehefrau und verschränkte die Arme vor der Brust. Sie stand im Eingang zur Küche und warf ihrem Mann einen kühlen Blick zu. »Es ist ja nicht das erste Mal, dass du zu spät kommst. Du hättest wenigstens einmal zur verabredeten Zeit hier sein können, wenn ich schon dein Lieblingsessen gekocht habe.

Ich dachte, wir machen uns einen gemütlichen Abend. Aber daraus wird wohl nichts.«

»Schatz, so war das nicht gemeint. Ich musste nach meinem Vortrag in der Martinskirche noch so viele Fragen beantworten, da habe ich schlichtweg die Zeit aus den Augen verloren.«

»Natürlich. Irgendeine Ausrede hast du immer. Wie lange soll das noch so gehen? Was ist dir wichtiger? Deine Arbeit oder ich?«

Holm wandte sich ab und starrte auf die gegenüberliegende Wand, wo ihn der gerahmte Spruch *Keep calm and carry on* unter dem Hängeregal mit den Teetassen aufzumuntern versuchte. Daneben hing ein großformatiges Poster des Periodensystems. In farbigen Zeilen und Spalten waren alle bekannten chemischen Elemente aufgelistet und sie endeten in der siebten Reihe mit Nummer 118 und dem Kürzel Og. Der Russe Juri Oganesjan hatte mit Oganesson das vorläufig letzte Element im Vereinigten Institut für Kernforschung in Dubna nahe Moskau erzeugt. Ott hatte ebenfalls dort gearbeitet und war kürzlich mit einer Fülle neuer Erkenntnisse zu GSI zurückgekehrt. Angeblich stand sein Kollege kurz vor der Entdeckung des vermeintlich letzten Elementes. Mit der Ordnungszahl 120 sollte das Periodensystem enden. *So ein Quatsch.*

»Ich glaube kaum, dass du die Lösung für unsere Beziehungsprobleme dort drüben an der Wand findest. Schau mich bitte an!«, sagte Dagmar und riss ihn aus seinen Gedanken. »Am liebsten würde ich dieses Plakat in den Müll werfen. Weißt du, dass die Leute deine Arbeit nicht mehr ernst nehmen? Sie machen sich lustig über dich!«

»Lass sie doch. Gleich sagst du mir, wie brillant und erfolgreich meine Kollegen bei GSI sind. Ich bin aber nun mal der, der ich bin. Möchtest du einen anderen Ehemann?«

»Ich will meinen alten Holm zurück.« Sie trat auf ihn zu und legte die Hände von hinten auf seine Schultern. »Ich möchte den Mann wiederhaben, in den ich mal verliebt war, mit dem ich lachen konnte, mit dem ich am Wochenende ins Kino gegangen bin und paradiesische Urlaube an der Ostsee verbracht habe.« Sie deutete auf ein Foto über dem Hängeregal, das sie beide am Strand zeigte. »Und der mich als Frau begehrt hat!« Sie fuhr ihm zärtlich durch sein wuscheliges Haar.

»Ich möchte doch auch, dass es zwischen uns wieder wie früher ist. Wir waren ein tolles Paar. Aber manchmal habe ich das Gefühl, dass es da noch einen anderen gibt.«

Dagmar ließ die Hände sinken. »Ich verstehe nicht, was du meinst. Die Beschäftigung mit deiner fixen Idee lässt dich Gespenster sehen. Deine Kollegen sind nett zu mir, na und? Sie sind nicht nur erfolgreich, sondern sie haben auch Zeit für ihre Frauen – im Gegensatz zu dir.«

»Ja, aber versteh doch bitte, dass ich diese ... diese Sache zu Ende bringen muss. Für Claas!«

»*Sache* nennst du das? Wahnsinn ist das! Du bist wie besessen davon, dieses Geisterelement zu finden. Seit Jahren!« Dagmar warf die Hände in die Luft. »Dein Bruder ist schon lange tot und hat nichts mehr von deiner sogenannten Forschung. Ich hingegen bin quicklebendig, falls du das nicht bemerkt haben solltest!«

Holm drehte sich auf dem Stuhl zu ihr um und nahm ihre Hände in seine. Er sah sie an. »Dag, das ist wichtig für mich. Es vergeht kaum eine Nacht, in der ich nicht im Traum in diesem verfluchten Steinbruch die Wand hochklettere und Claas vor meinen Augen in den Abgrund stürzt.«

Er zog unter seinem T-Shirt ein Lederhalsband hervor, an dem ein eisgrüner Stein hing und hielt ihn hoch.

»Um diesen Talisman ging es damals. Er war sein Ein und Alles! Claas behauptete, dass er Kryptonium enthielte, eine Substanz aus einem Superman-Comic. Jahre später stoße ich dann bei meinen Versuchen zu neuen Elementen auf diesen Stoff. Und jetzt rate mal, welche Ordnungszahl sowohl Element 126 als auch Kryptonium tragen: dieselbe! Das ist doch kein Zufall!«

Dagmar tippte genervt auf den Stein. »Das alles hast du mir schon einmal erzählt. Dein Anhänger ist nichts weiter als ein gewöhnlicher Zirkon. Und dieses Kryptobrimborium? Kompletter Unsinn! Superman existiert genauso wenig wie dein Element 126!«

»Doch, das gibt es.« Holm hob beschwörend die Hände. Auf seiner Stirn bildeten sich kleine Schweißtropfen. »Irgendwo auf diesem Planeten gibt es Beweise für seine Existenz. Ich muss sie nur finden. Das bin ich Claas schuldig! Oder mir gelingt die Synthese von Element 126 in unserem Institut. Ich bin so kurz davor!« Er hielt Zeigefinger und Daumen in kleinem Abstand voneinander hoch.

»Ach Holm! Wie kurz ist bei dir kurz? Eine Woche? Ein Monat? Ein Jahr? Ich will nicht mehr länger auf dich warten, verstehst du?«

»Schau mal, Dag: Wenn ich mein Ziel erreiche, dann lösen sich alle Probleme in Luft auf. Ich finde endlich Ruhe, werde Abteilungsleiter in der neuen

Beschleunigeranlage, erhalte vielleicht sogar den Nobelpreis für Physik – und ich wäre meine verdammte Höhenangst los.«

Dagmar schwieg eine Weile lang. Dann zog sie einen Briefumschlag aus der Gesäßtasche ihrer Jeans. »Das ist *mein* letztes Angebot und *deine* letzte Chance, Holm. Ich habe für uns beide ein verlängertes Wochenende in dem Hotel im Bergischen Land gebucht, in dem wir uns kennengelernt haben. Entweder können wir unsere Beziehung in den Tagen dort so weit wieder flottkriegen, dass es eine gemeinsame Zukunft für uns beide gibt ... oder das war's.«

Sie legte ihm den Umschlag auf den Tisch und blickte ihn mit feuchten Augen an. »Lass mich nicht hängen«, flüsterte sie mit tränenerstickter Stimme. Dann verließ sie die Küche.

Holm ließ den Kopf in die Hände sinken und starrte auf das Poster an der Wand. Direkt unterhalb der siebten Zeile war eine weitere eingezeichnet. Unter dem Element Hassium mit der Nummer 108, das bei GSI in Darmstadt synthetisiert worden war, stand einsam ein leeres Rechteck. Er griff zu einem Bleistift, der auf einem aufgeschlagenen Rätselheft auf dem Tisch lag, und schrieb etwas in das Kästchen: $_{126}$Ky: Kryptonium (126).

KAPITEL 8

Es war spätabends. Über der Londoner City tobte ein Frühlingsgewitter, das die Stadt in sintflutartigen Regenfällen ertrinken ließ. Blitze zuckten unablässig aus den Wolken, gefolgt von krachendem Donner. Gilda saß in ihrer Penthouse-Wohnung in ihrem Lieblingssessel und nippte an einem zwanzig Jahre alten *Laphroaig*. Der rauchige Geruch von Torf stieg ihr in die Nase, während sich gleichzeitig eine wohlige Wärme in ihrem Bauch ausbreitete. Sie lehnte sich zurück und kraulte ihrem Maine-Coon-Kater Winston den Nacken, der sich auf ihrem Schoß eingekuschelt hatte und zufrieden schnurrte. Sie schloss die Augen. Das Inferno draußen war ganz weit weg und ihre Gedanken kehrten zurück zum Everest.

Zwei Wochen zuvor hatte ihr Leben an einem seidenen Faden gehangen. Eine ganze Nacht hatte sie frierend neben dem toten Russen verbracht, sich immer wieder ihre marmorweißen, fast erfrorenen Zehen massiert und gehofft, dass ein Rettungsteam vom Südsattel sie herausholen würde.

Niemand war gekommen.

Immer wieder hatte man sie über Funk vertröstet, ihr gesagt, der neu aufgekommene Sturm sei zu stark, um einen Aufstieg zu wagen, oder dass die anderen Bergsteiger einfach zu erschöpft seien. Man hatte sie einfach aufgegeben. In achttausend Meter Höhe war kein Platz für Moral.

Sie hatte geheult, geschrien und das Team im Basislager auf das Übelste beschimpft, bis der Akku ihres Funkgeräts leer gewesen war. Es hatte alles nichts genützt, die versprochene Hilfe war ausgeblieben. Ihr war klar gewesen, dass sie weitere vierundzwanzig Stunden ohne Sauerstoff, ohne Flüssigkeit und ohne Schlafsack nicht überleben würde.

Als der Morgen anbrach, war sie mehr tot als lebendig gewesen. Erschöpft und vollkommen entkräftet kroch sie auf den schmalen Absatz vor der Höhle, schob sich ein Stück vor und blickte hinab in das sonnendurchflutete Western Cwm, wo sie die Zelte von Lager 2 sehen konnte. Von dort aus würden sich weitere Teams für den Gipfelsturm vorbereiten. Ihr Schicksal kümmerte da unten niemanden mehr. Sie war für diese Leute schon tot und somit nur eine zusätzliche Zahl in der Leichenstatistik des Everest. Im Idealfall wäre ihre Eismumie eine vergebliche Mahnung an alle, dass der Mensch hier oben keine Lebensberechtigung mehr hatte. Wenn man sie überhaupt finden würde.

Verdammt noch mal, das akzeptiere ich nicht!

Erschrocken hob sie den Kopf und blickte sich suchend um. Wer sprach da zu ihr? War das Igor? Oder hatte sich doch ein Rettungsteam auf den Weg zu ihr gemacht?

Erst langsam begriff sie, dass es ihre eigenen Worte gewesen waren. Die dünne Höhenluft spielte ihrem sauerstoffhungrigen Hirn üble Streiche. Aber eins war ihr klar: Sie wollte hier oben nicht sterben!

Sie schaute auf ihre Uhr. Es war kurz nach sieben. Wenn sie eine Chance haben wollte, musste sie spätestens um vierzehn Uhr Lager 4 auf dem Südsattel erreichen. Dort würde man ihr helfen und sie relativ schnell ins Lager 3 oder sogar 2 bringen. Der schwierigste Teil lag aber direkt vor ihr. Sie musste unbedingt aus der Wand herausklettern und wieder auf den Gipfelgrat gelangen, der zum Südplateau führte. Und das ohne Seil. Oder doch nicht? Sie kroch in die Höhle zurück und schaute sich die Mumie des russischen Bergsteigers genauer an.

Bingo!

Hinter seinem Rücken lag zusammengerollt ein Hanfseil, das sie vorsichtig auseinanderzog. Trotz des Alters und der Witterungseinflüsse, denen das Seil ausgesetzt gewesen war, sah es noch brauchbar aus. Würde es halten? Es musste.

Behutsam durchsuchte sie den Leichnam nach weiteren nützlichen Dingen. Nichts. Dann schaute sie in seinen Rucksack. Sie zog eine alte Taschenkamera heraus, deren Klappe auf der Rückseite geöffnet war und den Blick freigab auf die zerbröselten Überreste einer Filmrolle. Hatte der Russe möglicherweise Irvines berühmte Kodak-Vest Kamera gefunden, nach der schon unzählige Bergsteiger vergeblich gesucht hatten und mit der vielleicht die Erstbesteigung des Everest dokumentiert worden war? Und wenn schon, dieser Beweis war unwiederbringlich zerstört. Es würde für immer ein Rätsel bleiben, wer als Erster auf dem Everest gestanden hatte. Auf alle Fälle hatte der Russe nicht nur den Gipfel des Everest vor Hillary und dem Sherpa Tenzing Norgay erreicht, sondern ihn sogar überstiegen. Eine unglaubliche Leistung, die Igor mit dem Leben bezahlt hatte.

Sie nahm die Kamera und steckte sie in ihren Rucksack. Dann kroch sie mit dem Seil auf allen vieren nach draußen.

An das, was dann passierte, konnte sie sich nur schemenhaft erinnern. Die übermenschliche Anstrengung, aus der Südwestwand zum Gipfelgrat zu steigen; der aus Stolpern und Rutschen bestehende Abstieg bis ins Lager 4, immer in Gefahr, eine der Flanken des Everest hinabzustürzen; der Empfang auf dem Südsattel, wo man sie ungläubig wie eine Rückkehrerin aus dem Totenreich anstarrte.

Ihr weiterer Weg bis ins Basislager und ihr Helikopterflug nach Kathmandu waren ein schwarzes Loch in ihrem Gedächtnis. Das Erste, woran sie sich wieder klar erinnern konnte, war das freundliche Gesicht eines nepalesischen Arztes, der sich über sie beugte und ihr ein aufmunterndes *» Well done!*« zuraunte. Das war gleichzeitig das Ende ihrer Abenteuerreise zu den höchsten Gipfeln der sieben Kontinente.

Gilda ließ den Blick zur Wand hinüberwandern, an der über dem Kamin eine Serie von Fotos hing. Alle zeigten sie auf den Gipfeln der *Seven Summits*. Der Elbrus, der sie fast umgebracht und ihr gleichzeitig Demut vor den Bergen gelehrt hatte. Der mühselige »Spaziergang« hoch zum Kilimandscharo. Die Schinderei bei minus zwanzig Grad am Denali in Alaska, die zwei Mitglieder aus ihrem Team das Leben gekostet hatte. Die Kletterei am Limit durch die schroffen Felswände der Carstensz-Pyramide auf Neuguinea. Die Expedition zum Mount Vinson, einem Eiskoloss in der Antarktis, dessen Besteigung beinahe an Geldmangel gescheitert wäre. Schließlich ihr persönlicher Schicksalsberg, der über sechstausend Meter hohe Aconcagua in den argentinischen Anden, der sie nicht nur an ihre physischen Grenzen gebracht, sondern ihr Leben komplett auf den Kopf gestellt und ein anderes beendet hatte. In der Mitte zwischen den Fotos nahm der Mount Everest, der letzte ihrer *Seven Summits*, einen ebenso prominenten wie einsamen Platz ein.

Gilda nahm einen Schluck *Laphroaig* aus ihrem Whiskyglas. Sie hatte die jüngsten Ereignisse noch nicht verarbeitet: den Gipfeltriumph, den begonnenen Abstieg im Sturm, Ians Tod, ihr Biwak zusammen mit der Mumie und ihre Rettung. All diese Erinnerungen wühlten sie immer noch auf. Und doch musste sie den Everest ein zweites Mal besteigen. Nicht, um nach Versteinerungen zu suchen, sondern um die reichste Frau der Welt zu werden – und um die Armut ihrer Kindheit endgültig zurückzulassen.

KAPITEL 9

Gilda betrat den Fahrstuhl, drückte einen Knopf auf der Anzeigetafel und wartete darauf, dass sie der Lift zum 21. Stock des *Towers 42*, einem der höchsten Gebäude in der Londoner City, bringen würde.

Während der Aufzug nach oben fuhr, wanderten ihre Gedanken zu jenem Tag zurück, an dem alles begonnen hatte – ihre Karriere und ihre Begeisterung für das Bergsteigen.

Zu jenem lauen Frühlingsabend im Mai, als sie nach gerade einmal vier Jahren Tätigkeit für die *Beryllium Investment Group*, die B.I.G., ihren ersten großen Geschäftsabschluss als Investmentbankerin feierte. Fünfzig Millionen Dollar hatte sie ihrem Unternehmen mit der Börsenplatzierung eines Start-up-Unternehmens eingebracht, sich selbst eine Menge Anerkennung und noch mehr Neid. Eine Leuchtwand auf dem Dach von *Tower 42* hatte zusammen mit ihrem gepixelten Porträt in riesigen Buchstaben den erfolgreichen Deal weithin sichtbar verkündet. Auf der Party im 24. Stock hatte sie in der Dankesrede von Lloyd Parker, dem CEO, auch ihren Spitznamen erhalten: *G. H. – Great Huntress*. Die große Jägerin, die alles erlegt. Die Powerfrau, die sich immer durchsetzt. Die mutige Abenteurerin, der kein Gipfel zu hoch ist.

Ein Kollege, der dem Alkohol bereits zu stark zugesprochen hatte, war nach der Rede wankend auf sie zugekommen.

»Alle Achtung, Gilda! Fünfzig Millionen Dollar, und das als Frau! Soll ich dir was sagen? Du kannst vielleicht den einen oder anderen Aktienkurs in bescheidene Höhen treiben, aber die wahren Höhepunkte des Lebens kennst du nicht!« Er sah sie mit glasigen Augen an. »Das lässt sich ändern. Wenn du willst, erzähle ich dir nach der Party von *meinen* Abenteuern und Höhepunkten. In meinem Loft. Erstbesteigung inklusive.« Erwartungsvoll grinste er sie an.

Gilda lächelte zurück. »Erstbesteigung klingt richtig vielversprechend! Als Erstes besteigst du nach der Party ein Taxi. Zu deinem Loft. Alleine. Höhepunkt exklusive. Einen schönen Abend noch.«

Eine warme Hand legte sich von hinten auf ihre Schulter. »Vielleicht wäre ich dann ein geeigneter Ersatzmann?«, erklang eine tiefe Stimme. »Ihr Buddy für die wirklichen Gipfel.«

Sie drehte sich um und sah in das sonnengebräunte Gesicht eines athletischen Mannes Ende dreißig. »Nach einem Dreitausender als Vorspeise«, fuhr er mit frechem Augenzwinkern fort, »lassen wir als Hauptgang die *Seven Summits* folgen. Wir werden auch noch andere Höhepunkte erleben.«

»Ach ja? Im Taxi meines Kollegen ist noch Platz für Sie. Wer ist denn der Gentleman, der mich zu den vermeintlichen Highlights eines Sieben-Gänge-Menüs einlädt?«

»Ian Sanders. Der erfolgreichste Investmentbanker der gesamten Galaxis!«

»Oh, nur von dieser Galaxis? Ich hatte gehofft, den *Master of the Universe* persönlich kennenzulernen.«

»Touché!« Ian grinste noch breiter. »Wenn Sie beim Bergsteigen genauso trittsicher sind wie beim Small Talk, werden die sieben Hügel, die wir erklimmen wollen, ein Spaziergang. Im Gegensatz zu Ihrem Verehrer von eben spreche ich von echten Bergen.«

Widerwillig hatte sie sich auf das Gespräch eingelassen, doch je länger Ian mit leuchtenden Augen vom Bergsteigen sprach, desto größer wurde ihr Interesse. Er erzählte, was für ein einzigartiges Gefühl es sei, sich durch Schnee und Eis zu kämpfen. Von der Angst, in eine Gletscherspalte zu stürzen oder von einer Lawine lebendig begraben zu werden. Von den einsamen, kalten Nächten in einem Zelt, wenn draußen ein Schneesturm tobte. Vom Sonnenaufgang in fünftausend Meter Höhe.

Und er schilderte ihr das intensive Hochgefühl, nach Tagen und Wochen der Entbehrungen endlich auf dem Gipfel zu stehen.

Noch während Ian sprach, packte sie das Bergfieber. Ein nie gekanntes Gefühl der Begeisterung durchströmte sie wie ein heißes Feuer. Die Aussicht, sich auf einem unbekannten Berg in verlockende Abenteuer zu stürzen und Risiken einzugehen, die sie an ihre psychischen und physischen Grenzen bringen würde, erregte sie.

Ihr Beruf als Investmentbankerin war abwechslungsreich, aber der anfängliche Kitzel, den ihr das Jonglieren mit Millionensummen bereitet hatte, war längst verschwunden und der Job zur alltäglichen Routine geworden. Gut bezahlt, jedoch nicht mehr sonderlich aufregend. Sie wollte endlich wieder mit jeder Faser ihres Körpers spüren, dass sie lebte!

Die Türen des Aufzugs gingen auf und Gilda betrat die Lobby der *Beryllium Investment Group*, wo ihr Georgia Hillstead, *Global Head of Equities*, entgegenkam und sie mit einem warmen Lächeln begrüßte. »Mrs Hunt, wie schön, Sie zu sehen! Gehen Sie einfach durch. Er erwartet Sie schon.«

Gilda schritt einen langen Flur entlang und blieb vor einer satinierten Glastür mit dem Firmenlogo von B.I.G. stehen. Sie klopfte an und betrat entschlossen das Büro, dessen Panoramafenster einen spektakulären Blick auf die Londoner City boten. Wenn man diesen kühl wirkenden und modernistisch eingerichteten Raum einmal betreten hatte, dann verließ man ihn anschließend nur auf zwei Arten: entweder mit einer Beförderung oder mit der Aussicht auf einen Job in einem Fast-Food-Restaurant.

Das letzte Mal hatte sie Lloyd Parkers *Fridge*, wie das Büro des CEO unter den Kollegen hieß, mit der Ernennung zum *Vice President* verlassen – und mit einem satten Bonus. Das würde heute anders sein.

Sie trat ein paar Schritte vor und blieb stehen. Ihr Chef saß an einem futuristischen Schreibtisch aus Glas und gebürstetem Edelstahl. Er trug wie üblich einen dunklen Nadelstreifenanzug und war über einige Papiere gebeugt. Das volle graue Haar hing ihm in Strähnen in die Stirn. Er schien sie nicht zu bemerken. Gilda räusperte sich.

»Kommen Sie näher«, sagte Parker, ohne den Kopf zu heben, und markierte eine Passage in einem der vor ihm liegenden Dokumente. »Wie ich gehört habe, sind Sie kürzlich von einer Bergtour zurückgekehrt.«

»Ja, vom Everest, um genau zu sein.«

Parker richtete sich auf, nahm seine Hornbrille ab und musterte Gilda mit ausdruckslosen grauen Augen. Sein Blick blieb an einem goldfarbenen, unregelmäßig geformten Anhänger haften, den sie um den Hals trug.

»Sie sind momentan so etwas wie eine Berühmtheit. Zumindest in der *Yellow Press.*« Er zeigte auf einen Stapel verschiedener Boulevardzeitungen auf seinem Tisch, in denen über die Everest-Expedition der BBC berichtet wurde. »Sie sollen Fossilien von Urzeittieren gefunden haben.«

»Das stimmt.«

»Was haben Sie sonst noch mitgebracht? Neue erfolgreiche Investments?«

»Das weniger, aber ich habe –«

Parker hob die Hand und bedeutete Gilda zu schweigen. »Ich schätze das Wort ›aber‹ nicht sonderlich, weder privat noch bei B.I.G. Ich hoffe, dass wissen Sie.«

»Natürlich, Sir.«

»Gut. Dann ist Ihnen auch bekannt, dass Bergsteigen nicht unbedingt zur Kernkompetenz von B.I.G gehört.«

»Das ist mir bewusst.«

Parker wandte den Blick ab und sah durch das Panoramafenster nach draußen, wo sich auf der anderen Seite der Themse *The Shard*, ein mehr als dreihundert Meter hoher Wolkenkratzer, in einen wolkenverhangenen Himmel bohrte. Düsenjets donnerten in niedriger Höhe über die Hochhäuser hinweg, um auf dem nahegelegenen City Airport zu landen. Gilda hatte diese Aussicht immer als bedrohlich und gleichzeitig erregend empfunden. Genau dieselbe Angstlust hatte sie gespürt, als sie den Everest zum ersten Mal in der Ferne erblickt hatte.

Sie wartete schweigend ab.

»Einige Ihrer Investments sind während Ihrer Abwesenheit, gelinde gesagt, etwas in Schieflage geraten, unter anderem der *Steenfoll Investment Trust* der Claytons. Sie wissen, dass unsere Beziehung zu den Zwillingen mehr als schwierig ist, besonders zu Joshua Clayton, der meine Empfehlungen für seinen Trust regelmäßig ignoriert. Hätte Ihr Kollege Swanson nicht energisch interveniert, säße B.I.G. jetzt auf riesigen Verlusten.«

»Ich weiß die Unterstützung des Kollegen außerordentlich zu schätzen.« Gilda schäumte innerlich. Dieser üble Karrierist sägte schon länger an ihrem Stuhl und hatte ihre Abwesenheit offensichtlich zu seinem Vorteil genutzt.

Parker drehte sich wieder zu ihr um und verschränkte die Arme hinter dem Nacken. »Ich muss gestehen, dass ich eine gewisse Schwäche für Sie habe. Sie sind für mich so etwas wie die Tochter, die ich nie hatte. Nur deshalb habe ich Ihre Flausen widerwillig akzeptiert und Sie für die Bergtouren auf die *Seven Summits* freigestellt. Ihre Reiseberichte waren inspirierend und stets erstklassige Werbung für B.I.G.«

»Ich weiß, Sir.« Gilda blickte zu Boden, um ihre Wut zu verbergen. Sie hatte B.I.G. mit ihren Deals während der letzten Monate mehr Gewinn eingebracht als ihre männlichen Kollegen in einem ganzen Jahr zusammen – Swanson, diesen Schleimer, eingeschlossen. Diese indirekten Vorwürfe, sie hätte ihren Job nicht ernst genommen, waren ungerecht. Ihr Chef sollte sie entweder rausschmeißen oder sie ihre Arbeit machen lassen.

»Das wird sich jetzt ändern«, fuhr Parker fort. »Ihre Bergabenteuer gehören ab sofort der Vergangenheit an. Sie werden sich mit Ihrer ganzen Energie und Zeit den Aufgaben bei B.I.G. widmen und Ihre kritischen

Investments wieder in Ordnung bringen, allen voran den angeschlagenen *Steenfoll Investment Trust*. Sprechen Sie umgehend mit den Zwillingen und versuchen Sie, den Trust zu retten. Danke, das wäre alles.« Parker wandte sich wieder dem Studium seiner Unterlagen zu.

Gilda blieb stehen und krampfte die Hände zusammen. »Sir?«

»Ja?«

»Ich werde den Everest ein zweites Mal besteigen.«

Parker lehnte sich zurück und legte bedächtig die Fingerspitzen aneinander. Er sah Gilda lange an. »Was wollen Sie auf diesem Berg? Wieder versteinerte Knochen suchen?«

»Nein, keine Fossilien. Es geht um etwas Größeres, Wertvolleres. Ich möchte im Augenblick nicht darüber sprechen.«

»Ah. Und jetzt erwarten Sie von mir, dass ich Ihnen für Ihr neues Abenteuer mein Einverständnis gebe?«

»Ja, Sir! Wenn ich Erfolg habe, wird sich das positiv für B.I.G. auswirken. Das garantiere ich!«

Ihr Chef schwieg eine Weile, seine Miene verriet nicht, was er dachte.

»Was immer Sie dort oben wollen, es scheint immens wichtig für Sie zu sein. Ist es das auch für B.I.G.? Nun gut, tun Sie, was Sie tun müssen. Ich kann Ihnen allerdings nicht garantieren, dass Ihre Stelle noch frei ist, wenn Sie vom Everest zurückkehren. Swanson ist ein fähiger Mann. Trotzdem, viel Erfolg!«

Gilda schloss für einen Moment die Augen und straffte den Oberkörper. »Danke, Sir, dass Sie mir diese Möglichkeit geben. Und Kollege Swanson soll sich ein wenig gedulden.«

Sie drehte sich um und verließ mit erhobenem Kopf das Büro. Innerlich fröstelte sie. Ihr ganzes Leben stand auf dem Spiel: ihr Job, ihre Karriere, Geld, Ansehen. Der Everest würde ihr alles geben – oder alles nehmen.

KAPITEL 10

»Ihr verdammten Lügner! Ihr elendigen Bastarde! Ich hätte es besser wissen müssen!«

Mit einer Mischung aus Hass und Verzweiflung fuhr Joshua Clayton mit dem Zeigefinger über die Schlagzeile auf der Titelseite der *Financial Times*, die einen Schuldenschnitt Griechenlands verkündete. »Man darf euch nichts glauben, absolut nichts! Seit Odysseus' Zeiten hat sich nichts geändert!«

Wütend riss er die Seite ab, zerknüllte das Papier und warf es ins Feuer, das in einem offenen Kamin aus Granit vor ihm brannte. Die Flammen griffen gierig nach der neuen Nahrung und loderten für ein paar Sekunden hell auf, um dann ruhig weiterzubrennen.

»Beruhige dich doch bitte, Joshua«, sagte der füllige Mann, der neben ihm in einem Chesterfield-Sessel saß und von seiner Zeitung aufsah. »Es bringt nichts, wenn du dich aufregst. Unser Geld ist weg. Endgültig. Wir sollten lieber darüber nachdenken, wie wir diesen vorübergehenden Engpass überwinden können.«

»Engpass? Du machst mir Freude, Bruder«, erwiderte Joshua. »Samuel, wir sind bankrott! Wenn wir nicht bald frisches Geld auftreiben, dann können wir das alles hier vergessen! Unser Schloss gehört jetzt schon zur Hälfte den Banken.«

Er macht eine ausladende Handbewegung und deutete auf die fast zehn Meter lange Bibliothek, in deren deckenhohen Regalen aus dunkel glänzendem Mahagoniholz Werke unterschiedlichster Epochen wahllos nebeneinandergereiht waren. Vor einer als Trompe-l'œil täuschend echt aufgemalten Nische stand eine Marmorbüste von Julius Cäsar, flankiert von zwei lorbeerbekränzten Büsten, die eine unübersehbare Ähnlichkeit mit ihm und seinem Bruder Samuel aufwiesen. Auf dem Fries oberhalb der aufgemalten Vertiefung prangte in riesigen Lettern »*Auro loquente omnis oratio inanis est.*« Diesen Spruch – Wenn das Gold redet, dann schweigt die Welt – hatte Joshua auf Empfehlung seines Innenarchitekten anbringen lassen. Eine aus seiner Sicht mehr als berechtigte Weisheit.

An der Westseite, neben einem riesigen Globus, gab ein Fenster den Blick auf den aufgewühlten Atlantik frei, dessen schwere Dünung sich an der Felsküste unterhalb von Greedhou Island brach.

Joshua ließ sich auf das Ledersofa neben seinem Bruder fallen und ballte die Faust. »Wir haben unseren Wohlstand hart erarbeitet. Den werde ich nicht so einfach aufgeben!«

Samuel zog die Augenbrauen hoch. »Er-ar-beit-et, sagst du? Du meinst wohl eher, wir haben die Dummheit und die Gier unserer Mitmenschen geschickt ausgenutzt. Jetzt waren die Griechen eben ein bisschen schlauer als wir. Aber glaube mir: Jeden Tag steht ein anderer Dummer auf, der nur darauf wartet, uns sein Geld aufzudrängen.«

»Schön wär's!«, grummelte Joshua. Er stand auf, riss ein weiteres Blatt aus der Zeitung und warf es in das Kaminfeuer.

Er dachte nach. Die Spekulation mit griechischen Staatsanleihen, die sie zu den reichsten Männern des Vereinigten Königreiches gemacht hätte, war gründlich schiefgegangen. *Hair Cut* hatten es die EU-Finanzminister euphemistisch genannt, als die Regierung in Athen die Besitzer griechischer Staatsanleihen über Nacht zum wiederholten Male enteignet hatte. Zweihundertfünfzig Millionen Euro hatten er und sein Bruder durch diesen staatlich sanktionierten Raubzug verloren, mehr Geld als sie in den letzten sieben Jahren mit ihrem *Steenfoll Investment Trust* an Gewinn eingefahren hatten.

Ihr Ruf als gewiefte und vor allem erfolgreiche Investoren hatte ihnen ständig neue Anleger aus der ganzen Welt in Scharen zugetrieben, die in ihrer unersättlichen Gier von immer höheren Renditen träumten. Und sie hatten diese Träume wahr gemacht. Zehn, ja teilweise sogar fünfzehn Prozent Gewinn waren keine Seltenheit für den *Steenfoll Investment Trust*.

»Was die Claytons anfassen, wird zu Gold«, hatte man sich in der Finanzszene mit leuchtenden Augen zugeraunt, und jeder erfolgreiche Deal hatte die Schar ihrer Jünger vergrößert.

Vor dreißig Jahren hatten sie als Gebäudereiniger in der Londoner City angefangen und in den Glaspalästen von Banken und Investmentfirmen die Räume geputzt. Nichts hatte damals darauf hingedeutet, dass sie eines Tages selbst in einem luxuriösen Büro sitzen und Finanzströme rund um den Globus lenken würden. Bis zu jenem denkwürdigen Nachmittag im Frühling, als sie im Office eines Investmentbankers im 21. Stock des *Towers*

42 die Fenster putzten und der Banker ihnen über seine Hornbrille hinweg bei der Arbeit zusah.

»Sagt mal, beabsichtigt ihr beiden, diese trostlose Tätigkeit bis zu eurem Lebensende fortzuführen?«, fragte der Mann.

»Nein, nächste Woche hauen wir mit unseren Millionen in die Karibik ab«, blaffte Joshua zurück. Was glaubte dieser gegelte Lackel? Dass Glasscheiben blank zu wienern eine zutiefst befriedigende und finanziell lukrative Tätigkeit war?

»Verstehe. Trotzdem würde ich euch gerne helfen. Nicht jeder wird reich geboren.« Der Mann nahm einen Zettel und schrieb eine kryptische Reihenfolge von Buchstaben und Zahlen auf das Papier. »Kauft von diesem Biotech-Unternehmen so viele Anteile wie möglich. Verschuldet euch, wenn nötig. Am Monatsende – und keinen Tag später – verkauft ihr alles! Falls ihr erfolgreich seid, gebt mir irgendwann einen aus. Mein Name ist übrigens Lloyd Parker. Ich wünsche den Herren viel Erfolg.«

Dann wandte sich der Broker wieder seinem Computer zu, über dessen Bildschirm endlose Zahlenkolonnen flimmerten, der Herzschlag der Londoner City.

Joshua seufzte bei der Erinnerung an diesen Tag. Er hatte instinktiv gespürt, dass Parker seinen Aktientipp ernst gemeint hatte. Also hatte er seinen Bruder dazu gedrängt, all ihre Ersparnisse in diese unbekannte Biotech-Bude zu investieren. Sie hatten die für sie unvorstellbare Summe von zehntausend Pfund in das Start-up-Unternehmen gesteckt, das einen Wirkstoff für die Behandlung einer seltenen Erkrankung, dem hereditären Angioödem, entwickelte. Als die Firma von einem großen Pharmakonzern aufgekauft wurde, machten sie einen satten Gewinn von siebenhundert Prozent. Danach ging alles Schlag auf Schlag. In einem abenteuerlichen Parforceritt hochspekulativer Finanzgeschäfte rafften sie innerhalb weniger Jahre ein gigantisches Vermögen an der Börse zusammen, das bequem bis an ihr Lebensende gereicht hätte. Mit Parker, der auch die Idee gehabt hatte, ihren später gegründeten Anlagefonds *Steenfoll Investment Trust* zu nennen, blieben sie geschäftlich in Kontakt. Der Name gefiel Joshua. *Steenfoll* klang ein wenig wie *Fool*, und seiner Ansicht nach waren alle Investoren Narren – er ausgenommen.

Mit Mitte fünfzig hatten sein Bruder und er schließlich beschlossen, es ruhiger angehen zu lassen und ihr angehäuftes Vermögen zu genießen. Das im eklektizistischen Stil erbaute Schloss *Halcyon Castle* auf der kleinen Atlantikinsel Greedhou war seiner Ansicht nach ein bescheidener Ausdruck ihres irdischen Erfolges. Es hätte alles so entspannt weitergehen können.

Noch einmal hatte er einen großen Deal landen wollen, ein Milliardengeschäft, um sein ehrgeizigstes Ziel zu erreichen: der reichste Mann Großbritanniens zu werden. Griechische Staatsanleihen waren in seinen Augen das geeignete Spekulationsobjekt gewesen. Doch dann waren die Hellenen erneut mit einer abgewandelten Form des Kommunismus dahergekommen und hatten die Claytons und all die anderen Finanzgenies in die Welt der Sterblichen zurückgeholt. Ungerührt hatten die Griechen erklärt, dass sie fünfzig Prozent ihrer Schulden nicht mehr zurückzahlen würden. Die Anleihen des Pleitestaates waren über Nacht wertlos geworden. Die Investoren des angeschlagenen *Steenfoll Investment Trusts* hatten keinen Moment gezögert und das Kommando übernommen. Nach nicht einmal einer Woche gab es einen neuen Aufsichtsratsvorsitzenden und die Claytons waren nur noch Angestellte in ihrer eigenen Firma. Sie würden für jede größere Entscheidung den Aufsichtsrat um Zustimmung bitten müssen.

Joshua zerknüllte den Rest der Zeitung und warf ihn wütend in den Kamin. Eine Stichflamme züngelte empor und ein heißer Luftzug fauchte in den Raum. Es kam ihm vor wie der trockene Wind, der im August über die ausgedörrte Landschaft Griechenlands fegte.

Er wandte sich an seinen Bruder, der ihm belustigt bei seinem Treiben zusah. »Wie spät ist es?«, fragte er.

Samuel Clayton zog eine goldene Taschenuhr aus seiner Weste und klappte bedächtig den fein ziselierten Deckel hoch. »Genau fünf Uhr, Bruder! Zeit für unseren *Five o'Clock Tea*.«

Wie auf Bestellung klopfte es an der dunklen Eichentür der Bibliothek, und einen Augenblick später trat ein hagerer Mann um die sechzig in Butleruniform in den Raum.

»Gentlemen, Ihr Fünfuhrtee!«, dröhnte er mit voller Stimme und trug gravitätisch ein Tablett herein, auf dem sich Teetassen aus China-Porzellan befanden.

Joshua schaute den Diener missbilligend an. »Wieso *drei* Tassen? Will das Personal jetzt etwa mit uns Tee trinken?«

»Nein, Sir«, erwiderte der Butler. »Natürlich nicht. Aber ich habe mir erlaubt, einen Gast mitzubringen.«

Hinter dem Diener trat eine junge Frau mit langen, goldblonden Haaren hervor und begrüßte die Clayton-Zwillinge mit einem strahlenden Lächeln. »Ich wünsche den Herren einen wunderschönen Tag. Wie ich sehe, komme ich gerade zur rechten Zeit.«

KAPITEL 11

Der Frühling hatte ins Bergische Land Einzug gehalten. Es war Mitte Mai, und die Abendsonne schien warm auf die hügelige Landschaft und tauchte die Wälder in ein goldenes Licht. In dem Ausflugslokal auf dem Unnenberg herrschte reges Treiben. Holm saß mit seiner Frau im Biergarten und genoss die abendliche Stimmung. Ein Tag zum Träumen.

»Wollen wir beide da mal hochsteigen?«, fragte Dagmar und zeigte auf einen Aussichtsturm, der neben dem Lokal fast fünfzig Meter in den Himmel ragte.

»Muss das sein?« Auch wenn sein Therapeut Dr. Wolf ihm versichert hatte, dass seine Höhenangst für immer verschwunden war, verspürte er wenig Lust, die Stahlkonstruktion vor sich zu erklimmen.

»Ach komm, gib dir einen Ruck. Man hat von da oben eine fantastische Fernsicht. Der Ausblick soll vom Siebengebirge bis ins Hochsauerland reichen.«

»Na gut, meinetwegen«, grummelte Holm und stand auf. Gemeinsam schlenderten sie zur Treppe an der Basis des Turms.

»Alter vor Schönheit«, sagte Holm und ließ seine Frau an sich vorbei die ersten Stufen nehmen, er selbst folgte mit einigem Abstand. Er horchte in sich hinein, aber da war nichts: kein Herzrasen, keine Atemnot, keine Schweißausbrüche. Sein Therapeut hatte recht: »Höhenangst« war nur noch ein abstrakter Begriff für ihn. Gemächlich stiegen sie den Unnenbergturm hoch, ließen ab und zu Touristen vorbei, die von der Plattform ganz oben kamen. Auf der Hälfte der Strecke blieb er stehen, um eine Pause einzulegen, und sah sich um. Dagmar hatte nicht übertrieben. Die Aussicht war atemberaubend. Vor ihm dehnte sich ein welliger grüner Teppich aus Wäldern und Wiesen aus, der bis zum Horizont reichte und irgendwo im Dunst verschwand. Die Welt lag ihm zu Füßen. Der Lärm von Kindern ließ ihn für einen Augenblick durch die offenen Metallstufen nach unten in die Tiefe blicken.

Die Attacke kam ohne Vorwarnung und traf ihn mit der Wucht eines Güterzuges. Sein Hals schnürte sich zu, als würde ihn eine unsichtbare Hand erbarmungslos zudrücken. Die Luft entwich in keuchenden, verzweifelten Stößen aus seiner Lunge, und seine Hilferufe drangen nur als heiseres Röcheln aus seiner Kehle.

Kalter Schweiß strömte ihm über Brust und Rücken, die Beine sackten kraftlos weg, als ob man ihm das Rückenmark durchtrennt hätte. Die Welt um ihn herum drehte sich immer schneller und verwandelte sich in ein wahnwitziges Karussell aus Farben und Formen, bis alles in einem wirbelnden Strudel verschwamm. Panisch krallte er sich am Metallgeländer der Treppe fest, bis seine Fingerknöchel weiß hervortraten.

Dann rebellierte sein Magen. Die angedauten Reste einer Bratwurst, vermischt mit Senf und Bier, schossen in einem Schwall heraus, landeten auf seinem Hemd und tropften durch die Gitter der Treppenstufen herab. Der saure Geruch von Erbrochenem stieg in die Luft. Sein ganzer Körper zitterte unkontrolliert und er schloss die Augen. Sein persönliches Haustier, der Panikdrache, war zurückgekehrt und hielt ihn in seinen Klauen unbarmherzig fest.

»Pass doch auf, du Schwein!«, hörte er eine zornige Männerstimme eine Etage tiefer. Dann spürte er, wie ihn jemand unter den Armen packte und stöhnend hochzog.

»Ach Holm! Ich dachte, du hättest deine Höhenangst mittlerweile im Griff.« Es war Dagmars Stimme.

»Bitte hilf mir runter, ich schaff das nicht allein. Ich traue mich nicht, die Augen zu öffnen«, erwiderte Holm krächzend.

»Ja, ist schon gut. Halt dich mit einer Hand am Geländer fest, ich führe dich. Und sieh zu, dass du mir vom Leib bleibst. Du riechst nicht besonders gut.«

Eine gefühlte Ewigkeit später saß Holm mit seiner Frau an einem abseitsstehenden Tisch im Biergarten. Ausflügler, die vorbeigingen, verzogen angewidert das Gesicht.

»Kannst du mir sagen, was das eben war? Warum gehst du zu diesem Dr. Wolf, wenn das gegen deine Angstattacken gar nichts bringt?«, fragte Dagmar.

»Ich dachte, ich hätte alles im Griff. Du weißt selbst, dass ich die ›Mutproben‹ in den letzten Wochen bestanden habe; die Fußgängerbrücken, den Ausblick von den Hochhäusern. Vielleicht war ja die Bratwurst schlecht.«

»Genau. Und das Essen gestern Abend war wahrscheinlich auch schlecht, oder warum hat es im Bett nicht geklappt?«

»Hör doch auf damit. Ich bin eben noch nicht so weit«, antwortete Holm. »Wie würdest du denn reagieren, wenn du befürchtest, betrogen zu werden? Du würdest auch nicht vor Freude an die Decke springen.«

»Ich betrüge dich nicht.«

»Ach ja? Und mit wem hast du neulich telefoniert, als ich nach Hause gekommen bin? Bestimmt nicht mit dem Paketdienst, so verliebt wie du geklungen hast.«

Dagmar errötete und blickte auf den Tisch. Sie schwieg eine Weile, bevor sie den Kopf hob. »Das ist vorbei. Schon seit einigen Wochen. Das war nur eine kurze Affäre.« Sie fuhr sich mit der Hand über die Augen. »Aber du musst mich auch verstehen. Du kommst immer erst spätabends von der Arbeit nach Hause, isst allein, unternimmst nichts mit mir und im Bett herrscht Friedhofsruhe zwischen uns. Also habe ich nach etwas Abwechslung gesucht. Aber ich habe mit dem Mann Schluss gemacht, ich schwöre es.«

Holm lehnte sich zurück und stöhnte auf. »Ich habe also recht gehabt. Und mir wirfst du meine Panikattacken vor. Echt nett! Wie heißt der Kerl?«

Dagmar wischte sich Tränen aus den Augenwinkeln. »Das spielt keine Rolle mehr. Ich habe dir gesagt, es ist vorbei.« Sie nahm seine Hände und streichelte sie. »Es tut mir leid. Aber wenn du willst, bin ich zu einem Neustart bereit. Ich lass dich jetzt lieber einen Augenblick allein.« Sie stand auf und ging zurück zu dem Aussichtsturm.

Holm blickte ihr hinterher. *Was sollte er nur machen?* Wenn er ehrlich zu sich selbst war, hatte seine Frau in vielen Punkten recht und er konnte sie verstehen. Das verlängerte Wochenende, das sie zur Rettung ihrer Beziehung vorgeschlagen hatte, drohte in einer Katastrophe zu münden.

Trotzdem, er wollte Dagmar nicht verlieren. Er hatte sonst nichts mehr. Auf der Arbeit kamen ihm immer stärkere Zweifel, ob er sich mit seiner Theorie nicht doch verrannt hatte. Gab es wirklich ein Element 126? Das war eine gewagte Hypothese, und der provokante Auftritt seines Kollegen Ott in der Martinskirche hatte sein Selbstvertrauen nicht unbedingt gestärkt. Wenn er aber selbst nicht mehr an seine Theorie glaubte, wie konnte er dann das Versprechen halten, das er seinem Bruder gegeben hatte? Die Kollegen hielten ihn für einen erfolglosen Spinner, der versuchte, eine verrückte Hypothese zu beweisen. Seine Welt wurde langsam so instabil wie die Atome, die er im Linearbeschleuniger für ein kurzes Leben erschuf. Und jetzt dieser jämmerliche Auftritt. Er schaffte es nicht einmal, zehn Meter einen Aussichtsturm hochzusteigen. Er war am Ende.

Resigniert starrte Holm auf die aufgeschlagene Seite einer Illustrierten, die ein Gast auf dem Tisch liegen gelassen hatte.

»Urzeittiere auf dem Everest gefunden!«, verkündete ein Artikel in großen Lettern. Darunter war das vergrößerte Foto eines Fossils mit einem angelegten Lineal als Maßstab zu sehen. Er griff nach der Zeitung und las den kurzen Bericht:

»Einem britischen Bergsteiger einer BBC-gesponserten Expedition gelang auf dem höchsten Berg der Welt eine sensationelle Entdeckung. In der Todeszone auf über 8000 Meter fand er einen versteinerten Trilobiten. Die Extrembergsteigerin Gilda Hunt zeigte sich begeistert: ›Wir hätten niemals erwartet, hier ein so gut erhaltenes Exemplar eines *Isotelus rex* zu finden! Wer weiß, welche Überraschungen dieser Berg sonst noch bereithält!‹«

Holm sah sich das Bild zu dem Bericht genauer an. Mit einiger Fantasie konnte man die Umrisse eines Tierskeletts auf dem Foto erahnen, das an eine überdimensionierte Kellerassel erinnerte. Das sollte ein Urzeittier sein? Mit solch albernen »Entdeckungen« schaffte man es heutzutage in die Zeitungen? Das war einfach nur lächerlich. Holm wollte die Illustrierte schon zuklappen, als er es sah.

Am unteren Rand des Fossils, dort, wo der Stein endete, befanden sich kleine helle Flecken, die von einem schwarzen Hof und feinen, dunklen Ringen umgeben waren.

Holm sog die Luft scharf ein, sein Herz schlug schneller. Konnte das sein? So große Halos hatte er noch nie zuvor gesehen. Waren sie ein Zeichen für Radioaktivität? Er hielt sich das Foto dicht vor die Augen und studierte die unscheinbaren Punkte genauer. Langsam ließ er die Zeitung sinken. Diese Entdeckung war zwar kein Beweis, aber auch mehr als nur ein Indiz. Er brauchte in diesem Fall Gewissheit, ansonsten würde man ihn wieder auslachen.

Holm schaute kurz zur Aussichtsplattform hoch, wo seine Frau stand und in die Ferne blickte. Träumte sie von ihrem Liebhaber?

Er überlegte, was er unternehmen konnte. Mit Dagmar sprechen? Die Zeitungsredaktion anschreiben und dem Reporter die wahre Sensation berichten? Diese Bergsteigerin – wie hieß sie gleich, Hunt? – anrufen und ihr seine Theorie erklären? Er ließ den Kopf hängen. Was er soeben entdeckt hatte, würde außer ihm keiner verstehen, zu abenteuerlich klang das alles. Nur Ott, der würde es begreifen – und sofort leugnen. Nachdenklich starrte er auf das Bild mit dem Fossil. Die Lösung lag so nah und doch so fern.

Unmerklich formte sich ein Gedanke in seinem Kopf. *Nein, unmöglich.* Das würde nicht klappen, auf keinen Fall. Aber diese Idee war so faszinierend, so verführerisch – und lebensgefährlich.

Nein und nochmals nein! Wie sollte das funktionieren? Sein Traum würde bereits bei der Planung wie eine schillernde Seifenblase zerplatzen. Er dachte an seinen toten Bruder. Der hätte in einer solchen Situation nicht gezögert und die Dinge in die Hand genommen, egal welche Schwierigkeiten vor ihm gelegen hätten.

Warum konnte er das nicht tun? Ja, warum eigentlich nicht? Wut stieg in ihm auf und er ballte die Hände zu Fäusten. Er müsste nur ein einziges Mal in seinem Leben über seinen Schatten springen, um einmal der Erste zu sein.

Er riss die Seite aus der Zeitung, faltete sie zusammen und steckte sie in seine Gesäßtasche. In schwindelerregender Höhe, verborgen im ewigen Eis des Everest, lag der Beweis für Element 126.

KAPITEL 12

»Was für eine freudige Überraschung!« Joshua verzog das Gesicht zu einem angestrengten Lächeln. »Damit haben wir nicht gerechnet. Es ist uns eine große Ehre, unsere Aufsichtsratsvorsitzende in *Halcyon Castle* begrüßen zu dürfen! Treten Sie doch ein.«

»Joshua! Samuel! Wie schön, Sie zu sehen!« Gilda ging auf die Männer zu und hauchte beiden einen angedeuteten Kuss auf die Wange. Sie trug einen eng geschnittenen dunkelblauen Hosenanzug, dazu eine weiße Bluse und eine Handtasche von Hermès. Um ihrem Hals hing an einem schwarzen Lederband ein kleines goldglänzendes Nugget von ungewöhnlicher Form. Sie fuhr sich mit den Händen durch das Haar und lächelte die Zwillinge an.

»Sie werden es kaum glauben, ich habe selbst auf meiner Everest-Expedition an Sie beide gedacht. Auf dem Gipfel habe ich mich sogar gefragt, wie es Ihnen gerade geht.«

»Das kann ich mir lebhaft vorstellen«, murmelte Joshua. »Wir wissen es sehr zu schätzen, dass Ihre Sorge um uns keine zeitlichen und örtlichen Grenzen kennt.«

Gilda schlenderte im Raum umher. Vor einem der hohen Regale blieb sie stehen, zog einen alten Folianten heraus, blätterte kurz darin und stellte ihn wieder zurück. Dann ging sie zur Fensterfront und warf einen Blick auf das aufgewühlte Meer.

»Hübsch haben Sie es hier. Richtig hübsch. Es hat Sie bestimmt viel Zeit und Geld gekostet, sich so gemütlich einzurichten, nicht wahr?«

Joshua erwiderte nichts. Er kannte diesen Typ Frau. Hinter der schönen Fassade und dem jovialen Auftreten verbarg sich eine eiskalt berechnende Person, die nur auf den richtigen Augenblick lauerte, um ihre Beute zu erlegen.

»Nun«, räusperte sich Samuel, »in der Tat haben mein Bruder und ich uns kleinere Annehmlichkeiten gegönnt. Nach einem harten und entbehrungsreichen Arbeitsleben haben wir uns das auch ein wenig verdient.«

»Natürlich, das haben Sie.« Gilda ging auf Samuel zu und legte eine Hand auf seinen Arm. »Es ist nur so, dass ich mir Sorgen um Sie mache.

Der Unterhalt Ihres Anwesens dürfte größere Kosten verursachen. Von den Zinsen für die Hypothek ganz zu schweigen. Und das in Zeiten, in denen die Weltwirtschaft mal wieder heftig ins Trudeln geraten ist.«

Joshuas Miene verfinsterte sich noch mehr. Die Frau war keine zwei Minuten da und packte schon ihre Folterwerkzeuge aus. Der Hinweis auf die finanziellen Belastungen ihres Schlosses konnte nichts Gutes bedeuten. Was hatte sie vor? Er wies mit einer einladenden Geste auf das Sofa.

»Wollen wir uns nicht erst setzen? Wir sind sehr gespannt auf Ihre Erzählungen vom Everest. Sie sind eine richtige Berühmtheit, wie man hört. Wie nennt man Sie in den Medien? *Bone Hunter*?«

Gilda verzog keine Miene. »Ich habe davon gelesen. ›Knochenjägerin‹. Eine unpassende Bezeichnung, wenn Sie mich fragen. Vor allem, wenn man bedenkt, dass sich Knochen nicht mehr wehren können. Im Gegensatz zu den noch lebenden Opfern eines wirklichen Jägers.«

Joshua zog die Augenbrauen hoch. Hatte die Dame seinen Bruder und ihn als Opfer im Visier?

Samuel trat an das Louis-XV-Tischchen, auf dem der Butler das Teeservice abgestellt hatte. »Mein Bruder hat recht. Nehmen Sie doch erst einmal Platz und genießen Sie mit uns den *Afternoon Tea*. Ein ausgezeichneter *First Flush* aus Nepal, geerntet zur schönsten Frühlingszeit, mit blumigen Noten von Lilien, umspielt von dezenten Fruchtnoten.« Er goss den dampfenden Tee in die Porzellantassen und reichte Gilda eine. Dann ließ er sich wieder in seinen Sessel fallen. »Wir sind sehr gespannt darauf, was Sie vom Himalaya zu berichten haben. Für das Geschäftliche bleibt nachher genügend Zeit.«

Gilda setzte sich ebenfalls und sah Samuel von der Seite an. »Ich fürchte, das Business geht vor. Sie wissen selbst am besten, dass Ihre finanzielle Lage ein wenig angespannt ist. Die Griechen machen Ihnen Probleme, nicht wahr?«

Joshua stellte sich hinter den Sessel seines Bruders, stützte die Arme auf die Rückenlehne und starrte Gilda an.

»Die Griechen *machen* keine Probleme, sie *sind* das Problem. Nicht nur für den *Steenfoll Investment Trust*, sondern für die halbe Welt. Deshalb sollten wir diese Angelegenheit gemeinsam angehen. Schnell, hart und entschlossen. Diese Halunken werden ihre Schulden zurückzahlen, und zwar alle. Das verspreche ich Ihnen!«

»Schon möglich. Die Frage ist nur: Wann? In der Zwischenzeit geht Ihr Trust in die Insolvenz. Wollen Sie das?«

»Das ist doch Unsinn! Wir haben eine vorübergehende Schwächeperiode, meinetwegen, aber die wird bald überwunden sein. Die ersten Analysten empfehlen schon wieder den Kauf von Aktien unseres Trusts!«

»Von *Ihnen* bezahlte Analysten. Die Zahlen sprechen eine andere Sprache.« Gilda zog ein zusammengefaltetes Blatt Papier aus ihrer Handtasche und legte es auf den Tisch. »Sehen Sie selbst. Das ist die aktuelle Übersicht Ihrer finanziellen Situation. Von *Ihrem* Controlling. In acht Wochen sind Sie zahlungsunfähig, meine Herren.«

Joshua erwiderte nichts. Er kannte die Zahlen und wusste, dass es keine acht Wochen dauern würde, bis sie pleite waren. Sechs, allerhöchstens. Die Eislady würde bestimmt gleich mit ihren eigentlichen Absichten herausrücken. Er ging um den Tisch herum und setzte sich in den anderen Chesterfield-Sessel. »Ich bitte Sie!« Er machte eine abwehrende Handbewegung. »Acht Wochen sind an der Börse eine Ewigkeit! Da kann alles passieren. In dieser Zeit können Aktien ihren Wert vervielfachen! Das haben wir oft genug erlebt. Warum sollte es jetzt anders sein? Aber das wissen Sie selbst am besten.«

»Und an der Börse werden Vermögen vernichtet. Manchmal innerhalb von Sekunden. Mitsamt ihrer Eigentümer. Aber das wissen Sie selbst am besten.« Gilda nahm einen Schluck Tee und sah die Zwillinge erwartungsvoll an.

Samuel rutschte unruhig in seinem Sessel hin und her.

»Gilda, Sie überraschen uns mit Ihrem Besuch und erzählen, wie schlimm alles ist. Wir wissen selbst, dass die momentane Situation für uns nicht einfach ist. Also, was wollen Sie?«

»Ich will Ihnen helfen, Samuel.« Gilda beugte sich vor und legte die Hand beschwichtigend auf seine. »Ich helfe Ihnen, weil ich Sie mag. Vielleicht fällt Ihnen das schwer zu glauben, aber so ist es.«

»Wenn Sie uns wirklich helfen wollen, dann tun Sie drei Dinge!«, bellte Joshua. »Erst erschießen Sie diesen Hurensohn von einem griechischen Finanzminister, dann schenken Sie uns zwei Milliarden Pfund, und als letztes verschwinden Sie aus unserem Leben!«

»Ach Joshua, ich mag Ihre herzliche Art!« Sie schenkte ihm ein breites Lächeln. »Ihren ersten und dritten Wunsch kann ich leider nicht erfüllen, aber dafür den zweiten. Zwei Milliarden werden das Mindeste sein, was Sie bekommen, falls Sie sich dazu entschließen sollten, meine Hilfe anzunehmen. Wenn nicht, dann –« Sie ließ den Satz unvollendet und deutete schulterzuckend auf die teure Einrichtung der Bibliothek.

Joshua ballte grimmig die Fäuste. Die Jägerin hatte das Wild vor ihre Flinte getrieben und war bereit, den Fangschuss abzugeben. »Was soll ich sagen? Ich bin überwältigt von Ihrer Großzügigkeit! Nehmen wir mal an, wir würden Ihre Hilfe annehmen – wie würde diese denn genau aussehen?«

»So.« Gilda nahm die Halskette ab und legte den Anhänger bedächtig auf den Tisch.

»Sie wollen Ihren Familienschmuck verhökern, um uns zu retten? Wie selbstlos von Ihnen, aber dieses Opfer können wir unmöglich annehmen.«

Gilda rutschte etwas näher heran und nahm das Nugget in die Hand.

»Sie wollten doch, dass ich Ihnen von meiner Everest-Expedition berichte. Als ich beim Abstieg in eine missliche Lage unterhalb des Gipfels geriet, musste ich die Nacht unfreiwillig auf über achttausend Meter in einer Höhle verbringen. Und da habe ich das hier gefunden.«

Sie hielt Samuel den metallisch glänzenden Stein hin, der ihn in die Hand nahm und prüfend von allen Seiten betrachtete. Er sah Gilda an. »Ist es etwa das, wofür ich es halte?«

Sie nickte.

KAPITEL 13

Der fensterlose Raum, in fahl schimmerndes Licht getaucht, wirkte wie eine gewaltige, vergessene Fabrikhalle, von der eine düstere Atmosphäre ausging. Zehn Meter über dem Boden schwebte die Blechdecke in einem undurchdringlichen Dunkel, eine schmale Gittertür schloss einen schwach beleuchteten Gang ab. Ein Alcatraz der Kernphysik, in dem nicht nur Maschinen eingesperrt waren, sondern vielleicht auch die letzten Geheimnisse der Schöpfungsgeschichte.

Ott ließ den Blick über die Schar von mehr als dreißig Journalisten wandern, die sich vor ihm in einer der Hallen des Helmholtzzentrums für Schwerionenforschung in Darmstadt versammelt hatten. Einen solchen Presserummel hatte es hier schon lange nicht mehr gegeben. Schräg hinter ihm war auf eine weiße Leinwand das Periodensystem der chemischen Elemente projiziert, in dem ein Kästchen mit der Nummer 120 in der untersten Reihe an zweiter Stelle rot aufleuchtete.

Er breitete die Arme aus.

»Abschließend kann ich sagen: Am Anfang stand der Wasserstoff – und am Ende Element 120. Mit Gott fing alles an und mit G.OTT – wenn Sie mir diese bescheidene Anspielung auf meinen Spitznamen verzeihen möchten – endet das Periodensystem. Der alte Mann da oben kann sich nun ein wenig ausruhen. Ich habe für ihn die Schöpfungsgeschichte zu Ende geschrieben. Ich hoffe, mein Vortrag war nicht nur informativ, sondern hat Ihnen auch Spaß gemacht. Herzlichen Dank für Ihre Aufmerksamkeit!«

Er war zufrieden. In einem zwanzigminütigen, seiner Meinung nach brillanten Vortrag hatte er der anwesenden Journaille das Helmholtzzentrum, seine eigene Arbeit und als Höhepunkt die Erzeugung des Elements 120 vorgestellt.

Vielleicht war diese Bekanntgabe etwas verfrüht gewesen, aber der wissenschaftliche Geschäftsführer des Institutes, Dr. Bäumer, hatte ihn vor einigen Wochen darüber informiert, dass bald über die Leitung von FAIR, der neuen Beschleunigeranlage, entschieden würde.

Ott wusste, dass er ein aussichtsreicher Kandidat für diese Position war.

Er war beruflich erfolgreich und sowohl im Institut als auch in Industrie und Politik bestens vernetzt. Trotzdem, eine wissenschaftliche Sensation vor der finalen Entscheidung konnte nicht schaden. Die Entdeckung von Element 120, zusammen mit der kühnen Behauptung, dass damit das Ende des Periodensystems erreicht sei, erschien ihm für seine Zwecke außerordentlich hilfreich. Sein »Beweis« war zwar löchrig wie ein Sieb und ließ zahlreiche Fragen offen, aber für die Presse würden die vorläufigen Resultate vollkommen ausreichen. Nachbessern konnte er später. Wie immer.

Ott drehte sich um. »Schauen Sie mal bitte hierher! Hier wurde das definitiv letzte Element im Periodensystem erstmalig durch mich und meine Arbeitsgruppe nachgewiesen.«

Er zeigte auf ein buntes Wirrwarr aus wuchtigen roten Metallklötzen, blauen Stahlträgern und gelb-schwarzen Schildern, die vor Hochspannung und starken Magnetfeldern warnten. Zwischen ihnen wanden sich unzählige Stromkabel und Schläuche hindurch und verbanden Pumpen, Motoren und Messgeräte. An der linken Seite führte ein großkalibriges Edelstahlrohr, das an eine Kanone erinnerte, ins Innere des Ungetüms. Das ganze Ensemble wirkte wie eine komplex arrangierte Installation, die sich aus einer Ausstellung für moderne Kunst in das Helmholtzzentrum für Schwerionenforschung verirrt hatte. Aus dem Inneren drang ein tiefes, durchdringendes Brummen wie der Flügelschlag einer aufgebrachten Hornisse.

»Diese übersichtliche Apparatur ist nicht etwa nur eine Maschine. Nein, sie ist meine alte Freundin TASCA, was für *TransActinide Separator and Chemistry Apparatus* steht. Hier habe ich nicht nur die Geburt von Unbinilium, dem Element 120, beobachten dürfen, sondern auch seinen raschen Tod. Leider war meinem Ziehkind kein langes Dasein beschieden, gerade mal ein paar Millisekunden, dann hauchte es sein Leben aus. Ich trauere schon ein wenig!« Ott wischte sich eine imaginäre Träne aus dem Augenwinkel. »TASCA ist übrigens auch die Mutter aller Sackgassen für verrückte Ideen, dass jenseits der Ordnungszahl 120 noch andere Elemente existieren könnten.«

Ein hagerer Mann mit eingefallenen Gesichtszügen und schwarzer Brille hob die Hand. »Körber von *Kaleidoskop der Wissenschaft*. Könnten Sie uns, also unseren Lesern, leicht verständlich erklären, wie Sie überhaupt neue Elemente in dieser Monstermaschine erzeugen?«

Ott strich sich lächelnd über die Glatze. »Gerne doch, Dr. Körber. Aber bezeichnen Sie bitte meine Freundin nie wieder als ›Monstermaschine‹! TASCA ist da sehr empfindlich.«

Die anderen Journalisten lachten leise.

»Wo fange ich am besten an? Also, die auf der Erde natürlich vorkommenden Elemente reichen bis zum Uran, Ordnungszahl 92, eigentlich sogar bis zum Plutonium. Alle weiteren Atome wurden künstlich hergestellt, entweder in Kernreaktoren oder in Instituten wie unserem. Um ein neues Element zu erzeugen, nimmt man ein natürlich vorkommendes Element, ionisiert es – das heißt, man überführt es in ein elektrisch geladenes Teilchen – und beschleunigt es in unserem hundertzwanzig Meter langen UNILAC Linearbeschleuniger auf ungefähr sechzigtausend Kilometer pro Sekunde. Das ist diese violette Röhre, an der Sie vorhin vorbeigekommen sind.«

»Sechzigtausend Kilometer pro Sekunde?«, raunte ein junger Mann in der vorderen Reihe. »Das ist aber ganz schön schnell!«

»Ja, das sind ungefähr zwanzig Prozent der Lichtgeschwindigkeit. Mein Tesla packt das nicht.«

»Und was passiert dann?«

»Wir schießen mit diesem überdimensionierten Schrotgewehr eine Billion Atomkerne pro Sekunde auf eine Folie von nur acht Millimeter Durchmesser, auf der sich das Zielatom befindet. Das ist, als wollte man ein Sandkorn inmitten des Stadions vom SV Darmstadt mit dem Teilchenstrahl treffen.«

»Wow! Und dann?«

»Auf der Zielscheibe prallen unsere Geschosse auf das andere Element. Allerdings treffen die Ionen schätzungsweise nur dreimal pro Tag den Atomkern. Wenn sie dann aber auf den Kern krachen, können die geladenen Teilchen dank der hohen Geschwindigkeit die sonst üblichen Abstoßungskräfte überwinden: Sie vereinigen sich mit dem Zielatom zu einem neuen Element.«

»Klingt wie Sex!«, erwiderte der junge Mann glucksend.

»Ah, Sie kennen sich aus! Müssen Sie es denn auch mehrere Billionen Male versuchen, bis es bei Ihnen zur Fusion kommt?«

Die Zuhörer lachten schallend.

»Sollten Sie einen abstoßenden Zeitgenossen in Ihrer Umgebung haben, zum Beispiel Ihren Chef, bringen Sie ihn bei Gelegenheit vorbei«, fuhr Ott fort. »Wir verschmelzen Sie dann beide. Nach der Reise durch UNILAC werden Sie ein Herz und eine Seele sein.«

»Lieber nicht!«, wehrte der junge Mann mit erhobenen Händen ab. »Aber ich habe da eine attraktive Kollegin, bei der ich noch Widerstände und Abstoßungskräfte überwinden muss.«

Die Anwesenden kicherten.

»Noch mal Körber!« Der hagere Mann hob die Hand. »Könnten Sie uns ein Beispiel für ein neues Element geben, das hier im Helmholtzzentrum erzeugt wurde?«

»Sicher doch! Nehmen wir Darmstadtium, Ordnungszahl 110, das hier das Licht der Welt erblickte. Dafür haben wir Nickel, Nummer 28, und Blei, Nummer 82, genommen und ordentlich zusammendonnern lassen. 28 und 82 ergibt 110. So einfach kann Kernphysik sein!«

»Darmstadtium? Klingt merkwürdig. Heißt es wirklich so?« Eine Frau mit kupferroten Haaren und grell geschminkten Lippen sah Ott fragend an. Er verzog den Mund. Gabi Sprondel, wer sonst. Eine solche Frage, der jeder wissenschaftliche Tiefgang fehlte, konnte nur von dieser selbst ernannten Journalistin kommen, die sich bei diversen populärwissenschaftlichen Magazinen als sogenannte Beraterin prostituierte.

»Nicht merkwürdiger als Dubnium oder Berkelium. Diese Elemente hat man ebenfalls nach den Orten benannt, an denen sie zuerst erzeugt wurden.«

»Und welchen Namen wollen Sie Nummer 120 geben?«, hakte Sprondel nach.

Ott lächelte. »Wie wäre es mit ›Gottium‹? Das wäre doch angemessen für das Ende im Periodensystem, oder?«

»Sagen Sie mal«, die Stimme der Frau zitterte plötzlich vor Erregung, »können Sie in Ihrer Anlage auch andere Elemente produzieren? Gold zum Beispiel?«

»Aber selbstverständlich!« Ott blickte nach unten und rieb sich die Nase. Diese Frau würde ihn gleich noch fragen, ob TASCA auch als Waschmaschine eingesetzt werden könnte. »Ein paar Millionen Goldatome sind schon drin.«

»Oh, mein GOTT! So viele? Dann wären Sie ja Millionär!«

»*Doktor* G.OTT bitte. So viel Zeit muss sein!« Ott fuhr sich mit beiden Händen über den Kopf. »Ich muss aber in der mir eigenen Bescheidenheit gestehen, dass mir meine wissenschaftliche Arbeit wesentlich mehr bedeutet als ein paar Millionen Goldatome.« Was ausnahmsweise stimmte. Die Masse dieser Atome war trotz ihrer großen Anzahl so gering, dass ihr finanzieller Wert nur den Bruchteil eines Cents ausmachte.

»Unter mangelndem Selbstbewusstsein leiden Sie offensichtlich nicht!«, warf ein Mann mit schütterem Haar und grauem Kinnbart ein und schob sich nach vorne. »Harald Koch von *Physical Review C*. Das war ein toller Vortrag, aber Dr. Ott, woraus leiten Sie ab, dass es jenseits von Element 120 keine weiteren Elemente mehr geben kann?« Der Journalist tippte auf eine Publikation, die er in der Hand hielt. »Es gibt zahlreiche Wissenschaftler, deren Ansicht nach die Reihe der stabilen Atomkerne nach Unbinilium erst anfängt!«

Ott verzog den Mund. »Entschuldigung, aber das ist kompletter Unsinn. Die physikalischen Eigenschaften von Unbinilium sind so eindeutig, dass weitere Elemente nicht einmal theoretisch denkbar sind. Quantenmechanische Argumente sprechen klar *gegen* die Existenz von Atomen mit einer höheren Ordnungszahl.«

Koch gab nicht nach. »Die Theorie der magischen Zahlen sagt für eine bestimmte Anzahl von Kernbausteinen eine zunehmende Stabilität voraus. Das gilt übrigens auch für Ihr Element 120. Schon erstaunlich, dass es so schnell zerfallen ist.«

»Magische Zahlen? Fauler Zauber ist das! Wenn diese krude Theorie stimmen würde, dann wäre Element 120 in der Tat stabil gewesen. War es aber nicht, wie Sie selbst zutreffend bemerkt haben. Als Nächstes führen Sie womöglich diese mysteriöse ›Insel der Stabilität‹ an.«

»Ja, allerdings«, erwiderte Koch. »Es ist allgemein anerkannt, dass spätestens ab Element 126 theoretisch eine erhöhte Beständigkeit erwartet werden kann. Wer weiß, diese Atome könnten so dauerhaft existieren wie Platin oder Gold.«

»Ihre ›Insel der Stabilität‹ ist das Atlantis der Kernphysik! Keiner hat sie bisher entdeckt. Sie ist eine Sandbank im Meer der Ignoranz, auf der sogenannte Experten Schiffbruch erleiden werden. Mit Element 120 ist endgültig Schluss im Periodensystem!« Ott tupfte sich den Schweiß von der Stirn. In seinen Mundwinkeln hatten sich feine Speicheltröpfchen gesammelt.

Ein großer Mann mit wuscheligen Haaren, in abgewetzten Jeans und Tweedjacke drängte sich nach vorne und baute sich vor ihm auf.

»Ich kann Herrn Kochs Thesen nur unterstützen. Alle Theorien sprechen *für* die Fortsetzung des Periodensystems, und zwar weit über Element 120 hinaus. Was hat Oliver Sacks, ein Wissenschaftler und Mediziner, mal geschrieben?« Der Mann zog einen zerknitterten Zettel aus seiner Jacke und las vor:

»Wir suchen nach der ›Insel der Stabilität‹, weil sie da ist, wie der Mount

Everest. Aber wie beim Everest gibt es auch hier tiefe Emotionen, die die wissenschaftliche Suche nach der Prüfung einer Hypothese durchdringen. Die Suche nach der magischen Insel zeigt uns, dass Wissenschaft weit entfernt von Kälte und Berechnung ist, wie viele Menschen annehmen, sondern voller Leidenschaft, Sehnsucht und Romantik.«

Ott verdrehte die Augen, dann machte er eine einladende Handbewegung. »Mein über alles geschätzter Kollege Dr. Terbergen! Ich freue mich aufrichtig, Sie mal wieder in einer wissenschaftlichen Veranstaltung zu sehen. Treten Sie doch bitte näher! Sie können hier etwas über Kernphysik lernen. Aber seien Sie so nett und fangen nicht schon wieder mit Geschichten über Ihr Wunderatom an.«

»Wunderatom?«, echote Gabi Sprondel. »Was ist das? Gibt es so etwas?«

»Ja, in der Fantasie von Herrn Terbergen!«, stöhnte Ott. »Es heißt Element 126 und ist unter seriösen Wissenschaftlern besser als *Brimborium* bekannt. Es führt zu schleichendem Realitätsverlust. Ich möchte den geschätzten Kollegen nun bitten, die Veranstaltung nicht weiter zu stören. Danke!«

»Warum so voreilig?«, warf Koch ein. »Es wäre doch interessant zu erfahren, warum die Schöpfungsgeschichte doch noch weitergeht, oder?«

Die anderen Journalisten klatschten zustimmend.

Ott legte die Fingerspitzen an die Schläfen und schloss für einen Moment die Augen. Seine nächsten Worte mussten wohlüberlegt sein. Dieser Terbergen konnte die bisher positive Stimmung kippen lassen. Und wenn dann noch einer dieser selbst ernannten Koryphäen auf die Idee kam, seine Ergebnisse zur Synthese von Element 120 näher zu beleuchten, konnte die Veranstaltung für ihn in einer Katastrophe enden.

»Meinetwegen.« Ott holte tief Luft. »Sie alle haben doch schon einmal von Nessie gehört, dem Ungeheuer von Loch Ness. Viele Leute wollen es gesehen haben, es gibt sogar ein paar unscharfe Fotoaufnahmen von diesem Fabelwesen. Aber ein eindeutiger Beweis für seine Existenz wurde nie erbracht. Trotzdem jagen einige verwirrte Zeitgenossen dieser Schimäre weiter unverdrossen hinterher.«

»Und was hat Nessie mit dem Periodensystem zu tun?«, fragte Koch.

Ott zog die Augenbrauen hoch. »Entschuldigen Sie bitte, wenn ich mich nicht verständlich genug ausgedrückt habe. Die Fans von diesem Lurch und die Anhänger von Element 126 verbindet eine wesentliche Eigenschaft: Beide versuchen verzweifelt, etwas nicht Existentes zu materialisieren.«

Er wandte sich an Holm. »Oder warum suchen Sie noch weiter, Kollege Terbergen?«

Holm zuckte mit den Schultern. »Ob es sich lohnt, weiter nach Nessie zu fahnden, kann ich nicht beurteilen. Offensichtlich sind Sie der Experte für Seeungeheuer. Aber die Bemühungen zum Nachweis von Element 126 kann man tatsächlich einstellen. Die sind sinnlos geworden.«

»Oh! Dann gratuliere ich ganz herzlich zu dieser verspäteten Erkenntnis! Sieht so aus, als ob Sie doch lernfähig sind.« Ott sah Terbergen mitleidig an. »Wollen Sie uns verraten, welche Gründe zur Änderung Ihrer Meinung geführt haben?«

»Gerne! Ich habe Element 126 entdeckt. Hier auf der Erde.«

KAPITEL 14

Gilda lächelte. »Ja, das ist Gold.«

»Sind Sie sich sicher?«, fragte Samuel erregt.

»Absolut! Ich habe es von Experten der *Beryllium Investment Group* prüfen lassen. Es besteht kein Zweifel. Wahrscheinlich besteht der halbe Everest aus Gold. Sie können sich leicht ausrechnen, welch riesiges Vermögen da oben schlummert.«

Samuel rieb sich die Stirn. »Wenn das wahr ist, was Sie da sagen, wird das die gesamte Finanzwelt erschüttern!« Er rechnete laut vor. »Der Everest dürfte aus mehreren Milliarden Tonnen Gestein bestehen. Bei einem angenommenen Durchschnittsgehalt von einem Gramm Gold pro Tonne sind das einige tausend Tonnen reines Gold!« Samuel schnappte nach Luft. »Ein Kilo kostet momentan um die fünfundachtzigtausend Dollar. Das wären dann insgesamt –«

»– weitaus mehr, als Sie sich überhaupt vorstellen können«, unterbrach Gilda ihn. »Der Schatz, der da oben in eisigen Höhen auf seine Entdeckung wartet, ist mehrere hundert Milliarden wert, wenn nicht gar über eine Billion Dollar. Ich habe es ausgerechnet.«

»Eine *Billion*?« Samuel sprang von seinem Sessel auf. »Hast du das gehört, Bruder? Wir wären die ersten Billionäre der Welt!«

»Wären wir das? Lass mich mal einen Blick auf Miss Hunts Entdeckung werfen, bevor wir uns voreilig zu den reichsten Männern des Planeten erklären!«

Joshua streckte die Hand aus, nahm seinem Bruder das glänzende Nugget ab und betrachtete es eingehend von allen Seiten. Schließlich legte er es achtlos auf das Tischchen zurück.

»Kein Interesse. Sie haben gesagt, dass Sie Ihren Fund in über achttausend Meter Höhe gemacht haben. Es dürfte schwierig bis unmöglich sein, unter den dort herrschenden Bedingungen das Vorkommen abzubauen. Wenn es denn überhaupt ein Vorkommen gibt. Außerdem sind wir keine Bergleute. Ihr Gold ist wertlos für uns.«

»Wie bitte?« Gilda lachte. »Eine Billion Dollar ist wertlos für Sie? Kommen Sie, das glauben Sie doch selbst nicht!«

Joshua verschränkte die Arme vor der Brust und grinste die Frau herausfordernd an. Dass sie jetzt in der Defensive war, gefiel ihm schon besser. Das Mädchen würde noch viel lernen müssen. »Erzählen Sie uns doch einmal zur Abwechslung, was Sie wirklich wollen. Ich kann mir nicht vorstellen, dass Sie rein karitative Gründe zu uns geführt haben.«

Gilda blickte ihn kühl an. »Ich werde ein zweites Mal auf den Everest steigen, um herauszufinden, wie groß das Goldvorkommen dort ist. Hierzu werden wir im Bereich des Gelben Bandes auf achttausend Meter Höhe mehrere Gesteinsproben nehmen. Und Sie werden mir freundlicherweise diese zweite Expedition finanzieren.«

»Sie haben Humor. Warum sollten wir das tun? Ich sagte doch, dass wir kein Interesse an Ihrem ›Goldschatz‹ haben.«

»Das sollten Sie aber. Ansonsten sorge ich dafür, dass bei Ihrem Trust schon nächste Woche die Lichter ausgehen werden.«

»Oh, das klingt ja wie Erpressung!« Joshua lehnte sich betont entspannt in seinem Sessel zurück. »Sie wissen, dass der Untergang unseres Trusts auch Ihr Karriereende bei B.I.G. bedeuten würde. Und wovon sollen wir Ihre Expedition bezahlen? Sie haben selbst festgestellt, dass unsere finanzielle Lage im Augenblick etwas zu wünschen übriglässt.«

»Das trifft auf die Liquidität des *Steenfoll Investment Trusts* zu, aber Ihre private Situation sieht deutlich besser aus. Ihre Konten in Panama sind prall gefüllt.«

»Chapeau, Sie haben Ihre Hausaufgaben gemacht!« Joshua beugte sich vor. »Wer weiß noch von Ihrer Entdeckung? Gehen Sie damit überall hausieren?«

»Nein. Sie sind die Einzigen, denen ich davon erzähle. Weil ich Sie so sehr mag!«

Joshuas rechte Augenbraue zuckte unmerklich. »Na schön. Wann wollen Sie denn zum Everest zurückkehren?«

»Nächstes Jahr im Mai, wenn das Wetter stabil ist und einen Aufstieg erlaubt.«

Joshua erhob sich und schlenderte zu dem Globus, der am Fenster stand. Nachdenklich drehte er die Kugel einige Male hin und her, bevor er sie schließlich anhielt und mit dem Zeigefinger auf die Stelle tippte, wo Nepal lag. »Wenn wir ins Geschäft kommen wollen, können wir unmöglich so lange warten. Wir brauchen kurzfristig Klarheit. Sie werden Ihre Expedition daher schnellstmöglich starten.«

Gilda verzog den Mund. »Wie stellen Sie sich das vor? Für die Vorbereitungen benötige ich mindestens vier bis fünf Monate. Wenn wir am Everest sind, herrscht dort Winter mit extremen Wetterbedingungen: Der Jetstream peitscht mit Windgeschwindigkeiten von bis zu zweihundertachtzig Stundenkilometern über den Berg und orkanartige Schneestürme bringen zwei, drei Meter Neuschnee – täglich. Lawinen wären unsere ständigen Begleiter. Die Temperaturen liegen im Basislager permanent unter minus zwanzig Grad, auf dem Gipfel sogar bis zu minus sechzig Grad. Unter diesen Bedingungen sollen wir einen Aufstieg wagen? Vergessen Sie's!«

»Wenn ich Sie richtig verstanden habe, wollen *Sie* den Everest ein zweites Mal besteigen. Und dafür brauchen Sie unser Geld, richtig?« Höhnisch grinsend sah er die Britin an. »Hier sind meine Forderungen: Sie werden bis zum Ende des Jahres mit einer detaillierten geochemischen Analyse zum Goldvorkommen auf dem Everest zurückkehren. Wir wollen Gewissheit. Nehmen Sie einen Spezialisten mit, einen Geologen oder Chemiker. *Wir* werden Ihre Expedition finanzieren, *Sie* werden dafür sorgen, dass unser Trust liquide bleibt. Verstanden?«

Gildas Augen blitzten. »Ich frage mich gerade, wer hier der Erpresser ist. Da ich Sie und Ihre charmante Art aber schon ein Weilchen kenne, komme ich nicht unvorbereitet.« Mit einem Lächeln zog sie aus ihrer Handtasche eine schwarze Dokumentenmappe hervor und reichte sie Joshua.

»Hier, für Ihr abgewirtschaftetes Unternehmen und den Unterhalt Ihrer bescheidenen Behausung. Eine Zusage über genau einhundert Millionen Dollar. Ich konnte Ihre Investoren davon überzeugen, dass eine weitere Finanzspritze für den *Steenfoll Investment Trust* besser ist als seine Insolvenz. Im Gegenzug erwarte ich von Ihnen eine sofortige Zahlung von zweihundertfünfzigtausend Pfund auf mein Privatkonto für die Expeditionsvorbereitungen und die gleiche Summe nochmal in drei Monaten. Dann schaffe ich es bis zum Dezember ins Basislager.«

Joshua fletschte die Zähne zu einem Raubtiergrinsen. »*Much appreciated,* Miss Hunt! Sie sind eine clevere Geschäftsfrau. Ihre Anzahlung geht morgen raus.«

Gilda blickte auf ihre Uhr. »Oh, ich fürchte, ich muss Sie schon wieder verlassen. Der nächste Termin wartet bereits. Sie wissen ja selbst, Geld schläft nie. Weitere Einzelheiten meiner Expedition können wir telefonisch besprechen.« Mit diesen Worten stand sie auf und ging zur Tür.

»Noch eins, Miss Hunt!«, rief Joshua ihr hinterher. »Was ist, wenn Sie auf dem Everest kein Gold finden?«

Gilda drehte sich langsam um. »Was soll dann schon sein? Ich werde meinen Job verlieren, kein Geld mehr haben, meine Wohnung aufgeben müssen und den Rest meines Lebens in Armut verbringen. Genau wie Sie dann, Joshua.«

»Verdammte Schlange!«, knurrte Joshua, nachdem Gilda die Bibliothek verlassen hatte. »Die denkt, sie kann mit uns nach Belieben umspringen. Das kann sie meinetwegen mit den Boys von *Blackfriars* und den anderen Weicheiern machen, denen sie mit ihrem unschuldigen Augenaufschlag die hundert Millionen aus dem Kreuz geleiert hat. Aber nicht mit Joshua Clayton!«

»Beruhige dich doch«, bat Samuel. »Denk an deinen Blutdruck!«

»Ich denke an nichts anderes, Bruderherz. Und wenn ich damit fertig bin, werde ich mir das Fräulein vorknöpfen, und zwar auf meine ganz persönliche Art!«

Samuel hob beschwichtigend die Hand. »Sieh es doch mal so: Mrs Hunt hat uns mit dem zusätzlichen Geld reichlich Spielraum verschafft. Für mindestens acht, wenn nicht sogar zehn Monate. In der Zeit kriegen wir unser Unternehmen wieder flott. Wir sollten unseren *Chairman* nicht unnötig verärgern.«

»Du meinst wohl *Chairwoman*. Eine Frau! Das erklärt doch alles! Die junge Dame hat soeben einen Riesenfehler gemacht. Sie hat ihre Karten etwas zu früh offengelegt. Mir kommt da eine grandiose Idee, wie wir Miss Hunts Informationen ausschließlich für uns gewinnbringend verwenden können.«

»Ich halte das nicht für sinnvoll. Die Frau ist knallhart. Was ist, wenn sie ohne uns weitermacht?«

»Du bist so ein Schisser, Samuel. Die Lady braucht dringend unser Geld für ihre Expedition, sonst wäre sie nicht hierhergekommen. Und ob die Eisprinzessin den Berg ein zweites Mal hochklettert und heil zurückkommt, ist mir vollkommen egal. Meinetwegen kann sie sich auf dem Everest ihren süßen Knackarsch abfrieren.«

»Wie bitte?« Samuel blickte seinen Bruder überrascht an. »Was ist mit dem geochemischen Gutachten, das du von ihr gefordert hast?«

»Absolut unwichtig. Wir brauchen nur etwas Zeit. Während Barbie in Eis und Schnee herumstapft, können wir ungestört unseren Geschäften nachgehen. Falls sie zurückkommt – und ich sage bewusst *falls* –, ist schon alles gelaufen. Wir werden den größten Finanzcoup aller Zeiten landen! Wir werden Geschichte schreiben!« Joshua trat zu seinem Bruder und packte ihn an den Schultern. Er strahlte über das ganze Gesicht. »Samuel, ich mache uns zu den reichsten Menschen in der gesamten Galaxis. Ach, was sage ich? Wir werden das Universum beherrschen!«

»Jetzt verstehe ich gar nichts mehr! Wie soll das gehen?«

Joshua ging mit federnden Schritten zu dem Louis-XV-Tischchen und hob triumphierend den Anhänger hoch, den Gilda bei ihrem Aufbruch vergessen hatte.

»Hiermit.«

KAPITEL 15

Ott riss die Tür von Holms Büro auf und stürmte ins Zimmer.
»Sie mieser, kleiner Drecksack! Was sollte diese Show eben? Meinen Sie, Ihre Fieberfantasien haben die Journalisten da unten beeindruckt?«
»Ich denke schon.« Holm drehte sich gemächlich auf seinem Bürostuhl um und lächelte. »Und Sie offensichtlich auch, sonst wären Sie nicht hier.« Ott trat auf seinen Kollegen zu, packte die Armlehnen und zog den Stuhl zu sich heran. Dann beugte er sich zu dem Mann hinunter.
»Von Ihnen lasse ich mir meine Karriere nicht kaputt machen«, sagte er leise. »Das war heute ein historischer Tag. Ich habe mit Unbinilium das letzte Element im Periodensystem erzeugt. Ihre idiotischen Ideen passen nicht dazu! Wo ist denn überhaupt Ihr Beleg für die Existenz von Brimborium 126?«
Holm erhob sich langsam. »Ihnen muss ich gar nichts beweisen. Ich werde meine Ergebnisse in einer der nächsten Ausgaben von *Physical Review C* publizieren. Da können Sie dann alle Details nachlesen.«
Ott wich einen Schritt zurück. »Na, da bin ich mal gespannt, ob das Journal Ihre Geschichte annehmen wird. Oder gibt es neuerdings ein Supplement zu Grimms Märchen?« Er drehte sich um und ließ seinen Blick durch das Büro schweifen. Bei einem Poster des Periodensystems, das über dem Schreibtisch hing, hielte er inne und tippte auf das leere Feld mit der Zahl 120. »Sie können sich demnächst eine Aktualisierung dieses Plakats mit meinem Autogramm aufhängen. Das Ende ist dann genau hier, nicht bei 126. Übrigens, Sie sollen mit Dr. Bäumer sprechen. Er will wissen, was auf der Pressekonferenz los war. *He was not amused.*«
»Bäumer war schon bei mir und hat sich über unsere kleine Kontroverse beschwert. Er meinte, wir sollen unsere Meinungsverschiedenheiten beilegen.«
»Kleine Kontroverse nennen Sie das? Das ist keine Kontroverse und auch keine Meinungsverschiedenheit! Das ist Metaphysik gegen Physik, Humbug gegen Wissenschaft!«
»Ich wusste gar nicht, dass Sie sich neuerdings für Metaphysik und Humbug interessieren.« Holm legte den Kopf zur Seite und kratzte sich seinen

Dreitagebart. »Ich kann Sie beruhigen: Bäumer glaubt auch, dass sich keine weiteren Atome nach Element 120 nachweisen oder erzeugen lassen. Er bezog sich dabei explizit auf Ihre Ergebnisse. Oder sollte ich besser sagen, auf Ihre *vorläufigen* Ergebnisse?«

»Meine Ergebnisse sind nicht vorläufig! Im Gegensatz zu Ihnen werde ich schon bald meine Resultate publizieren – in *Nature*!«

»Unter Ihrem Pseudonym ›Baron von Münchhausen‹?«

»Jetzt passen Sie mal genau auf, Sie Kretin!«

»Ich passe immer auf, wenn Worte der Weisheit von Ihren Lippen tropfen, lieber Herr G.OTT.«

Ott packte Holm am Revers seiner Tweedjacke, ließ ihn dann aber wieder los. »Ich werde mir doch nicht an Ihnen die Hände schmutzig machen, Sie Hilfswissenschaftler. Ich sage Ihnen nur eins: Sollte mein exzellenter Ruf durch Ihren Auftritt Schaden nehmen, kostet Sie das Ihren Kopf! Das meine ich wörtlich. Ich erwarte von Ihnen eine zügige Entschuldigung und Richtigstellung des Sachverhaltes, und zwar schriftlich!«

»Komisch, Bäumer hat dasselbe von mir verlangt. Haben Sie sich mit ihm abgesprochen?«

Ott bohrte den Zeigefinger in Holms Brust. »Ich bekomme noch heute Abend Ihre Stellungnahme. Verstanden?«

»Ich glaube, Sie haben nicht zugehört. Ich sagte Ihnen doch, dass ich meine Ergebnisse zur Entdeckung von Element 126 in einer der kommenden Ausgaben von *Physical Review C* veröffentlichen werde. *Das* wird meine Richtigstellung sein. Ich habe daher Dr. Bäumer gebeten, mir Sonderurlaub für die Abfassung meines Manuskripts zu geben. Ich möchte mir hierfür ausreichend Zeit nehmen, und Bäumer hat den Urlaub bereits genehmigt.«

»Urlaub?« Ott lachte auf. »Sie meinen, er hat Sie vorläufig freigestellt, bis GSI Sie endgültig rauswirft. Mannomann, Terbergen, fast können Sie einem leidtun – aber auch nur fast.«

Holm stand auf und gab Ott einen Klaps auf die Schulter. »Danke für Ihre Anteilnahme! Ich werde noch ein paar Befunde für den Beweis von Unbihexium zusammentragen und dann mit dem Schreiben meiner Publikation beginnen.«

Er nahm seinen Rucksack, packte einige Papiere und seinen Laptop ein, der auf dem Schreibtisch stand, und schob Ott zur Seite. »Sie entschuldigen mich bitte? Sie finden bestimmt alleine raus.«

Mit diesen Worten verließ Holm sein Büro.

KAPITEL 16

Holm trommelte beschwingt mit den Fingern auf dem Lenkrad und gab noch einmal extra Gas. Der Blitzer sollte auf seinem Nachhauseweg einen fröhlichen Mann ablichten.

Endlich hielt er mit dem Foto von der Everest-Expedition etwas in den Händen, was seine Hypothese stützen konnte. Kochs Reaktion auf der Pressekonferenz war ermutigend gewesen, und selbst Otts abwehrendes Verhalten bestärkte ihn in seinen Annahmen. Er hatte seinen Kollegen noch nie so unbeherrscht und aggressiv erlebt wie in seinem Büro. Befürchtete Ott, dass sich die Hypothese zu Element 126 doch als richtig herausstellen könnte? Oder hatte er sich so aufgeregt, weil Holm ihm indirekt unterstellt hatte, dass sein »Beweis« zum Ende des Periodensystems frei erfunden war? Wie auch immer, der Anblick des lieben G.OTT mit offen stehendem Mund beim Verlassen seines Büros war unbezahlbar gewesen!

Er würde in den nächsten Wochen seine Hypothese und die vorläufigen Befunde zu Unbihexium, Nummer 126, zusammenfassen und in einem *Letter to the Editors* veröffentlichen. Die Publikation würde die wissenschaftliche Diskussion über das Ende des Periodensystems wiederbeleben. Ott würde es künftig schwer haben, auf seine Argumente nur mit Sarkasmus und Spott zu reagieren.

Eine Gesteinsprobe vom Everest mit den ringförmigen Strukturen wie auf dem Zeitungsfoto könnte den endgültigen Beweis dafür liefern, dass es auf der Erde noch unentdeckte Elemente jenseits der Ordnungszahl 120 gab. Allerdings müsste er dafür eine Höhe von über achttausend Metern in Eis und Schnee überwinden – und das mit seiner verdammten Höhenangst!

Dann blieb noch seine Beziehung zu Dagmar zu klären. Er wollte sie nicht verlieren und er spürte, dass sie ihn ebenfalls noch liebte. An ihrem Seitensprung würde er noch eine Weile zu knabbern haben, aber für ihn gab es jetzt Wichtigeres.

Ein Blitz ließ ihn zusammenzucken. Wunderbar! Dieses Bild der Radarfalle würde er sich rahmen lassen, denn es zeigte einen neuen Holm Terbergen.

Er bog in die Auffahrt zu seinem Haus ein, stellte den Golf ab und ging mit beschwingten Schritten zur Eingangstür. Während er aufschloss, überlegte er, ob es nach dem Abendessen eine *After Dinner Party* im Schlafzimmer geben könnte. Mit einem Ruck wurde die Tür von innen aufgerissen.

»Wir müssen reden!« Dagmar stand mit bleichem Gesicht vor ihm. Sie hatte einen Mantel an, neben ihr standen zwei Reisetaschen auf dem Boden.

Holm runzelte die Stirn. »Was ist los?«

»Schau mal auf die Uhr!«

»Ja, tut mir leid. Es ist etwas später geworden, aber ich hatte eine kleine Auseinandersetzung mit Ott und ich wollte –«

»Dr. Bäumer hat angerufen und mir alles erzählt. Er war nicht sonderlich erfreut und sagte, dass deine weitere Karriere im Institut an einem seidenen Faden hänge. Er meinte, ich sollte vielleicht mal mit dir reden. Viele Chancen bekommst du nicht mehr.«

»Bäumer hat dich angerufen? Was bildet der sich ein? Dass du meine Erziehungsberechtigte bist? Was soll das?«

Dagmar zog ihren Mann in die Wohnung und ging zur Küche. »Setz dich bitte. Ich möchte unser Gespräch nicht an der Haustür führen.«

Holm ließ sich auf einem Stuhl am Küchentisch nieder und sah seine Frau an. »Ich habe mir auf der Fahrt nach Hause Gedanken gemacht. Es stimmt, dass es mit uns so nicht weitergehen kann. Ich bin mir sicher, dass wir gemeinsam eine Lösung finden werden. Es wird bald wieder so sein wie in alten Zeiten. Glaub mir!«

»Ich habe mir auch Gedanken gemacht und bin weit weniger zuversichtlich als du!«

»Ich weiß ja, dass ich es mit der Suche nach Unbihexium manchmal etwas übertrieben habe, aber das hört jetzt auf. Ich schreibe den einen Artikel dazu fertig und konzentriere mich künftig nur noch auf meine Arbeit – und natürlich auf dich! Es wird alles besser. Versprochen!«

Dagmar lachte bitter. »Du müsstest dich mal hören: ›Das hört jetzt auf! Ich konzentriere mich künftig nur noch auf meine Arbeit. Es wird alles besser.‹ Es ist schon schlimm genug, dass du *mich* belügst, aber noch schlimmer ist es, dass du dich selbst betrügst.«

Holm sprang auf. »Ach so? Mit dem Betrügen kennst du dich ja bestens aus. Es fällt mir weiß Gott nicht leicht, das zu sagen, aber *ich* bin bereit, dir deine Affäre zu verzeihen. Für unseren gemeinsamen Neuanfang.«

»Vielleicht kannst du *mir* verzeihen, aber niemals Gunter. Dazu müsstest du über deinen Schatten springen.«

Holm fiel auf den Küchenstuhl zurück. »Gunter? Gunter Ott? Das ist nicht dein Ernst!«

Sie biss sich auf die Lippe. »Ich dachte, du wüsstest es, und ihr würdet euch deswegen so bekriegen. Früher oder später wäre es eh rausgekommen.«

»Mit diesem Drecksack steigst du ins Bett? Ausgerechnet mit dem größten Lügner aller Zeiten? Warum hast du mir nicht gleich ein Messer zwischen die Rippen gejagt?«

»Zwischen Gunter und mir ist es aus. Schon lange. Aber hast du dich einmal gefragt, warum ich mich überhaupt mit deinem Kollegen eingelassen habe? Gunter ist charmant. Er ist einfühlsam. Er nimmt sich Zeit. Er interessiert sich für mich. Alles, was auf dich seit Langem nicht mehr zutrifft. Ich habe dir das neulich schon gesagt.« Dagmar zog einen Küchenstuhl heran und setzte sich zu ihrem Mann. Sie nahm seine Hände.

»Ich werde für ein paar Wochen zu einer Freundin ziehen. Das gibt uns beiden die Zeit, unsere Beziehung zu überdenken. Jeder für sich.« Sie schloss die Augen und senkte den Kopf. »Ich liebe dich, sehr sogar, aber ich kann dir nicht versprechen, dass ich zurückkomme.«

Dagmar stand auf und küsste Holm auf die Stirn. Sie ging hinaus in den Flur, wo sie die Reisetaschen in beide Hände nahm und sich ein letztes Mal umdrehte. »Ich wünsche dir alles Gute!«

Dann verließ sie das Haus.

Ihm wurde schwarz vor Augen. Er fühlte sich wie an dem Tag, als sein Bruder in der Steilwand verzweifelt um sein Leben gekämpft hatte. Seitdem hatte er eine panische Angst vor der Tiefe und dem Augenblick eines alles beendenden Absturzes.

Dieser Moment war jetzt gekommen.

Was er noch vor wenigen Minuten wie einen Triumph über seinen ärgsten Konkurrenten genossen hatte, war nun die größte Demütigung, die er sich vorstellen konnte. Ott hatte mit seiner Frau geschlafen. Was musste dieses Schwein für eine klammheimliche Freude empfinden, wenn sie sich auf der Arbeit unterhielten. Ott wusste alles von ihm.

Holm stöhnte auf. Nicht nur das.

Jetzt war die Frau, die er liebte, ausgezogen und kam vielleicht nicht mehr zurück. Und Bäumer? Der ließ ihm über seine Ehefrau unmissverständlich ausrichten, dass seine Karriere im Helmholtzzentrum bald beendet sein könnte.

Was blieb ihm dann noch?

Er hob den Kopf und sein Blick fiel auf das Periodensystem an der gegenüberliegenden Wand. Unter dem Plakat, dort, wo sich das Feld für Element 126 befand, lugte ein Stück Papier hervor. Er fingerte es heraus und entfaltete das Blatt. Es war der Zeitungsartikel über den Fund des Trilobitenfossils vom Everest. Er starrte so lange auf die hellen Flecken mit den schwarzen Ringen auf dem Foto, bis alles vor seinen Augen verschwamm.

Holm richtete sich auf. Bon Jovis Hit *It's my life* ging ihm durch den Kopf.

Er schlug mit der Faust auf den Tisch. Ja, verdammt noch mal, es war *sein* Leben, und es gehörte nicht seiner Frau, nicht Bäumer und schon gar nicht Ott.

Seine Zukunft lag hoch oben auf dem Everest. Er musste sie sich nur holen. Und seine Höhenangst? Die würde mitkommen, ob sie wollte oder nicht.

KAPITEL 17

Der Mond tauchte das Zimmer in kaltes, silbriges Licht und ein kühler Luftzug wehte durch das geöffnete Fenster hinein. Für Anfang Juli war es deutlich zu kalt. Aus den Straßenschluchten drang das Rauschen des Londoner Verkehrs hinauf. Gilda schlang fröstelnd die Arme um die Schultern und versuchte, einen klaren Gedanken zu fassen. Seit mehr als vier Stunden arbeitete sie sich durch den Stapel von Bewerbungsmappen, der sich vor ihr auftürmte. Neben ihr stand der geöffnete Laptop, auf dem sich E-Mails mit zusätzlichen Anfragen befanden. Seit dem Besuch bei den Clayton-Zwillingen bereitete sie mit Hochdruck eine neue Tour zum höchsten Berg der Welt vor: die Iridium-Everest-Expedition, die I-E². In kürzester Zeit hatte sie ein erfahrenes Team aus drei Bergsteigern zusammengestellt, die sie alle persönlich kannte und die schon mal auf einem Achttausender gestanden hatten. Dazu kam ihr »Liebling« Raymond Anderson als Arzt und Leiter des Basecamps. Jetzt brauchte sie jemanden, der sich mit Geologie oder Chemie auskannte. Sie hatte daher zügig über das Internet und verschiedene Outdoor-Magazine eine Suche nach geeigneten Kandidaten gestartet. Auch ihre früheren Kontakte bei der BBC waren hilfreich gewesen, ihr Expeditionsvorhaben bekannt zu machen.

Offiziell wollte sie nach weiteren Fossilien im Gelben Band unterhalb des Gipfels suchen, auch nach denen von Dinosauriern, sowie Gesteinsproben für den Nachweis von Iridium sammeln. Dieses Element kam in dem Asteroiden vor, der die Riesenechsen vor 65 Millionen Jahren ausgelöscht hatte.

In Wahrheit ging es ihr jedoch um den Nachweis, dass das Gestein der Gipfelpyramide goldhaltig war. Außer ihr wussten nur die Clayton-Zwillinge von ihrem Vorhaben.

Sie zuckte zusammen, als ihr Kater Winston mit einem großen Satz auf ihren Schoß sprang und bettelnd die Pfote zu ihrem Kinn hochhob. Er gab ein wehleidiges Mauzen von sich, gefolgt von einem einschmeichelnden Schnurren. Gilda streichelte dem Tier zärtlich über den Kopf. »Ja doch, mein Süßer. Ich weiß, du hast Hunger. Es gibt gleich was.« Vorläufig zufrieden kuschelte sich Winston bei ihr ein und zwinkerte ihr zu.

Ihre Gedanken kehrten zu den Claytons zurück. Sie hatte die Zwillinge mit der Finanzierung ihrer zweiten Expedition überrumpeln wollen, aber dann hatte Joshua den Spieß umgedreht, ohne dass sie es gemerkt hatte. Obwohl er ihr ein paar Minuten zuvor überzeugend dargelegt hatte, dass man am Gipfel des Everest keinen Bergbau betreiben könne, hatte er ihren Vorschlag spontan angenommen. Er würde doch niemals an das Goldvorkommen herankommen. Warum investierte er trotzdem Geld in ihre Expedition, wenn er das wusste? Was waren seine wahren Absichten?

Sie ballte die Hände zu Fäusten. Diesem zwielichtigen Milliardär konnte sie keine Sekunde lang über den Weg trauen. Sie selbst hatte sich schon die Frage gestellt, was sie machen würde, falls sich ihr Goldfund bestätigen sollte, und sie ärgerte sich nun, dass sie ihr Vorhaben nicht konsequent zu Ende gedacht hatte. Vielleicht konnte sie über Lloyd Parker und seine internationalen Kontakte in Wirtschaft und Politik ihr Wissen über den Goldfund weiterverkaufen, an die nepalesische Regierung oder wen auch immer. Eine Lösung würde sich schon finden.

Sie kraulte Winston den Nacken. Der Kater schnurrte behaglich und schien seinen Hunger für einen Moment lang vergessen zu haben.

»Frauchen muss ein bisschen arbeiten, danach bekommst du etwas ganz Leckeres. Einverstanden, du kleiner, dicker Bär?« Eine undefinierbare Mischung aus Schnurren und Grunzen war die Antwort.

Sie blickte auf den Stapel mit Mappen vor sich. Nur wenige Tage nach der Ankündigung der Expedition hatten schon mehr als dreißig Kandidaten ihre Bewerbung eingereicht – vermutlich, weil die üblichen Kosten einer kommerziellen Everest-Besteigung von über siebzigtausend Dollar komplett übernommen würden. So eine Chance würde sich kein Bergsteiger entgehen lassen, der auf das Dach der Welt wollte. Jetzt hatte sie die Qual der Wahl und musste in den zahlreichen Unterlagen den geeigneten Kandidaten finden. Bisher hatte sie keines der gesichteten Profile überzeugt.

Sie nahm eine billige Plastikmappe in die Hand, auf der ein Etikett mit dem Namen *Professor Colin A. Harding, Ph.D.* klebte. Auf der ersten Seite des Anschreibens starrte sie von einem Passfoto ein Mann Mitte fünfzig verkniffen an, dessen fettiges Haar in Strähnen über eine Glatze gekämmt war. Zu einem schlecht gebügelten Hemd trug der Wissenschaftler eine Strickkrawatte in einem undefinierbaren Blau, die in den Achtzigerjahren des letzten Jahrhunderts mal modern gewesen war.

Sie seufzte. Wollte sich dieser Typ ernsthaft bewerben? Sie überflog sein

Bewerbungsschreiben, in dem Harding wiederholt auf seine Expertise als Geologe und intimer Kenner des Himalayas verwies, abgerundet durch eine ellenlange Publikationsliste. Sie übersprang kryptische Passagen zu leukogranitischem Magma und Metasedimenten und kam zu dem Abschnitt, in dem der Professor über seine bergsteigerische Qualifikation referierte. Stolz führte er an, dass er alle fünfzehn Gipfel in Wales bezwungen habe, unter anderem auch den höchsten Berg, den Mount Snowdon mit 1085 Metern. Wie bitte, das war alles? Er hatte doch von seiner Himalaya-Erfahrung geschrieben? Sie blätterte zurück.

Da stand es: »Ich bin weltweit einer der führenden Wissenschaftler, was die Entstehungsgeschichte des Himalayas anbetrifft, und würde den Everest gern mit Ihnen vor Ort in Augenschein nehmen.«

Gilda ließ den Kopf auf die Platte ihres Schreibtisches sinken. *Den Everest in Augenschein nehmen?* Was dachten sich solche Leute bloß?

Unentschlossen sah sie die unbearbeiteten Mappen an, die vor ihr lagen. Gab es etwa noch mehr solcher Bewerbungen? Vielleicht sollte sie zur Abwechslung in den eingegangenen E-Mails nach geeigneten Kandidaten suchen. Sie schob den Stapel zur Seite, nahm sich ihren Laptop und öffnete in ihrem Postfach die Mail eines Jason Lafitte aus Los Angeles.

Auf der Fotoserie, die der Amerikaner angehängt hatte, war ein gut aussehender, braun gebrannter Mann Ende zwanzig in verschiedenen Situationen zu sehen, mal auf einem Surfboard, mal an einem Paraglider hängend oder lässig auf einem Motorrad sitzend. Häufig lächelten spärlich bekleidete Bikinischönheiten mit in die Kamera, denen Lafitte besitzergreifend eine Hand um die Hüften gelegt hatte. Von Bergen keine Spur. In dem knapp gefassten Anschreiben bezeichnete er sich als Abenteurer für alle Gelegenheiten, wobei offenblieb, welche Art von Abenteuer er meinte.

Ein Nerd gefolgt von einem notgeilen Surfertypen. Was erwartete sie noch? Freaks, die die erste Nacktbesteigung des Everest planten?

Die nächste E-Mail, die sie öffnete, kam von einem Dr. Holm Terbergen aus Deutschland, der sich als Kern- und Geophysiker vorstellte und seine wissenschaftlichen Meriten auf dem Gebiet seltener Elemente verdient hatte. Keine säftelnden Zweideutigkeiten wie bei Lafitte, sondern ein kurzer und verständlicher Text, der alle Informationen enthielt, die sie brauchte. Das klang vielversprechend. Und der Deutsche hatte schon einen Achttausender bestiegen. Er teilte zwar merkwürdigerweise nicht mit, welchen Gipfel er erklommen hatte, aber was für sie zählte, war die Erfahrung mit Bergsteigen in großer Höhe.

Dazu sah der Wissenschaftler auf dem mitgeschickten Foto recht sympathisch aus und die Lachfältchen um seine Augen verrieten, dass er Humor hatte. Im Hintergrund war der schneebedeckte Gipfel eines unbekannten Bergs zu sehen. Sie ließ den Anblick einige Sekunden lang auf sich wirken. Dieser Mann erinnerte sie schmerzlich an ihren letzten Partner, an Zeiten, in denen sie ein glückliches Paar gewesen waren. Bevor es zu diesem tragischen Ereignis am Aconcagua in den Anden gekommen war, das ihr Leben für immer verändert hatte. Ihr Ex-Freund lebte jetzt mit einer neuen Frau in den Vereinigten Staaten.

Sie schaute auf die Kontaktdaten in der E-Mail. Terbergen kam aus Deutschland. Dort war es kurz vor dreiundzwanzig Uhr. Möglich, dass er noch wach war. Einen Moment lang zögerte sie, dann griff sie entschlossen zu ihrem Mobiltelefon und wählte seine Nummer. Nach dem vierten Klingeln meldete sich eine müde Männerstimme.

»Hallo?«

»Spreche ich mit Dr. Terbergen?«

»Wer will das wissen?«

»Mein Name ist Gilda Hunt. Sie haben sich kürzlich für meine Everest-Expedition beworben. Erinnern Sie sich?«

Einen Augenblick lang war es still.

»Dr. Terbergen, sind Sie noch dran?«

»Ja, entschuldigen Sie bitte, ich bin etwas überrascht. Ich hatte nicht mehr mit einer Antwort gerechnet.« Der Deutsche klang jetzt hellwach. »Umso mehr freue ich mich über Ihren Anruf! Was kann ich für Sie tun?«

»Eine ganze Menge, denke ich! Vielleicht wollen Sie mit mir gemeinsam auf den Everest steigen? Vorher würde ich aber gerne ein wenig mit Ihnen plaudern und Sie näher kennenlernen. Passt es Ihnen gerade?«

»Na klar, nur zu!«

»Sie schreiben, dass Sie sich mit chemischen Elementen beschäftigen, vor allem mit den seltenen. Was kann ich mir denn darunter vorstellen?«

Terbergen lachte. Es war ein tiefes und warmes Lachen. »Wahrscheinlich nichts. Dafür sind die Objekte meiner Begierde zu kurzlebig. Ich erzeuge im Labor für Bruchteile von Sekunden neue Elemente, bestimme in komplexen Verfahren ihre Eigenschaften und hoffe, dass meine ›Kinder‹ irgendwann einmal etwas länger leben als nur ein paar Millisekunden.«

»Hm, klingt interessant«, antwortete Gilda. »Ich brauche aber jemanden, der sich mit den normalen Elementen auskennt. Wissen Sie, was ich meine?«

»Klar! Ich verwende für meine Experimente zum Beispiel gängige Schwermetalle.«

»Welche denn?« Gilda war stutzig geworden.

»Warum interessiert Sie das? Ich denke, Sie suchen da oben Fossilien.«

»Ja, wir suchen *da oben* nach fossilen Überresten. In dem Zusammenhang auch nach Iridium, dem Leitelement aus dem Yucatán-Asteroiden, der damals das Aussterben der Dinosaurier verursacht hat.«

»Ach so, ich verstehe. Mit Iridium, Platin, Gold und so weiter kenne ich mich bestens aus. Glauben Sie mir, mit meinem Fachwissen wäre ich genau der richtige Mann für Ihren Ausflug zum Everest.«

»*Ausflug* sagen Sie? Nun gut. Wie sieht es denn mit Ihrer Erfahrung als Bergsteiger aus?«

Wieder entstand eine Pause.

»Dr. Terbergen?«

»Naja, ich habe vor einigen Jahren ein paar Gipfel in den Alpen gemacht.« Terbergens Stimme klang gepresst.

»Und welche bitte?«

»So genau weiß ich das nicht mehr. Die Mutspitze in Südtirol zum Beispiel.«

»Bei Meran?«

»Ja, die.«

Gilda Hunt stützte den Kopf in die Hände. Sie konnte es nicht fassen.

»Sie machen Witze! Das ist ein gut zweitausend Meter hoher Berg, den man an einem Vormittag bequem *erwandern* kann.«

»Schon, aber ich dachte, das reicht für Ihre Zwecke vollkommen aus.«

»Was ist mit dem Achttausender, den Sie in Ihrem Anschreiben erwähnt haben? Welcher war das? Wann haben Sie den *gemacht*?«

Wieder entstand eine lange Pause.

»Dr. Terbergen, ich habe Sie etwas gefragt! Welchen Achttausender haben Sie bestiegen?«

»Den Kahlen Asten«, antwortete Terbergen gequält. »Den höchsten Gipfel im Sauerland.«

»Im Sauerland? Aha. Wie hoch?«

»8419 Dezimeter.«

»*Dezi*meter?«

»Ja, das war doch nur als Scherz gemeint. Ich hatte angenommen, dass Sie vor allem einen erfahrenen Wissenschaftler suchen, keinen Bergsteiger.«

»Ein Scherz, sagen Sie? Sie stolpern eine 841 Meter hohe Bodenwelle in diesem komischen Sauerland hoch und finden das lustig? Ich sage Ihnen etwas: Die Expedition führt in die Gipfelregion des Everest, dem höchsten Berg der Erde. Das sind über achttausend *Meter*. Nicht *Dezi*meter. *Da oben*, wie Sie zu sagen belieben, herrschen Temperaturen von bis zu minus sechzig Grad. *Da oben* toben Stürme mit Orkanstärke. *Da oben*, Dr. Terbergen, geht es um Leben und Tod. Ich weiß, wovon ich spreche. Ich war *da oben*.« Sie machte eine Pause. »Sie kommen auf meinen *Ausflug* nicht mit.«

»Geben Sie mir nur eine Sekunde. Ich kann Ihnen das erklären. Ich dachte, Sie brauchen jemanden, der im Basislager für Sie arbeitet und die Gesteinsproben analysiert, die Sie vom Berg mitbringen. Ich könnte wegen meiner Höhenangst sowieso nicht so hoch klettern.«

»Höhenangst haben Sie auch noch? Wie passend!«

»Verstehen Sie mich doch bitte: Diese Expedition ist absolut wichtig für mich. Es hängt für mich sehr viel davon ab – beruflich wie privat!«

»Das tut es auch für mich«, erwiderte Gilda. »Wissen Sie was? Fahren Sie ans Meer, suchen Sie sich eine Düne am Strand aus, krabbeln Sie die hoch, buddeln Sie *da oben* im Sand und genießen Sie den dramatischen Blick in die Tiefe. Viel Glück!«

Gilda feuerte wutentbrannt ihr Mobiltelefon auf die Couch. Was hatte sich dieser Kerl bloß bei seiner Bewerbung gedacht? Glaubte dieser Idiot, er könnte sie für dumm verkaufen, nur weil sie eine Frau war? Die anderen Typen waren auch nicht besser. Vielleicht fand sie eine vernünftige Wissenschaftlerin, die für die Expedition infrage kam. Sie trat mit dem Fuß gegen den Schreibtisch. Winston sprang mit einem beleidigten Jaulen auf und lief in Richtung Küche.

Widerwillig nahm sie eine weitere Mappe vom Stapel und zog drei fein säuberlich bedruckte Seiten heraus. Ein Mann mit sorgfältig rasierter Glatze in schwarzem Sakko und weißem Hemd warf ihr von dem Bewerbungsfoto aus dunkelbraunen Augen einen arroganten Blick zu, den Mund mit den sinnlich aufgeworfenen Lippen zu einem überheblichen Grinsen leicht geöffnet. In der rechten Hand hielt er lässig eine schwarze Designerbrille, deren Logo deutlich sichtbar war; am linken Handgelenk, ebenfalls gut zu sehen, trug er einen wuchtigen Chronographen.

Was für ein eitler Kerl, dachte sie und wollte die Bewerbung zur Seite schieben. Doch sie zögerte. In weniger als drei Monaten wollte sie zur Höhle in der Südwestwand des Everest zurückkehren und sie hatte noch immer keinen passenden Wissenschaftler für ihre Expedition gefunden. Terbergen war es nicht, Harding und der *Californian Dream Boy* ebenfalls nicht, und wahrscheinlich kam der Fatzke vor ihr genauso wenig infrage. Aber sie konnte nicht zu wählerisch sein. Sie musste ihr Team in Kürze zusammengestellt haben, um es den nepalesischen Behörden für die Ausstellung der *Permits* zu melden. Zögerlich las sie die ersten Sätze des Anschreibens. Der Typ war Chemiker und arbeitete an einem wissenschaftlichen Institut. Immerhin. Mit jeder Zeile entspannte sie sich mehr. Machte das Foto auf sie noch einen unsympathischen Eindruck, so war der Ton des Schreibens nüchtern und sachlich; keine Selbstbeweihräucherung oder dummes Geschwafel, sondern eine übersichtliche Darstellung der beruflichen Tätigkeit und der bergsteigerischen Erfahrungen. Die Touren, die er in den Alpen gemacht hatte, waren nicht gerade umwerfend, verrieten aber, dass er etwas von den Bergen verstand und kein Anfänger mehr war. Praxis im Himalaya, gab der Kandidat freimütig zu, habe er nicht, wies aber darauf hin, dass er die notwendigen Klettertechniken in Eis und Fels beherrsche und auf dem Everest anwenden könne.

Das war mal ehrlich.

Gilda schaute auf die Uhr. Es war spät und sie war müde. Sie könnte ein weiteres Dutzend Bewerbungen durchsehen, ohne Garantie dafür, dass sie *Mr* oder *Mrs Perfect* finden würde. Auf der anderen Seite hatte der Chemiker vor ihr den bestechenden Vorteil, ihren Minimalforderungen an einen Wissenschaftler *und* Bergsteiger nicht nur zu entsprechen, sondern diese in gewissem Maße zu übertreffen. Der Eindruck des Fotos konnte täuschen und der Typ war in Wirklichkeit ganz in Ordnung. Sie gab sich einen Ruck. *Was soll's?* Das war ihr Mann. Dr. Gunter Ott würde noch heute eine Einladung von ihr erhalten.

KAPITEL 18

Das Knattern eines startenden Hubschraubers ließ die Fensterscheiben im Speisesaal von *Halcyon Castle* vibrieren. Kleine Wellen kräuselten sich in Samuel Claytons Rotweinglas, der sich kopfschüttelnd den Mund mit einer weißen Leinenserviette abtupfte. Die Flügeltür sprang auf und Joshua Clayton stürmte in den Raum. Er hob die Arme wie ein Olympiasieger nach einem Hundertmeterlauf und wies durch ein Fenster auf den davonfliegenden Helikopter. Draußen bogen sich die Wipfel der Bäume vom Wirbel der Rotoren.

»Weißt du, wer da gerade abgeflogen ist?« Er trat an die andere Seite des Tisches, zog sich einen Stuhl heran und setzte sich seinem Bruder gegenüber. Ein Strahlen ging über sein Gesicht. »Das war die künftige Kontaktperson in Miss Hunts Team, die uns immer schön auf dem Laufenden halten wird, was am Everest so alles passiert. Unsere Lady hat nicht den blassesten Schimmer, welche Laus ich ihr da in den Pelz gesetzt habe.«

Samuel schob seinem Bruder ein leeres Glas hinüber und zeigte auf die Rotweinflasche, die auf dem Esstisch stand. »Hier probier einmal. Ein vorzüglicher 95er *Château Rayas Châteauneuf-du-Pape*. Sehr dicht, wild und harmonisch zugleich, vor allem im Vergleich zu dem 93er Mouton, den ich mir letzten Monat habe kommen lassen. Ein unglaublich komplexes Aroma. Neben getrockneten Feigen, Zitrusfrüchten, Tapenade auch ein Hauch von ätherischen Noten, die mich an einen Pinienwald erinnern. Und diese einzigartige mineralische Textur. Einfach grandios!«

»Jaja, sehr schön. Du kannst meinetwegen demnächst darin baden.« Joshua goss sich sein Glas in einem Schwall voll und leerte es mit wenigen Schlucken. »Das ist so wunderbar!«

»Der *Château Rayas*?«

»Was? Blödsinn!« Joshua wischte sich den Mund ab. »Samuel, in fünf bis sechs Monaten wird die Zahl unseres Vermögens zwölfstellig sein. Wir sind dann Billionäre! Ich habe mal ausgerechnet, wie viele *Good-Delivery*-Goldbarren man für eine Billion Pfund Sterling bekommen würde und wie hoch der Stapel dann wäre: weit über fünfundvierzig Kilometer, mehr als fünfmal so hoch wie der Everest!«

Samuel bewegte sein Glas mehrmals auf der weißen Damasttischdecke hin und her, bis der Wein bis zum Rand hochrotierte, um anschließend in feinen Schlieren wieder zurückzulaufen. Er hob den Kopf und blickte seinen Bruder an.

»Joshua, seit Wochen liegst du mir in den Ohren, wie reich wir bald sein werden. Aber du hast mir kein einziges Mal erzählt, was du den lieben langen Tag treibst. Dauernd kommen und gehen fremde Personen, dein Telefon im Büro klingelt unentwegt und jetzt noch dieser nervige Auftritt mit dem Helikopter, der mir fast die Bäume entwurzelt. Muss das sein?«

»Ja, muss es!« Joshua trommelte mit den Fingerspitzen auf dem Tisch. »Du erinnerst dich bestimmt noch an die Zeiten, als du nicht einmal Geld für ein Ale hattest. Willst du dahin zurück?«

»Nein, natürlich nicht. Aber ich mache mir Sorgen, dass du dich mal wieder in riskante Abenteuer stürzt. Dank der Finanzspritze von B.I.G. werden wir den Ausfall durch dein gescheitertes Griechenland-Engagement halbwegs ausgleichen können. Lass uns einfach unser Leben genießen!«

»Pah! Du bist ein dekadenter Angsthase! Wir haben die Chance, die ersten Billionäre dieses Planeten zu werden, und du tötest dein Hirn mit französischem Fusel ab. Trostlos!«

»Also gut!« Samuel stand auf und stützte sich leicht schwankend an der Tischkante ab. Der Wein entfaltete allmählich seine Wirkung. »Nehmen wir mal an, ich mache mit. Was genau hast du vor? Du musst auf den Everest, um an das Gold zu kommen. Wie stellst du dir das vor?«

»Du glaubst allen Ernstes, dass wir auf diesen verfluchten Berg hochsteigen werden?«

»Ja! Gilda Hunt hat schließlich das Gold vom Gipfel mitgebracht. Wo ist eigentlich ihr Anhänger geblieben?«

»Den habe ich weitergegeben.« Joshua zuckte die Achseln. »Der Klunker ist unser Türöffner für bestimmte Kreise. Er wird uns reich machen.«

»Du hättest ihn nicht einfach so weggeben dürfen. Er gehört uns nicht! Nur weil du fünf Minuten älter bist als ich, musst du nicht immer so tun, als hättest du irgendwelche Vorrechte! Du hast außerdem meine erste Frage nicht beantwortet: Wie willst du auf den Everest raufkommen?«

Joshua schnaubte. »Dieser Landwein scheint dir nicht zu bekommen. Ob du es glaubst oder nicht, keiner von uns beiden muss auch nur einen Schritt Richtung Himalaya machen. Ich werde lediglich hier und da ein paar Rädchen in Bewegung setzen, ab und zu mal ein Telefonat führen und ansonsten energisch abwarten. Zu Weihnachten gibt es dann eine schöne Bescherung!«

Es klopfte an der Flügeltür und Archibald, der Butler trat mit einem Tablett in der rechten Hand ein.

»Sie lernen es wohl nie!«, polterte Joshua. »Haben wir etwa schon fünf Uhr?«

»Nein, Sir, aber ich habe einen Anruf für Sie!« Der Butler trat an den Tisch heran und reichte Joshua das Tablett, auf dem ein Schnurlostelefon lag.

»Wer ist dran?«, fragte er und legte eine Hand über das Mikrofon.

»Der Anrufer hat seinen Namen nicht genannt, sondern darum gebeten, Sie persönlich zu sprechen, Sir.«

»Na schön! Bringen Sie mir noch etwas Richtiges zu trinken, Archie. Am besten ein Bier. Ohne ätherische Noten und mineralische Textur. Danke.«

»Sehr wohl, Sir!« Archibald drehte sich um und verließ würdevollen Schrittes den Speisesaal.

Joshua stand auf und führte das Telefon zum Ohr. »Ja?«

Während er die Antwort des Anrufers schweigend abwartete, ging er auf und ab und warf gelegentlich einen Blick auf den Atlantik, auf dem ein paar Segelboote mit den Wellen kämpften. Einige Minuten vergingen so. Schließlich hellten sich Joshuas Gesichtszüge auf. »Verstehe. So, wie ich es mir gedacht habe. Es hätte mich auch gewundert, wenn diese gierige Meute anders reagiert hätte! Halten Sie mich weiter auf dem Laufenden!« Mit diesen Worten legte er das Telefon auf den Tisch und klatschte in die Hände.

»So Bruder, das war gerade mein Maulwurf bei B.I.G. Swanson hat fantastische Neuigkeiten: Die Idioten haben angebissen!«

KAPITEL 19

Das laute Scheppern von Metall auf Stein riss Gilda aus ihrem Halbschlaf. Müde hob sie den Kopf. Der Langstreckenflug von London nach Kathmandu sowie die Zeitverschiebung von fast sechs Stunden steckten ihr gehörig in den Knochen.

Sie saß zusammengekauert auf ihrem Rucksack in der tristen Abflughalle für Inlandsflüge des *Tribhuvan Airports*, wo sie auf ihren Weiterflug nach Lukla wartete. Sie rieb sich die Augen, dann entdeckte sie die Ursache des Lärms. Einige Meter von ihr entfernt stand Andrew Miller, ein schlaksiger New Yorker Mitte dreißig und ein Teammitglied der I-E²-Expedition, vor einem umgekippten Seesack und zuckte bedauernd die Schultern. Gilda verdrehte die Augen. *Typisch Andrew, der ewige Tollpatsch.* Überall auf dem Boden lagen verstreut Karabinerhaken, Achter-Abseiler, Eispickel und andere Ausrüstungsgegenstände für Bergsteiger.

Sie stöhnte. Nach ihrer Landung in Kathmandu hatte sie nur wenige Stunden in ihrem Hotel schlafen können, bevor sie um vier Uhr morgens wieder zum Airport zurückgekehrt war. Für den Flug nach Lukla war es ratsam, frühzeitig am Flughafen zu sein. Der Wetterbericht vom Vortag hatte zwar stabile Bedingungen vorhergesagt, aber im Hochgebirge konnte sich die Lage innerhalb weniger Minuten dramatisch verändern. Jetzt war es sieben Uhr, und in einer knappen Stunde sollte sie mit ihrem Team abfliegen. Hoffentlich.

Gilda ließ den Blick durch die halbleere Halle wandern. Um diese Jahreszeit war sie deutlich leerer als bei ihrer ersten Expedition im April. Damals waren Hunderte von Rucksacktouristen und Bergsteigerteams nach Lukla geflogen, dem Tor zur Khumbu-Region und dem Everest. Der Winter hingegen war keine typische Zeit, um in den Himalaya zu reisen, was ihr mehr als schmerzlich bewusst war. Winterbesteigungen des höchsten Berges der Welt waren so häufig wie sommerliche Schneestürme in London.

Neben einigen Nepalesen, die auf ihren Flug nach Pokhara oder Biratnagar im Landesinnere warteten, waren ihr Team und sie die Einzigen in der Halle, abgesehen von einer Gruppe Chinesen, die in einer entfernten

Ecke auf ihren olivfarbenen Rucksäcken hockten und ausdruckslos ins Leere starrten. Ein großer, drahtiger Mann um die Vierzig mit kurzem Haarschnitt stand mit verschränkten Armen vor den anderen und schien der Chef des Teams zu sein. Ab und zu warf er Gilda einen freundlichen Blick zu.

Sie fragte sich, was die Chinesen hier wollten. Die Gruppe hatte ebenfalls bei *Yeti Airlines* für den Flug nach Lukla eingecheckt. Falls sie von dort weiter zum Everest reisen würden – und danach sah es aufgrund des umfangreichen Gepäcks mit Bergsteigerausrüstung aus –, wäre es für sie wesentlich einfacher gewesen, über die tibetische Seite anzureisen. Was auch immer diese Chinesen vorhatten, sie und ihr eigenes Team wären die einzigen im Basislager. Sie hatte bei den nepalesischen Behörden erfahren, dass für die nächsten Monate keine anderen Expeditionen für eine Everest-Besteigung gemeldet waren.

Gilda spürte eine Hand auf der Schulter und drehte sich um. Hinter ihr stand Gunter Ott und schenkte ihr ein breites Lächeln. »Ich werde mal zu unserem New Yorker Freund rübergehen und ihn beim Beseitigen des Chaos unterstützen. Sieht so aus, als ob er meine Hilfe gebrauchen könnte.« Er deutete zu Andrew hinüber, der die herumliegenden Gegenstände wieder in den Seesack packte.

»Prima, Gunter. Mach das und sieh zu, dass er pünktlich fertig wird. Oder wir fliegen ohne ihn ab. Sag ihm das.«

Ott lächelte. »Aber das mache ich doch gerne! Kann ich sonst noch etwas für dich tun?«

»Nein, es reicht, wenn Andrew endlich wach wird und sich um seine Aufgaben kümmert.«

Ott klopfte Gilda auf die Schulter und schlenderte zu dem Amerikaner hinüber.

Nachdenklich blickte sie ihm hinterher. Sie wusste nicht so recht, was sie von diesem Mann halten sollte. Einerseits hatte er sie bei ihren Gesprächen mit seinem Fachwissen beeindruckt. Er kannte sich nicht nur bestens mit der Chemie der Schwermetalle aus, sondern auch mit Geologie im Allgemeinen, was für ihren Plan einen großen Pluspunkt bedeutete. Er war stets hilfsbereit und zuvorkommend, fast übertrieben höflich, andererseits hatte sie bei ihm immer das Gefühl, dass hinter seiner Maske aus Freundlichkeit ein anderer Mensch lauerte.

Unangenehm aufgefallen waren ihr seine scheinbar zufälligen Berührungen, zu denen es immer dann kam, wenn sie dicht gedrängt in einer

Gruppe standen. Er tat dann immer so, als würde er es nicht bemerken. Sie würde den Chemiker bei nächster Gelegenheit damit konfrontieren. Austauschen konnte sie ihn allerdings nicht mehr, da sie bereits auf dem Weg zum Everest waren. Ray Anderson, der Expeditionsarzt, war auch nicht immer der einfachste Zeitgenosse mit seinen flapsigen Bemerkungen und seinen »Auszeiten«, wie er sie nannte, in denen er kaum ein Wort mit anderen Menschen sprach. Immerhin war er ein ausgezeichneter Arzt und hatte schon einige medizinische Notfälle bei ihrer *Seven-Summits*-Tour souverän gemeistert. Sie fragte sich allerdings, warum Ray nie unter Höhenkrankheit zu leiden schien.

Lediglich Pasang Dorje, ein dreißigjähriger Sherpa und ihr Kletter-Sirdar, war ein unproblematischer und stets freundlicher Mensch, der für nahezu jede Herausforderung eine Lösung bereithielt.

Sie seufzte. Hätte sie für die Auswahl der Teammitglieder doch nur mehr Zeit gehabt. Wäre dieser Terbergen eine bessere Wahl gewesen? Wohl kaum.

Überrascht hatte sie im Nachhinein festgestellt, dass die beiden Deutschen in demselben Institut arbeiteten. Ott hatte nur schulterzuckend gemeint, dass einige Mitarbeiter des Helmholtzzentrums eine Teilnahme an ihrer Everest-Expedition in Betracht gezogen hätten, darunter eben auch Terbergen. Das Angebot für eine voll finanzierte Besteigung des höchsten Berges der Welt, zusammen mit einer wissenschaftlichen Fragestellung, erhielte man schließlich nicht jeden Tag.

Auf ihre Frage, was für ein Typ sein Kollege sei, hatte er nur die Augen verdreht und etwas von einem weltfremden Fantasten gemurmelt, der bei den anderen Angestellten nicht sonderlich beliebt sei. Fachlich sei er nur zweite Garnitur. Mehr hatte Ott dazu nicht gesagt.

Egal, sie hatte eine Entscheidung getroffen und würde damit klarkommen müssen. Sie würde aber nicht dulden, dass einer der drei Männer ihr auf der Nase herumtanzte.

Sie blickte zur chinesischen Gruppe hinüber und sah, wie der Teamchef auf sie zukam. Er tippte auf seine Armbanduhr und hob fünf Finger hoch. »Es geht gleich los. Sie kommen doch mit, oder?«, rief er ihr in tadellosem Englisch zu. »Das Wetter soll sich verschlechtern und wir haben nur ein Zeitfenster von sechzig, maximal siebzig Minuten, um nach Lukla zu fliegen.«

Gilda stand auf und ging dem Chinesen entgegen. »Ja, stimmt. Ich bin übrigens Gilda Hunt, Expeditionsleiterin der Iridium-Everest-Expedition. Und Sie sind?«

»Tian Fuzhou, Anführer der Qomolangma-Expedition.« Er wies auf die Männer hinter sich, die sich gerade erhoben. »Wir wollen den Everest über die Südroute von Nepal aus erreichen, während eine zweite Gruppe über die Nordroute von China aus aufsteigt. Beide Teams werden sich dann auf dem Gipfel treffen. Das wäre das erste Mal, dass eine Besteigung des Everest im Winter von zwei Seiten unternommen wird.«

»Wow! Da haben Sie sich eine ganze Menge vorgenommen. Wir wollen über die klassische Südroute auf den Gipfel. Das wäre die erste britische Winterbesteigung. Wir werden uns also auf dem Weg ins Basislager noch öfter sehen.«

»Lässt sich nicht vermeiden.« Fuzhou lachte laut. »Mal schauen, wer als Erster ankommt. Ich muss jetzt los, meine Männer warten.« Mit diesen Worten kehrte er zu seiner Gruppe zurück.

Gilda drehte sich um und sah, wie eine junge, attraktive Frau auf sie zuschlenderte. Sie hatte Diane Wong, eine Hongkong-Chinesin, vor einigen Jahren bei ihrer Besteigung des Denali in Alaska kennengelernt und war seitdem mit ihr eng befreundet. Vor allem wegen ihrer bergsteigerischen Fähigkeiten hatte sie ihre Freundin zur Iridium-Everest-Expedition eingeladen.

Sie ließ ihren Blick an Diane bewundernd herabwandern. Ihre Bergkameradin war eher für eine Modenschau in Paris angezogen als für eine Besteigung des Everest. Sündhaft teure Designerklamotten von Prada und Gucci, dazu kostspieliger Schmuck und eine in die Haare gesteckte Sonnenbrille, deren Preis sie lieber nicht wissen wollte. Bestimmt astronomisch hoch. Kein Wunder, dass die Chinesin immer Geldprobleme hatte und sie schon öfter angepumpt hatte. Dieses Mal aber nicht. Sie habe schon einen üppigen Vorschuss eines Outdoor-Magazins für die Reportage über die Winterbesteigung des Everest bekommen, hatte ihr Diane lachend erzählt.

»Wer war das?«, fragte die Chinesin und umarmte Gilda kurz.

»Er hat sich als Tian Fuzhou vorgestellt. Die Chinesen wollen den Everest gleichzeitig von der chinesischen und der nepalesischen Seite besteigen und sich auf dem Gipfel treffen. Und das im Winter. Verrückt.«

»Fuzhou, sagtest du? Hm.« Diane betrachtete nachdenklich ihre sorgfältig manikürten Fingernägel. »Der Name sagt mir etwas, aber ich komme gerade nicht drauf. Fliegt die Gruppe mit uns?«

»Ja, in unserer Maschine ist Platz für beide Teams. Wir sollten uns langsam fertig machen. Wo sind Ray und Pasang? Brauchen die eine Extraeinladung?«

»Keine Ahnung. Vielleicht sind sie noch mal für kleine Jungs.«

Wie auf Kommando tauchten der hagere Arzt und Pasang aus dem hinteren Bereich der Halle auf und kamen auf Gilda zu.

»Wann geht's los?«, fragte Ray und wischte sich die Hände an seiner Trekkinghose ab. »Ich will nicht so spät starten und womöglich wieder so einen Höllentrip nach Lukla erleben wie im April. Das Wetter kann jederzeit umschlagen.«

»Sehr richtig. Und deshalb brechen wir jetzt auf. Nimm deine Siebensachen und hilf Andrew und Gunter beim Beladen. Das Flugzeug ist schon da.«

»Aye, aye, Captain Hunt!« Ray salutierte wie ein Soldat. »Haben wir auch genügend Fallschirme dabei?«

»Sehr witzig. Fallschirme nützen uns im Ernstfall gar nichts. Denk an den Unfall im Mai, als ein Flugzeug im Nebel gegen einen Berghang geprallt ist. Keiner der Insassen hat überlebt.«

Rays Gesichtsausdruck wurde ernst. »Das mit den Fallschirmen war nur halb im Scherz gemeint. Die größte Herausforderung bei meinen Everest-Expeditionen war nie der Khumbu-Eisbruch oder die Lhotse-Flanke, sondern der immer sehr inspirierende Flug nach Lukla und die aufregende Suizid-Landebahn dort – mit Bergen rechts, links, vor und dahinter.«

»Ray, nerv mich nicht! Ich weiß, dass Lukla einer der gefährlichsten Flughäfen der Welt ist. Ich bin selbst schon dort gelandet – zusammen mit dir. Wenn du Schiss hast, bleib lieber hier.«

Ott trat zu ihnen und musterte den Arzt abfällig von oben bis unten. »Probleme?«

»Nein, Dr. Ott. Keine Probleme«, erwiderte Ray und blickte sein Gegenüber herausfordernd an. »Wir wollen nur möglichst bald starten. Das Wetter, verstehen Sie? Es könnte schlechter werden.«

»Dann sollten wir uns lieber beeilen. Sie haben doch nichts dagegen, mir und Andrew zu helfen, oder?«

Widerwillig drehte sich Ray um und folgte Ott zu dem Amerikaner, der noch immer Ausrüstungsgegenstände vom Boden auflas und in den Seesack stopfte.

Dass ihr Expeditionsarzt und Ott sich nicht sonderlich mochten, war ihr schon bei deren erster Begegnung im Hotel in Kathmandu aufgefallen, als sich die beiden beim Abendessen um einen Platz neben ihr gestritten hatten. Hätte Diane die Situation nicht diplomatisch gelöst, indem sie sich selbst an Gildas Seite gesetzt hatte, wäre es vielleicht sogar zu Handgreiflichkeiten gekommen. Sie durfte es nicht erlauben, dass die kleinen Auseinandersetzungen zwischen den zwei Männern eskalierten und in offene Feindseligkeiten umschlugen. Sie brauchte jeden Einzelnen im Team – leider.

»Nicht einfach mit den beiden«, murmelte Pasang, der die Szene stumm beobachtet hatte. »Ich habe kein gutes Gefühl bei dieser Expedition. Wir sind kein eingespieltes Team, sondern eine bunt zusammengewürfelte Truppe. Da sind Probleme vorprogrammiert.«

Gilda legte beide Hände auf die Schultern des Sherpas. »Das da drüben ist der reinste Kindergarten.« Sie wies auf die drei Männer, die gemeinsam Ausrüstungsgegenstände vom Boden auflasen. »Der eine ist ein Schussel, der entweder etwas vergisst oder umwirft, der andere ein arroganter Kauz und Gunter Ott ist auch nicht viel besser. Pass bitte auf die drei auf, ja? Auf dem Berg dürfen wir uns keine Fehler erlauben.«

»Ach Gilda, du siehst einfach zu schwarz«, mischte sich Diane lachend ein. »Ray ist ein exzentrischer Typ, aber ein hervorragender Arzt, Andrew ist ein exzellenter Bergsteiger und am Berg der beste Kamerad, den man sich vorstellen kann. Und Gunter? Na ja, da wird sich noch herausstellen, wer er ist.«

KAPITEL 20

Mit dröhnenden Motoren hob die *Twin Otter* ab und flog in einer lang gezogenen Kurve Richtung Nordosten, dorthin, wo die schneebedeckten Gipfel des Himalayas am Horizont majestätisch in den Himmel ragten. Gilda saß am Fenster, neben ihr Tian Fuzhou, der es irgendwie geschafft hatte, sich neben sie zu setzen. Das Häusermeer Kathmandus wurde immer kleiner, bis es ganz aus ihrem Blickfeld verschwand. Stetig gewann die zweimotorige Propellermaschine an Höhe und durchbrach schließlich die Smogschicht, die wie ein schmutziger Schleier über der nepalesischen Hauptstadt hing. In spätestens einer halben Stunde würden sie in Lukla landen und von dort aus nach Phakding wandern, ihrem ersten Etappenziel auf dem Weg zum Basislager. Unterwegs würde sie reichlich Gelegenheit haben, einschätzen zu können, wie ihr Team als Ganzes funktionieren würde. Die Szene mit Ray und Gunter am Flughafen hatte sie mehr beunruhigt, als sie sich eingestehen wollte.

Verstohlen blickte sie zu Fuzhou hinüber, der die Augen geschlossen hatte und anscheinend ein Nickerchen machte. Es ärgerte sie, dass das chinesische Team den gleichen Weg nahm wie sie. Das könnte zu Problemen führen. Ob es sich um die Auswahl der besten Lodge oder des günstigsten Lagerplatzes handelte oder ob es darum ging, welches Team als Erstes den Aufstieg zum Gipfel starten durfte – Stress und Ärger gab es immer. Auf der anderen Seite machten ihr Sitznachbar und seine Leute einen vernünftigen und disziplinierten Eindruck. Möglicherweise konnte man sich am Berg einige Arbeiten teilen.

Ein heftiger Stoß ließ die *Twin Otter* nach unten sacken, nur um gleich danach brutal in die Höhe katapultiert zu werden. Gildas Magen verkrampfte sich. Ray hatte recht. Der Flug nach Lukla war alles andere als ein Vergnügen.

Fuzhou schrak auf und wandte sich an Gilda. »Geht das jetzt die ganze Zeit so?«, brüllte er gegen den Lärm der Motoren an.

»Die Luftlöcher? Ich fürchte ja. Aber in zwanzig Minuten ist alles überstanden. Machen Sie sich keine Sorgen.«

»Wenn Sie das sagen.«

Kathmandu und seine Ausläufer waren mittlerweile nicht mehr zu sehen, dafür tauchten links und rechts in ungemütlicher Nähe zur *Twin Otter* steile, bewaldete Berghänge auf. Nebelschwaden stiegen aus den Tälern hoch, verdichteten sich zu Wolkenfeldern, die die Sicht zunehmend einschränkten. Sie blickte beunruhigt auf ihre Uhr. Noch eine Viertelstunde.

»Sollten wir nicht besser umkehren?« Fuzhou deutete auf die Wolken vor ihnen. »Ich dachte, das ist ein Sichtflug.«

»Ist es auch. Ich kann Ihnen aber versichern, dass die Piloten diese Strecke in- und auswendig kennen.« Gilda konnte sich nur mit Mühe über den Krach in der Kabine hinweg verständlich machen. »Diese Haudegen können die Route sogar blind fliegen. Es wird schon nichts passieren, glauben Sie mir.«

Gilda lächelte Fuzhou an und klopfte ihm beruhigend auf die Schulter. In Wirklichkeit hatte sie ein mulmiges Gefühl. Umkehren war bei der Enge der tief eingeschnittenen Schluchten, durch die sie flogen, fast unmöglich. Die Maschine könnte in einen der Hänge rasen und dort zerschellen. Sie drehte sich um und sah in Rays bleiches Gesicht, der die Augen verdrehte und die Hände hob. *Habe ich es nicht gesagt?*, schien er ihr mitteilen zu wollen.

Wieder fiel das Flugzeug nach unten. Diese Turbulenz war noch heftiger als die vorherige.

Auf der anderen Seite des schmalen Ganges saß Ott, die Knie mit beiden Händen krampfhaft umklammert und den Kopf auf die Brust gedrückt. Sie schmunzelte innerlich. Am Flughafen hatte sich der Chemiker demonstrativ selbstbewusst gegeben, doch davon war nichts mehr zu merken.

Noch zehn Minuten.

Sie beugte sich zum Gang vor und sah durch die Öffnung zum Cockpit eine geschlossene Wolkendecke vor dem Flugzeug. Pilot und Co-Pilot unterhielten sich wild gestikulierend, wahrscheinlich waren sie sich nicht einig, was sie in dieser Situation tun sollten. Ein heftiger Schlag drückte das Flugzeug nach links, und für einen Augenblick war nur wenige Meter von ihnen entfernt nackter Fels zu sehen. Mit aufjaulenden Motoren zog die *Twin Otter* in einer steilen Rechtskurve wieder hoch.

Alle schrien.

Was hatte Ray ihr vor dem Start zugeraunt? »Hoffentlich kann der Pilot das Grau einer Wolke vom Grau eines Berghanges unterscheiden …«

Dieses Mal war es ihm geglückt.

Das nächste Luftloch riss die Propellermaschine in die Tiefe und ließ das Flugzeug erzittern. Ott bebte am ganzen Leib und begann zu würgen.

In den nächsten Minuten schien sich das Wetter beruhigen zu wollen, aber dann kam ein weiterer heftiger Schlag und das Flugzeug schoss steil nach unten. Sie sah, wie der Pilot krampfhaft das Steuerhorn umklammerte und mit aller Kraft zu sich heranzog. Mühsam stieg die *Twin Otter* wieder nach oben, wo sie die nächsten Turbulenzen durchrüttelten.

Noch fünf Minuten.

Außer den undurchdringlichen Wolkentürmen vor ihnen war weit und breit nichts zu sehen, was wie eine Landebahn aussah. Gilda wusste von ihrer letzten Expedition, dass der *Tenzing-Hillary Airport* in Lukla erst kurz vor der Landung sichtbar wurde. Die extrem kurze Piste endete abrupt an einem Berghang. Die Flugzeuge mussten in einer steilen Kurve nach unten abdrehen und hatten nur einen einzigen Versuch.

Sie tippte Fuzhou an. »Wir sind gleich da!«, brüllte sie.

Der Chinese nickte nur.

Das Flugzeug legte sich plötzlich nach rechts, flog weiter in die Wolkendecke hinein und verlor an Höhe. Dann riss die graue Wand vor ihnen auf und gab für einen Augenblick die Sicht frei.

»Oh mein Gott!«, schrie Gilda.

Kurz vor ihnen tauchte wie aus dem Nichts die weiße Landebahnmarkierung auf. Ein Ausweichen oder Durchstarten war nicht mehr möglich.

Mit einem lauten Krachen setzte die *Twin Otter* auf, hüpfte wie ein Gummiball auf und ab und raste schlingernd weiter. Die Motoren heulten auf, als der Pilot den Anstellwinkel der Propellerblätter verstellte, um die Geschwindigkeit zu verringern.

Vergeblich.

Die Felswand am Ende der Piste kam bedrohlich näher. Die Bremsen kreischten, Funken stoben vom Fahrwerk hoch, dann schlitterte die *Twin Otter* seitlich weg und blieb endlich stehen, nur wenige Meter vom Hang am Ende der Landebahn entfernt. Rauchgeruch drang in die Kabine. Einen Moment lang herrschte absolute Stille.

»Die Maschine brennt! Raus hier!«, brüllte Ott. Er sprang auf, stürmte zum hinteren Ausgang, stieß die Kabinentür auf und stolperte ins Freie.

KAPITEL 21

Ein beißender Geruch stieg Gilda in die Nase. Woher kam er? Schwerfällig hob sie den Kopf und sah sich um. Fuzhou, der neben ihr gesessen hatte, war verschwunden, genauso wie die Piloten. Sie wollte aufstehen, aber ihre Beine gehorchten nicht. Verdammt, was war hier los? Sie drehte den Kopf und sah Ray zusammengesunken auf seinem Sitz. Er stöhnte leise. Außer ihnen beiden war niemand mehr an Bord der *Twin Otter*. Durch die geöffnete Einstiegstür drang Rauch in die Kabine. Ihr Blick verschwamm und ihr wurde übel. Wenn nicht bald ein Wunder geschah, würden Ray und sie bei lebendigem Leib verbrennen. Sie wollte sich mit letzter Kraft aus dem Sitz stemmen, doch dann zerfloss ihr Bewusstsein wie zäher Sirup und Dunkelheit hüllte sie ein.

»Hallo! Aufwachen!« Jemand rüttelte Gilda an der Schulter. »Sie müssen hier raus!«

Benommen schaute sie auf. Wer war das? Sie blinzelte durch den Rauch und sah schemenhaft, wie die Person zu Ray eilte, ihn von seinem Sitz hochhob und zum Ausgang der *Twin Otter* schleifte. Dort hielt sie einen Augenblick inne und zog den Arzt über die ausgeklappte Treppe der Tür vorsichtig ins Freie.

Komm zurück! Ich bin auch noch hier!, wollte sie schreien, aber aus ihrem Hals drang nur ein heiseres Krächzen. Ihr Kopf fiel auf die Brust und ihr wurde schwarz vor Augen. Kurz bevor sie wieder das Bewusstsein verlor, spürte sie, wie ihr Sitz energisch zurückgezogen wurde und ihre Beine freikamen. Zwei starke Arme griffen ihr unter die Achseln und hoben sie hoch. Dann wurde es endgültig dunkel.

»Gilda? Hörst du mich?« Jemand klopfte ihr mit der flachen Hand auf die Wangen. Sie öffnete die Augen und sah in Rays besorgtes Gesicht, der sich über sie beugte.

»Ich dachte, du wärst tot«, brachte Gilda nur hustend hervor.

»Tja, ich lebe noch. Tut mir echt leid, dass ich keine besseren Nachrichten für dich habe.« Ray lachte. »Bleib erst einmal liegen.«

»Bestimmt nicht.« Gilda richtete mühsam den Oberkörper auf. In einigen Meter Entfernung sah sie die *Twin Otter* am Ende der Piste stehen. Aus ihrem linken Motor drang dichter Qualm. Mehrere Personen sprühten weißen Schaum aus Feuerlöschern ins Triebwerk, während andere aus der Gepäckluke im Heck hastig die Ausrüstungen der beiden Expeditionteams herauszerrten und in sicherem Abstand zum Flugzeug ablegten.

»Sieht so aus, als wären wir mit einem blauen Auge davongekommen«, sagte Ray. »Alle Passagiere haben überlebt. Sie haben nur ein paar Prellungen und Abschürfungen erlitten.«

Gilda nickte. »Wir beide haben echt Schwein gehabt. Wer hat uns aus der Maschine rausgeholt?«

Ray zuckte die Schultern. »Keine Ahnung. Ott war's auf alle Fälle nicht. Der ist nach unserer Bruchlandung sofort rausgerannt und hat sich in Sicherheit gebracht. Schau mal, da drüben ist der Held des Tages.« Ray deutete auf den Wissenschaftler, der auf dem kleinen Vorplatz des Flughafens stand und mit verschränkten Armen das Treiben an der *Twin Otter* beobachtete. »Vielleicht war es einer der Chinesen. Die Jungs sind ziemlich cool drauf. Ihr Anführer, dieser Fuzhou, ist eine Klasse für sich.«

Gilda fasste sich an den Hals und tastete suchend nach ihrem Glücksbringer, einem Wasserbüffelknochen, auf dem das tibetische Mantra *Om mani padme hum* schwarz eingraviert war. »Mein Talisman ist verschwunden. Hast du ihn vielleicht gesehen?«

»Nein, aber frag mal Fuzhou. Womöglich weiß der was.«

»Das werde ich machen.«

Sie wandte sich wieder dem Treiben am Flugzeug zu. Dem Flughafenpersonal war es inzwischen gelungen, den Brand zu löschen. Ein Mann am Heck zog einen der olivgrünen Expeditionsrucksäcke aus dem Gepäckraum, warf ihn sich über die Schulter und trug ihn zur übrigen Ausrüstung am Rand der Landebahn. Er schaute kurz zu ihr hinüber und ihre Blicke trafen sich. Sie stutzte. Das Gesicht kannte sie.

KAPITEL 22

»Sie werden meine Expedition noch heute verlassen! Meinetwegen können Sie draußen übernachten.« Energisch deutete Gilda auf die Eingangstür der *Nirvana Lodge*.

»Das werde ich nicht tun. Sie können mich nicht rausschmeißen.«

»Oh doch, das kann ich.« Gilda schlug mit der Faust auf den Holztisch, an dem sie und die anderen Mitglieder der Expedition saßen.

Sie zuckte zusammen. Ein stechender Schmerz durchfuhr ihren Kopf und sie verzog das Gesicht.

Seit der Bruchlandung in Lukla ging es ihr schlecht, sie litt unter Benommenheit und Übelkeit. Mehrfach hatte sie sich auf dem Weg nach Phakding übergeben müssen, war aber trotzdem weitergegangen. Sie hatte um jeden Preis ihr Tagesziel, die *Nirvana Lodge,* erreichen wollen. Ray hatte ihr zu einer Pause geraten, aber sie konnte es sich nicht erlauben, auch nur einen Tag zu verlieren. Der Winter stand unmittelbar vor der Tür und sie mussten unbedingt im Dezember auf dem Everest stehen, bevor eine Besteigung im Januar oder Februar komplett unmöglich wurde. Und jetzt das. Eine neue Welle von Übelkeit stieg in ihr hoch und sie musste würgen.

Ray, der neben ihr saß, legte den Arm um ihre Schultern und sah sie besorgt an. »So geht das nicht. Du hast eine Gehirnerschütterung. Wenn du dich jetzt nicht ausruhst, kann das schlimme Folgen haben.«

Gilda stützte den Kopf in beide Hände. »Ray, ich bin dir für deine medizinische Unterstützung außerordentlich dankbar, aber ich weiß, was ich tue. Zuerst löse ich dieses Problem da vor mir, dann lege ich mich gerne schlafen.« Sie wies auf den Mann ihr gegenüber, der sie freundlich anlächelte.

»Aha, ich bin also ein *Problem* für Sie«, sagte er. »Schade.«

Gilda hob den Kopf und kniff die Augen zusammen. »Ich hatte Ihnen schon bei unserem Telefonat deutlich gesagt, dass für Sie in meinem Team kein Platz ist, Dr. Terbergen.«

»Sie haben es gehört, werter Kollege«, mischte Ott sich ein, der an der Stirnseite des Tisches saß. »Sie gehören hier nicht hin. Wieso sind Sie eigentlich hier?«

»Das könnte ich Sie genauso fragen«, antwortete Holm und sah Ott eindringlich an. »Schon merkwürdig, dass wir uns ausgerechnet in diesem entlegenen Winkel wiedersehen.«

»Tja, Zufälle gibt es ... Erzählen Sie uns lieber, was Sie hier vorhaben.«

»Ich denke, dasselbe wie Sie, Kollege Ott. Ich werde Gesteinsproben vom Everest auf ihren Iridiumgehalt hin analysieren.«

»Soso, Iridium. Nicht zufälligerweise ein anderes Element? Haben Sie denn ein Labor dabei?«

»Natürlich. Ein kleines Analyseset für die wichtigsten Schwermetalle. Wenn Sie wollen, können Sie es gerne mitbenutzen.«

Ott fuhr sich mit der Hand über die Glatze. »Das ist äußerst großzügig von Ihnen, Terbergen, aber ich bevorzuge meine eigenen Methoden.«

»Die sind hinlänglich bekannt. Ich hoffe nur, dass Sie nicht dasselbe Verfahren anwenden wie bei Ihrem angeblichen Nachweis von Element 120.«

Gilda hatte das Gespräch der beiden Männer mitverfolgt, ohne etwas von dem Inhalt ihrer Unterhaltung richtig verstanden zu haben. Ihr Kopf dröhnte und sie fror. Sie stupste Andrew an, der neben ihr saß. »Kannst Du es uns etwas wärmer machen?«

»Na klar doch.« Der New Yorker stand vom Tisch auf, schob seinen Stuhl geräuschvoll zur Seite und ging auf den zerbeulten Ofen in der Mitte des verräucherten Raumes zu. Er öffnete die Klappe und legte einige Holzscheite nach, bevor er gegen das rostige Rohr klopfte, das aus dem Ofen durch die Decke führte. »Jetzt wird es gleich richtig gemütlich.«

In diesem Augenblick wurde die Eingangstür mit einem Knarzen aufgestoßen und Pasang und Diane stolperten herein. Schneeflocken wehten in den Raum.

Der Sherpa rieb sich die Hände. »Verflucht kalt da draußen. Sicherlich schon weit unter null Grad. Wir können froh sein, dass diese Lodge so spät im Jahr noch geöffnet hat. Wir waren gerade bei Fuzhou und haben uns über den weiteren Weg zum Basislager unterhalten. Seine Truppe hat es nicht so gemütlich wie wir.«

Diane schlang die Arme fröstelnd um ihren Oberkörper. »Fuzhous Team will unbedingt in seinen Zelten schlafen. Als kleine Vorübung auf die minus vierzig Grad auf dem Everest.« Sie ging zu Gilda hinüber und legte einen kleinen Holzdrachen vor ihr auf den Tisch. »Den hat mir Tian mitgegeben, mit den herzlichsten Grüßen. Das ist ein Glücksbringer für unsere Expedition und soll uns beschützen.«

»Danke, wie aufmerksam«, sagte Gilda und betrachtete den Anhänger in ihrer Hand. Der Drache war aus rötlichem Holz geschnitzt, das Maul mit den spitzen Zähnen weit aufgerissen und die Pranken mit ihren scharfen Krallen für einen tödlichen Hieb erhoben. In den Augen glänzten zwei goldene Punkte. Das sollte ein Glücksbringer sein? »Sieht ziemlich furchterregend aus. Trotzdem, danke. Hat er dir noch etwas anderes für mich mitgegeben? Meinen Talisman zum Beispiel?«

Diane zuckte mit den Schultern. »Nein, der Drache war alles. Übrigens, unsere chinesischen Kameraden wollen morgen schon in aller Früh aufbrechen. Sie haben sich bereit erklärt, einen Großteil unserer Ausrüstung ins Basislager zu tragen. Da sollen wir uns in ein paar Tagen mit ihnen treffen. Ist doch echt nett von unseren chinesischen Freunden, oder?«

»Das ist nicht nur nett, das ist grandios. Das erleichtert uns den Anmarsch ungemein. In unserer derzeitigen Verfassung kriechen wir wie Schnecken vorwärts. Ach Andrew, könntest du es noch ein bisschen wärmer machen?«

»Sicher. Ich verspreche dir, ich bringe dich noch zum Schwitzen«, antwortete der New Yorker. Er öffnete die Ofentür und warf weitere Scheite sowie getrockneten Yakdung in die Flammen. Beißender Qualm wirbelte in den Raum.

Gilda musste husten.

Erinnerungen an ihre Kindheit kamen in ihr hoch. Wenn ihr Vater im November bei kaltem Westwind nasses Holz in den Ofen gelegt hatte, war der Geruch ähnlich streng gewesen. »Wir haben leider kein Geld für eine richtige Heizung«, hatte er dann gesagt. Es war der Geruch von Armut gewesen.

Nie wieder wollte sie dorthin zurück. Das Gold vom Everest würde ihr ein Leben ohne Geldsorgen ermöglichen. Niemand sollte ihr dabei in die Quere kommen.

Sie stand mühsam auf und stützte sich mit beiden Armen auf dem Tisch ab. Sie hob den Kopf.

»Der heutige Tag war ein erfolgreicher Tag.« Sie machte eine Pause und blickte in die Gesichter der Teilnehmer. »Wir hatten zwar eine harte Landung, aber wir haben überlebt und sind gesund. Unsere Ausrüstung ist gerettet und intakt. Wir haben unser Tagesziel erreicht. Wir liegen im Zeitplan.« Sie wandte sich mit einem Lächeln an Ray: »Und wir beide – grins nicht so frech – haben heute außerplanmäßig Geburtstag, den Chinesen sei Dank.« Sie machte wieder eine Pause. »Aber ich habe ein Problem:

Sie, Dr. Terbergen! Sie haben sich gegen meinen erklärten Willen in unsere Expedition eingeschlichen.«

»Das habe ich nicht«, erwiderte Holm mit ruhiger Stimme. Er zog einen zusammengefalteten Briefbogen aus seiner Weste und reichte ihn Gilda.

»Was ist das?«

»Meine Eintrittskarte für Ihre Expedition.«

Sie riss ihm das Papier aus der Hand und las:

»Liebe Mrs Hunt,

wir sind ein wenig besorgt über den erfolgreichen Ausgang Ihrer Expedition und schicken Ihnen daher in Ergänzung zu Dr. Ott einen weiteren Wissenschaftler, den wir aus den zahlreichen Bewerbungen für Ihre Expedition ausgewählt haben. Sie hatten uns freundlicherweise diese Unterlagen überlassen. Wir halten Dr. Terbergen für einen außerordentlich kompetenten Wissenschaftler, der Dr. Ott gerne zur Seite stehen wird. Es ist ein erfreulicher Umstand, dass die beiden Herren am selben Institut tätig sind. Wir gehen daher von einer fruchtbaren und konstruktiven Zusammenarbeit der beiden aus. Bitte unterstützen Sie Dr. Terbergen, wann immer es möglich ist.

Wir wünschen Ihnen viel Glück für den weiteren Verlauf Ihrer Expedition!

Mit herzlichen Grüßen

Ihr Joshua Clayton«

KAPITEL 23

»Es ist mir egal, wer Sie eingeladen hat! Sie waren und sind kein Mitglied meiner Expedition! Morgen früh will ich Sie hier nicht mehr sehen!« Wütend zerriss Gilda das Schreiben und warf die Papierfetzen in die Luft. Sie drehte sich um und stürmte aus dem Raum.

Holm blickte ihr hinterher. Was hatte sie nur gegen ihn? Schließlich hatte Joshua Clayton ihn im Oktober nach Gilda Hunts Absage angerufen und offiziell als zweiten Wissenschaftler für die I-E²-Expedition angeworben. Die Einladung war für ihn wie ein Geschenk des Himmels gewesen, und während eines Besuchs im Schloss der Claytons waren alle Fragen finanzieller und organisatorischer Natur zügig geklärt worden. Anfang Dezember war er mit seiner Ausrüstung, inklusive eines Mini-Labors, zunächst nach Kathmandu und einen Tag später nach Lukla geflogen, wo er die dramatische Landung der *Twin Otter* miterlebt hatte.

»Nehmen Sie ihren Auftritt nicht so ernst.« Ray, der neben Holm saß, klopfte ihm aufmunternd auf die Schulter. »Gilda steht unter Stress – verständlicherweise. Dazu kommt noch ihre Gehirnerschütterung.« Der Arzt reichte ihm die Hand. »Ich bin Dr. Raymond Anderson, der Expeditionsarzt. Willkommen im Team!«

Holm ergriff seine Hand und schüttelte sie. »Dr. Terbergen, Kernphysiker. Nennen Sie mich einfach Holm, das spart Zeit.«

»Und ich bin Ray, wenn das okay ist.«

»Na klar. Ich werde übrigens mit dem Herrn dort drüben die Gesteinsproben vom Everest auf Iridium hin analysieren.« Er deutete auf Ott.

»Interessant. Waren Sie ... ich meine, warst du schon einmal hier?«

»Nein, ich bin zum ersten Mal im Himalaya. Ich habe es nicht so mit der Höhe.«

Der Arzt runzelte die Stirn. »Leidest du unter Höhenkrankheit?«

»Nein, überhaupt nicht. Wieso?«

»Na ja, wir sind hier in Phakding auf zweieinhalbtausend Meter. Schon da kann man leichte Symptome einer Höhenkrankheit entwickeln, Kopfschmerzen zum Beispiel.«

Holm zuckte die Schultern. »Mir geht es prima.«

»Noch. Spätestens im Basislager wirst du dich mit hämmernden Kopfschmerzen, quälendem Husten, Schlaf- und Appetitlosigkeit herumschlagen müssen.« Ray machte eine Pause. »Richtig übel wird es, wenn man zum Gipfel aufsteigt. Dann betreten die Todesengel des Höhenbergsteigens die Bühne: HAPE und HACE.«

Holm sah den Arzt fragend an. »Toll, wie du das sagst. Typisch Mediziner. Man versteht kein Wort.«

»Entschuldigung, das ist so eine Art Berufskrankheit von mir. Also, bei HAPE kommt es zu einem akuten Höhenlungenödem, bei dem sich die Lunge nach und nach mit Flüssigkeit füllt und der Bergsteiger langsam erstickt. Bei HACE entwickelt sich ein Hirnödem, was zu Bewusstseinsstörungen und bis zum Tod führen kann. Beides nicht angenehm.«

»Na wunderbar. Du kannst einem richtig Mut machen. Kann man gegen diese Symptome nichts machen? Irgendwelche Medikamente? Ich habe Kopfschmerztabletten mitgenommen.«

Ray lachte. »Schmerzmittel kannst du vergessen. Die helfen kaum. Steroide wie Dexamethason wirken, aber auch nicht immer. Die zuverlässigste Behandlungsmethode ist, den Betroffenen so schnell wie möglich in tiefere Lagen zu bringen. Dann hat er eine kleine Chance zu überleben.«

»Warst du schon einmal höhenkrank?«

»Ja, mehrfach sogar. Aber nie so schlimm, dass ich HACE oder HAPE bekommen hätte. Ich habe da so meine eigenen Mittelchen, um das zu verhindern.« Ray lächelte geheimnisvoll.

»Verstehe. Ich hoffe, dass du für den Notfall etwas von deinen Wunderdrogen dabei hast. Ich meine für die Teammitglieder, die Richtung Gipfel steigen. Ich werde nämlich im Basislager bleiben und die Proben analysieren, die man mir bringt.«

»Dann werden wir viel Zeit miteinander verbringen. Ich werde als Expeditionsarzt ebenfalls in Camp 1 bleiben. Was ist eigentlich mit deinem Kollegen los? Der schaut immer so grimmig rüber.« Der Arzt sah zu Ott hinüber, der am anderen Ende des Tisches saß und Holm gelegentlich finstere Blicke zuwarf.

»Das ist eine lange Geschichte. Wir sind so was wie ziemlich beste Feinde. Wir arbeiten am selben Institut in Darmstadt an ähnlichen Projekten, sind aber anderer Meinung, was das Ende des Periodensystems betrifft, falls dir das etwas sagt.«

»Tut es«, erwiderte Ray. »Ich hatte während meines Medizinstudiums in den ersten Semestern notgedrungen Kontakt mit der Chemie und ihren Geheimnissen. Das Periodensystem habe ich danach erfolgreich verdrängen können. Aber was hat das mit deinem Aufenthalt hier zu tun?«

Holm rieb sich die Nase und blickte nach unten. »Na ja, möglicherweise finden sich auf dem Everest nicht nur neue Hinweise zur Erdgeschichte und zu Iridium. Man weiß nie.«

»Und das treibt dich und deinen ›besten Feind‹ in diese Gegend?«

Holm schaute zur Seite.

»Kein Problem. Du musst mir nicht alles heute Abend erzählen. Ich werde mich jetzt zurückziehen und meine und Gildas Rettung aus dem brennenden Flugzeug mit schottischem Whisky nachfeiern – Fuzhou und seinem Team sei Dank. Schlaf gut.«

»Du auch. Bis morgen früh.« Er sah dem Arzt nach, wie er den Raum verließ. Dann wanderte sein Blick zu Ott hinüber, der sich mit Andrew unterhielt.

Auch wenn er von den Claytons erfahren hatte, dass Ott als Wissenschaftler ein Mitglied der Expedition war, so fragte er sich, was die wahren Pläne seines Konkurrenten waren. Wusste er etwas von seiner Entdeckung? Hatte er Angst, dass hier im Himalaya sein Schwindel zum Ende des Periodensystems auffliegen könnte?

Er griff in seine Westentasche, zog den zerknitterten Artikel über den Fund des Trilobiten vom Everest hervor und starrte auf die eingekringelte Punktewolke auf dem Foto mit dem Fossil.

»Na, Neuigkeiten zu Brimborium 126?«

Holm blickte auf und sah in das feixende Gesicht von Gunter Ott.

KAPITEL 24

Joshua Clayton stand neben dem Kamin in der Bibliothek von *Halcyon Castle* und betrachtete das Spiel der Flammen, die gierig an den Holzscheiten hochzüngelten. Er rieb sich die Hände. Nicht, weil ihm kalt war, sondern weil er äußerst zufrieden mit sich war. Teil eins seines Planes war aufgegangen, auch wenn es zwischenzeitlich nicht danach ausgesehen hatte. Er drehte sich zu Samuel um, der in seinem Chesterfield-Sessel saß und versonnen in ein Glas starrte, in dem sich eine bernsteinfarbene Flüssigkeit sanft hin- und herbewegte.

»Meine Kontaktperson im Expeditionsteam hat mich heute zum ersten Mal angerufen und mir mitgeteilt, wo sie gerade steckt. Das wurde auch höchste Zeit.«

»Hier, probier mal«, erwiderte Samuel mit schwerer Zunge und reichte seinem Bruder sein Glas. »Das ist ein wundervoller *Glenmorangie* von 1981. Nach achtzehn Jahren noch einmal zusätzlich zehn Jahre in Barriquefässern vom Weingut *Château d'Yquem* nachgereift. Dieser Whisky ist eine einzigartige Komposition aus Aromen von Apfeltarte mit Demerara-Zucker, Muskat und Anis. Du kannst dir nicht vorstellen, in welches Paradies dich erst der exquisite Abgang mit einem Hauch von süßen Rosinen, gerösteten Mandeln und Kokosdessert entführt.«

»Doch kann ich«, brummte Joshua. »Wahrscheinlich schmeckt dein Branntwein nach metallischer Tapenade mit einer Note Altöl. Da bleibe ich lieber hierbei.« Er nahm sich eine Bierdose, die auf dem Kaminsims stand, und tippte auf ein rot-orangefarbenes Logo mit blauem Stern. »*Newcastle Brown Ale. The One and Only.*«

»Du willst doch nicht ernsthaft dein *Newky Brown* mit meinem sechstausend Pfund teuren Glenmorangie vergleichen«, empörte sich Samuel. »Davon gibt es weltweit nur tausend Flaschen.« Er setzte das Whiskyglas unsicher auf dem Beistelltisch ab. »Wer ist überhaupt dein geheimer Informant und was erzählt er?«

»Wer mein Spion ist, geht dich gar nichts an, kleiner Bruder. Aber dank ihm weiß ich jetzt, dass die Truppe von Missy Hunt in Lukla eine veritable

Bruchlandung hingelegt hat. Das hätte meine Planung fast über den Haufen geworfen. Aber ich habe noch einmal Schwein gehabt.«

»Wurde jemand verletzt? Kann die Expedition weitergehen?«

»Jaja, alles gut«. Joshua nahm einen Schluck aus der Bierdose. »Alle sind wohlauf und Barbie tut erfreulicherweise genau das, was ich von ihr erwarte: Sie marschiert mit ihren Leuten schnurstracks ins Verderben und hat nicht die leiseste Ahnung.«

Samuel schaute in sein Whiskyglas. »Das ist nicht nett von dir. Und wie soll es jetzt weitergehen? Wird die Zeit für uns nicht langsam knapp?«

»Im Moment nicht. Unsere Geldgeberin ist noch ein paar Tage unterwegs, bis sie das Basislager erreicht hat. Dann sehen wir weiter. Wie stehen die Dinge bei dir? Hast du endlich die Aufträge ausgeführt, um die ich dich gebeten habe?«

Samuel schnaufte. »Was glaubst du, was ich die ganze Zeit gemacht habe? Däumchen gedreht?«

»Ja, möglich. Wie ist denn der aktuelle Stand?«

»Bestens!«, antwortete Samuel und nippte an seinem Whisky. »Ich habe mehrere geliehene ETFs und *Futures* diskret am Markt verkaufen lassen, ohne dass es größere Bewegungen am Markt gab. Niemand hat nur den Hauch eines Verdachts geschöpft.«

»Sei nicht zu vertrauensselig«, schnaubte Joshua. »In der Finanzwelt bleibt nichts lange geheim.«

»Keine Sorge. Die Aufträge liefen über verschiedene Stellen, die nicht direkt mit uns in Verbindung gebracht werden können.«

»Womit hast du die Sicherheiten beim Broker bezahlt?«

Samuel gluckste vor Vergnügen und prustete unvermittelt in sein Glas, sodass Whisky aus dem *Tumbler* hochspritzte. »Das ist überhaupt das Beste: mit der Finanzspritze von Mrs Hunt. Das ist fast so, als hätte Lloyd Parker unsere Aufträge selbst ausgeführt. Herrlich, nicht wahr? Es ist auch noch reichlich Cash für zusätzliche Transaktionen da.«

»Sehr schön«, grunzte Joshua. »Bleib weiter am Ball und vergrößere in den nächsten Wochen unsere *Short*-Positionen. Die Kurse für Gold werden bald ins Bodenlose stürzen. Aber fall nicht auf! Manchmal verhältst du dich recht ungeschickt.«

»Selbstverständlich passe ich auf. Ich bin schließlich kein Anfänger. Wie läuft es mit deinen ›Freunden‹?«

»Wie am Schnürchen. Die haben wie erwartet reagiert. Ihre Gier und die

Angst, die Amerikaner könnten fixer sein, haben den Herrschaften Beine gemacht. Die haben schnell gemerkt, dass auch hier ›First come, first serve‹ gilt.«

Joshua hatte wenige Tage nach Gilda Hunts Besuch in bestimmten Kreisen Informationen über den Goldfund am Everest streuen lassen. Zunächst waren die Reaktionen zurückhaltend, ja geradezu misstrauisch gewesen. Man wollte einen physischen Beweis für das Gold auf dem Everest sehen. Also hatte er über seine Kontakte Gilda Hunts Anhänger an seine ›Freunde‹ weiterleiten lassen. Nach einer endlosen Woche des Wartens hatte er schließlich erfahren, dass man auf der anderen Seite Maßnahmen in die Wege geleitet hatte, um sich den Schatz auf dem höchsten Berg der Erde zu sichern. Das zusätzliche Gerücht, dass die Amerikaner ebenfalls über das Goldvorkommen im Bilde waren, führte schließlich zu hektischen Aktivitäten. Wunderbar. Bald würde am Everest die Hölle losbrechen, aber dann würde er seine Schäfchen im Trockenen haben.

»Wann willst du deine Bombe platzen lassen?«, unterbrach Samuel seine Gedanken.

Joshua wiegte bedächtig den Kopf und nahm einen weiteren Schluck aus seiner Bierdose. »Das ist die große Unbekannte in meinem Plan und hängt wesentlich von den Fortschritten der Expedition ab – und dem rechtzeitigen Erfolg meiner ›Freunde‹. Wenn die keinen Fehler machen, wird die Welt spätestens Mitte Dezember erfahren, dass der Everest ein riesiger Goldberg ist. Heiligabend werden wir die ersten Billionäre der Menschheitsgeschichte sein und diesen historischen Augenblick ordentlich feiern. Meinetwegen mit deinem Schnaps.«

Samuel ignorierte die letzte Bemerkung. »Und was ist, wenn etwas schiefgeht?«

Joshua zerdrückte die Bierdose in seiner Hand und warf sie in den Kamin. »Ein Scheitern kommt in meinem Plan nicht vor.«

KAPITEL 25

»Na, Terbergen, so allein unterwegs nach Namche Bazar? Die anderen mögen Sie wohl nicht? Ich werde Ihnen ein wenig Gesellschaft leisten, wenn Sie nichts dagegen haben.«

Holm drehte sich um und blickte direkt in das Gesicht von Ott, der vor ihm auf einem schmalen Pfad aus festgetretener Erde stand. »Sie haben mir echt gefehlt. Haben Sie verschlafen, oder warum sind Sie nicht zusammen mit dem Team aufgebrochen?«

»Ich habe mir erlaubt, mein Frühstück etwas auszudehnen. Außerdem wollte ich mich mit Ihnen allein unterhalten. Sie können sich denken, weshalb.«

»Allerdings. Es ist bestimmt kein Zufall, dass wir uns hier treffen.«

»Brillant analysiert.« Ott zog mit seinen Trekkingstöcken kleine Linien in den mit einer leichten Schneedecke überzogenen Weg. »Nachdem Sie vor ein paar Monaten bei meiner Pressekonferenz Ihre Show abgezogen haben, hat es mich schon interessiert, was Sie womöglich an sogenannten Fakten zu Ihrem Element 126 zusammengetragen haben. Bei meinen Nachforschungen bin ich dann auf die Pläne für Ihren Everest-Trip gestoßen.«

»Nachforschungen? Sie meinen, Sie haben in meinem Büro herumgeschnüffelt. Was wollen Sie denn mitten im Winter am Everest?«

Ott blieb stehen und stützte sich auf seinen Trekkingstöcken ab. Sein Blick wanderte zum anderen Flussufer hinüber, wo schneebedeckte Hänge in einen wolkenverhangenen Himmel ragten. »Lassen Sie es mich so formulieren: Ich möchte nicht, dass Sie mir mit Ihrem Unsinn zu meiner großartigen Entdeckung zum Ende des Periodensystems in die Quere kommen. Aber vor allem will ich Sie vor einer großen Dummheit bewahren. Was wäre, wenn Sie auf dem Everest etwas fänden, was Ihre krude Theorie zu Element 126 vermeintlich stützen würde? Sie würden diesen Quatsch publizieren und einen unnötigen Gelehrtenstreit lostreten. Sie wollen doch nur Beweise für Ihre Hirngespinste finden und mir schaden. Stimmt's?«

»Ihnen schaden? Ich bitte Sie. Das erledigen Sie schon selbst. Ansonsten wollte ich schon immer mal zum Mount Everest und habe mich deshalb für diese Expedition beworben …«

»…und wurden prompt von Gilda Hunt abgelehnt«, unterbrach ihn Ott. »Die Frau hat eben einen Blick für Träumer – und Macher.«

»Macher, ach ja? Das konnte ich nach der Landung in Lukla gut beobachten. Ihr Auftritt – oder besser gesagt Ihr Abgang – war schon beeindruckend. Also, was wollen Sie hier?«

Ott tippte mit einem der Trekkingstöcke auf Holms Brust. »Ich möchte Ihnen ein Angebot machen, lieber Terbergen. Arbeiten Sie mit mir zusammen. Wenn Sie am Everest etwas finden, was vermeintlich zu Ihrer geisteskranken Hypothese passt, dann zeigen Sie es mir. Ich werde den Fehler in Ihren Überlegungen finden und gemeinsam können wir der staunenden Fachwelt eine faszinierende Version zum Ende des Periodensystems präsentieren. Sie können mir vertrauen.«

Holm schob den auf ihn gerichteten Stock zur Seite. »Erzählen Sie mir keine Märchen. Wenn ich Beweise für ein Element jenseits der Ordnungszahl 120 finde, dann sind Sie mit Ihren fragwürdigen Forschungsergebnissen und Ihrer Karriere am Ende. Das wissen Sie selbst am besten. Das ist doch der wahre Grund, warum Sie hier sind.«

»Terbergen, Sie sind ein Fantast. Ihr Scheitern ist vorprogrammiert.« Ott wies auf den rauschenden Fluss, der sich unterhalb ihres Pfades seinen Weg durch ein mit Steinen und Felsen durchsetztes Bett suchte. »Ihre wahnwitzigen Theorien werden genauso zerrieben und weggespült werden wie das Geröll da unten im Dudh Kosi. Nehmen Sie mein Angebot an.«

Holm lachte. »Man kann Ihre Angst vor der Wahrheit förmlich riechen. Sie versuchen verzweifelt, sich die Wirklichkeit so lange zurechtzubiegen, bis sie für Sie passend ist.«

»Ich probiere erst gar nicht, die Wirklichkeit anzupassen. Ich hinterfrage sie so lange, bis sich die Wirklichkeit *mir* beugt. Schließlich bin ich G.OTT!«

»Sie sind verrückt. Sie werden alles, was Ihrer Theorie widerspricht, verschwinden lassen.«

Ott rammte seine Trekkingstöcke rechts und links neben Holm in den Boden. »Schon möglich. Ich bin Wissenschaftler. Wenn die Wahrheit in Gefahr ist, kann ich ziemlich konsequent sein.«

»Sie meinen *Ihre* Wahrheit. Für die würden Sie wahrscheinlich sogar Ihre eigene Mutter umbringen.«

Ott ließ die Stöcke los und packte Holm am Nacken. »Nicht nur die, lieber Terbergen. Nicht nur die.«

Holm löste sich aus dem Griff. »Ich denke, es ist besser, wenn sich unsere Wege hier trennen. Die Höhenluft bekommt Ihnen offenbar nicht.« Mit diesen Worten schob er Ott von sich weg und ging zügig weiter. Er wollte das Team von Gilda Hunt einholen, das nach den Chinesen aufgebrochen war und zwei, drei Stunden Vorsprung hatte. Vielleicht konnte er noch vor Namche Bazar zur Gruppe aufschließen, einem kleinen Ort auf gut dreieinhalbtausend Meter Höhe, der das Eingangstor zur Everest-Region war.

Er dachte über das Gesagte nach. Sein Kollege ahnte oder wusste, dass er Indizien zu Element 126 gefunden hatte. Falls Ott den Zeitungsartikel über Gilda Hunts Fossilienfund gelesen hatte, konnte er auch die Bedeutung der Punktewolke mit der mysteriösen Ringstruktur richtig einordnen: ein Anhaltspunkt für Element 126. Wenn Ott das erkannt hatte, stand er vor einem großen Problem. Er würde nichts unversucht lassen, mögliche Hinweise auf Unbihexium zu vernichten. Den angedeuteten Mord traute er seinem Konkurrenten allerdings nicht zu. Ott war ein Großmaul, das seinen Worten selten Taten folgen ließ. Er würde die nächsten Tage und Wochen mit diesem Mann zusammen verbringen müssen, ob er nun wollte oder nicht.

Er blieb kurz stehen und drehte sich um. Der Weg hinter ihm war leer. Er atmete erleichtert auf. Er setzte seinen Rucksack ab und nahm aus einer Thermoskanne einen Schluck heißen Tee. Was hatte Ray ihm geraten? »Trinken, trinken, trinken. Sonst wird man höhenkrank.« Der Arzt klang schon wie sein Therapeut. Er würde mit den extremen Bedingungen hier schon klarkommen, solange er nicht zu hoch auf den Everest steigen musste. Er verstaute die Thermoskanne und ging weiter.

Der langsam ansteigende Pfad schmiegte sich an mit Fichten und Kiefern bewaldete Hänge und folgte dem Lauf des Dudh Kosi. Das Gehen in der dünner werdenden Luft wurde zunehmend anstrengender, aber er fühlte sich fit. Er war seit seiner Jugend aktives Mitglied in einem Ruderverein und sein Lungenvolumen lag bei beachtlichen sechs Litern. Luftnot würde nicht sein Problem werden.

Nach einer weiteren halben Stunde blieb Holm stehen. Trotz des eisigen Windes traten ihm Schweißperlen auf die Stirn, und das lag nicht an der kräftezehrenden Wegstrecke, die er zurückgelegt hatte. Vor ihm führte eine nur wenige Meter hohe Hängebrücke über den Dudh Kosi, auf der in beide Richtungen Sherpa-Frauen gingen. Auf dem Rücken trugen sie mit Waren vollgepackte Bastkörbe, und obwohl die Brücke leicht schwankte, bewegten sich die Frauen sicher und zügig vorwärts. Holm rieb sich das Kinn. Sein Panikdrache – die Höhenangst – war noch da, das wusste er. Vielleicht würde das Biest aber ein kleines Nickerchen machen und ihn für ein paar Minuten in Ruhe lassen. Zumindest so lange, bis er die andere Seite erreicht hatte.

Er wartete, bis sich eine Sherpa-Frau der Brücke näherte, der er dann folgte, den Blick fest auf den Korb auf ihrem Rücken geheftet. Trotz der Last, die die Sherpani trug, schritt sie schnell voran. Holm hatte Mühe, ihr zu folgen. Jetzt bloß nicht stehen bleiben! Er spürte das Zittern und Schwingen der Bohlen unter den Füßen, aber sein Blick wich nicht einen Augenblick von ihrem Rücken ab. Er wusste nicht, wie weit er schon gegangen war, als sich die Sherpani unerwartet nach links wandte. Er geriet ins Stolpern, machte noch ein paar Schritte – und stand auf festem Boden am anderen Ende der Brücke.

Holm blickte zurück und lächelte zufrieden. Geschafft! Hinter ihm lag die im Wind schaukelnde Hängebrücke, die erste von vielen, die noch kommen würden. Er war sich sicher, dass er seine Höhenangst im Griff hatte und dass er in solchen Situationen die Nerven behalten würde. Sein Panikdrache schlief tief und fest.

KAPITEL 26

Verflucht! Das war's.

Holm blieb abrupt stehen. Die Erkenntnis, dass seine Reise hier und jetzt enden würde, durchfuhr ihn wie ein elektrischer Schlag, und er sackte innerlich zusammen. Er war aus dem hoch oben am Hang verlaufenden Waldweg herausgetreten und um einen großen Felsen scharf nach links abgebogen.

Vor ihm spannte sich in schwindelerregender Höhe eine lange Hängebrücke, die *Hillary Bridge*, über eine Schlucht, darunter schoss der Dudh Kosi wild schäumend ins Tal. Die schwankende Konstruktion, an deren Tragseilen Gebetsfahnen im Winterwind knatterten, endete auf der anderen Seite an einem steilen Felsvorsprung.

Ein Sherpa betrat dort mit schwer beladenen Yaks die Brücke und trieb seine Tiere lautstark an, die nur widerwillig vorwärts trotteten. In der Mitte angelangt, verhakte sich plötzlich eines der Rinder mit einem Huf zwischen den Metallplanken am Boden, geriet kurz ins Straucheln und stolperte dann weiter. Die Brücke begann bedenklich zu schlingern und wippte einige Male auf und ab. Der Sherpa trieb die übrigen Yaks mit einem Stock fluchend vorwärts.

Als sich die kleine Karawane Holm am anderen Ende der Brücke näherte, taumelte er zur Seite und hielt sich krampfhaft am Ast eines Baumes fest. Sein Herz pochte, kalter Schweiß trat auf seine Stirn und Übelkeit stieg in ihm auf. Er schloss die Augen. Was er gerade gesehen hatte, reichte ihm. Dieses wacklige Bauwerk aus gehäkelten Maschendrahtnetzen, verrosteten Seilen und lockeren Planken würde er auf keinen Fall betreten und schon gar nicht überqueren.

Holm setzte seinen Rucksack ab und nahm ein paar Schlucke Tee aus der Thermoskanne. Eine wohlige Wärme breitete sich in ihm aus und er kam langsam wieder zur Ruhe. Er steckte die Kanne zurück und schnallte den Rucksack auf. Vielleicht gab es eine Alternative, um auf die andere Seite zu gelangen. Er konnte hier unmöglich umdrehen. Er war nicht so weit gegangen, um jetzt aufzugeben. Sein altes Leben lag hinter ihm, seine Zukunft vor ihm.

Er blickte sich suchend um. An beiden Enden der *Hillary Bridge* stiegen Felswände vom Tal schroff empor, dazwischen der reißende Gebirgsfluss. Holm stöhnte. Die Schlucht zu durchqueren und auf der anderen Seite hochzuklettern war auch keine Lösung, sondern nur eine anstrengende Form von Selbstmord. Vielleicht doch die Brücke? Einen Versuch war es wert.

Mit zittrigen Beinen ging er auf den Anfang zu, wo links und rechts die tragenden Stahlseile in einer Bodenplatte aus Beton verschwanden. Das sah halbwegs stabil aus, aber was würde passieren, wenn die Kabel aus ihrer Verankerung rissen, während er die Brücke passierte? Wie eine Peitsche würde die Konstruktion zusammen mit ihm vorschwingen und ihn an der gegenüberliegenden Steilwand zerschmettern.

Er dachte nach. Gilda Hunt und ihr Team waren bereits auf die andere Seite gelangt, ohne dass etwas Dramatisches passiert war. Warum sollte er nicht auch heil hinüberkommen?

Er machte einen weiteren Schritt vorwärts und ergriff mit der rechten Hand den Anfang des Tragseils.

Was hatte ihm sein Therapeut für eine solche Situation geraten? »Fixieren Sie einen Punkt in der Ferne, denken Sie nicht an die Höhe und sagen Sie sich immer wieder: ›Es wird alles gut. Ich bin ruhig und entspannt.‹ Sie werden sehen, es hilft.«

Er holte tief Luft und betrat die Brücke, über die eine eisige Böe fegte. Seine Knie wurden weich, als sie stärker schaukelte.

»Das Ding wackelt ganz schön. Ob das hält?«

Holm stöhnte innerlich auf.

Ott.

Er drehte sich langsam um. Hinter ihm, dort, wo der Waldweg auf die Brücke führte, saß sein Kollege nur ein paar Meter entfernt auf einem Stein, den Kopf in Denkerpose auf einen Unterarm gestützt und sah ihn grinsend an.

Holm packte das Stahlseil mit beiden Händen. »Ott, was wollen Sie schon wieder?«

»Ich hatte Sehnsucht nach Ihnen. Außerdem hatte ich Angst, dass Ihnen etwas zustoßen könnte – so mutterseelenallein.«

Holm verdrehte die Augen und sah wieder nach vorne. Unsicher machte er einen Schritt vorwärts.

»Sie haben doch nicht etwa Höhenangst?«

»Halten Sie die Klappe!« Er umklammerte das Tragseil noch fester, bis seine Finger schmerzten. Seine Übelkeit wurde stärker und er fühlte, wie ihm der Schweiß den Rücken hinunterrann. Sein Rucksack drückte. Er würde es vielleicht bis zur Mitte der Brücke schaffen, aber auf keinen Fall weiter. Weder vor noch zurück. Nicht mit dem Schwachkopf hinter ihm.

Ott klatschte in die Hände. »Könnten Sie sich bitte ein bisschen beeilen? Ich möchte nicht im Dunkeln ankommen.«

»Gehen Sie doch vor, wenn Ihnen mein Tempo nicht passt.«

»So eilig habe ich es nun auch wieder nicht. Ich genieße Ihre Darbietung als Hochseilartist.«

Holm erwiderte nichts, sondern machte zwei Schritte vorwärts. Die Brücke schwang hin und her.

»Für den Anfang sieht das gar nicht schlecht aus«, rief Ott. »Hatte ich schon gesagt, dass es unter Ihnen hundertfünfundzwanzig Meter in die Tiefe geht? Steht in meinem Reiseführer.«

»Sie mich auch!«

»Na, na! Wer wird denn gleich die Contenance verlieren.«

»Es reicht!« Holm senkte den Kopf, holte tief Luft und hielt den Atem an. Das sollte den Herzschlag beruhigen, hatte sein Therapeut gesagt – und tatsächlich, sein Puls verlangsamte sich. Er konnte hier nicht herumbummeln, sondern brauchte schleunigst eine Lösung für die Überquerung von Hängebrücken im Himalaya, auch wenn diese nicht im Repertoire seines Therapeuten vorkam. Ihm fiel der Spruch einer Freundin aus Studentenzeiten ein, die ihm für brenzlige Situationen einen simplen Rat gegeben hatte: *Weitermachen.*

Genau!

Entschlossen ging er vorwärts, eine Hand immer an dem Stahlkabel. Das Rauschen des Dudh Kosi unter ihm dröhnte in seinen Ohren. Er blickte starr nach vorne und setzte einen Fuß vor den anderen.

»Brav so! Einen Schritt für Papa, einen für Mama und einen für den lieben Onkel Ott.«

»Blödmann!«, knurrte Holm und starrte auf den Felsvorsprung am Ende der Brücke. *Nur nicht nach unten sehen.* Nach ein paar unsicheren Schritten hielt er inne und atmete durch. Das war schon einmal geschafft.

»Wie, schon Pause?«, hörte er Ott rufen. »Wollen Sie es nicht lieber noch einmal versuchen? So richtig flüssig sah das noch nicht aus.«

Holm drehte sich um. »Sie können mich mal. Wir sehen uns in Namche Bazar zum Mittagessen.«

Ott verzog plötzlich das Gesicht und deutete wild gestikulierend auf irgendetwas, das sich am anderen Brückenende abspielte.

Holm riss den Kopf nach vorne. »*Shit*!«

Drei Yaks hatten die Brücke betreten und trotteten gemächlich auf ihn zu, gefolgt von zwei Sherpas, die ihm mit Handzeichen bedeuteten, Platz zu machen. Er drückte sich mit dem Rücken gegen das Maschendrahtnetz und spürte, wie der sperrige Rucksack gegen das Tragseil stieß. Wenn er so stehen blieb, würden ihm die Viecher mit ihren Hörnern garantiert den Bauch aufschlitzen. Er drehte sich rasch mit dem Gesicht zum Geländer um und presste sich so dicht wie möglich an das von dünnem Eis überzogene Drahtgeflecht. Er blickte zum Anfang der Brücke.

Verflucht!

Hinter Ott, der feixend zu ihm herübersah, trat nun eine andere Gruppe Sherpas mit ihren Lasttieren aus dem Wald heraus und blieb am Brückenkopf stehen. Er war nun auf dieser schmalen Brücke auf beiden Seiten von Yaks eingeklemmt, kein idealer Zustand auf die Dauer. Am besten ging er weiter, irgendwie würde er an den Tieren schon vorbeikommen. Vorsichtig bewegte er sich auf der leicht ansteigenden Brücke weiter, wobei er die näher kommenden Yaks im Blick behielt. Ein eisiger Wind pfiff durch das Maschendrahtgeflecht und trieb ihm Tränen in die Augen.

Mit einem Mal fuchtelten die Sherpas vor ihm wild herum und schrien ihm irgendetwas Unverständliches zu. Mein Gott, warum regten die sich so auf? Er würde schon Platz machen, wenn es so weit war.

Plötzlich erhielt er von hinten einen heftigen Stoß in den Rücken, spürte, wie sich etwas kraftvoll unter seinen Rucksack schob und ihn über das Tragseil drückte. Ein strenger animalischer Geruch drang ihm in die Nase, und eine zottelige Kreatur preschte laut grunzend an ihm vorbei. Er hing nun bäuchlings über dem Geländer, den Kopf nach unten. Er sah, wie ein zylindrischer Gegenstand aus seinem offenen Rucksack fiel, sich mehrfach in der Luft drehte und auf den Felsen im Dudh Kosi zerschellte. Dann wurde seine zerschmetterte Thermoskanne von den tosenden Fluten mitgerissen.

Er wollte sich gerade auf den Steg zurückschieben, als er einen weiteren Stoß erhielt. Ein zweiter Yak galoppierte aufgeregt an ihm vorbei und versetzte die Brücke in gefährliche Schwingungen. Er strampelte mit den Beinen und versuchte verzweifelt, wieder auf den Planken festen Halt zu finden, als ein dritter Yak ihn streifte und noch weiter über das Tragseil schob. Er lag jetzt mit der Hüfte über dem Geländer und rutschte langsam weiter, vom eigenen Gewicht nach unten gezogen. Instinktiv krallte er sich mit beiden Händen in das Metallgeflecht und versuchte den drohenden Absturz aufzuhalten. Stechender Schmerz durchfuhr ihn, als der kalte Draht in seine Handflächen schnitt.

Ihm wurde schwarz vor Augen. Todesangst erfüllte ihn und ein heftiger Schwindel zog ihn wie ein Strudel in den Abgrund. Wo blieb nur Ott? Er hörte aufgeregte Stimmen von irgendwoher näher kommen, während vom Brückenanfang das wütende Schnauben weiterer Yaks zu ihm drang.

Sein Blick fiel nach unten, wo sich der wild schäumende Fluss durch sein Bett fraß. In seinen Armen war keine Kraft mehr. Vor seinem inneren Auge tauchte das Bild von damals auf, als sein Bruder ihm im Steinbruch hilfesuchend die Hand entgegengestreckt hatte – und ins Leere griff. Jetzt würde er sterben.

Starke Hände packten ihn von hinten an der Schulter und rissen ihn auf die Brücke zurück, wo er wie ein nasser Sack auf die Metallplanken fiel. Nach Luft schnappend blieb er auf dem Rücken liegen.

»Mein Gott, was machst du da?«

Holm blickte in das besorgte Gesicht von Ray, der mit Pasang neben ihm stand. Sie fassten ihn an beiden Armen und zogen ihn hoch. Zitternd blieb er stehen und sah sich um. Die Yaks hatten auf beiden Seiten der Brücke angehalten und glotzen die kleine Gruppe vor sich verwirrt an. Er holte tief Luft. »Das war knapp. Ihr seid im richtigen Augenblick aufgetaucht!«

»Wir waren uns nicht sicher, wo du abgeblieben bist, also sind wir zurückgekommen. Hattest du gerade Kontakt mit dem Yeti?«, fragte der Arzt.

Holm sah auf seine blutverschmierten Finger. »Ja, sowas in der Art. Scheint so, als ob plötzlich von beiden Seiten Yaks auf die Brücke gekommen sind. Ein paar der Viecher sind durchgedreht und haben mir soeben einen unvergesslichen Ausblick auf den Dudh Kosi geschenkt.«

Ray sah ihn skeptisch von der Seite an. »Unmöglich. Hier gilt eine eiserne Regel: Die Sherpas schicken ihre Yaks nur auf die Brücke, wenn die andere Seite frei ist. Aber reiz einen Grunzochsen, und du hast einen T-Rex auf *Speed*. Der kennt dann kein Halten mehr.«

Holm wischte sich das Blut von den Händen an seiner Trekkinghose ab. »Und was bringt so ein Vieh in Rage – außer *Speed*?« Er blickte zurück, wo Ott an einem der Brückenköpfe lehnte und lächelnd mit einem Stock auf das Tragseil einhieb.

KAPITEL 27

Gilda betrachtete die zwei weißen Paracetamol-Tabletten in ihrer rechten Hand und überlegte einen Augenblick, dann schluckte sie die Pillen mit einem Schluck Tee aus ihrer Trinkflasche hinunter. Die letzten fünf Tage hatte sie das Zeug wie Smarties in sich hineingestopft, ohne eine wesentliche Wirkung gespürt zu haben.

»Kopfschmerzen?«, fragte Diane, die neben Gilda stehen geblieben war.

»Ziemliche sogar. In meinem Kopf wütet momentan eine Bauarbeiter-brigade mit ihren Presslufthämmern. Dabei sind wir hier in Gorak Shep gerade mal über fünftausend Meter hoch. Wie soll das erst werden, wenn wir den Aufstieg am Everest beginnen?« Sie ging in die Hocke und rieb sich die Stirn, um die Schmerzen ein wenig zu lindern. Seit ihrem Aufbruch in Phak-ding litt sie noch immer unter den Auswirkungen der Gehirnerschütterung. Hinzu kam die sauerstoffarme Luft, die zusätzlich Symptome einer leichten Höhenkrankheit hervorrief.

Das Team hatte keinen einzigen Ruhetag eingelegt, um möglichst schnell das Basislager zu erreichen. Das rächte sich jetzt, denn es fehlte allen Expeditionsteilnehmern die wichtige Akklimatisierung an die Höhe. Nur Pasang hatte keine Probleme. Wie schaffte er das bloß?

»Ich will ja nicht drängeln«, sagte Diane, »aber wir müssen weiter, wenn wir das Basislager vor Sonnenuntergang erreichen wollen. Zwischen Gorak Shep und dem Lager gibt es keine Lodge mehr.«

»Ich weiß. Gib mir zwei Minuten, ja?«

»Ich gebe dir lieber das hier.« Diane hielt Gilda einen Blisterstreifen mit eingeschweißten Tabletten hin. »Dexamethason vertreibt Sorgen und Plage, so die Weisheit alter Tage.«

Gilda lächelte. »Das ist lieb von dir, aber ich nehme nur ungern Steroide ein. Vielleicht kommt uns Tian entgegen und nimmt uns etwas Gepäck ab. Irgendetwas von ihm gehört?«

Diane zuckte die Schultern. »Das letzte Mal hatte ich vor drei Tagen per Satellitentelefon Kontakt mit ihm. Er hat gesagt, dass sie im Basislager alles aufgebaut haben und im Eisbruch mit dem Versichern der Aufstiegsroute mit Seilen und Leitern beschäftigt sind. Wenn wir ankommen, will er eine große Party schmeißen.«

Gilda nickte. »Der gute Tian. Es ist ein echter Glücksfall, dass wir mit den Chinesen zusammen im Basislager sind. Die sind für uns eine echte Hilfe. Leider trifft das nicht auf alle Mitglieder in unserem Team zu.« Sie deutete auf Ott, der ein paar Meter vor ihnen gemächlich den Weg entlangwanderte.

Diane verzog das Gesicht. »Ott ist ein fauler Sack. Er hat vorgetäuscht, er hätte sich den Knöchel verstaucht und könne deshalb nicht so viel tragen.«

»Und wer schleppt seine Ausrüstung jetzt?«

»Der arme Pasang. Trotzdem ist er schneller als dieser Wissenschaftler. Terbergen hat Andrews Rucksack übernommen, weil der höhenkrank geworden ist. Die beiden sind jetzt zum Basislager unterwegs. Sie werden vor uns dort ankommen.«

Holm Terbergen. Nun ja. Gilda fuhr sich mit der Hand durch das Haar. Seit seinem Beinahesturz von der *Hillary Bridge* hatte sich der Deutsche überraschenderweise als wahrer Teamplayer erwiesen. Er trug mehr Lasten als die anderen – Pasang ausgenommen – und kümmerte sich darum, dass es morgens und abends in den Lodges genügend heißen Tee gab. Außerdem suchte er unterwegs geeignete Rastplätze und verbreitete gute Laune. Mit Ray verstand er sich blendend. Von ihr hielt er sich fern und sprach nur mit ihr, wenn es unbedingt erforderlich war. Die Beziehung zwischen ihnen kühl zu nennen, war eine glatte Untertreibung. Sie traute ihm nicht. Warum ging er immer so weit voraus, dass man ihn nicht sehen konnte? Besaß er wie Diane oder sie selbst ein Satellitentelefon, mit dem er außer Sichtweite mit irgendjemandem sprach? Fakt war, dass die Claytons ihn in ihr Team eingeschleust hatten. Sie würde ihn im Auge behalten.

Schweigend folgte sie Diane, die gerade Ott überholte.

»Hey, wartet doch!«, rief Ott ihnen hinterher. »Ich komme nicht so schnell mit.«

Als Antwort machte Gilda nur eine Handbewegung nach vorne, die eine unmissverständliche Aufforderung war, ihnen zügig zu folgen.

Die nächste Stunde ging sie in Gedanken versunken weiter, den Blick auf den gewundenen Pfad vor sich geheftet, der sich zwischen blankem Eis und Felsen ins Ungewisse wand. Manchmal blickte sie an der Seite des Weges ins Tal, wo ihr aus dem Khumbu-Gletscher scharfkantige Eistürme wie ausgeschlagene Zähne eines Riesen drohend entgegenbleckten, dazwischen Schutt und Geröll. Alles bedeckte ein Leichentuch aus schmutzig grauem Schnee.

Gilda schauderte. Mit jedem Schritt, den sie weiterging, schien ihr die feindselige Landschaft mitzuteilen, dass sie hier nicht willkommen war. Wer diese stumme Mahnung ignorierte, betrat das Reich des Todes.

Sie erinnerte sich an Fotos früherer Expeditionen, auf denen die Eismassen nicht nur freundlicher aussahen, sondern auch wesentlich breiter. Die Auswirkungen des Klimawandels waren deutlich zu sehen. In ein paar Jahren würde der Gletscher zu einer kaum sichtbaren Eiszunge verkümmert sein und nach seinem endgültigen Verschwinden nur eine tote Steinwüste zurücklassen. Am Horizont Richtung Norden zogen dunkle Wolken auf und leichter Schneefall setzte ein. Sie beschleunigte ihre Schritte. Ihre Kameradin hatte recht. Selbst wenn der Weg zum Basislager nicht mehr so steil war, in der Dunkelheit würde jeder Tritt zwischen vereisten Felsen zu einem tödlichen Risiko werden. Vorsichtig folgte sie Diane, die ein paar Meter vor ihr lief.

Die Chinesin bog plötzlich nach links ab und ging eine Zeit lang einen Hang hoch, bis sie vor zwei kleinen Türmen stehen blieb. Der größere bestand aus roh behauenen Steinblöcken, der andere war weiß verputzt und erinnerte an eine Stufenpyramide. Hinter den Stelen ragte der Gipfel des Pumori, die »Tochter des Mount Everest«, wie ein mahnender Zeigefinger in den düsteren Winterhimmel auf.

Gilda trat an die erste Grabsäule heran und sah, dass Metallplatten mit Inschriften in die Wände eingelassen waren. Sie beugte sich vor und las: *Doug Hansen, lost on Everest, 10 May 1996*, darunter: *Andy Harris, lost on Everest, 10 May 1996.*

Sie stieg ein paar Meter höher zu dem weißen Stupa, an dem sich ebenfalls eine Gedenktafel befand: *In memory of Robert Edwin Hall (Rob) – New Zealand mountaineer, 14-1-1961 – 12-5-1996.*

Sie hob den Kopf und sah Diane fragend an. »Das sind die Gedenkstätten für die Opfer der Everest-Katastrophe von 1996. Warum hast du mich hier hingeführt?«

Die Chinesin strich mit der Hand über die Inschrift. »Diese Bergsteiger waren leichtsinnig. Sie haben den Zeitpunkt zur Umkehr verpasst. Deshalb sind sie gestorben.«

»Und was hat das mit uns zu tun?«

»Wir könnten noch zurückgehen. Am besten heute.«

»Das ist jetzt nicht dein Ernst. Wir sind noch nicht einmal im Basislager angekommen und du willst schon wieder zurück? Auf keinen Fall!«

Diane fasste Gildas Unterarm. »Du verstehst mich nicht. Ich glaube mittlerweile, dass es Wahnsinn ist, was wir hier vorhaben. Im Winter auf den höchsten Berg der Welt zu steigen. Das ist schon im Frühling lebensgefährlich.«

Gilda stemmte die Arme in die Hüften. »Was soll das? Du wusstest, worauf du dich einlässt, und jetzt willst du kneifen? Was glaubst du, was in der nächsten Klettersaison auf dem Everest los ist? Alle werden dann nach Fossilien suchen und als Souvenir mitnehmen. Ohne mich.«

»Geht es dir wirklich nur um versteinerte Knochen oder Iridium? Oder hast du etwas ganz anderes vor?«

Gilda verzog fragend das Gesicht. Kannte ihre Teamgefährtin etwa ihre wahren Pläne? »Und was soll das deiner Meinung nach sein?«

Diane nestelte an ihrer Jacke und blickte zu Boden. »Du bist sehr ehrgeizig. Ich denke, du willst die erste englische Bergsteigerin sein, die den Everest im Winter bezwingt.«

Gilda atmete auf. Ihre Kameradin ahnte also nichts von ihrem Vorhaben. Sie klopfte Diane auf die Schulter. »Ich kann dich beruhigen: Ich werde weder mein eigenes Leben noch das meiner Teamgefährten für einen solch zweifelhaften Ruhm aufs Spiel setzen. Das kannst du mir glauben.«

Sie drehte sich um und stapfte den Hang hinunter. Vor ihr riss die Wolkendecke auf, und die untergehende Sonne tauchte die Gipfel von Everest und Nuptse in goldfarbenes Licht. Wenn das kein gutes Omen war. In einer halben Stunde würden sie das Basislager erreichen und könnten mit Tian die weiteren Schritte besprechen.

Eine athletische Gestalt kam von unten aus dem Tal, das schon im Dunkeln lag, und eilte auf sie zu. Wer war das? Was wollte er von ihr? Langsam wurden die Umrisse deutlicher und sie erkannte den Mann.

Terbergen.

»Was ist los?«, rief sie ihm entgegen. »Wo ist Pasang?«

Holm winkte ihr zu und blieb stehen. Er beugte sich vor und stützte sich mit beiden Armen auf den Knien ab. Nach Luft schnappend verharrte er einige Sekunden so, dann hob er den Kopf.

»Das Lager«, rief er keuchend. »Es ist verlassen!«

KAPITEL 28

»Da quält man sich tagelang bis auf über fünftausend Meter hoch und dann so eine Überraschung.« Gilda leuchtete auf ein Holzschild, das am Eingang eines großen Zeltes baumelte, dessen Weiß in der Dunkelheit mit dem frisch gefallenen Schnee verschmolz. In einigen Meter Entfernung standen verteilt weitere kleine Zelte zwischen Eis und Geröll.

»*Welcome Gilda and I-E²-Team at Everest base camp*«, las sie laut vor. »*The highest hotel of the world. Please enter and enjoy!*«

»Darf ich? Mir ist kalt.« Ray, der neben Gilda stand, zog den Reißverschluss des Eingangs auf und ließ den Schein seiner Lampe im Inneren umherwandern. Gilda schob ebenfalls den Kopf durch die Öffnung. Das Zelt war leer. Das Lager schien verlassen zu sein.

»Na, dann hinein in die gute Stube!«, rief sie und winkte die anderen heran, die nacheinander eintraten. Andrew knipste eine LED-Lampe an, die von der Decke hing und einen zirka vier mal acht Meter großen Raum ausleuchtete. Neugierig sahen sich alle um.

»Nicht schlecht!«, rief Pasang. »Fast wie im Hotel.«

»Nun ja«, entgegnete Ott und stieß mit dem Fuß gegen einen der roten Plastikstühle, die um einen langen Holztisch standen. »Unter Hotel verstehe ich etwas anderes. So wie es hier aussieht, ist das eher *Made in China*. Die Deko ist doch gewöhnungsbedürftig.« Er zupfte an einem der Wimpel mit der chinesischen Nationalflagge, die an einer quer gespannten Leine pendelten.

»Meckere doch nicht herum«, warf Pasang ein und ging auf einen kleinen Tisch zu, der in einer Ecke stand. Darauf befanden sich ein tragbarer Gasherd mit zwei Kochplatten und eine Kiste mit Tüten und Konservendosen. Er wühlte in der Box herum und zog eine Packung eingeschweißte Spaghetti hervor. Triumphierend hielt er die Nudeln in die Höhe. »Tian und seine Truppe haben an alles gedacht. Wie haben sie bloß das ganze Zeug hierhin geschleppt? Egal, heute Abend gibt es Pasta zum Essen. Einwände?«

»Nein!«, erwiderte Diane lachend. »Aber die Spaghetti müssen schon *al dente* sein. Schaffst du das?«

»Klar doch. Aber nur, wenn du mir hilfst.« Pasang zog einen großen Alukochtopf unter dem Tisch hervor. »Holst du draußen Schnee zum Schmelzen? In einer halben Stunde gibt es Abendessen.«

Gilda schlenderte herum und sah sich die Einrichtung prüfend an. Am Ende blieb sie stehen und drehte sich noch einmal um. »Ich hatte Tians Team gar nicht so groß in Erinnerung. Hier findet ja fast ein ganzes Bataillon Platz.«

Ott ließ sich auf einen der Plastikstühle fallen und blickte sich missmutig um. »Kalt und ungemütlich. Ich hatte etwas mehr Komfort erwartet.«

»Ach Gunter! Du nörgelst immer nur rum«, erwiderte Gilda und wandte sich an Holm, der einen Briefumschlag unter einer der Thermoskannen auf dem Tisch hervorzog. »Stimmen Sie Ihrem Kollegen zu?«

Er zuckte die Achseln. »Dr. Ott und ich sind nie einer Meinung. Und wenn wir es wären, würden wir es beide nicht zugeben.«

Ott schaute Holm von unten an und zog die Augenbrauen hoch. »Sie überraschen mich, Terbergen. Ich wusste gar nicht, dass Sie eine eigene Meinung haben.«

Holm ignorierte die Bemerkung und reichte Gilda den Brief.

»Hier. Ich glaube, der ist für Sie.«

»Für mich?«

»Steht zumindest drauf.«

Gilda runzelte die Stirn. Ihr Name stand in geschwungener Schrift auf dem Umschlag. Sie öffnete ihn und zog ein kurzes Schreiben hervor.

»Liebe Mrs Hunt,
willkommen im Everest Basecamp!
Leider kann ich Sie und Ihr Team nicht persönlich begrüßen. Wir befinden uns in Lager 1 zur Höhenakklimatisierung, werden aber bald zurückkommen. Machen Sie es sich bis zu unserer Rückkehr gemütlich.
Cǐzhì
Tian Fuzhou

PS: Sie und Ihr Team können erst einmal die aufgebauten Zelte nutzen.«

Gilda blickte auf und hob den Arm. »Bitte mal alle kurz zuhören! Gute Nachrichten: Tian ist mit seinen Leuten schon im Höhenlager 1. Er kehrt mit seiner Gruppe bald wieder ins Basislager zurück. Bis dahin können wir diese Gemeinschaftsunterkunft benutzen. Außerdem stellen uns die Chinesen ihre Zelte für eine Nacht zur Verfügung.«

Ray klatschte in die Hände. »Ein Hoch auf die chinesische Gastfreundschaft! Ich nehme die Suite mit den drei Bädern.«

»Ray, ich muss dich leider enttäuschen. Du wirst die nächsten Wochen auf Duschen und Baden verzichten müssen. Aber du kannst dir dein Apartment gerne mit Pasang teilen. Diane zieht bei mir ein, Andrew und Gunter bilden ein Paar und Dr. Terbergen hat ein Zelt für sich. Einverstanden? Perfekt!«

Nach und nach setzten sich alle an den Tisch, während Pasang den Schnee, den Diane im Topf von draußen geholt hatte, auf dem Herd schmolz. Gilda ließ den Blick über die Runde wandern. Sie war zufrieden. Sie hatten das Basislager in der geplanten Zeit erreicht, auch wenn so manche Etappe ausgesprochen anstrengend gewesen war. Alle hatten trotz ihrer Probleme mit der dünnen Höhenluft mitgemacht und am selben Strang gezogen. Allmählich schienen sie zu einem Team zusammenzuwachsen, das ein gemeinsames Ziel verfolgte – Terbergen einmal ausgenommen. Sie war froh, dass Tian mit seiner Truppe schon reichlich Vorarbeit geleistet hatte und ihnen sogar ihre Zelte zur Verfügung stellte. Sonst müssten sie jetzt ihre eigenen in der Dunkelheit und in klirrender Kälte aufbauen. Draußen waren es mindestens minus zwanzig Grad. Im Augenblick lief alles so, wie sie es sich vorgestellt hatte. Selbst ihre Kopfschmerzen ließen allmählich nach.

»Abendessen ist fertig!«, rief Pasang und stellte einen Topf mit dampfenden Spaghetti auf den Tisch, daneben eine Schüssel mit Tomatensoße. »Bedient Euch!«

Innerhalb weniger Minuten wurde es still im Zelt, alle waren mit dem Essen beschäftigt. Das zischelnde Einsaugen der Spaghetti war das einzige Geräusch.

Plötzlich richtete sich Ott auf und hob eine Hand. »Hört ihr das? Was ist das?«

Alle verstummten und lauschten angespannt. Draußen knackte und knirschte es, als würde ein Riese mit arthrotischen Knien durch das Lager humpeln. Dazwischen mischte sich ein dumpfes Stöhnen und Ächzen, das wie das Wehklagen einer von Schmerzen gepeinigten Kreatur klang.

Ein trockener Knall wie das Zerbrechen eines morschen Knochens unter schweren Schritten hallte durch das Camp. Alle zuckten zusammen.

»Der Yeti«, flüsterte Pasang.

KAPITEL 29

Parker saß in seinem Londoner Büro und hob den Blick von den Charts, die vor ihm auf dem Schreibtisch lagen. Er nahm seine Hornbrille ab und rieb sich die Augen. Die Mechanismen der internationalen Finanzwelt blieben selbst für ihn manchmal undurchsichtig und rätselhaft. Er sah nach draußen, wo *The Shard* in den Wolken verschwand.

Wie konnte das sein? Der Goldkurs kannte schon seit langem nur eine Richtung – die nach oben. Internationale Krisen wie die in Nahost oder der Krieg in der Ukraine trieben Anleger vermehrt in die Arme von Gold, dem vermeintlich sicheren Hafen, wenn es global mal wieder unruhig wurde. B.I.G selbst hielt eine nicht unbedeutende Position an *Gold-Futures* der LME, der *London Metal Exchange*, und war bisher damit gut gefahren. Und jetzt das. Er konnte es sich nicht erklären.

Er schaute sich noch einmal die Kurven und Listen vor ihm an. Die *Forward Curve* für den Goldpreis, die die zukünftigen Preise für das Edelmetall voraussagen sollte, wies eindeutig aufwärts, allerdings mit einem kleinen, kaum sichtbaren Knick vor einigen Wochen. Und dieser Knick passte gut damit zusammen, dass irgendjemand seine *Short-Positionen* für Gold langsam, aber stetig ausbaute. Waren diese Investoren leichtsinnig geworden oder warum setzten sie gegen den Trend auf fallende Kurse? Was war hier los? Er runzelte die Stirn. Wenn sich hier für B.I.G. eine ungute Entwicklung anbahnte, dann musste er die Ursache dafür sehr schnell herausfinden.

Es klopfte an der Tür und ein Mann Mitte dreißig kam herein. Einige Meter vor Parkers Schreibtisch blieb er stehen und nestelte nervös an seiner Krawatte. »Sir, darf ich Sie kurz stören? Es ist dringend.«

»Swanson, bei Ihnen ist es *immer* dringend. Was wollen Sie?«

Swanson zögerte. »Ich sollte doch herausfinden, warum einige Investoren Gold *shorten*.«

»Das weiß ich. Und?«

»Es gibt nur einen Trust, der konsequent seine *Short-Positionen* ausbaut.«

»Kommen Sie auf den Punkt.«

»Der *Steenfoll Asset Fund* der Claytons«, antwortete Swanson.

Parker stieß einen leisen Pfiff aus. »Schau mal einer an. Joshua Clayton ist ganz offensichtlich verrückt geworden. Er tätigt Leerverkäufe, wenn alle anderen steigende Goldkurse erwarten. Nun ja, man soll seine Konkurrenten nicht daran hindern, Fehler zu machen.«

Swanson blickte zu Boden und rieb sich den Nasenrücken. »Da wäre noch etwas.«

»Ja?«

»Die Claytons arbeiten mit einem neuen Partner zusammen, und das ist einer der ganz großen Player.«

»Und wer ist das?«

Anstatt zu antworten, ging Swanson ein paar Schritte vor und legte einen Zettel auf den Schreibtisch.

Parker nahm das Stück Papier hoch und las die kurze Mitteilung mehrfach durch. Schließlich wandte er sich an seinen Mitarbeiter. »Danke, ich brauche Sie erst einmal nicht mehr.«

Swanson deutete eine Verbeugung an und verließ eilig das Büro.

Parker drehte sich in seinem Bürostuhl um und blickte nachdenklich nach draußen, wo sich die Wolkendecke über der Londoner City geteilt hatte und die Sonne *The Shard* in ein goldenes Licht tauchte. Er schloss die Augen und legte die aneinandergelegten Fingerspitzen an die Nase. Er würde sich für Joshua Clayton und seinen *Steenfoll Asset Fund* eine kleine Überraschung ausdenken müssen.

KAPITEL 30

»Der Yeti! Ah ja.« Ott tippte sich an die Stirn. »Das glaubst du selbst nicht, Pasang!«

»Doch«, antwortete der Sherpa mit todernster Miene und deutete hinter sich. »Wir sollten besser den Eingang verbarrikadieren. Ich schätze mal, das Viech da draußen ist vom Geruch der Spaghetti angelockt worden und möchte uns Gesellschaft leisten.«

»Du willst uns wohl auf den Arm nehmen?«

»Sehe ich so aus, als würde ich spaßen? Wir brauchen einen Freiwilligen, der einen Teller Nudeln für das Monster nach draußen bringt. Das beruhigt den Yeti vielleicht. Willst du das übernehmen, Gunter?«

Ott machte eine abwehrende Handbewegung. »Nein danke! Das ist eher ein Job für Herrn Terbergen. Der steht ja auf Fantasygeschichten.«

»Ich mache das!« Ray sprang auf und sah jeden Einzelnen an. »Falls ich nicht zurückkommen sollte ...«, er machte eine theatralische Pause, »dann behaltet mich in guter Erinnerung!«

Gilda prustete los und schlug mit der flachen Hand auf den Tisch, sodass die Tomatensoße von ihrem Teller hochspritzte. »Hört auf damit, ihr beiden Spaßvögel! Ihr macht den anderen Angst!«

Jetzt kicherte auch Pasang los, während Ray auf seinen Stuhl plumpste und sich den Bauch vor Lachen hielt. »Huhu, der Yeti kommt gleich rein und will uns fressen! Huhu!«

Ott schaute abwechselnd zu Gilda und dem Arzt. Er hob fragend die Hände. »Kann mir einer sagen, was hier los ist? Da draußen schleicht irgendetwas Großes herum und alle lachen sich halbtot.«

»Du fürchtest dich doch nicht etwa?«, fragte Gilda glucksend. »Aber ja: Da ist jemand oder besser gesagt *etwas*. Etwas sehr Großes!«

»Und das wäre?«

Ray hatte sich inzwischen wieder beruhigt und schob seinen leeren Teller von sich. »Dr. Ott, das da draußen ist der Khumbu-Eisbruch, der uns seine Geschichten erzählt. Die Eismassen des Gletschers sind permanent in Bewegung und verursachen diese Geräusche. Ab und zu kippt einer dieser wackeligen Eistürme geräuschvoll um, so wie eben. Nichts Dramatisches!«

Diane hob die Hand. »Einspruch. Der Eisbruch ist die gefährlichste Passage bei unserem Aufstieg. Das weißt du selbst. Immer wieder sterben Bergsteiger in dieser Gletscherhölle. Uns kann es da auch erwischen, wenn wir nicht aufpassen.«

»Jaja, Diane, aber nicht heute Abend. Jetzt wird erst einmal gefeiert!« Ray stand auf und ging zu seinem Rucksack, aus der er eine Whiskyflasche herauszog.

Gilda stöhnte. »Oh nein! Muss das sein?«

»Tradition ist Tradition. Das weißt du doch.« Er wandte sich an die anderen. »Ich halte das auf jeder Expedition so. Bevor ich ab morgen den Lagerarzt spiele und stocknüchtern bleiben muss, sprechen wir vorher noch diesem fünfzehn Jahre alten Dalwhinnie ordentlich zu.«

»Meinetwegen«, antwortete Gilda und ging zur Kochecke, wo sie einige Plastikbecher fand und auf den Tisch stellte. Ray verteilte den Whisky, bis die Flasche leer war, und hob einen Becher hoch. »Auf eine erfolgreiche Gipfelbesteigung! Auf den Yeti! Cheers!«

Die Teammitglieder griffen nach ihren Bechern und schlossen sich dem Trinkspruch an. Eine entspannte Stimmung kam auf und bald waren alle im Zelt in Gespräche vertieft.

Holm, der neben dem Mediziner saß, tippte seinen Sitznachbarn an. »Warum machst du diesen Job hier? Du könntest in einer Klinik oder als niedergelassener Arzt deutlich mehr verdienen als an so einem unwirtlichen Ort wie dem Basislager.«

»Ja, könnte ich.«

»Und?«

»Nichts und. Ich bin eben hier.« Ray verschränkte die Arme und lehnte sich ein Stück zurück.

»Willst du nicht darüber sprechen?«, hakte Holm nach.

Gilda und Ott, die sich bisher unterhalten hatten, wurden auf das Gespräch aufmerksam und sahen den Arzt an.

»Ich habe mich schon immer gewundert, warum du nur Expeditionsarzt sein willst«, sagte Gilda. »Du hast doch ganz andere Möglichkeiten.«

Ray nestelte an seiner Jacke und blickte nach oben. »Ich bin kein Arzt mehr.«

»Wie bitte? Und in welcher Funktion bist du dann in meinem Team?«

»Damit ihr mich nicht falsch versteht: Ich besitze noch meine Approbation, aber ich habe die Stelle in meiner ehemaligen Klinik vor vielen Jahren aufgegeben. Ich konnte das nicht mehr verantworten. Ich jobbe jetzt nur ab und zu als Stellvertretung oder als Arzt bei Expeditionen.«

»Ich verstehe rein gar nichts«, erwiderte Gilda. »Du bist doch ein exzellenter Mediziner.«

Anstatt einer Antwort stand Ray auf und schlurfte zu seinem Rucksack, aus dem er eine zweite Flasche Whisky hervorholte. »Die war für die Feier nach unserer Besteigung vorgesehen. Dreißig Jahre alter Macallan. Den brauche ich jetzt.«

Er setzte sich wieder hin, schraubte die Flasche auf, goss sich seinen Becher voll und nahm einen langen Schluck. Er lehnte sich zurück und schloss die Augen. »Früher habe ich geglaubt, ich wäre ein verantwortungsbewusster und erfolgreicher Arzt. Bis zu jener Nacht. Ich hatte damals als Neurologe Bereitschaftsdienst im *Royal Hospital for Children* in Edinburgh. Ich wurde um zwei Uhr morgens in die Notaufnahme gerufen und sollte ein siebenjähriges Mädchen mit Kopfschmerzen untersuchen.«

Holm beugte sich vor. »Und weiter?«

»Ich habe das Kind untersucht und mit ein paar Kopfschmerztabletten und seiner Mutter nach Hause geschickt. Was sollte schon Dramatisches sein? Ich war müde und wollte wieder ins Bett zurück.« Er atmete tief durch und nahm mehrere Schlucke Whisky. »Am nächsten Morgen wurde ich erneut in die Notaufnahme gerufen. Die Mutter war mit ihrer Tochter zurückgekommen. Das Mädchen war bereits komatös.« Ray stützte seinen Kopf in beide Hände. »Ich konnte für das Kind nichts mehr tun. Es starb zwei Stunden später an einer Meningitis, die ich nicht erkannt hatte. Weil ich lieber schlafen wollte, als meinen Job zu machen.«

Die Zuhörer schwiegen betreten. Gilda biss sich auf die Lippen und krallte die Fingernägel in ihre Handflächen, bis es schmerzte. Nicht nur Ray hatte ein Kind verloren.

Sie griff nach der Hand des Arztes. »Lass gut sein. Das ist nicht deine Schuld. So etwas kann passieren.«

Ray hob den Kopf und starrte aus geröteten Augen ins Leere. »Tja, aber es ist *mir* passiert. Daran kann ich nichts mehr ändern. *Shit happens.* Für den Rest meines Lebens werde ich damit klarkommen müssen. Und das hier hilft mir dabei. Cheers!« Er setzte die Whiskyflasche an den Mund und trank gierig einige Schlucke.

Holm erhob sich und nahm dem Arzt die halb leere Flasche aus der Hand. »Ich denke, du hast genug für heute. Kriechen wir lieber in unsere Schlafsäcke.«

Ray stand schwankend auf. »Ja, gehen wir. Morgen beginnt schließlich ein neuer, vielversprechender, beschissener Tag.« Als er an der Stirnseite des Tisches vorbeiging, zupfte Ott ihn am Ärmel. »Sehr freundlich von Ihnen, dass Sie uns darüber aufgeklärt haben, was für ein tüchtiger Arzt Sie sind. Wo bekomme ich denn richtige Hilfe, wenn es mir mal schlecht geht? Sie liegen dann ja im Bett.«

Ray blickte Ott aus glasigen Augen an und hob die Faust.

Holm hielt ihn zurück und wandte sich an seinen Kollegen. »Sie müssen uns nicht ständig beweisen, was für ein netter Kerl Sie sind. Einmal am Tag reicht vollkommen.«

Ott stand auf und stellte sich ihnen in den Weg. Er packte Holm an der Jacke und zog ihn zu sich heran. »Sie können sich gar nicht vorstellen, *wie* nett ich sein kann, Terbergen. Und wenn es sein muss, sogar mehrmals am Tag. Schon vergessen?«

Gilda sprang auf und schob sich energisch zwischen die beiden Männer. »Ich mag keine Machospielchen in meinem Team. Spart euch eure Kräfte für den wahren Gegner auf. Der wartet da draußen auf uns.« Sie deutete auf den Zeltausgang, durch den das unheilvolle Stöhnen des Eisbruchs drang. »Bald wird sich zeigen, ob ihr dem Everest gewachsen seid.«

Ott machte eine wegwerfende Handbewegung und ging an Pasang und Diane vorbei Richtung Ausgang. Dort drehte er sich noch einmal um und zeigte auf Gilda. »Vergiss nie, wer Terbergen ins Team geholt hat.« Dann verschwand er in der Dunkelheit.

Holm verzog das Gesicht. »Tut mir leid. Das war eben Kindergarten.«

Gilda hob eine Augenbraue. »Schön, dass Sie das genauso sehen.«

»Ich möchte Ihnen etwas zurückgeben. Ich glaube, das haben Sie in Lukla bei der Landung verloren. Gute Nacht!« Er drückte ihr etwas in die Hand, dann legte er sich Rays Arm um den Nacken und ging mit dem angetrunkenen Arzt hinaus.

Gilda betrachtete den Gegenstand in ihrer Handfläche: ein Wasserbüffelknochen, auf dem in Schwarz das tibetische Mantra *Om mani padme hum* eingraviert war.

KAPITEL 31

Der Yeti packte das schreiende Mädchen, wirbelte es durch die Luft und schlug es mit lautem Knallen gegen die Felswand, wieder und wieder.

»Nein! Bitte nicht!«, wimmerte Gilda und fiel vor der riesigen Gestalt auf die Knie. »Lass mein Baby am Leben! Ich flehe dich an!«

Statt einer Antwort schlug der Yeti den Kopf des Kindes erneut gegen die Felsen. Blut spritzte hoch.

»Neeein!«, schrie sie und sank in den Schnee. »Nicht mein Kind!«

»Wach auf! Irgendetwas ist da draußen los!« Jemand packte sie an der Schulter und rüttelte sie heftig.

Wieder knallte es.

Gilda riss die Augen auf und sah verschwommen Dianes Gesicht vor sich. Sie fasste sich an den Kopf. Ihr ganzer Schädel dröhnte, als wäre eine Dampfwalze über sie hinweggerollt. Schlaftrunken richtete sie sich in ihrem Schlafsack auf und stütze sich mit beiden Händen ab. Kleine Eiskristalle rieselten von der Zeltplane herab, der gefrorene Wasserdampf ihrer Atemluft.

»Was ... was ist los?«, stammelte sie. Wieder vernahm sie das stakkatoartige Knallen, das über das Basislager hinwegdonnerte. »Der Yeti?«

»Tian und sein Team sind zurückgekommen!«, zischte Diane.

Der Reißverschluss ihres Zeltes wurde von außen abrupt aufgezogen und Fuzhous Kopf tauchte in der Öffnung auf.

»Ich wünsche den Damen einen guten Morgen! Würden Sie mich freundlicherweise nach draußen begleiten?«

Gilda schälte sich aus ihrem Schlafsack und versuchte, den Rest ihrer Müdigkeit abzuschütteln. Allmählich nahm sie wahr, was um sie herum passierte.

»Gleich, Tian. Ich bin noch nicht angezogen«, murmelte sie. »Ich habe nur meine Unterwäsche an.«

»Sofort!«

Sie erstarrte. Der kurze Lauf einer Pistole schob sich ins Zelt und zielte direkt auf ihren Kopf.

Draußen brüllte jemand in einiger Entfernung herum. Sie erkannte Otts Stimme. »Das ist eine Unverschämtheit! Das muss ich mir nicht gefallen lassen!«

Als Antwort folgten mehrere Schüsse. Ott verstummte schlagartig. Diane bebte am ganzen Leib. »Verhalt dich bitte ruhig und komm mit raus«, raunte sie und kroch aus dem Zelt.

Verwirrt folgte Gilda ihrer Kameradin ins Freie. Warum zielte Tian mit einer Pistole auf sie? Weshalb hatte Ott so geschrien?

Draußen blendete sie die Wintersonne, die über dem Gipfel des Everest aufgegangen war und das Basislager in gleißendes Licht tauchte. Sie schirmte die Augen mit einer Hand ab und sah sich blinzelnd um. Die Szene, die sich ihr bot, war grotesk. In einer kleinen Gruppe standen dicht gedrängt und vor Kälte zitternd die Mitglieder ihres Teams, alle nur mit Thermounterwäsche bekleidet. Selbst an den Füßen trugen sie nur Socken. Um die Gruppe herum hatten sich mehrere Chinesen in weißen Tarnanzügen aufgestellt und zielten mit Maschinenpistolen auf die Rücken der Männer.

Fuzhou schob Gilda in Richtung des Teams. »Hier lang. Und zwar zügig!«

Sie schlang bibbernd die Arme um den Oberkörper. Sie schätzte, dass die Temperatur mindestens unter minus fünfzehn Grad lag. Sie stolperte auf dem steinigen Untergrund vorwärts, jeder Fußtritt auf dem eisigen Geröll schmerzte wie tausend Nadelstiche.

»Schneller!«, blaffte Fuzhou sie an und drückte ihr den Lauf seiner Pistole in die Seite. »Wir haben nicht ewig Zeit!«

Als sie mit Diane bei der Gruppe ankam, traten zwei Chinesen vor, packten sie am Arm und stießen sie in den Halbkreis zu den Männern. Benommen blieb Gilda stehen. Passierte das hier wirklich?

Sie schaute kurz zu Ray Anderson hinüber, der von einem Bein auf das andere trat. In seinem Gesicht lag eine Mischung aus Entsetzen und Verwirrung.

Ihr Blick wanderte zu Holm Terbergen. Sie erschrak. Der Deutsche war übel zugerichtet. Seine Lippe blutete und seine linke Gesichtshälfte war geschwollen. Er sah aus wie nach einem Boxkampf über zwölf Runden. Sie fasste sich an den Hals und befühlte die Oberfläche des Wasserbüffelknochens, der an einem Lederband hing. Ihr Talisman, den ihr der Deutsche am Vorabend zurückgegeben hatte.

»Guten Morgen, Everest-Team!«, unterbrach Fuzhou mit schneidender

Stimme ihre Gedanken. Der Chinese stellte sich breitbeinig vor die Gruppe, die Arme hinter dem Rücken verschränkt, und deutete eine Verbeugung an. Seine Gesichtszüge waren im Gegenlicht der Sonne kaum auszumachen.

»Ich bin Tian Fuzhou, wie Sie bereits wissen. Was Ihnen nicht bekannt ist: Ich bin Major der Volksbefreiungsarmee Chinas und werde auf unbestimmte Zeit Ihr Gastgeber sein, ob Ihnen das gefällt oder nicht. Die Zugänge zum Lager sind abgesperrt. Niemand darf das Basislager ohne meine ausdrückliche Genehmigung verlassen. Sollte trotzdem jemand zu fliehen versuchen, haben die Soldaten den Befehl, auf jeden zu schießen. Ausnahmslos. Das kleine Feuerwerk eben war nur ein Vorgeschmack. Gehorchen Sie also besser.«

Verstohlen sah Gilda sich weiter um. Am anderen Ende des Halbkreises standen Pasang und Andrew, zwischen ihnen Gunter Ott, dessen Gesicht leichenblass war. Die drei Männer schienen unverletzt zu sein.

Diane fasste nach ihrer Hand und hielt sie krampfhaft fest.

Gilda schluckte mehrmals und unterdrückte ihre aufsteigende Panik. »Alles gut, Diane«, flüsterte sie. »Alles gut!«

Ein Schuss peitschte über Gildas Kopf hinweg. Sie zuckte zusammen und ging in die Knie.

»Es wäre gesünder für Sie, wenn Sie mir künftig mehr Aufmerksamkeit schenken würden, Mrs Hunt.« Fuzhou ließ die Pistole wieder sinken. »Sie alle werden gleich in Ihre Zelte zurückkehren und sich anziehen. Meine Männer werden inzwischen Ihre Funkgeräte und Telefone einsammeln. Ich erwarte Sie dann um acht Uhr im Gemeinschaftszelt. Dort werde ich Ihnen mitteilen, wie wir die nächste Zeit hier miteinander verbringen werden. Wegtreten!«

Andrew schubste Pasang zur Seite und drängelte sich nach vorne. Er baute sich vor Fuzhou auf und zeigte erregt mit dem Finger auf ihn. »Sie haben kein Recht, uns hier festzuhalten!«, schrie er. »Ich bin amerikanischer Staatsbürger und kann gehen, wann und wohin ich will! Ich lasse mich doch nicht von einem dreckigen *Chink* herumkommandieren!«

Fuzhou senkte den Blick und nickte bedächtig. »Ein dreckiger *Chink* darf einen Amerikaner also nicht am Weggehen hindern. Richtig? Das hatte ich wohl vergessen.« Er machte einen Schritt auf ihn zu. »Aber vielleicht kann ich Sie ja doch zum Hierbleiben bewegen.«

KAPITEL 32

Wolken waren aufgezogen, und durch die Planen des Gemeinschaftszeltes sickerte das fahle Morgenlicht. Gilda saß am Tisch, den Oberkörper vorgebeugt und die Stirn in beide Hände gestützt. Der Atem vor ihrem Mund gefror zu kleinen Eiswolken.

Sie hob leicht den Kopf und sah direkt in das verquollene Gesicht von Holm Terbergen, der ihr ein schiefes Lächeln schenkte. Neben dem Deutschen saß Ray mit totenblasser Miene und schien mit seinen Gedanken woanders zu sein. Neben dem Arzt war Ott damit beschäftigt, seine Fingernägel zu reinigen, und tat so, als gingen ihn die furchtbaren Ereignisse des Morgens nichts an. Doch seine zitternden Hände verrieten etwas anderes.

Gilda schloss die Augen. Sie konnte es noch immer nicht fassen.

Fuzhou hatte Andrew vor aller Augen kaltblütig erschossen. Nur, weil er den Major beschimpft hatte. Als sie sich bei seiner Ansprache mit Diane unterhalten hatte, hätte er auch sie um ein Haar getötet. Was war nur in den Mann gefahren? Sie verstand es nicht. Fuzhou war bis zu ihrem Aufenthalt in Phakding ein charmanter und hilfsbereiter Begleiter gewesen. Er hatte sogar Teile ihrer Ausrüstung von seinem Team bis ins Basislager tragen lassen und ihnen dort seine Zelte überlassen.

Und jetzt dieser brutale, sinnlose Mord.

Sie spürte eine Hand auf ihrem Oberschenkel und blickte zur Seite.

»Es wird alles gut«, flüsterte Diane ihr zu und lächelte. »Das hast du doch selbst gesagt. Wenn wir tun, was Fuzhou sagt, wird uns schon nichts passieren.«

Ein kehliges Brüllen ließ Gilda zusammenzucken. Einer der Soldaten, die zur Bewachung des Teams im Gemeinschaftszelt abgestellt worden waren, sprang vor und schlug mit dem Kolben seiner Maschinenpistole vor der Chinesin auf den Tisch. Gilda verstand zwar die Worte nicht, die der Aufpasser schrie, aber seine Botschaft war auch so unmissverständlich.

Die Plane am Eingang des Zeltes schwang zurück und Fuzhou trat mit federnden Schritten ein. An der Vorderseite des langen Tisches blieb er stehen und musterte die kleine Gruppe. Er schob sich die Kapuze vom Kopf, unter der er eine Pelzmütze mit dem Gold umrandeten, fünfzackigen Stern der Volksbefreiungsarmee Chinas trug.

Ein feines Lächeln umspielte seine Lippen. »Schön, dass Sie alle da sind. Ich schätze Pünktlichkeit!« Er griff nach der Thermoskanne auf dem Tisch, goss Tee in einen Plastikbecher ein und schob ihn Gilda hinüber. »Bitte, trinken Sie! Man soll mir nicht nachsagen, ich wäre ein schlechter Gastgeber!«

Gilda blickte müde auf. »Danke. Mir reicht es schon, wenn Sie mich am Leben lassen. Ihren ›Glücksbringer‹ können Sie übrigens wiederhaben.« Sie zog den kleinen Holzdrachen, den ihr Diane in Phakding als Geschenk von Fuzhou überreicht hatte, aus ihrem Daunenanzug und hielt ihn dem Chinesen hin.

Der Major warf einen kurzen Blick auf die Figur und zuckte die Schultern. »Was soll ich damit? Das gehört mir nicht.« Er wandte sich an die anderen Teammitglieder und hielt den Becher fragend in die Runde. »Wer möchte?«

Niemand meldete sich, nur Ott hob zögerlich den Arm. Fuzhou reichte dem Deutschen den Tee und nickte zufrieden. »Ich freue mich, dass wenigstens einer aus Ihrem Team meine Gastfreundschaft zu schätzen weiß.«

Holm wollte aufstehen, wurde aber von einem der Soldaten wieder auf seinen Stuhl gedrückt. Fuzhou machte eine kurze Handbewegung und befahl dem Wachposten etwas auf Chinesisch, der daraufhin von dem Deutschen abließ.

»Ich glaube, Dr. Terbergen hat ein Anliegen. Stellen Sie Ihre Frage!«

Holm drehte sich zu seinem Bewacher um und behielt ihn im Blick, während er sich langsam vom Stuhl erhob. »Auch auf die Gefahr hin, dass ich genauso erschossen werde wie unser Freund Andrew Miller: Sie haben kein Recht, uns hier festzuhalten. Was wollen Sie von uns?«

Der Major neigte den Kopf leicht zur Seite. »Niemand hat die Absicht, Sie zu erschießen, Dr. Terbergen. Schon gar nicht ich. Es sei denn, Sie verhalten sich so ...«, er suchte nach einem passenden Wort, »respektlos wie Ihr amerikanischer Freund. Wir lieben solche Auftritte nicht.«

»Was erwarten Sie von uns?«

»Ich verlange Ihre uneingeschränkte Loyalität und Unterstützung, solange Sie meine Gäste sind. In den nächsten Wochen werden Sie uns dabei helfen, auf den Gipfel des Everest zu gelangen. Danach können Sie gehen, wohin Sie wollen.«

Gilda wandte sich an Fuzhou: »Sie brauchen unsere Hilfe nicht für die Besteigung des Everest. Das wissen Sie.«

Der Chinese runzelte die Stirn. »Ich fürchte, wir sind auf Ihre Mitarbeit stärker angewiesen, als mir lieb ist. Leider haben wir in unserem Team einige Verluste zu verzeichnen.« Ein dumpfes, lang anhaltendes Grollen, das in ein Donnern überging, unterbrach den Major. Er deutete hinter sich zum Zeltausgang. »Da haben Sie schon die Antwort vom Pumori. In den letzten Tagen hat es viel geschneit, was zu zahlreichen Lawinen geführt hat. Die wiederum haben einige meiner Leute das Leben gekostet.«

Pasang sprang auf. »Und jetzt erwarten Sie, dass wir den Job Ihrer Männer übernehmen? Das ist Wahnsinn! Wir werden da draußen am Berg genauso sterben wie Ihre Leute!«

Fuzhou zuckte die Achseln. »Schon möglich. Aber wenn Sie nicht mitmachen wollen, bitte schön. Dann werde ich Sie exekutieren lassen. Wollen Sie das?«

Pasang schüttelte eingeschüchtert den Kopf und setzte sich wieder.

»Gut. Dann wäre das geklärt.« Der Major wandte sich an Gilda. »Ihr Team wird in den nächsten Tagen folgende Aufgaben übernehmen: Sie, Ihr aufmüpfiger Sherpa und meine Landsmännin Frau Wong werden unser Gipfelteam dabei unterstützen, den Eisbruch weiter mit Seilen und Leitern zu versichern. Ihre Wissenschaftler, die Herren Ott und Terbergen, werden im Basislager Gesteinsproben analysieren – das ist doch ihr Job, oder? Dr. Anderson bleibt ebenfalls hier, als Ersatz für unseren Mediziner, den ich leider in den Ruhestand versetzen musste.«

»Wollen Sie damit sagen, dass Sie ihn umgebracht haben?«, fragte Gilda.

Fuzhou zuckte mit den Schultern. »Ich trage die Verantwortung für meine Männer. Da muss man gelegentlich unbequeme Entscheidungen treffen. Einen ständig betrunkenen Arzt kann ich mir hier nicht leisten.«

Holm, der stehen geblieben war, hob die Hand. »Darf ich noch einmal höflich nachfragen, was das Ziel Ihrer ganzen Aktion ist? Eine Besteigung des Everest mit gezogener Pistole wäre zwar ein Novum, aber ich fürchte, das bringt Ihnen nicht viel Ruhm ein.«

Fuzhou ging langsam um den Tisch herum auf Holm zu, wobei er das Pistolenholster an seiner Hüfte aufknöpfte. Kurz vor dem Deutschen blieb er stehen. Seine Gesichtszüge verhärteten sich.

»Wir sind hier, weil *Sie* hier sind. Wir sind hier, weil Sie und Ihresgleichen schon immer da waren und glauben, Qomolangma, oder ›Mount Everest‹, wie ihr Westler *unseren* Berg nennt, würde ausschließlich Ihnen gehören. Für Sie ist der Everest nichts weiter als eine Trophäe. Sie hängen sich Ihren Gipfeltriumph als Foto im Wohnzimmer auf. Sie haben keine Würde und keine Ehre. Sie haben den Everest zu einer Müllhalde gemacht, übersät mit den Kadavern dekadenter Bergsteiger, die krepiert sind, weil sie keinen Respekt vor Qomolangma hatten. Damit ist jetzt Schluss. Wir werden uns wehren und wieder das in Besitz nehmen, was uns schon immer gehört hat!«

»Ah, wie in Tibet damals. Jetzt ist wohl Nepal dran«, konterte Holm.

Fuzhou fasste an den Knauf seiner Pistole. »Qomolangma gehört weder den USA noch Großbritannien, sondern nur *einem* Land. Wir werden die Interessen Chinas wahren, koste es, was es wolle. Wir werden den Everest annektieren, egal, was die übrige Welt dazu sagt. Sie werden uns nicht mehr bestehlen!«

Holm sah den Major ratlos an. »Die Nordseite des Everest ist doch schon chinesisches Staatsgebiet, und über die nepalesische Seite kommen nur harmlose Bergsteiger. Der Everest, Pardon, Qomolangma, besteht außerdem nur aus wertlosen Felsen, Eis und Schnee. Was könnten wir China da wegnehmen?«

Fuzhou trat dicht an Holm heran und tippte ihm auf die Brust. »Wer sagt Ihnen denn, dass Qomolangma wertlos ist? Wir werden mit zwei Teams – eins von der Nordseite und ich mit meinen Männern von der Südseite aus – den Gipfel erklimmen und dort für die ganze Welt sichtbar die Inbesitznahme des Everest für China proklamieren. Einschließlich seiner Reichtümer.«

»Ich verstehe immer noch nicht. Welche Reichtümer?«

Der Chinese drehte sich langsam zur Seite und deutete auf Gilda, die blass geworden war. »Die englische Lady da wollte etwas rauben, was China gehört. Das werden wir nicht dulden. Aber am besten erklärt sie ihrem Team selbst, was sie hier sucht.«

Als Gilda sich nicht rührte, zog Fuzhou die Pistole aus seinem Holster. »Mrs Hunt, wir warten auf eine Antwort.«

Sie hob den Kopf und blickte an dem Chinesen vorbei zum Zeltausgang.

»Es stimmt«, räumte Gilda leise ein. »Ich bin nicht wegen Iridium oder der Fossilien hier. Ich wollte etwas überprüfen, was ich bei meiner letzten Besteigung entdeckt habe.«

»Lauter!«, unterbrach sie der Major. »Was genau haben Sie gefunden?«

»Gold.«

KAPITEL 33

Fuzhou hatte das Zelt verlassen und nur zwei Wachposten vor dem Eingang zurückgelassen. Als das Team wieder unter sich war, herrschte betretenes Schweigen.

Gilda räusperte sich. »Es tut mir leid. Ich habe euch alle belogen«, sagte sie leise und senkte den Kopf. »Es ist meine Schuld, dass wir uns in dieser Lage befinden. Ich bin für Andrews Tod verantwortlich. Ich weiß, dass ich das nicht wieder gutmachen kann.«

Pasang sah sie fragend an. »Warum hast du uns nichts von deiner Entdeckung erzählt? Wir wären so oder so auf diese Expedition mitgekommen, egal ob du Iridium, Gold oder sonst was gesucht hättest.«

Diane hob fragend die Hände. »Ja, warum hast du uns nicht in deine Pläne eingeweiht? Die Chinesen sind offensichtlich besser unterrichtet als wir.«

Ray lachte bitter auf. »Das spielt doch alles keine Rolle mehr. Wir sitzen *jetzt* in diesem Zelt und müssen darauf hoffen, dass Fuzhou uns irgendwann wieder gehen lässt. Falls er uns überhaupt freilässt.«

Ott, der seinen Tee schlürfte, sah den Arzt fragend an. »Warum sollte uns der Major nicht gehen lassen, wenn wir unsere Arbeit erledigt haben? Sie haben ihn doch gehört. Ich werde die Gesteinsproben, die man mir bringt, analysieren und damit hat es sich. Danach kehre ich nach Kathmandu zurück.«

Ray fasste sich an die Stirn. »Ott, wir haben vor noch nicht einmal einer Stunde mitangesehen, wie Fuzhou unseren Kameraden Andrew erschossen hat. Wir wurden Zeugen eines Mordes! Es ist nur eine Frage der Zeit, bis wir an der Reihe sind!«

Ott winkte ab. »Das war eine Überreaktion des Majors. So respektlos, wie sich Miller aufgeführt hat, hätte ich vielleicht auch geschossen.«

»Das glaube ich Ihnen gerne«, mischte sich Holm ein. »Und wenn Sie schon einmal dabei gewesen wären, hätten Sie mich ebenfalls ins Jenseits befördert, oder?«

Bevor Ott antworten konnte, mischte sich Diane ein. »Hört bitte auf damit. Es bringt uns nichts, wenn wir uns streiten. Wir müssen zusammenhalten, wenn wir überleben wollen.« Sie legte eine Hand auf Gildas Schulter. »Ich bin auch nicht gerade begeistert, dass ich erst jetzt erfahre, dass Gilda Gold gefunden hat. Aber es hilft ja nichts. Wir sollten die Chinesen zur Fundstelle führen. Dann werden sie uns schon freilassen.«

»Das glaube ich nicht«, widersprach Holm. »Sobald Fuzhou uns nicht mehr braucht, wird er uns beseitigen. Was bringt es ihm, uns am Leben zu lassen? Nichts!«

Gilda schob ihren Stuhl zurück und stand auf. Sie richtete sich kerzengerade auf. »Ich bin die Expeditionsleiterin und habe euch in diese Situation gebracht. Ich werde alles tun, damit nicht noch einer von uns stirbt. Ich stimme Diane zu. Fuzhou wird mit sich reden lassen. Was hätte er davon, uns alle zu töten? Noch mehr Probleme.«

»Was schlägst du vor?«, fragte Pasang.

»Wir werden wohl oder übel mit den Chinesen zusammenarbeiten müssen. Das heißt, du, Pasang, wirst zusammen mit mir und Diane helfen, die Route im Khumbu-Eisbruch weiter zu versichern. Gunter und Terbergen bleiben mit Ray im Basislager.«

Ott nickte. »Ich bin dabei. Ich verspüre keine Lust, auf den Berg zu kraxeln. Lieber passe ich auf *den* da auf, damit er keinen Unfug anstellt.« Er zeigte auf seinen Kollegen.

»Nicht schon wieder! Sie werden langsam paranoid«, stöhnte Holm.

»Ich glaube nicht, dass Ihr Kollege verrückt geworden ist«, sagte Gilda. »Ich frage mich die ganze Zeit, was Ihre tatsächlichen Absichten hier am Everest sind. Wie Sie wissen, wollte ich Sie bewusst nicht in mein Team aufnehmen. Verraten Sie uns endlich die wahren Gründe für Ihre Anwesenheit!«

Holm rieb sich das Ohrläppchen und griff nach einer Thermoskanne. Er goss sich Tee in eine Tasse und trank einige Schlucke. »Das tut gut bei der Kälte.«

»Weichen Sie mir nicht aus. Was haben Sie vor?«

»Das wissen Sie doch selbst: Den Iridiumgehalt der Gesteinsproben analysieren, die das Team vom Berg mitbringt. Dafür haben mich die Claytons engagiert. Immerhin suche ich kein Gold. Wie Sie zum Beispiel.«

Gilda ließ nicht locker. »Zum letzten Mal: Was wollen Sie am Everest?«

Ott räusperte sich. »Ich denke, ich kann ein wenig zur Aufklärung beitragen. Dr. Terbergen verfolgt eine wahnwitzige Theorie, der zufolge es auf dem Everest ein neues chemisches Element geben soll. Kein seriöser Wissenschaftler glaubt das, ich eingeschlossen. Ich habe erst kürzlich der internationalen Presse das letzte Element im Periodensystem vorgestellt: Unbinilium, Nummer 120. Es gibt keine weiteren darüber hinaus.«

»Meine Güte! Sie sind ein ebenso miserabler Lügner wie Wissenschaftler«, erwiderte Holm. »Sie haben bloß Angst, dass ich mit meiner Hypothese recht haben könnte. Nur deshalb nehmen Sie an dieser Expedition teil und versuchen mit allen Mitteln zu verhindern, dass sich Ihre Forschungsergebnisse am Ende als Fälschung herausstellen!«

»Würden Sie beide etwas deutlicher werden?«, verlangte Gilda. »Kein Mensch versteht, wovon Sie sprechen.«

Holm sah sie herausfordernd an. »Wie Sie wollen. Das spielt jetzt eh keine Rolle mehr.« Er zog den zusammengefalteten Zeitungsartikel über den Fund des Trilobiten aus seiner Jacke, breitete die Seite auf dem Tisch aus und tippte auf die Punktewolke auf dem Foto. »Aus diesem Grund bin ich am Everest, ebenso wie der überaus geschätzte Kollege hier. Nicht wahr?«

Ott verzog den Mund. »Nach Ihrem Auftritt auf meiner Pressekonferenz habe ich mir erlaubt, zu Ihrem Phantom-Element ein wenig zu recherchieren. Dabei bin ich auf diesen Artikel gestoßen. Mir war sofort klar, was der Anblick dieser Pünktchen bei Ihnen ausgelöst haben muss. Ich will nur verhindern, dass Sie Ihren Unsinn weiterverbreiten.«

Gilda nahm die Seite in die Hand und überflog den Text, bevor sie die beiden Männer abwechselnd ansah. »Das ist der Bericht über meine letzte Everest-Expedition im Mai. Hier steht nichts von irgendwelchen chemischen Elementen. Worauf wollen Sie hinaus?«

Holm fuhr mit dem Finger über das Foto. »Schauen Sie doch! Die Ringe um diese Punkte sind ein deutlicher Hinweis auf den radioaktiven Zerfall eines Elements. Die Alphastrahlung von Uran oder Thorium kann zum Beispiel solche Halos erzeugen.«

Gilda hob verständnislos die Hände. »Uran? Sie meinen, das hat diese Flecken verursacht?«

»Unwahrscheinlich. Die Kreise um die Punkte stammen nicht vom Zerfall von Uran oder einem anderen radioaktiven Element. Dafür sind sie viel zu groß. Sie deuten auf eine deutlich stärkere Strahlungsquelle hin. Unbihexium. Element 126.«

Ott verzog den Mund zu einem höhnischen Grinsen. »Ja, genau! Auch als ›Kryptonium‹ bekannt. Die Information über diese Substanz hat Dr. Terbergen aus einem Superman-Comic. Das sagt wohl alles.«

Gilda blickte kurz zu Ott, bevor sie Holm eindringlich ansah. »Deshalb sind Sie hier? Wegen eines fiktiven Elementes aus einem Comic?«

Holms Augen funkelten. »Verstehen Sie doch: Die wahre Sensation ist nicht der Fund Ihres Fossils oder die von Gold, sondern die Entdeckung von Element 126.«

Ott warf Gilda einen vielsagenden Blick zu. »Es ist nicht die Höhenluft, die diesen Mann fantasieren lässt. Er ist schon auf Meereshöhe so durchgeknallt.«

Gilda sank auf ihren Stuhl zurück. So langsam fügten sich die Puzzleteilchen zusammen. Sie hatte nur den Claytons über ihre Entdeckung von Gold unterhalb des Gipfels berichtet, niemandem sonst. Dann war Terbergen auf Einladung der beiden Milliardäre in Lukla zu dem Team gestoßen. Zwar hatte er sie aus dem brennenden Flugzeug gerettet, aber was bedeutete das? Oder hatte er ihren Talisman irgendwo gefunden? Und jetzt sein Geständnis, dass er auf der Suche nach diesem mysteriösen Element 126 war. Waren Fuzhou und seine Soldaten deshalb im Basislager? Ging es denen gar nicht um das Gold? Woher wusste Fuzhou überhaupt von ihrem Goldfund? Kollaborierte Terbergen mit den Claytons *und* den Chinesen? Sie konnte nichts mehr ausschließen.

Sie stand auf und schritt auf Holm zu. »Sie verlassen sofort mein Team! Gehen Sie zu Ihren chinesischen Freunden! Raus!«

»Sie haben es gehört, Terbergen.« Ott klappte die Plane vor dem Zelteingang zurück. »Wir möchten Sie nicht wiedersehen. Schöne Grüße an Major Fuzhou!«

Holm zögerte einen Augenblick und wandte sich Gilda zu. »Sie und ich sind uns ähnlicher, als Ihnen lieb ist. Wir beide wollen nur unsere Träume verwirklichen. Um jeden Preis.«

KAPITEL 34

»Nicht so zaghaft, Archie! Kräftiger! Und etwas weiter rechts. Ja, so ist es gut!«

Joshua Clayton saß in einem Sessel in der Bibliothek von *Halcyon Castle* und grunzte zufrieden, während der Butler ihm den Nacken massierte. Sein Masterplan war bisher zu hundert Prozent aufgegangen und alles Weitere lief ebenfalls wie am Schnürchen. Seine nächsten Züge, genial von ihm durchdacht, würden der Welt bald sein ganzes Können offenbaren. Er selbst würde zu Weihnachten der erste Billionär auf diesem Planeten sein.

Er nahm einen kräftigen Schluck aus einer Bierflasche, *Newcastle Brown*, die auf dem Tischchen neben ihm stand, und blickte zu seinem Bruder hinüber, der an einem der Bücherregale lehnte und ihm amüsiert zusah.

»Was guckst du so?«, fragte Joshua. »Hast du noch nie einen Milliardär bei einer Wellnessbehandlung gesehen?«

Samuel schmunzelte und hob ein tulpenförmiges *Nosing*-Glas in die Höhe, in dem das Kaminfeuer eine dunkle Flüssigkeit wie geschmolzenes Metall aufleuchten ließ. »Soll ich rausgehen, wenn du dich frei machst und Archibald sich delikateren Körperregionen widmet?«

»Unsinn! Lass die Witze und sag mir lieber, was du dir da in den Hals schüttest. Wieder deinen gepanschten Whisky?«

Samuel legte den Kopf schief. »Das hier ist ein seltener *Janneau Grand Armagnac Millésime* 1991. Ein exzeptioneller Tropfen, seidig und fett, in dem Aromen von Mirabellen, Quittengelee und Vanille eine kongeniale Beziehung eingehen. Der Abgang mit einer Note von süßen Gewürzen wie Piment d'Espelette ist dann eine Vorahnung vom Paradies! Wunderbar! Unser getreuer Archibald hat diese Trouvaille bei einem seiner letzten Einkäufe entdeckt, nicht wahr?«

Der Butler nickte stumm, während er Joshuas Nacken weiter massierte.

»Das Problem mit dir ist«, fuhr Samuel fort, »du bist und bleibst ein Banause. Du weißt die schönen Dinge des Lebens nicht zu schätzen. Schade.«

»Hey, hey! Immer schön langsam, kleiner Bruder! Du sprichst mit dem Finanzgenie Joshua Clayton und dem bald reichsten Mann der Welt!«

»Wenn es nur schon so weit wäre«, erwiderte Samuel und nippte an seinem Armagnac. »Ich habe meine Zweifel, ob dein genialer Plan aufgeht.«

Joshua sprang auf, stieß den Sessel mitsamt dem Butler nach hinten weg und stampfte auf seinen Bruder zu. Er tippte ihm auf die Brust. »Hör mir mal gut zu: Ich habe mich bisher um jedes kleinste Detail unseres Plans gekümmert und dafür gesorgt, dass die Dinge so laufen, wie sie sollen. Wenn etwas schiefgeht, dann nur deinetwegen!«

»Ach, tatsächlich?«

»Allerdings! Hast du die letzten *Orders* getätigt, die ich dir aufgetragen hatte?«

»Genau so, wie du es mir gesagt hast. Unsere *Short*-Positionen sind mittlerweile hübsch angewachsen. Wir müssen nur aufpassen, dass Lloyd Parker nicht darauf aufmerksam wird.«

»Ach der!« Joshua winkte ab. »Dieser feine Herr sitzt in seinem Glaspalast in London und *spielt* Investor. Ich *bin* einer. Der Typ hat doch nicht den blassesten Schimmer, was für ein Riesending ich gerade durchziehe.« Er marschierte zurück und ließ sich in seinen Sessel fallen. Er schnipste mit den Fingern. »Weitermachen, Archie.«

»Was gibt es Neues vom Himalaya?«, fragte Samuel.

»Tiefer und nicht so zaghaft, Archibald! Ich bin doch nicht aus Porzellan!« Joshua setzte die Bierflasche an den Mund und nahm einen weiteren Schluck *Newky Brown*. »Das war gut!« Er stellte die Flasche ab und sah zu seinem Bruder hinüber. »Du willst wissen, was die Eisprinzessin am Everest so treibt? Das kann ich dir sagen. Mein Informant hat mir geflüstert, dass sie im Basislager unsere ›Freunde‹ wiedergetroffen hat und darüber nicht sonderlich erfreut war. Außerdem gab es, ähm, einen unschönen Zwischenfall.«

»Ist Mrs Hunt etwas passiert?«

»Nicht doch! Die ist mit ihrem Hintern erst einmal festgefroren, zusammen mit ihren Jüngern. Aber einen vorlauten Amerikaner aus ihrem Team hat es erwischt.«

»Was soll das heißen?«

»Na ja, der Typ ist tot. Erschossen von einem übereifrigen Schlitzauge. Kann mal passieren.«

Samuel ließ sein Glas fallen, das auf dem Granitfußboden in tausend Splitter zersprang. »Das ist nicht wahr! Du hast mir erzählt, dass du nur ein paar Rädchen in Bewegung setzt und manchmal ein Telefonat führst. Von Mord war nicht die Rede!«

Joshua hob beschwichtigend die Hände. »Das war kein Mord, das war ein Unfall! Wir können doch nichts dafür. Außerdem unterstützt dieses, äh, Ereignis unsere Marketingstrategie.«

»Ein Mensch wurde ermordet und du sprichst von Marketingstrategie? Wir müssen diesen Wahnsinn stoppen. Sofort!«

Joshua starrte seinen Bruder an. »Wie stellst du dir das vor? Die Dinge nehmen jetzt ihren Lauf. Wie bei einer Lawine, verstehst du? Wir können die Chinesen nicht mehr aufhalten.«

Samuel wankte zu seinem Sessel hinüber und ließ sich hineinfallen. Er schüttelte ungläubig den Kopf. »Joshua, von mir aus sind wir kreative Finanzjongleure, aber wir sind doch keine Mörder. Was passiert mit dem Rest von Gilda Hunts Team?«

»Ich denke, das Fräulein wird unter Anleitung der *Chinks* den Everest hochstiefeln und ihnen zeigen, wo sie das Gold gefunden hat. Die beiden Wissenschaftler werden im Basislager anschließend die Analysen durchführen und den Fund bestätigen. Das ist alles.«

»Und was passiert nach den Untersuchungen?«

Joshua stemmte sich aus seinem Sessel hoch und schlenderte zu einem der großen Fenster hinüber, die eine spektakuläre Aussicht auf den Atlantik boten. Der sanft wogende Ozean schimmerte kaltsilbrig im Mondlicht.

Er schwieg eine Weile, bevor er antwortete, den Blick unverwandt auf das Meer gerichtet. »Wenn die Chinesen das haben, was sie wollen, dann sind das Fräulein Hunt und ihr Team nur noch Ballast.«

»Das heißt?«

Joshua drehte sich langsam um und lächelte seinen Bruder an. »Ich habe gehört, dass es am Everest zahlreiche Gletscherspalten geben soll. Ziemlich tiefe sogar.«

KAPITEL 35

Die Sonne schien von einem kristallblauen Himmel, der in seiner Reinheit fast durchsichtig wirkte. Gleißendes Licht brach sich in den aufragenden Sérans und wurde von tausend funkelnden Facetten reflektiert, als bestünde die eisige Welt aus Diamanten. Eine überwältigende Stille lag über dem Khumbu-Eisbruch, nur gelegentlich durchbrochen von dem bedrohlichen Knacken und Knirschen des sich bewegenden Gletschers.

Holm blieb benommen stehen und stützte sich mit beiden Händen auf den Knien ab. Die eisige Luft brannte bei jedem Atemzug in seinem Hals. Hämmernde Schmerzen pulsierten in seinem Schädel. Die Umgebung verschwamm vor seinen Augen, löste sich in ein glitzerndes Weiß auf. Es war, als würde ihm der Berg mit jedem Schritt den Sauerstoff aus den Lungen saugen und ihm die letzte Kraft aus den Muskeln herauspressen.

»Ich kann nicht mehr«, keuchte er.

»Das wirst du aber müssen. Dreh dich mal um!«, sagte Pasang.

Holm wusste auch so, dass hinter ihm zwei chinesische Soldaten mit ihren Maschinenpistolen standen und die Waffen auf ihn und den Sherpa gerichtet hielten. Fast taten ihm die jungen Kerle leid, die ebenso wie er nach Luft rangen und nur mühsam im Khumbu-Eisbruch vorankamen. In der Nacht war der dritte Soldat an einem Lungenödem gestorben. Fuzhou hatte dringend Ersatz für seine toten Männer gebraucht. Sogar Leute wie ihn, die keine Erfahrung als Bergsteiger hatten. Am Tag nach der Besetzung des Basislagers hatte der Major daher spontan entschieden, dass Holm mit Pasang als Kletterpartner sowie Gilda und Diane unter Bewachung die Route durch den Eisbruch weiter erkunden und absichern sollten. Ott und Ray waren im Basislager geblieben.

Jetzt stand er mit wackligen Knien vor einer Aluminiumleiter, die am Ende mit einer zweiten zusammengebunden und über eine ungefähr vier Meter breite Gletscherspalte gelegt worden war. Sehr vertrauenerweckend sah diese Hilfsbrücke für ihn nicht aus. Er blickte zur anderen Seite hinüber, wo Gilda und Diane warteten und sie beobachteten. Bei ihrer Überquerung hatten die Leitern gehalten.

»Kannst du nicht als Erster rübergehen? Ich will sehen, ob diese Konstruktion hält«, sagte Holm.

»Du traust mir wohl nicht! Ich bin schließlich hauptberuflich *Icefall Doctor*.«

»Du bist Arzt?«

Der Sherpa lachte laut auf. »Du weißt aber auch gar nichts! Ein *Icefall Doctor* präpariert für die kommerziellen Everest-Expeditionen den Weg durch den Eisbruch und bringt dort Leitern an, wo man eine Gletscherspalte überqueren oder einen Sérac übersteigen muss.«

»Sind das die Eistürme, von denen Ray gesprochen hat? Die, die manchmal umfallen?«

»Nicht manchmal. Diese Eissäulen kippen auf ihrem Weg ins Tal *immer* um. Dann kannst du heilfroh sein, wenn du nicht in der Nähe bist – oder auf ihnen stehst.«

Holm hörte hinter sich einen der Soldaten brüllen. Er drehte sich um und sah, wie der Chinese Pasang und ihn mit einer Handbewegung aufforderte, weiterzugehen.

Der Sherpa trat an den Anfang der Leiter, griff nach den beiden Seilen, die rechts und links als eine Art Geländer gespannt waren, und klinkte die Seilsicherung mit den Karabinerhaken auf beiden Seiten ein. Als er die ersten Sprossen betrat, kratzten die Zacken seiner Steigeisen mit einem hässlichen Geräusch über das Metall. Bedächtig setzte er einen Fuß vor den anderen und schaute abwechselnd nach vorne und auf seine Bergstiefel.

Holm rieb sich die Stirn, um seine Kopfschmerzen zu mildern. Gleich war er an der Reihe, und er fragte sich, ob es schaffen würde, die Gletscherspalte zu passieren. Die Hängebrücken über dem Dudh Kosi, die er überquert hatte, kamen ihm im Vergleich zu dieser gewagten Bastelarbeit wie TÜV-geprüfte Fußgängerbrücken in Deutschland vor.

Er dachte daran, was ihm Pasang geraten hatte, falls er abrutschen sollte: festhalten, nicht in die Tiefe schauen und Ruhe bewahren. Das Sicherungsseil, in das er eingeklinkt war, würde ihn halten. Er hoffte, dass sein Panikdrache diese Information ebenfalls verstanden hatte. Er blickte auf und bemerkte, dass Gilda durch ihre Gletscherbrille zu ihm hinüberschaute. Was sie wohl dachte? Für sie war und blieb er wahrscheinlich ein Schurke, der mit den Claytons unter einer Decke steckte.

Er hörte ein Keuchen hinter sich und spürte den Druck einer Maschinenpistole in seinem Rücken.

»Volwäds!«, radebrechte der Mann hinter ihm auf Deutsch. Das Wort musste er aufgeschnappt haben, als Holm den Sherpa im Spaß zu mehr Eile angetrieben hatte. Keine kluge Idee, wie er feststellen musste. Jetzt war *er* derjenige, der schneller gehen sollte.

Pasang hatte das andere Ende der Leiter erreicht und winkte ihm zu. Holm holte tief Luft und ließ den Blick über den bizarr zerklüfteten Gletscher schweifen. Zwischen riesigen weißen Eisblöcken, die in der Sonne wie Fabelwesen aus einer anderen Welt glitzerten, ragten gezackte, von Rissen durchzogene Zinnen zehn bis zwanzig Meter in die Höhe. Dazwischen leuchtete jadefarbenes Gletschereis, das von einer unwirklich anmutenden Transparenz war. Das Grün erinnerte ihn an den Zirkon-Talisman, den er um den Hals trug. In diesem Labyrinth aus Türmen und Treppen, die auf ihn wie eine eisige Version von Gaudís *Sagrada Familia* wirkten, schien die Wirklichkeit keinen Platz zu haben. Der Ausweg aus dieser ebenso verführerischen wie tödlichen Schönheit führte direkt durch sie hindurch. Er sah zu Gilda in ihrem orangefarbenen Daunenanzug hinüber, um deren Mundwinkel ein feines Lächeln spielte. Wartete die Britin etwa auf seinen Absturz?

»Volwäds!«, ertönte es wieder hinter ihm, dieses Mal noch energischer.

Holm reckte den Daumen in die Höhe zum Zeichen, dass er verstanden hatte und tastete nach den Seilen rechts und links. Er klinkte den Karabinerhaken in ein Sicherungsseil ein und betrat die Leiter, die ein knirschendes Ächzen von sich gab. Er machte einen Schritt und die Aluminiumleiter bog sich unter seinem Gewicht leicht durch. Krampfhaft fixierte er Pasang auf der anderen Seite, der ihm aufmunternd zunickte. »*Great job! Great job!*«

Er machte zwei, drei weitere Schritte und stand nun direkt über der Gletscherspalte, die wie eine klaffende Wunde tief ins Eis hinabreichte. Die zerfurchten Wände der Kluft fielen steil nach unten ab, ihr Ende verlor sich in blauschwarzer Dunkelheit, zu der kein Sonnenstrahl mehr drang.

Er hielt inne und schnappte nach Luft. Sein Blick fiel für einen Augenblick zwischen die Leitersprossen und ihm wurde schwindlig. Alles in ihm zog sich zusammen. Wie gebannt starrte er in die unergründliche Tiefe. Er glaubte, ein leises Wispern zu vernehmen, das aus dem Abgrund nach oben drang, ein flüsterndes Locken, das ihn herunterzuziehen versuchte. Er verspürte keine Panik, keine Angst, nur den sehnlichen Wunsch, dem Drängen des Eisbruchs nachzugeben. Ein tiefer innerer Frieden erfüllte ihn. Er öffnete beide Hände und ließ die Führungsseile los. Langsam neigte er sich zur Seite. Es war alles so einfach.

Ein Schrei riss ihn aus seiner Trance. Er kam von Gilda. »Kommen Sie sofort rüber! Sind Sie lebensmüde?«

Schlagartig kam er wieder zu sich und ergriff reflexartig die Seile an beiden Seiten. Hastig legte er die restliche Strecke auf der immer stärker seitlich wegrutschenden Leiter zurück. Pasang packte ihn kraftvoll an den Schultern und riss ihn von der Spalte weg. Das Leiterende rutschte mit einem kratzenden Geräusch von seiner Auflage weg und baumelte frei über dem Abgrund.

»Das war knapp!«, rief Pasang.

Gilda eilte zu den beiden Männern und schob die Gletscherbrille hoch. Holm glaubte, in ihren Augen so etwas wie Sorge zu erkennen.

»Das war Ihre Feuertaufe, Dr. Terbergen – und fast Ihr Ende. Sind Sie okay?«

»Ja, mir geht's gut. Nur, auf der Leiter … Da war es so, als ob mich etwas Großes und Starkes in die Tiefe zöge. Es war … einfach nur schön. Seltsam.«

»Das glaube ich Ihnen gerne! Der Sauerstoffmangel in dieser Höhe macht manchmal komische Sachen mit uns. Es wäre besser, wenn Sie beim nächsten Mal mit ›Englischer Luft‹ hochsteigen würden.«

»Womit?«

Gilda lächelte. »In den Zwanzigerjahren haben die Sherpas so die Atemluft in den Druckflaschen genannt, die meine Landsleute am Everest zu jener Zeit zum ersten Mal eingesetzt haben. Egal, für heute sind wir hoch genug gestiegen. Wir kehren lieber um. Ich glaube, unsere Begleiter sehen das ähnlich.«

Am anderen Ende der Leiter knieten die beiden chinesischen Soldaten schwer atmend im Schnee. Der jüngere der beiden beugte sich vorne über und hustete heftig. Ein Blutschwall schoss aus seinem Mund und sprenkelte den Schnee vor ihm hellrot.

Diane deutete auf den jungen Soldaten. »Sieht nach akutem Lungenödem aus. Das ist schon der vierte oder fünfte von Fuzhous Männern, der so schwer höhenkrank geworden ist. Wie konnte das nur passieren?«

Gilda runzelte die Stirn. »Die meisten Soldaten sind nicht mit uns von Lukla zum Basislager getrekkt, sondern wurden wahrscheinlich mit Hubschraubern eingeflogen. Gleich auf fünftausend Meter Höhe und ohne vorhergehende Akklimatisierung. Deshalb haben sie schnell Symptome einer akuten Höhenkrankheit entwickelt. Es wundert mich, dass nicht mehr von ihnen betroffen sind.«

Holm rieb sich das Kinn. »Wir sind doch schon halbwegs angepasst.

Würden *wir* denn bei einem weiteren Aufstieg Probleme mit der Höhe bekommen?«

»Ausschließen kann man das nicht, aber wir sind auf alle Fälle besser akklimatisiert als die beiden da drüben.« Pasang deutete auf die zwei Soldaten, die noch immer im Schnee hockten. »Warum willst du das wissen?«

»Na ja, wir haben den Vorteil, dass wir im Augenblick die Höhe besser vertragen als die meisten Soldaten. Fuzhous Gastfreundschaft wird nicht ewig währen, daher sollten wir schleunigst von hier verschwinden. Sonst geht es uns am Ende wie Andrew.«

»Ausgeschlossen!«, warf Diane ein. »Alle Zugänge zum Basislager sind abgesperrt und werden streng bewacht. Da kommt keiner unbemerkt rein oder raus. Wir sitzen in der Falle.«

»Nicht ganz«, widersprach Holm. »*Einen* Ausgang haben die Chinesen übersehen, und den sollten wir nutzen.«

»Und welchen?«, hakte Gilda nach.

Holm zeigte nach oben. »Den Everest.«

KAPITEL 36

Gilda stapfte vorwärts und schob dabei den Karabinerhaken am Fixseil weiter, die Steigeisen ihrer Bergstiefel bohrten sich knirschend in den verharschten Schnee. Wenn sie dieses Tempo beibehalten würden, könnten sie in einer Stunde das Ende des Eisbruchs erreichen und wieder im Basislager sein.

Sie blieb stehen und drehte sich um. Ein paar Meter hinter ihr ging Holm Terbergen, gefolgt von Pasang und Diane. Das Schlusslicht der Gruppe bildeten die zwei Soldaten, die sich nicht in das Seil eingeklinkt hatten. Der ältere der beiden stützte seinen Kameraden, der hustend den Eisbruch hinunter wankte. Hoffentlich schafften sie es rechtzeitig, den Mann zurück ins Lager zu bringen. Er brauchte dringend medizinische Hilfe.

Sie ließ den Blick nach rechts zur mächtigen Westschulter des Everest wandern, wo sich hundert Meter über ihr gewaltige Massen aus Eis und Schnee türmten. Ihr wurde mulmig. Hier, im berüchtigten *Popcorn Field,* sollte man wegen der Lawinengefahr nicht länger als nötig verweilen. Sie winkte den anderen zu, aufzuschließen und schneller zu gehen. Pasang gab ihr ein Zeichen, dass er verstanden hatte.

Gilda nahm ihren Marsch durch das zerklüftete Eislabyrinth wieder auf. Während sie automatisch einen Schritt nach dem anderen machte, dachte sie an Fuzhous Rede vom Vortag zurück. Die Chinesen wussten offensichtlich über ihren Goldfund bestens Bescheid und das sicherlich schon länger. Aber woher? Von den Claytons? Und was hatte Fuzhou vor? Sollte er mit seinen Soldaten den Everest *nur* annektieren oder plante die Regierung in Peking etwas anderes?

Ihr schwirrte der Kopf. Fragen über Fragen, auf die sie so schnell keine Antwort bekommen würde. Aber am wichtigsten war, wie sie mit ihrem Team aus dem Basislager fliehen konnte. Auch wenn sie Diane etwas anderes erzählt hatte, bezweifelte sie, dass Fuzhou sie freilassen würde. Terbergen hatte recht: Der Major würde sie alle beseitigen, sobald sie ihm nicht mehr nützlich waren. Andrew war nur der Erste gewesen.

»Warte auf uns!«, hörte sie Pasang hinter sich rufen.

Gilda drehte sich um und schüttelte den Kopf. »Wir können hier nicht stehen bleiben! Zu gefährlich! Ich möchte außerdem unsere Aufpasser schnellstmöglich ins Basislager bringen, und zwar lebendig.« Sie zeigte auf die zwei chinesischen Soldaten, die sich hinter ihnen durch den Eisbruch schleppten.

Pasang hob resigniert die Hände. »Geh trotzdem bitte etwas langsamer.« Der Sherpa deutete hinter sich auf Holm, der stehen geblieben war und vornübergebeugt nach Luft schnappte.

Terbergen. Nachdenklich musterte sie den Deutschen. Ein Bergsteigeramateur mit Höhenangst, dessen einzige Erfahrung im Klettern bisher darin bestanden hatte, eine Erhebung in einem deutschen Mittelgebirge »bezwungen« zu haben. Jetzt quälte er sich auf sechstausend Meter Höhe bei bitterer Kälte durch den gefährlichsten Eisbruch der Welt und überquerte Gletscherspalten auf wackligen Aluminiumleitern. Widerwillig musste sie sich eingestehen, dass sie Holm Terbergen falsch eingeschätzt hatte, dass sie ihn für seinen Mut sogar ein wenig bewunderte. Sie griff nach dem Talisman an ihrem Hals. Und er hatte sie in Lukla aus dem Flugzeug gerettet.

Was hatte er vorhin vorgeschlagen? Man könne doch über den Everest fliehen? Unmöglich.

Ein Donnergrollen ließ sie zur Westschulter hochblicken. Ein hausgroßer Eisblock schoss die Flanke hinunter und riss alles mit sich, was sich ihm in den Weg stellte. Eine brodelnde Wolke aus Schnee und Eis türmte sich auf und raste auf die Gruppe zu.

»Lawine!«, schrie Gilda, ihre Stimme voller Panik, und stürmte vorwärts, um Schutz zu suchen. Sekunden später erfasste sie eine gewaltige Druckwelle, riss sie hoch und warf sie durch die Luft. Sie schlug hart auf dem eisigen Boden auf und wurde rücklings über das abschüssige Eis geschleudert, die Füße voran. In einem Strudel aus Schnee raste sie talwärts. Entsetzt sah sie, wie sich einige Meter vor ihr eine breite Gletscherspalte wie ein riesiges Maul auftat, das sie gleich verschlingen würde.

Das Fixseil! Sie war mit ihrem Karabinerhaken eingeklinkt, doch wenn es gerissen war, würde sie an seinem offenen Ende herausrutschen und unweigerlich in die Tiefe stürzen. Mit aller Kraft packte sie das Seil mit beiden Händen, aber sie schoss ungebremst weiter abwärts. Das Fixseil hatte sich hinter ihr aus seiner Verankerung gerissen. Verzweifelt versuchte sie, die Steigeisen in das Eis zu rammen, ihre Beine angewinkelt, während Schnee in alle Richtungen spritzte. Der gähnende Abgrund kam immer näher. Gilda schrie auf, dann fiel sie in eine blauschwarze Leere, das Seil krampfhaft umklammert. Ein eisiger Windstoß peitschte über die Spalte hinweg und ließ Myriaden von Eiskristallen auf sie herabrieseln. Plötzlich verlangsamte sich ihr Fall, bis er ganz zum Stillstand kam. Sie keuchte, unfähig zu begreifen, was soeben geschehen war. Zitternd rammte sie die vorderen Zacken ihrer Steigeisen in die Gletscherwand und suchte verzweifelt nach Halt. Ein Stück Eis fiel unter ihr polternd in die Tiefe. Gilda schloss für einen Moment die Augen. Konnte sie es wagen, sich am Seil hochzuziehen, oder würde es unter ihrem Gewicht nachgeben und sie in den Abgrund stürzen? Vorsichtig hob sie den Kopf und blickte nach oben, wo drei Meter höher die Abbruchkante der Gletscherspalte verlief. Sie musste es versuchen.

»Sie hängen wohl an mir, Mrs Hunt.« Über ihr erschien die mit Schnee überpuderte Gestalt von Holm Terbergen, der sie angestrengt Stück für Stück am Seil hochzog.

»Lassen Sie die Scherze und holen Sie mich lieber hier raus.« Erneut rammte sie die Spitzen ihrer Steigeisen ins Eis und kletterte mühsam den Rest der Wand hoch, während Holm weiter zog. Oben angekommen, tauchten Pasang und Diane in ihrem Blickfeld auf. Die beiden hielten zurückgelehnt das Fixseil fest und stemmten sich in den Schnee. Mit einem letzten Kraftakt zog sich Gilda über die Kante, kroch noch ein paar Meter und ließ sich dann erschöpft und zitternd in den Schnee fallen.

Pasang eilte herbei und zog sie weiter von dem Abgrund weg. »Willkommen unter den Lebenden! Genau hier an dieser Stelle hat es vor einigen Jahren elf meiner Landsleute getroffen.«

Gilda stand keuchend auf und schüttelte den Schnee ab. »Ja, ich weiß. Das verfluchte *Popcorn Field*.« Sie blickte die anderen an. »Was ist mit euch? Seid ihr okay?«

Pasang hob den Daumen. »Uns ist nichts passiert. Wir waren durch ein paar Eisblöcke halbwegs geschützt. Du kannst dich bei Holm bedanken – er hat im richtigen Moment das Fixseil gepackt, als du abgerutscht bist.«

Zögernd reichte Gilda dem Wissenschaftler die Hand. »Sieht so aus, als ob Sie mir zum zweiten Mal aus der Patsche geholfen hätten. Na dann, vielen Dank ... Holm.« Sie wandte sich wieder an Pasang. »Und die beiden Soldaten? Haben die überlebt?«

Diane zeigte hinter sich, der Schrecken stand ihr ins Gesicht geschrieben. »Die Lawine hat sie mitgerissen. Ich glaube, sie sind tot.«

»Suchen wir sie«, sagte Pasang und stapfte eilig durch den lockeren

Schnee zurück. Die anderen folgten ihm. Wenige Augenblicke später blieb der Sherpa stehen und kniete sich vor einem leblosen Körper nieder.

Gilda trat näher und hielt sich entsetzt die Hand vor den Mund. Der Anblick, der sich ihr bot, war furchtbar. Der jüngere der beiden Chinesen war halb von Schnee begraben, seine Gliedmaßen grotesk verdreht, der Schädel zerschmettert.

»Für ihn können wir leider nichts mehr tun«, sagte Pasang. »Lasst uns seinen Kameraden suchen.«

Ein Stöhnen drang aus einigen Metern Entfernung zu ihnen.

»Da hinten!« Diane zeigte in die Richtung, aus der der Laut gekommen war, und eilte dorthin. An einem Eisblock lehnte sitzend der andere Soldat und hob eine Hand. Einen Moment später standen alle vor ihm.

Diane beugte sich zu ihm hinunter und sprach ihn auf Chinesisch an. Der Soldat sah sie dankbar an und antwortete mit brüchiger Stimme. Sie richtete sich auf. »Er sagt, dass ein Felsbrocken seinen Kameraden am Kopf getroffen hat. Er selbst hat nur ein paar Prellungen. Er fühlt sich stark genug, um mit uns zurückzukehren.«

Pasang runzelte die Stirn. »Da habe ich meine Zweifel. Der Mann kann ja nicht einmal stehen. Wie soll er da den Rest vom Eisbruch hinabsteigen? Holen wir lieber Hilfe aus dem Basislager.«

Holm trat näher, seine Augen auf den Everest gerichtet. »Das wäre jetzt eine günstige Gelegenheit, um zu verschwinden.« Er deutete Richtung Gipfel. »Wir haben einen Vorsprung von mehreren Stunden. Wenn Fuzhou merkt, dass wir nicht zurückkommen, sind wir im wahrsten Sinn des Wortes über alle Berge.«

Gilda legte ihre Hand auf Holms Schulter und sah ihn eindringlich an. Ihre Stimme klang entschlossen. »Auf keinen Fall. Wir sind für eine spontane Flucht nicht vorbereitet. Keine Seile, keine Zelte, kein Sauerstoff – wir würden nicht weit kommen. Außerdem stirbt der arme Kerl, wenn wir ihn hier oben liegen lassen.«

Diane nickte. »Unser einziger Ausweg besteht darin, ins Basislager zurückzukehren. Der Soldat kommt mit uns, egal, wie schwierig das wird. Wenn wir ohne ihn zurückkommen, möchte ich nicht in Fuzhous Nähe sein.«

Gilda wandte sich an Holm und Pasang: »Diane hat recht. Helft mir, den Mann aufzurichten.«

Sie zog den Soldaten an seinem Tarnanzug langsam nach vorne, während die beiden Männer ihm unter die Achseln griffen und ihn vorsichtig hochhievten. Mit zitternden Beinen blieb der Chinese stehen und lächelte dankbar.

»Haltet ihn gut fest. Ich nehme ihn ans Kurzseil.« Gilda ließ den Soldaten los, setzte ihren Rucksack in den Schnee und kramte in einem der vorderen Fächer. Aus den Augenwinkeln nahm sie plötzlich ein Glitzern am Boden wahr. Sie drehte den Kopf zur Seite. Neben ihr im Lawinengeröll lag ein haselnussgroßer, goldgelb glänzender Stein, der im Sonnenlicht funkelte.

KAPITEL 37

Leichter Schneefall hatte eingesetzt und beschränkte die Sicht. Jeder weitere Schritt im Eisbruch wurde zu einem unkalkulierbaren Risiko und konnte den Tod bedeuten.

Gilda warf einen Blick auf ihre Uhr – über eine Stunde waren sie bereits auf dem Rückweg, doch vom Basislager war keine Spur in Sicht. Für den Soldaten, den sie zuvor ans Kurzseil genommen hatte und der jetzt von Pasang und Holm gestützt wurde, sah es schlecht aus. Er litt unter akuter Höhenkrankheit und jede Minute, die er ohne zusätzlichen Sauerstoff in dieser Höhe verbrachte, verminderte seine Überlebenschancen. Nicht auszudenken, wenn das Team ohne ihn zurückkehren würde …

Sie drehte sich um und winkte Diane heran, die schwer atmend neben ihr stehen blieb. »Wir werden deutlich länger brauchen, bis wir im Camp sind. Unser Patient hier kann jeden Augenblick zusammenbrechen. Geh vor und informiere Fuzhou über unseren Notfall. Wir kommen dann nach.«

Die Chinesin hob abwehrend die Hände. »Ich gehe bestimmt nicht allein durch den Eisbruch. Nach dem Schock mit der Lawine bin ich bedient. Das hier ist die reinste Hölle.« Sie hielt inne und hob die Hand. »Moment, hörst du das?« Sie zeigte in die Richtung, in der das Basislager liegen musste. »Da ist jemand.« Sie legte die Hände an den Mund und rief etwas auf Chinesisch.

Gilda schob die Kapuze ihres Daunenanzugs vom Kopf und lauschte angestrengt. Stimmen drangen durch das Schneetreiben. Waren sie doch näher am Basislager als gedacht? Auch Pasang und Holm schienen etwas gehört zu haben. Sie packten den Soldaten in ihrer Mitte fester unter den Armen und zogen ihn höher. Stolpernd versuchten sie, den Frauen zu folgen, die nun ihr Tempo beschleunigten.

Die Stimmen wurden lauter, dann tauchten schemenhaft die Umrisse der Zelte im Schneegestöber auf.

»Hier sind wir!«, rief sie den Männern zu, die ihr entgegenkamen. An ihrer Spitze marschierte ein hochgewachsener Mann energisch voran: Fuzhou.

Als der Major die Gruppe erreicht hatte, versuchte der höhenkranke Soldat zu salutieren, brach aber völlig entkräftet vor seinem Vorgesetzten zusammen.

Er hustete, spuckte Blut und blieb reglos liegen.

Fuzhou warf nur einen kurzen Blick auf seinen Untergebenen, dann fixierte er Gilda mit durchdringendem Blick. »Was ist passiert?« Der Major zeigte auf den zusammengebrochenen Soldaten. »Wo ist sein Kamerad?«

»Wir sind in eine Lawine geraten, die von der Westschulter abgegangen ist. Ein mitgerissener Felsbrocken hat den zweiten Mann am Kopf getroffen. Er ist tot. Uns hätte es auch fast erwischt.«

»Lügen Sie mich nicht an! Was ist da oben passiert?«

Diane machte einen Schritt auf den Major zu und legte ihm eine Hand auf den Unterarm. »Es stimmt, ich war dabei«, sagte sie und wechselte in ihre Muttersprache. Fuzhou hörte schweigend zu, den Blick unverwandt auf Gilda gerichtet.

»Na gut, ausnahmsweise will ich Ihnen glauben. Wie steht es um die Fixseile? Gibt es genügend Leitern, um den Eisbruch sicher zu durchqueren? Wir haben keine Zeit zu verlieren.«

Gilda zuckte die Schultern. »Wir sind nicht fertig geworden. Ihre Männer sind höhenkrank geworden. Am Übergang zum Western Cwm gibt es eine ungesicherte Stelle. Notfalls kann man diese Strecke aber auch ohne Seile und Leitern überwinden.«

In diesem Moment näherten sich Ray und Ott vom Basislager her. Der Arzt drängte sich an den Chinesen vor ihm vorbei und kniete sich neben dem schwer atmenden Soldaten am Boden nieder. Er tastete den Puls am Hals und hielt sein Ohr über dessen Mund, dann stand er auf. Er schüttelte besorgt den Kopf. »Der Mann hat ein akutes Lungenödem, er braucht sofort Sauerstoff. Außerdem muss er dringend auf niedrigere Höhen gebracht werden, am besten auf viertausend Meter oder noch tiefer.«

Fuzhou drehte sich wie in Zeitlupe zu Ray und tippte ihm auf die Brust. »Wenn Sie nicht dasselbe Schicksal erleiden wollen wie Ihr Vorgänger, dann sagen Sie mir nicht, was ich zu tun habe. Sie sind entbehrlich. Verstanden?«

Ray ignorierte den Chinesen und wandte sich an Ott. »Helfen Sie mir mal, den Mann aufzurichten.«

Ott schob sich vorsichtig nach vorne und stieß dabei den Major unbeabsichtigt an.

Fuzhous Augen verengten sich. »Noch ein Lebensmüder? Ich dachte, Sie hätten die Lektion mit Ihrem amerikanischen Freund verstanden. Ich denke, wir beide sollten einmal miteinander reden.«

Ott wich einen Schritt zurück und hob beschwichtigend die Hände. »Tut mir leid, das war keine Absicht. Kommt nicht wieder vor.«

Ein feines Lächeln umspielte die Mundwinkel des Majors. »Wenn Sie und Dr. Anderson unbedingt helfen wollen, dann bringen Sie den Mann ins Basislager und kümmern sich um ihn. Sorgen Sie in Ihrem eigenen Interesse dafür, dass er nicht stirbt. Ich brauche jeden einzelnen Mann.«

Der Major drehte sich um und schritt in Richtung Basislager zurück, gefolgt von seinen Männern.

Gilda atmete auf und drückte Dianes Hand. »Du hast mir gerade das Leben gerettet. Viel hätte nicht gefehlt und es wäre mir wie Andrew ergangen. Was hast du Fuzhou gesagt?«

Diane winkte ab. »Ich habe ihm erzählt, dass du in einer Gletscherspalte fast umgekommen wärst und alles getan hast, um den Soldaten zu retten.«

Ray hob die Hand. »Ich störe die Damen nur ungern, aber wir müssen unseren Patienten schnell ins Lager bringen. Helft mir alle beim Tragen.«

Gemeinsam packten die Männer den Chinesen an Armen und Beinen und schleppten ihn auf einem gewundenen Pfad zwischen Geröll und Eisblöcken hindurch Richtung Gemeinschaftszelt, während Gilda den Kopf des Kranken stützte. Diane ging voran. Der Soldat war mittlerweile bewusstlos und röchelte nur noch.

Ein lautes Scheppern drang vom Rand des Lagers zu ihnen herüber. Gilda drehte den Kopf und sah, wie mehrere Chinesen fluchend ein Bündel schlanker Metallmasten von ungefähr zwei Meter Länge aufhoben und in Richtung des Eisbruchs trugen. Ihnen folgten Männer, die jeweils zu zweit einen olivenfarbenen Rucksack an seitlichen Tragegurten schleppten, der wie ein überdimensioniertes Projektil aussah. Die Soldaten kamen nur mühsam voran und blieben mehrfach stehen. Erst als weitere Männer anpackten, schafften sie es, ihr Tempo zu erhöhen.

»Was sind das für Dinger?«, fragte Gilda argwöhnisch. »Fürs Bergsteigen brauchen sie die sicher nicht.«

»Vielleicht Sendemasten für den Gipfel, um Fuzhous Annexion von *Big E* in die Welt auszustrahlen«, antwortete Ott, der den Soldaten an einem Bein trug. »Und diese komischen Säcke? Lithium-Akkus für den Sendebetrieb? Keine Ahnung.«

»Solange wir diese Teile nicht tragen müssen, ist mir das egal«, warf Diane ein. »Kümmern wir uns darum, dass der Mann schnell ins Zelt kommt. Er hält nicht mehr lange durch.«

»Geh voraus und besorg eine Sauerstoffmaske«, wies Ray sie an. »Und schließ sie an eine Flasche an.«

»Mach ich!« Diane trennte sich von der Gruppe und eilte zum Gemeinschaftszelt, das in knapp fünfzig Meter Entfernung lag.

»Ist der Typ schwer«, ächzte Holm. »Ich will nicht wissen, wie man einen Bewusstlosen auf sieben- oder achttausend Metern tragen soll.«

»Gar nicht«, entgegnete Pasang. »Man lässt ihn dort zurück. Das ist das ungeschriebene Gesetz des Berges.«

»Und dann?«

»Stirbt er.«

Minuten später erreichten sie das Gemeinschaftszelt und trugen den Soldaten hinein. Behutsam legten sie ihn auf den freigeräumten Esstisch. Ray griff nach der bereitgelegten Sauerstoffmaske und setzte sie dem Soldaten auf, während er besorgt dessen immer flacher werdende Atmung beobachtete.

»Jetzt hilft wohl nur eins«, murmelte er und nahm seinen Rucksack ab. Aus der oberen Klappe kramte er eine Plastikbox hervor, in der sich eine Einmalspritze mit einer farblosen Lösung und eine Injektionsnadel befanden. Er riss die Packung auf, setzte die Nadel auf die Spritze und drückte etwas Flüssigkeit heraus.

»Dann wollen wir mal.« Der Arzt öffnete den Anzug des Soldaten, schob die Lagen aus Hemd und Unterwäsche hoch und fasste eine Hautfalte des freigelegten Bauchs zwischen Daumen und Fingern. Er stach die Nadel schräg in die Falte und drückte den Kolben der Spritze langsam herunter, bis keine Flüssigkeit mehr herauskam.

»Heute ausnahmsweise ohne Desinfektion«, sagte Ray, als er den fragenden Blick Dianes bemerkte. »So viel Zeit hat der arme Bursche nicht mehr.«

Gilda berührte Holm leicht am Arm, der das Treiben des Arztes aufmerksam verfolgt hatte. »Ich muss mit dir reden. Dringend«, flüsterte sie. »Hier können wir nichts mehr tun. Komm mit nach draußen.«

Holm schaute sie überrascht an, folgte ihr jedoch schweigend. Einige Meter vom Zelt entfernt blieb Gilda stehen und blickte zu den Chinesen, die weiter weg mit dem Transport von Ausrüstung beschäftigt waren. Niemand schien sie zu bemerken.

»Was ist los?«, fragte Holm.

»Ich muss wissen, ob ich dir trauen kann.«

»Im Ernst? Soll ich vielleicht den Yeti für dich fangen oder besser noch, Fuzhou erwürgen, damit du mir vertraust?«

Gilda sah ihm in die Augen. »Joshua Clayton hat dich engagiert und bei diesem skrupellosen Kerl rechne ich immer mit dem Schlimmsten. Ich will wissen, warum er dich ins Team geholt hat.«

»Ganz einfach: Er wollte einen zweiten unabhängigen Wissenschaftler für die Analysen. Er traut weder dir noch Ott über den Weg. Das hat er in unserem Gespräch auf *Halcyon Castle* mehrfach durchblicken lassen. Der Mann vertraut niemandem.«

»Verstehe.« Gilda ballte die Hände zu Fäusten, während sie innerlich mit sich rang. Wenn sie Gewissheit haben wollte, musste sie sich in dieser Situation auf Holm verlassen, selbst wenn ein Risiko blieb. Er konnte vielleicht die Vermutung zu ihrem Fund bestätigen. »In Ordnung. Nach dem Lawinenabgang habe ich im Eisbruch etwas entdeckt, das einen Aufstieg zu meinem damaligen Biwak in der Südwestwand vielleicht überflüssig macht.«

Sie zog den Reißverschluss ihres Daunenanzuges ein Stück auf und griff in eine Innentasche. Sie zog den glitzernden Stein, den sie in der Lawine gefunden hatte, hervor und legte ihn auf ihre offene Handfläche. »Gold.«

Holm nahm den Stein und betrachtete ihn prüfend von allen Seiten. »Und genau so etwas hast du weiter oben am Everest entdeckt?«

»Ja, wieso fragst du?«

»Fuzhou wird nicht gefallen, was du gefunden hast.«

KAPITEL 38

Samuel sah versonnen in die kristallklare Flüssigkeit, die sich in einem facettierten *Highball Tumbler* vor ihm auf dem Tisch befand, als die Flügel der Esszimmertüren aufflogen und Joshua mit erhobenen Armen hereinstolzierte.

»Sieh dir das an! Mit solchen Reaktionen hätte ich in meinen kühnsten Träumen nicht gerechnet. Unser Plan funktioniert.«

Mit einem zufriedenen Grunzen knallte er seinem Bruder einen Stapel Tageszeitungen auf den Esstisch und nahm die obersten Exemplare in die Hand. Er tippte auf die erste Schlagzeile. »Der *Daily Mirror*: *Chinese Occupy Nepal Base Camp at Mount Everest after Gold Discovery.*« Er nahm die nächste Zeitung. »Oder die Schreiberlinge von der *New York Times*: *UN Security Council Convoked after Chinese Invasion of Everest Base Camp.* Selbst die Kommunisten vom *Morning Star* haben es begriffen: *Mount Everest: All Rocks that Glitter is Gold – Chinese Want to Exploit Giant Gold Deposits on Mount Everest.*«

Joshua nahm sich eine weitere Zeitung vom Stapel und klatschte mit der flachen Hand auf die erste Seite. »Am besten ist aber mal wieder die *Sun.* Hör dir das an: *Cheers! Chinks Cheat RoW Idiots.* Meine chinesischen ›Freunde‹ machen genau das, was ich von ihnen erwarte, und der Rest der Welt ist entsetzt. Ist das genial oder ist das genial?«

Samuel starrte weiter in sein Glas. »Ich weiß nicht, ob ich mich über die Aufmerksamkeit der Medien so freuen kann wie du. Ehrlich gesagt, die ganze Angelegenheit jagt mir mittlerweile Angst ein. Ein Mensch wurde bereits ermordet. Was passiert als Nächstes? Was ist mit Mrs Hunt und ihrem Team?«

»Barbie? Laut meinem Informanten geht es ihr und der Truppe blendend. In Kürze werden sie zusammen mit den Chinesen zu der Stelle hochstiefeln, an der das Girlie seine Entdeckung gemacht hat. Was kippst du da überhaupt in dich rein? Musst du dir schon am frühen Morgen mit Wodka Mut antrinken?«

»Das ist kein Wodka, sondern *Svalbarði* aus Spitzbergen. Klares

Gletscherwasser, unberührt und von absoluter Reinheit. Es enthält kaum Mineralien und hat den pH-Wert von Neuschnee.« Samuel hob das Glas und nippte daran, als würde er einen teuren Wein verkosten. »Dieses edle Wasser weist einen herrlich frischen Geschmack von arktischem Gletschereis auf und sorgt dafür, dass wir einen kühlen Kopf behalten.«

Joshua blickte seinen Bruder von der Seite an. »Du willst mir doch nicht erzählen, dass du zum Anti-Alkoholiker mutiert bist, wo die Party jetzt erst richtig losgeht? Sieh dir bloß die panischen *FOMOs* an, die wie verrückt ihr Gold abstoßen und die Kurse in den Keller drücken. Weihnachten werden wir dank meiner genialen Idee die ersten Billionäre in der Galaxis sein.«

Samuel schob seinem Bruder einen Stuhl hin. »Sei still. Mir ist nicht nach flotten Sprüchen zumute. Die Welt hält momentan die Chinesen für die Drahtzieher der Aktion am Everest. Wenn jemals rauskommen sollte, dass du das Ganze eingefädelt hast, sind wir geliefert. Wir sollten unsere Positionen schließen, solange wir das noch können. Unser Vermögen würde sich verdreifachen und die Schulden bei Lloyd Parker und der B.I.G. wären wir obendrein los.«

Joshua setzte sich an den Tisch und lehnte sich so weit vor, dass sein Gesicht nur wenige Zentimeter von dem seines Bruders entfernt war. »Jetzt hör mir mal genau zu: So kurz vor unserem Ziel werde ich bestimmt nicht aufgeben. Im Gegenteil, ich werde unsere *Short*-Positionen weiter ausbauen. Ich will vor allem diesem eingebildeten Hanswurst in London zeigen, wer der *Master of the Universe* ist: ich!«

»Parker hat uns damals den entscheidenden Aktientipp gegeben, ohne den wir gar nicht hier säßen«, warf Samuel ein.

»Und genau das reibt er uns bei jeder passenden oder unpassenden Gelegenheit unter die Nase. Dass er uns dieses Mäuschen namens Gilda Hunt geschickt hat, um uns ›retten‹, empfinde ich als grobe Beleidigung. Bald wird die Welt sehen, was Parker wirklich ist: ein erbärmlicher Hampelmann.«

Samuel blickte zu der reich verzierten Stuckdecke hoch. »Du weißt schon, dass Parker seit längerem *long* geht, was Gold anbetrifft? Er setzt auf steigende Kurse. Warum macht er so etwas?«

»Weil er ein Vollidiot ist und keine Ahnung vom Geschäft hat. Ich hoffe, du hast dir die aktuellen Notierungen angesehen. Die haben sich fast halbiert. In zwei Wochen muss Parker seine Positionen glattstellen und dann ist er ruiniert. Als Dank für den Tipp von damals werde ich ihm kostenlose Nachhilfestunden im professionellen Trading geben.«

Samuel nahm einen weiteren Schluck Wasser. »Was in ein paar Wochen sein wird, wissen wir beide nicht. Aber ich kann dir versichern, dass der Hype um die Besetzung des Basecamps abflauen wird und die ganzen hysterischen Investoren wieder nüchtern werden. Das bedeutet dann steigende Goldkurse. Also lass uns jetzt verkaufen!«

Joshua bleckte die Zähne. »Du bist ein echtes Weichei. Wenn du wüsstest, was die Chinesen noch vorhaben, würdest du nicht zittern wie Espenlaub. Du würdest unsere *Short*-Positionen ausbauen, was das Zeug hält.«

»Was weiß ich nicht?«

»Denk mal scharf nach.« Joshua warf seinem Bruder einen verächtlichen Blick zu. »Angenommen, Peking würde in ein paar Tagen offiziell erklären, dass der Abbau des Goldvorkommens am Everest unmittelbar bevorsteht. Und es würden riesige Mengen sein, die sie fördern, hunderte von Tonnen. Was würde dann wohl an der COMEX passieren?«

Samuel verzog das Gesicht. »Na ja, ein Überangebot an Gold würde zu einem drastischen Kurssturz führen. Das Edelmetall würde wahrscheinlich sogar unter Platin und Palladium notieren.«

»Halleluja! Du bist also noch nicht komplett verblödet. Dann wird die Unze keine zweitausend-was-weiß-ich Dollar kosten, sondern vielleicht nur noch tausend – oder noch weniger. Die ganze Welt wird nur noch eines wollen: raus aus dem Gold.«

»Danke, dass du mir einen Rest an Intelligenz zubilligst«, sagte Samuel. »Aber wie sollen die Chinesen das Vorkommen in über achttausend Metern abbauen? Das ist technisch unmöglich. Du selbst hast das bei unserem Gespräch mit Mrs Hunt gesagt.«

Joshua stand kopfschüttelnd auf und ging langsam zur Tür. Als er die Klinke hinunterdrückte, drehte er sich zu Samuel um. »Ich weiß, dass man da oben keinen Bergbau betreiben kann. Das müssen die Chinesen auch gar nicht. Denn wie heißt es so schön: Wenn der Prophet nicht zum Berg kommt, muss der Berg eben zum Propheten kommen.«

KAPITEL 39

Gilda starrte Holm verwirrt an. »Wieso? Fuzhou weiß doch, dass ich Gold gefunden habe.«

»Das ist kein Gold.«

»Wie bitte?«

»Das ist Pyrit. Eisendisulfid. Katzengold. Auch als Narrengold bekannt. Das bekommst du für ein paar Euro in jedem Souvenirladen.«

»Nein ... das kann nicht sein.« Gilda wurde blass und hob die Hände abwehrend hoch. »Das *muss* Gold sein!«

»Tut mir leid. Wenn du mir nicht glaubst, dann geh zu Ott. Der wird dir dasselbe sagen.«

»Unmöglich. Das Nugget aus der Südwestwand wurde bei B.I.G. eindeutig als Gold identifiziert. Die können sich doch nicht geirrt haben!«

»Dann taugen deine Kollegen nichts. Aber wir können später einen Schnelltest durchführen. Vielleicht überzeugt dich der.«

Gilda ging in die Knie und schlug die Hände vor das Gesicht. »Ich riskiere meinen Job, meinen Ruf, mein Vermögen – und das alles für ein paar Krümel von diesem Eisenzeug?«

»Eisendisulfid«, korrigierte Holm leise und beugte sich zu ihr hinunter. »Ich weiß, wie du dich jetzt fühlen musst. Mein ganzes Leben lang geht es mir schon so. Bei mir ist es nicht Gold, sondern Element 126. Hier am Everest wollte ich endlich den Beweis für meine Theorie finden. Ob mir das unter diesen Umständen noch gelingt ... ich weiß es nicht.«

»Ich kann das nicht glauben.«

»Es hilft nichts. Wir müssen nach vorne blicken. Lass uns zurückgehen.«

Holm streckte ihr die Hand entgegen, aber sie wehrte ab und stand allein auf.

»Es fällt mir nicht leicht, aber ich muss es den anderen sagen. Wir brauchen jetzt dringender denn je einen Plan, um hier lebend rauszukommen.«

Zusammen stapften sie zum Eingang des Gemeinschaftszeltes zurück und traten in das düstere Halbdunkel ein. Auf dem Tisch vor ihnen lag der

Soldat, auf dem Gesicht eine Atemmaske. Er atmete schwer. Neben ihm stand Ray und tastete seinen Puls am Handgelenk.

»Wie geht es ihm?«, fragte Holm und deutete auf den Chinesen. »Kommt er durch?«

Der Arzt zuckte die Schultern. »Schwer zu sagen. Sein Zustand hat sich zumindest nicht weiter verschlechtert. Am besten wäre es, Fuzhou würde ihn per Helikopter ausfliegen lassen.«

Gilda trat näher. »Was hast du ihm gegeben? Dex?«

»Dexamethason? Nein, das war Evericizumab, ein Antikörper. Der hält einen Botenstoff im Blut fest, der für die Dichtigkeit der Gefäße mitverantwortlich ist. Ist quasi so etwas wie eine Art Kleber für löchrige Adern.«

»Und das soll wirken?«

»Das tut es, und zwar schnell. In einer halben Stunde wissen wir mehr«, antwortete Ray.

»Von diesem Wirkstoff habe ich noch nie gehört. Woher hast du ihn?«

Ray lächelte verschmitzt. »Ich habe mir ein paar Restbestände aus einer klinischen Prüfung gesichert. Für Fälle wie diesen hier. Das Medikament ist von dem Pharmaunternehmen noch nicht zugelassen, deshalb kennst du es nicht.«

Sie deutete auf den Soldaten. »Wenn du ihm damit das Leben rettest, kann die Firma damit Millionen machen.«

Ray verzog das Gesicht. »Und wenn nicht, bin ich der Nächste, der hier stirbt.«

»Allerdings.« Gilda wandte sich den anderen Teammitgliedern zu und räusperte sich. »Ich muss euch allen etwas mitteilen. Leider sind es keine guten Nachrichten.« Sie holte den Pyritstein aus ihrem Daunenanzug hervor und reichte ihn Ott, der ihr auf der anderen Seite des Tisches gegenüberstand.

Ott nahm das Mineral in die Hand und besah es sich. »Was soll ich damit? Ist das etwa dein großer Goldfund? Beeindruckend.«

»Sieh es dir genau an und sag uns, was du davon hältst.«

»Na schön. Dann werde ich mal mein geballtes Fachwissen für die Analyse dieses Kleinods anwenden.« Er drehte den Stein zwischen den Fingern prüfend hin und her, dann trat er an eines der Zeltfenster, um in dem einfallenden Licht das Objekt in seiner Hand genauer studieren zu können. Schließlich wandte er sich um und reichte den Stein mit ausdrucksloser Miene an Gilda zurück. »Ich nehme an, du hast schon eine Expertise bei dem geschätzten Kollegen Terbergen eingeholt?«

»Ich möchte aber *deine* Meinung hören.«

»FeS_2. Schwefelkies. Pyrit. Auf alle Fälle kein Gold. Hübsch anzusehen, aber wertlos.«

Diane schlug die Hände vor das Gesicht und lachte hysterisch los. »Das darf nicht wahr sein! Das ist gar kein Gold? Erst lockst du uns mit falschen Behauptungen auf diesen Höllentrip, dann erfahren wir, dass du auf der Suche nach einem Schatz bist, und jetzt teilst du uns mit, dass es gar kein Gold gibt?«

Gilda wollte beschwichtigend einen Arm um Dianes Schultern legen, doch die wich zurück und zeigte mit dem Finger auf sie. »Du spielst mit unserem Leben! Ist dir das klar?« Die Chinesin ließ sich auf einen der Stühle fallen. »Andrew ist tot, und wenn Fuzhou von deiner neuesten Entdeckung erfährt, sind wir die Nächsten.«

»Warum sollte der Major das erfahren?«, entgegnete Holm ruhig. »Was wir hier besprechen, bleibt unter uns.«

»Seien Sie doch nicht naiv, Terbergen. Irgendwer quatscht immer.« Ott fuhr sich über die Glatze und warf Holm einen verächtlichen Blick zu. »Ich wette, ich weiß auch schon, wer.«

Holm blickte zur Zeltdecke. »Ach Ott, lassen Sie mal gut sein. Wir sollten uns besser Gedanken darüber machen, wie es weitergeht.«

»Fragen Sie doch mal Ihren Freund, den Major«, höhnte Ott. »Der weiß es bestimmt.«

»Hört auf damit«, mischte sich Gilda ein. »Wenn Fuzhou erfährt, dass es kein Gold gibt, ist unser aller Leben keinen Pfifferling mehr wert. Hat jemand Vorschläge, wie wir aus dem Basislager fliehen können? Diane?«

Die Chinesin verschränkte die Arme und schaute demonstrativ in eine andere Richtung.

Ray strich sich über das Kinn. »Wir halten erst einmal die Füße still. Solange der Major von dieser neuen Entdeckung nichts erfährt, machen wir weiter wie bisher. Vielleicht ergibt sich überraschend eine Möglichkeit, zu verschwinden. Die nutzen wir dann.«

Pasang nickte. »Weiter oben am Everest ist es leichter, den Chinesen zu entkommen. Es wird nicht einfach werden, aber es könnte klappen. Bis dahin sollten wir uns unauffällig verhalten.«

Die Zeltplane am Eingang schwang zurück und Fuzhou trat ein. Das Gespräch verstummte schlagartig. Er musterte die Teammitglieder mit kalten Blicken.

»Nanu, plötzlich so schweigsam? Ich dachte, ich hätte Stimmen gehört.«
Er zeigte auf den Soldaten auf dem Tisch. »Was ist mit ihm? Ist er tot?«
»Nein«, antwortete Ray. »Es geht ihm schon besser. Er wird überleben.«
»Sehr gut, Dr. Anderson. Für diesen tapferen Mann – und für Sie.«
Der Major schritt langsam um den Tisch herum und sah jeden Einzelnen
prüfend an. Bei Ott verweilte er einen kurzen Moment, dann ging er zu
Gilda weiter und blieb vor ihr stehen.

»Es gibt eine Änderung in meinem Zeitplan, Mrs Hunt. Ich hatte ur-
sprünglich drei Wochen für die Akklimatisierung und Sicherung unserer
Aufstiegsroute bis zum Gipfel vorgesehen. Jetzt bleiben uns nur elf Tage.
Dann werden Sie mir zeigen, was Sie Kostbares unterhalb des Gipfels gefunden haben.«

KAPITEL 40

Die Sonne war längst hinter dem Nuptse verschwunden, der bedrohlich am Eingang des Khumbu-Eisbruchs aufragte und dessen gesägte Zacken an die Reißzähne eines urzeitlichen Raubtiers erinnerten. Das ständige Seufzen und Stöhnen des sich langsam bewegenden Gletschers drang unheilvoll aus der Dunkelheit ins Basislager, über das sich ein pechschwarzer Himmel spannte. Einzelne Sterne funkelten frostig herab, eine klirrende Kälte erfüllte die Nacht und ließ die Welt erstarren.

Fuzhou saß an einem Klapptisch in seinem Zelt, das ihm als Kommando- und Kommunikationszentrale diente, und trommelte gelangweilt mit den Fingern auf die Tischplatte. Eine LED-Leuchte, die von der Decke herabbaumelte, verbreitete ein schummriges Licht. Die Person ihm gegenüber sah den Major fassungslos an.

»Haben Sie eigentlich verstanden, was ich eben gesagt habe? Es gibt kein Gold. Was Gilda Hunt gefunden hat, ist nur ein Mineral. Pyrit, vollkommen wertlos!«

Fuzhou hob eine Augenbraue. »Und Sie glauben das?«

»Allerdings. Ich habe den Fund mit eigenen Augen gesehen. Es besteht kein Zweifel: Es gibt kein Gold auf, im oder am Everest, sondern nur diesen Schwefelkies.«

Fuzhou neigte den Kopf zur Seite. »Ich wundere mich über Ihre Naivität. Mrs Hunt führt einen billigen Zaubertrick vor und Sie fallen darauf herein. Warum zeigt Ihnen Ihre Teamleiterin wohl diesen wertlosen Stein?«

Sein Gegenüber sah ihn ratlos an. »Ich weiß es nicht. Aber wenn es kein Gold gibt, dann ist die ganze Aktion hier überflüssig geworden. Sie könnten Ihr Unternehmen sofort beenden.«

»Sehen Sie, und genau das will Mrs Hunt. Sie hofft, dass sich die Nachricht über diese wertlose Schwefelverbindung bis zu mir herumspricht und ich enttäuscht meine Zelte abbreche. Aber jetzt, da ich informiert bin, werde ich eines sicherlich nicht tun: meine Pläne ändern. Wir machen weiter wie gehabt.«

Die Person warf Fuzhou einen wütenden Blick zu. »Ich riskiere hier mein

Leben, nur um zu erfahren, dass ich permanent an der Nase herumgeführt werde? Wem kann ich denn noch trauen?« Der Major zuckte die Schultern. »Sie verraten Ihre Teammitglieder und stellen nun erstaunt fest, dass Sie selbst betrogen werden. So etwas soll vorkommen.« Er beugte sich vor. »Es gibt nichts Erbärmlicheres als Leute, die über ihre eigene Dummheit stolpern und dann auch noch jammern, weil sie selbst Opfer eines Verrats werden.«

Sein Gegenüber wischte sich den Schweiß von der Stirn und schluckte. »Was ist, wenn die Claytons von diesem Pyritfund erfahren? Die wären sicher nicht erfreut und könnten das ganze Unternehmen abblasen.«

Fuzhou lehnte sich wieder zurück und seine Miene versteinerte. Seine Stimme wurde zu einem gefährlichen Flüstern. »Die Claytons? Um die kümmert sich Peking. Wenn diese englischen Snobs irgendetwas über dieses Gerede von Schwefelkies erfahren und etwas Dummes unternehmen sollten, dann weiß ich, von wem sie diese Information haben. Ich werde dann angemessene Maßnahmen ergreifen. Sie haben doch nicht etwa das Schicksal dieses ungestümen Amerikaners vergessen? Wie hieß er gleich?«

»Miller. Andrew Miller. Diesen sinnlosen Mord werde ich nicht vergessen.«

»Sinnlos? Keineswegs. Sein Ende erinnert Sie daran, was passiert, wenn diese Unterhaltung nach außen dringt. Wir machen weiter, wie von Peking befohlen: Wir holen uns das Gold.«

Die Person nickte widerwillig und knetete die Finger. »Wie Sie meinen. Kein Wort zu niemandem. Sie sollten aber wissen, dass Gilda Hunt und ihre Leute so bald wie möglich fliehen wollen. Dann haben Sie keine Kontrolle mehr darüber, wer welche Information erhält.«

Fuzhou lachte. »Wohin will diese armselige Truppe denn gehen? Überall nur hohe Berge, und der Ausgang des Lagers ist so gut bewacht, dass nicht einmal eine Schneeflocke unbemerkt entkommen könnte. Warum, glauben Sie, lasse ich das Team innerhalb des Camps so frei herumlaufen?« Der Major formte die Hände zu einem Hohlraum und blies warmen Atem hinein. Kleine Dampfwolken stiegen zwischen seinen Fingern auf. »Hören Sie mir gut zu: Sie werden zu Ihrer Gruppe zurückkehren und genau aufpassen, was sie vorhat. Insbesondere will ich wissen, wann Mrs Hunt ihren Wandertag plant. Kann ich mich auf Sie verlassen?«

»Das können Sie. Sobald ich etwas Neues erfahre, informiere ich Sie.«

Fuzhou verzog den Mund zu einem verächtlichen Lächeln. »Wissen Sie, was Napoleon gesagt haben soll? ›Ich liebe den Verrat, aber ich hasse den Verräter‹.«

»Das war Julius Cäsar. Nicht Napoleon.«

Fuzhou stand auf und legte eine Hand auf die Schulter seines Gegenübers. »Mag sein. Aber ändert das etwas für Sie?«

KAPITEL 41

Ein stürmischer Wind fegte durch das Western Cwm, das Tal des Schweigens, und wirbelte herabfallende Schneeflocken in einem grotesken Tanz durcheinander.

Holm blieb stehen und setzte den Rucksack mit den Sauerstoffflaschen im Schnee ab. Er war mittlerweile zum dritten Mal in dieses von Gletscherspalten durchzogene Tal hochgestiegen, das auf über sechstausend Metern zwischen den gewaltigen Flanken von Everest, Nuptse und Lhotse lag. Trotz der Höhe und der schweren Lasten, die er jeden Tag tragen musste, war er längst nicht mehr so kurzatmig wie zu Beginn der Expedition.

Was hatte ihm Ray erklärt? »Hoch gehen, tief schlafen, dann bist du schneller akklimatisiert, als du Everest sagen kannst.«

Ganz so rasch war es dann doch nicht gegangen. Aber die wiederholten Aufstiege zu Lager 2 am Fuße der Lhotse-Flanke hatten dazu geführt, dass er besser an höhere Lagen angepasst war. Jedes Mal hatte er für die Chinesen verschiedene Ausrüstungsgegenstände hochtragen müssen, genauso wie die anderen Teammitglieder. Nur Ott war im Basislager geblieben. Angeblich litt er unter Höhenkrankheit. Merkwürdigerweise hatte Fuzhou das kommentarlos akzeptiert.

Holm wischte sich über die Schneebrille, aber das Schneetreiben war so dicht, dass er nur ein paar Meter weit sehen konnte. Irgendwo Richtung Nuptse-Flanke mussten Gilda und Diane sein, die Seile für das chinesische Team zu Camp 2 tragen sollten. Pasang hatte die undankbare Aufgabe, diese seltsamen Metallmasten zu schleppen, die ihnen schon im Basislager aufgefallen waren. Was wollten die Chinesen damit anfangen?

Jemand tippte ihm auf die Schulter. Er drehte sich um und sah in Gildas erschöpftes Gesicht. Neben ihr stand Diane, die sich vorgebeugt hatte und nach Atem rang. Beide trugen zusammengerollte Kletterseile, die mit ihrer gelb-roten Farbe wie Giftschlangen aussahen.

»Fuzhou hat gesagt«, presste Gilda kurzatmig hervor, »wir sollen heute in Lager 2 übernachten.« Sie machte eine Pause und holte mehrmals tief

Luft. »Das Camp muss irgendwo da drüben liegen.« Ihre Hand deutete vage in das Schneetreiben.

»Wie weit ist es noch?«

»Hundert, höchstens hundertfünfzig Meter. Keine großen Steigungen mehr.« Holm verzog das Gesicht. »Trag du mal meine Sauerstoffflaschen, dann kommen dir Meter wie Kilometer vor.«

Gilda lächelte matt. »Jammer nicht rum und schlepp die Dinger hoch. Du bist schließlich der Mann hier.«

Holm schnallte sich den Rucksack wieder auf den Rücken und zeigte nach vorne. »Dann mal los.«

Zu dritt setzten sie sich in Bewegung, ihre Schritte versanken in dem tiefen Schnee. Schon nach wenigen Metern war Holm den beiden Frauen mehrere Schritte vorausgeeilt. Nach einer Weile drehte er sich um und wartete geduldig darauf, dass die beiden zu ihm aufschlossen.

»Nicht ganz so schnell, der Herr Doktor«, sagte Gilda keuchend, als sie Holm erreicht hatte.

»Tja, du bist eben eine Frau«, frotzelte Holm. »Männer jammern gelegentlich, aber sie gehen weiter.«

»Macho! Ich werde dich bei passender Gelegenheit an deinen Spruch erinnern.«

Gemeinsam nahmen sie ihren Marsch in Richtung Lager 2 wieder auf, das irgendwo im weißen Nichts vor ihnen liegen musste.

Der Schneefall ließ nach und die Wolkendecke riss auf. Die drei blieben stehen, überwältigt von der Szene, die sich ihnen bot. Everest und Lhotse ragten majestätisch in den Winterhimmel, ihre Gipfel wurden von der späten Nachmittagssonne in ein warmes, goldenes Licht getaucht.

»Ist das nicht wunderschön?«, flüsterte Gilda ehrfürchtig und zeigte auf die Gipfelpyramide des Everest. »Es sieht aus, als ob der Berg aus purem Gold bestünde.«

»Du hast deinen Traum wohl noch nicht aufgegeben, oder?«, fragte Holm.

»Nein. Das werde ich auch nicht. Nur weil zwei Wissenschaftler etwas anderes behaupten, heißt das noch lange nicht, dass ich meine Pläne ändere.«

»Ich hoffe nur, dass Fuzhou deine Träume weiterhin für die Wirklichkeit hält. Sieh mal da drüben.« Diane deutete nach vorne, wo nicht weit entfernt die Zelte von Lager 2 standen. Zwischen all den Soldaten, die sich dort herumtrieben, fiel eine Gestalt auf.

Fuzhou.

In einem Umkreis von fünf Metern um ihn herum hielt sich niemand auf, als ob eine unsichtbare Kraft jede Annäherung an den Major verhinderte. Mit ruhigen, präzisen Bewegungen und klarer Stimme erteilte er Befehle, die sofort und ohne Widerspruch ausgeführt wurden.

Eine drahtige Gestalt in roter Daunenjacke tauchte hinter einem der Zelte auf und stapfte mit schweren Schritten auf sie zu. Holm hob die Hand und winkte. »Schaut mal, da ist Pasang.«

Als der Sherpa bei ihnen ankam, zeigte er in Richtung Fuzhou. »Ich habe keine Ahnung, was dieser Irre vorhat. Wir schleppen seit fünf Tagen diese Masten und anderes schweres Gerät zu Camp 2 hoch, aber wofür braucht er das alles? Und warum macht er so einen Druck auf seine Leute und uns?«

»Das würde ich auch gerne wissen«, murmelte Holm. »Vielleicht plant er zu Weihnachten ein besonderes ›Geschenk‹ für die westliche Welt – die Annexion des Everest, live vom Gipfel gesendet. Dafür könnte all das Equipment notwendig sein.«

»Und was ist mit diesen seltsamen Rucksäcken? Hast du das mal gesehen, wie bis zu sechs Mann diese Dinger die Lhotse-Flanke hochschleifen? Das ist absolut mörderisch in der Höhe.«

»Stimmt, ist mir auch schon aufgefallen. Die Kerle sind vollkommen platt, wenn sie vom Südsattel zurückkehren.«

»Falls sie überhaupt zurückkehren«, erwiderte Pasang.

»Was meinst du damit?«, mischte sich Gilda ein.

Der Sherpa zuckte die Schultern. »Ich habe öfters mitgezählt, wie viele Chinesen die Lhotse-Flanke hochgestiegen und später zurückgekommen sind. Manchmal haben zwei oder drei Männer bei der Rückkehr gefehlt.«

»Und?«

»Möglich, dass da oben in der Todeszone einige draufgehen. Auf dem Südsattel hält es keiner lange aus, auch nicht mit zusätzlichem Sauerstoff. Oder ein paar Männer steigen noch höher, bis zum Gipfel, warum auch immer.«

Gilda schaute nachdenklich in Richtung des Majors. »Immerhin hat Fuzhou für seine Leute ab Lager 2 einen Hubschrauber-Shuttle eingerichtet, damit sie direkt ins Basecamp zurückkehren können.«

Holm nickte. Mehrmals am Tag landeten kleine Helikopter im Western Cwm, entluden ihre Lasten und nahmen ein oder zwei erschöpfte Soldaten mit zurück ins Basislager. Mehr konnten aufgrund des geringen Auftriebs in der dünnen Luft nicht an Bord genommen werden.

Ein dumpfes Knattern, das vom Eisbruch kam, unterbrach die Unterhaltung. Einige Sekunden später tauchte ein Hubschrauber wie eine überdimensionierte Libelle über der Abbruchkante des Gletschers auf und flog nur wenige Meter von der Südwestwand des Everest entfernt in Richtung Lager 2.

»Wie auf Kommando. Das ist wohl das letzte Taxi für heute«, sagte Gilda. »Wir dürfen wieder hier oben übernachten. Angeblich, um uns besser an die Höhe zu gewöhnen. Wahrscheinlich hat Fuzhou Angst, dass wir im Basislager weglaufen könnten.«

Der Hubschrauber kam rasch näher, wobei er in gefährlicher Nähe zur Everest-Flanke flog und einen kleinen Schneesturm auslöste. Schließlich drehte er zur Mitte des Tals hinein und landete mehrere Meter entfernt von der Gruppe auf einer roten Farbmarkierung im Schnee.

Mit gesenkten Köpfen eilten vier Soldaten herbei, zerrten bei laufenden Rotoren zwei große Rucksäcke aus dem hinteren Teil des Helis heraus und ließen sie in den Schnee plumpsen. Währenddessen wankten zwei erschöpfte Chinesen auf den Hubschrauber zu, krochen schwerfällig ins Heck und verriegelten die Tür. Die ganze Aktion dauerte keine zwei Minuten.

Kurz darauf hob der Hubschrauber ab, kippte die Nase nach unten und flog dicht über das Western Cwm in Richtung Basislager. In wenigen Augenblicken würde er hinter der Kante des Khumbu-Eisbruchs verschwinden.

Holm blickte dem Helikopter sehnsüchtig hinterher. Wie gerne wäre er mit an Bord gewesen. Er hätte später mit Ray gemütlich im Gemeinschaftszelt das eine oder andere Bier trinken können, das sie aus dem chinesischen Vorratslager entwendet hatten.

Ein dumpfes Grollen mischte sich plötzlich unter das schwächer werdende Knattern der Rotoren und schwoll zu einem Donnern an.

»Oh mein Gott«, schrie Diane. »Er muss da weg!«

Holm starrte wie gelähmt auf die gigantische Lawine, die oberhalb des Helikopters den Berghang hinabstürzte und eine riesige Wolke aus Schnee und Eis vor sich herschob. Der Pilot flog noch immer dicht an der Flanke des Everest entlang und hatte offenbar nicht bemerkt, welche Katastrophe auf ihn zuraste. Plötzlich drehte der Hubschrauber mit aufjaulenden Turbinen in einer harten Kurve nach links ab und versuchte dabei, an Höhe zu gewinnen.

Zu spät.

Die Lawine erfasste ihn mit voller Wucht und ließ ihn in einer Wolke aus Eisstaub verschwinden. Sekunden später rollte der Donner einer Explosion durch das Tal des Schweigens und ein orangefarbener Feuerball leuchtete durch den feinen Schneenebel auf.

Holm lief zur Unfallstelle, gefolgt von mehreren Soldaten, die das Geschehen entsetzt beobachtet hatten. Einige Augenblicke später standen sie vor dem brennenden Wrack. Vergeblich versuchte Holm, sich den Trümmern zu nähern, doch die sengende Hitze ließ ihn zurückweichen. Er wandte sich verzweifelt an die Umstehenden, die stumm in die Flammen blickten. »Wir brauchen einen Feuerlöscher! Schnell! Da drinnen verbrennen Menschen!«

Niemand rührte sich.

Fuzhou trat zur Gruppe und deutete auf den Helikopter.

»Sie sind ein mutiger Mann, Dr. Terbergen, aber für diese tapferen Soldaten kommt jede Hilfe zu spät. Sie sind in Erfüllung ihrer Pflicht für China gestorben. Sie sind Helden.«

Holm ballte die Hände zu Fäusten. »Was sind Sie nur für ein Ungeheuer? Da krepieren Menschen elendig in einem Flammenmeer, und Sie reden von Heldentum?«

Der Major blickte Holm von der Seite an. Seine Augen verengten sich. »Passen Sie auf, was Sie sagen. Meine Geduld kennt Grenzen.« Er zeigte auf den brennenden Hubschrauber, in dem man die Umrisse der verkohlten Leichen erkennen konnte. »Sie werden nachher zusammen mit meinen Leuten die Toten da rausholen. Ich muss jetzt zurück ins Basislager, bevor es ganz dunkel wird.« Fuzhou drehte sich um und ging mit energischen Schritten Richtung Eisbruch, gefolgt von einigen seiner Soldaten.

Pasang legte Holm beschwichtigend eine Hand auf die Schulter. »Reiz den Mann nicht. Du weißt, wozu der Major fähig ist.«

»Ist schon gut. Aber mich macht die Situation hier langsam fertig. Im Basislager sterben Menschen, auf dem Südsattel wahrscheinlich auch, und jetzt das hier. Wann sind wir dran?«

»Noch leben wir«, warf Gilda ein. »Uns wird schon etwas einfallen, wie wir hier rauskommen. Lasst uns zu den Zelten zurückkehren.«

Holm schüttelte den Kopf. »Ich komme später nach. Vielleicht brauchen die Chinesen mich noch.«

»Ganz, wie du meinst.« Gilda drehte sich um und ging zusammen mit Pasang und Diane in Richtung Lager 2.

Holm ließ den Blick zu dem langsam ausbrennenden Hubschrauberwrack wandern, das von mehreren Soldaten umringt war. Er schaute zu der mächtigen Südwestwand des Everest hinauf, die vor ihm fast zweitausend Meter senkrecht hoch aufragte. Am Ende des Tals und seitlich schlossen die Flanken von Lhotse und Nuptse das Western Cwm ein. Höhere Gefängnismauern gab es nirgends auf der Welt. Ein Entkommen aus diesem Kessel war unmöglich, egal, was Gilda sagte.

Er unterdrückte seine aufsteigende Wut. Seine Frau war weg, er hatte wahrscheinlich seine Stellung bei GSI verloren, und sein Leben hing von der Gnade eines chinesischen Offiziers ab. Und das alles wegen einer kühnen Theorie über ein Element, das vielleicht nicht einmal existierte. Er ging in die Hocke und hob aus dem Geröll am Boden ein paar Steine auf. Frustriert warf er sie gegen den Berg. *Hier, nimm dies!* Sollte der Everest doch auch leiden.

Er dachte an Ott, der ihn schon immer verspottet hatte. Ausgerechnet die Anwesenheit seines ärgsten Konkurrenten war ein Indiz dafür, dass an der Hypothese zu Element 126 etwas Wahres dran sein könnte. Was für eine Ironie. Aber was nützte ihm das? Er brauchte handfeste Beweise, keine Vermutungen.

Er nahm wieder ein paar Steine in die Hand und schleuderte sie gegen den Hang. Am liebsten hätte er die Zeit zurückgedreht. Wäre er mit seiner Frau damals nicht zum Unnenberg gefahren, hätte er nicht den Zeitungsartikel über das Fossil gelesen, hätte er nicht die Einladung von Joshua Clayton angenommen. *Ach was soll's ...*

Er nahm einen weiteren Brocken in die Hand, bereit, ihn gegen den Berg zu schmeißen, als er es sah.

Er hielt inne und betrachtete den Stein von allen Seiten. Da war es, deutlich und unübersehbar. Er hielt den Atem an. Das konnte kein Zufall sein. In dem ganzen Schutt vor ihm sollte er ausgerechnet den Stein gefunden haben, der als einziger ... Unmöglich. Es sei denn ... Er war Naturwissenschaftler und kein Esoteriker. Wunder gab es in der Bibel und im Fußball, aber nicht in der Wissenschaft.

Er griff nach dem nächstbesten Stein und untersuchte ihn. Das gleiche Ergebnis. Noch ein Felsbrocken. Wieder das gleiche Muster. Mit ungläubigem Staunen setzte er sich in den Schnee, während die ersten Sterne in der klaren Luft über ihm aufleuchteten. Der Ausflug zum höchsten Berg der Welt war keine falsche Entscheidung gewesen.

KAPITEL 42

Gilda kroch in ihr Zelt und zog den Reißverschluss von innen zu. Erschöpft ließ sie sich auf die Isomatte fallen und streckte die Beine aus, die schwer wie Blei waren. Sie hatte jetzt den ganzen Platz für sich allein. Diane hatte sich dazu entschlossen, ins Basislager abzusteigen, angeblich wegen erster Symptome einer Höhenkrankheit. Wahrscheinlich zog ihre Mitbewohnerin den »Luxus« des Basislagers dem kargen Charme ihrer Behausung im Tal des Schweigens vor. *Ihr* Luxus war jetzt die raue Einsamkeit des Western Cwm. Egal. Ihr Magen knurrte und sie wollte nach der ganzen Plackerei des Tages endlich etwas essen. Sie wühlte in ihrem Rucksack herum und kramte einen Kartuschenkocher mit Aufsatz sowie einen Beutel mit Fertigmenü hervor. Thai-Hühnchen mit Reis. Das war nicht unbedingt ein Gourmetgericht, aber bei den Soldaten im Gemeinschaftszelt in Lager 2 gab es schlimmere Sachen zum Essen und nicht nur das. Sie schauderte bei der Erinnerung an den Abend zuvor, als die Chinesen ihre Mahlzeit mit schmatzender Begeisterung verschlungen hatten. Die gewöhnungsbedürftigen Essmanieren waren das eine, aber schlimmer waren die gierigen Blicke der Soldaten gewesen, als sie ihre Daunenjacke ausgezogen hatte. Die Männer hatten offenbar nicht nur Hunger auf Pekingente gehabt.

Gilda holte einen Alutopf aus dem Rucksack und füllte ihn mit frischem Schnee, der sich vor ihrem Zelt aufgetürmt hatte. Sie drehte den Brenner auf und entzündete das Gas, das mit leisem Zischen aus der Kartusche strömte. In einigen Minuten würde sie eine, wenn auch nur lauwarme Mahlzeit haben. Sie wusste aus Erfahrung, dass Wasser in diesen Höhen leider schon bei achtzig Grad kochte.

Nach kurzer Zeit stiegen die ersten Dampfschwaden auf und sie schüttete den Inhalt des Beutels in den Topf. Was würde sie jetzt für ein Essen im *Kaia at the Ned* in London geben, das asiatische Edelrestaurant, in das Lloyd Parker sie und ihre Kollegen öfter eingeladen hatte. »Teambuilding« hatte er die sündhaft teuren Abendessen genannt, die sie stets genossen hatte.

Der Eingang des Zeltes wurde aufgerissen und ein mit Schnee bedeckter Mann kroch auf Knien ins Innere. Instinktiv griff Gilda nach ihrem Eispickel, der neben ihrem Rucksack lag, und richtete die Spitze gegen den Eindringling. Der Mann hob den Kopf und blickte sie überrascht an.

»Was machst du in meinem Zelt?«, fragte er.

Gilda atmete erleichtert auf, als sie Holm erkannte. »Wieso *dein* Zelt?« Sie zeigte auf die verstreut liegenden Sachen auf dem Boden. »Gehören die etwa dir?«

Er sah sich um und hob die Hände. »Oha! Da habe ich mich wohl in der Hausnummer geirrt. Ich bitte vielmals um Entschuldigung. Ich werde mich gleich auf die Suche nach meiner Behausung machen.«

»Ach, egal. Bleib hier, wenn du schon mal da bist. Ich lade dich zum Abendessen ein.«

»Na, da sage ich doch nicht Nein. Was gibt es denn Leckeres?«

Sie warf ihm die leere Verpackung zu. »Hühnchen mit Reis. Besser als die Ente süßsauer im Nachbarzelt. Was hast du die ganze Zeit draußen getrieben?«

»Ich musste erst mal verdauen, was vorhin passiert ist. Fuzhou schaut einfach zu, wie seine eigenen Leute bei lebendigem Leib verbrennen, ohne auch nur mit der Wimper zu zucken. Unfassbar. Ich kann nicht begreifen, wie man so kaltschnäuzig sein kann.«

Gilda rührte das Essen im Topf um. »Das war entsetzlich. Aber für Fuzhou zählt nur sein Ziel, dem er alles andere unterordnet. Verluste sind für ihn nichts weiter als Zahlen. Ich frage mich, wie das hier enden wird.«

Holm hielt die Hände über den aufsteigenden Dampf, um sie zu wärmen. »Darüber wollte ich mit dir und den anderen sprechen. Wo sind Diane und Pasang?«

»Diane hat über starke Kopfschmerzen geklagt und wollte unbedingt ins Basislager zurück. Pasang ist vorsichtshalber mitgegangen. Der Weg durch den Eisbruch ist im Halbdunkel doppelt so gefährlich wie tagsüber.«

Holm hob eine Augenbraue. »Läuft da was zwischen den beiden?«

Gilda lachte laut auf. »Nein, auf keinen Fall! Der Mann, der Dianes Ansprüche erfüllt, muss erst noch gezeugt werden. Und Pasang? Der liebt nur seine Berge.«

»Verstehe. Und du? Bist du allein?«

»Ganz schön neugierig, Dr. Terbergen. Ja, ich bin solo, und das ist schon alles, was du darüber wissen musst. Du scheinst mir hingegen nicht unbedingt der Typ ›einsamer Wolf‹ zu sein. Du bist bestimmt verheiratet, oder?«

Holm rieb sich seinen Ringfinger. »Meine Frau und ich ... Wir haben erst einmal eine Beziehungspause eingelegt.«

»Du meinst, sie ist dir weggelaufen?«

Er hob den Kopf. »Das ist schwierig zu beantworten. Weggelaufen? Ich würde eher sagen, sie ist auf Distanz gegangen, und ich weiß nicht einmal, warum.«

Gilda sah ihn amüsiert an. »Vielleicht willst du den Grund gar nicht wissen? Du wirkst auf mich wie jemand, der mit unglaublichem Eifer und Ehrgeiz diesem ominösen Element hinterherjagt, als wäre es das Wichtigste auf der Welt. Du bist geradezu besessen davon. Kein Wunder, dass deine Frau dich verlassen hat.«

Holm straffte die Schultern und verschränkte die Arme vor der Brust. »Erstens: Ich habe meine Frau nicht vernachlässigt. Ich liebe sie. Zweitens: Das ist kein *ominöses* Element. Ich gehe nur mit großem Ernst an die Sache heran.«

»Also besessen.«

»Interessant, dass ausgerechnet *du* so etwas sagst. Schließlich bist du doch diejenige, die uns mit ihrem Wahn, der Everest sei aus Gold, überhaupt erst in diese Lage gebracht hat. Und das Verrückte ist, dass du weiterhin an dieser Idee festhältst. Wie nennst du denn so eine Einstellung? Ist das keine Besessenheit?«

Gilda biss sich auf die Lippen und rührte mechanisch im Topf herum. Eine Zeit lang sagte keiner von beiden ein Wort.

»Es tut mir leid«, sagte Gilda nach einer Weile. »Ich glaube, wir beide verfolgen hartnäckig unsere Träume – und haben dafür einen hohen Preis bezahlt.«

»Inwiefern?«

Gilda knetete ihre Finger. »Was soll ich sagen? Du hast deine Frau verloren, vielleicht nur vorübergehend. Aber ich ... ich habe etwas für immer verloren.«

»Was ist passiert?«

Sie schluckte. Die Erinnerung an die Ereignisse von damals überrollte sie wie ein Tsunami. »Vor fünf Jahren war ich zusammen mit meinem damaligen Freund auf dem Weg zum Gipfel des Aconcagua, dem höchsten Berg Südamerikas. Einer der *Seven Summits*. Keine schwierige Kletterei. Ich war im vierten Monat schwanger und wollte diesen Berg unbedingt vor der Geburt unseres Kindes abhaken.«

Sie hielt inne, ihr Blick verlor sich im Flackern des Brenners. »Kurz unterhalb des Gipfels wurde mir übel, ich bekam Luftnot und wurde zunehmend schwächer. Anzeichen einer sich entwickelnden Höhenkrankheit. Anstatt auf meinen Freund zu hören und umzukehren, bin ich weiter gestiegen. Ich bin mehr gekrochen als gegangen. So kurz vor dem Ziel wollte ich nicht aufgeben. Auf dem Gipfel bin ich völlig erschöpft und dehydriert zusammengebrochen. Der Preis für meinen Triumph liegt dort oben in Eis und Schnee begraben.«

Holm fuhr sich verlegen über das Kinn. »Das ... tut mir sehr leid.«

»Ist schon okay. Es ist passiert und ich kann es nicht rückgängig machen. Lass uns erst einmal essen. Ich bin schon halb am Verhungern.« Sie griff in ihren Rucksack, zog eine Aluschale und zwei Löffel heraus. Vorsichtig nahm sie den Topf vom Kocher und teilte das dampfende Thai-Hühnchen auf. Sie reichte Holm die Schale. »Pass auf, es ist heiß. Ich nehme den Topf.«

Die nächsten Minuten aßen sie schweigend, während aus dem Gemeinschaftszelt der Chinesen das dumpfe Wummern exotischer Musik zu ihnen herüberdrang. Holm kratzte den letzten Essensrest aus seiner Schale heraus und schleckte den Löffel ab. »Lecker! Ist noch etwas übrig?«

»Tut mir leid, das war alles.«

»Schade. Dann muss ich warten, bis ich wieder im Basislager bin.«

Gilda räusperte sich. »Ich war vorhin etwas grob zu dir, als wir über die Verbindung gesprochen haben, nach der du suchst. Willst du mir mehr darüber erzählen? Du riskierst immerhin dein Leben dafür.«

»*Element*, keine Verbindung.«

»Macht das einen Unterschied?«

»Ja, macht es. Wenn du verstehen willst, was mich antreibt, dann schau dir das Periodensystem an. Alle Elemente ab Ordnungszahl 93, Neptunium, sind radioaktiv und kommen in der Natur nicht mehr stabil vor. Also Substanzen, die nach ihrer Entstehung irgendwann zerfallen. Manchmal sind ihnen nur Minuten oder sogar nur Bruchteile von Sekunden auf dieser Welt vergönnt. Flüchtige Schönheiten, die in dem Moment sterben, in dem sie geboren werden.«

Holms Augen begannen zu glänzen und seine Stimme nahm einen ehrfürchtigen Klang an. »Aber das ist nicht das Ende. Es gibt ein Eiland im Ozean des Untergangs und des Chaos: die ›Insel der Stabilität‹. Ein Ort, an dem die Atome nicht sofort zerfallen, sondern Wochen, Monate, vielleicht sogar Jahre überdauern könnten. Dort wartet Element 126 auf seine Entdeckung. Ich habe es ... Ich werde es finden.«

»Ah ja, die ›Insel der Stabilität‹. Verstehe.« Gilda schluckte. Wer war dieser Mann, der sich in einer frostigen Winternacht im Himalaya in eine solche Ekstase über Dinge redete, die ihr völlig fremd waren? Aber war sie nicht selbst von der Idee besessen gewesen, dass es Gold auf dem Everest gab? Holm ballte eine Hand zur Faust, als wollte er das Gesagte festhalten. »Wenn jemand Unbihexium entdeckt, dann wird es unser Verständnis über den Aufbau der Materie revolutionieren! Wir wissen viel über die Entstehung der einfachsten Elemente, aber wir haben keinen blassen Schimmer, wo das Periodensystem endet. Wir werden in eine neue, faszinierende Welt der Physik eintauchen. Element 126 würde für seinen Entdecker den Nobelpreis bedeuten!«

Gilda verstand rein gar nichts. Trotzdem nickte sie geflissentlich. »Natürlich. Aber ich dachte, Ott hat erst kürzlich das letzte Element gefunden, oder etwa nicht?«

Holm winkte ab. »Der doch nicht. Der Typ ist nichts weiter als ein Schaumschläger und Scharlatan. Sicher, er ist hochintelligent und auf seine Art erfolgreich, aber absolut unseriös. Alternative Fakten sind sein Hauptforschungsgebiet. Die Halbwertszeit seiner wissenschaftlichen Thesen ist oft kürzer als die der instabilsten Isotope, die er angeblich entdeckt hat.«

Sie sah Holm von der Seite an. »Du kannst deinen Kollegen wirklich nicht leiden, oder? Was würde passieren, wenn du hier am Everest Beweise für deine Hypothese findest?«

Er kratzte sich am Bart. »Ich bin überzeugt, dass Ott bei der Erzeugung von Element 120 nicht sauber gearbeitet und vorschnell das Ende des Periodensystems verkündet hat. Wenn ich hier Beweise für meine Theorie finde, würde seine These zusammenbrechen wie die Séracs im Eisbruch. Sein wissenschaftlicher Ruf wäre ruiniert und seine Karriere schlagartig zu Ende. Es sei denn, meine Beweise verschwinden vorher mit mir in einer Gletscherspalte.«

Gilda sah ihn ungläubig an. »Willst du damit andeuten, dass er dich umbringen würde?«

»Tja, früher hätte ich das für absurd gehalten, aber ich muss immer wieder an die *Hillary Bridge* denken. Da hätte ich beinahe einen Abflug in den Dudh Kosi gemacht. Das Yak, das mich auf der Brücke aufgegabelt hat, ist nicht ohne Grund losgeprescht.«

»Du meinst, Ott hat nachgeholfen?«

»Ich weiß es nicht, aber zutrauen würde ich es ihm.«

Gilda seufzte. Ihre Probleme wurden täglich mehr. Ein chinesischer Offizier, der sie als Geiseln hielt und vor kaltblütigem Mord nicht zurückschreckte, Terbergen, ein besessener Wissenschaftler, der einer fixen Idee anhing und jetzt auch noch Ott, ein windiger Typ, der möglicherweise Mordabsichten hegte. Sie sah Holm an und bemerkte einen eisgrünen Stein, den er an einem Lederband um den Hals trug. Sie deutete auf den Anhänger.

»Was ist das? Hat das etwas mit deiner Verbindung – Pardon, deinem Element – zu tun?«

Holm streifte das Lederband über den Kopf und legte den Stein in Gildas Hand. Ein melancholisches Lächeln umspielte seinen Mund. »Das ist das berühmte Kryptonium, von dem mein Kollege sprach.«

»Das ist nicht dein Ernst!«

»Natürlich nicht. Aber für meinen älteren Bruder war es tödlicher Ernst. Dieser Talisman ist eine schmerzliche Erinnerung an einen Tag, den ich am liebsten aus meinem Leben streichen würde. Und er ist der Grund dafür, dass ich überhaupt hier bin.«

»Das verstehe ich nicht.«

Holm nahm den Stein wieder an sich und ließ ihn langsam am Band hin- und herpendeln. Der Anhänger verströmte ein seltsames grünes Licht, dessen Intensität sich ständig veränderte und eine geheimnisvolle Aura verbreitete.

Fasziniert betrachtete sie den schwingenden Talisman. »Er ist wunderschön, aber auch irgendwie unheimlich. So etwas habe ich noch nie gesehen.«

»Das ist ein seltener Zirkon. Er war für meinen Bruder sein Ein und Alles. Er glaubte, es sei Kryptonit, ein fiktives Material aus einem Superman-Comic. Kryptonit, so sagte er, stamme vom erfundenen Element Kryptonium ab, Ordnungszahl 126.«

»Also hatte Ott recht mit seiner Behauptung?«

Holm lachte. »Na klar! Der Mann hat immer recht. Wusstest du das nicht? Wie auch immer, als Kind war ich neidisch und wollte den Stein unbedingt für mich haben.« Sein Blick verlor sich in der Ferne und seine Stimme wurde leiser. »Es war ein warmer Spätsommerabend. Ich war zwölf, Claas, mein Bruder, vierzehn. Wir waren in einem Steinbruch, in dem wir als Kinder häufig spielten. Beim Wettklettern, eine zwanzig Meter hohe Steilwand hoch, hatte mein Bruder schon zweimal gewonnen. Angeblich weil ihm das Kryptonit Zauberkräfte verlieh.«

Er senkte den Kopf und atmete mehrmals tief durch, bevor er fortfuhr. »Als er einen dritten Durchgang vorschlug, riss ich ihm den Anhänger vom Hals und kletterte los, fest davon überzeugt, dass mir der Talisman ebenfalls Kraft verleihen würde. Ich gab alles und war als Erster oben. Direkt unter mir geriet mein Bruder ins Straucheln und drohte abzustürzen.«

»Und dann?«

»Er schrie mich an: >Du hast mir meinen Talisman geklaut. Gib ihn mir wieder.< Ich streckte die Hand nach ihm aus, um ihn hochzuziehen, aber er wollte nur seinen Anhänger. Ich bekam kurz seinen Arm zu fassen, doch er rutschte aus meinem Griff und stürzte in die Tiefe. Er war sofort tot.«

Gilda schwieg betroffen. Der Mann vor ihr hatte seinen Bruder auf tragische Weise verloren und fühlte sich an dessen Tod schuldig. »Das war ein Unfall. Du kannst nichts dafür.«

»Ach ja? Ich träume jede Nacht von Claas. Erst sehe ich ihn abstürzen, dann mich. Seitdem habe ich diese verdammte Höhenangst. Ich hoffe, dass ich diesen Fluch, meine Alpträume, meine Phobie endlich loswerde, wenn ich das echte Kryptonium finde – Element 126.«

»Aber du hast doch selbst gesagt, dass Kryptonium oder Kryptonit nur erfunden sind, eine Geschichte aus einem Comic.«

»Genau das ist mein Problem. Alle halten mich deshalb für einen Fantasten, selbst meine Frau. Niemand will sich ernsthaft mit meiner Theorie auseinandersetzen. >Pass auf, wenn du mit Holmi 126 sprichst<, heißt es dann. >Du könntest genauso verrückt werden.< Es ist schon eine bittere Ironie: Der einzige Mensch, der insgeheim meine Hypothese für plausibel hält, ist ausgerechnet Ott, auch wenn er es öffentlich abstreitet.«

»Hast du schon einmal darüber nachgedacht, dass deine Theorie falsch sein könnte? Ich weiß, dass es schwer ist, aber vielleicht würde es dir helfen, loszulassen.«

Holm sah Gilda lange nachdenklich an. »Vielleicht hast du recht. Ich gehe jetzt besser in mein Zelt.« Er ging gebückt zum Ausgang, drehte sich dort noch einmal um und zog etwas aus seiner Daunenjacke. »Bevor ich es vergesse. Hier, für alle Zweifler.« Er warf ihr einen Stein zu, der scheppernd gegen den Gaskocher schlug.

»Pass doch auf! Was ist das?«

Er kroch zurück, hob den Stein auf und zeigte auf winzige, helle Flecken, die über die Oberfläche verteilt waren. Sie waren von einem schwarzen Hof umgeben. »Das habe ich in der Nähe des abgestürzten Hubschraubers an der Südwestwand gefunden. Da draußen gibt es zig von diesen Steinen – alle mit den gleichen Einschlüssen. Behalte den hier meinetwegen.«

Gilda runzelte die Stirn. »Was für Einschlüsse? Wovon sprichst du?«

»Von Element 126.«

KAPITEL 43

London! Zeit für die letzten Weihnachtseinkäufe und endlich mal wieder die Gelegenheit, exquisit zu dinieren. Samuel Clayton ließ den Blick durch die weitläufigen Räume des eleganten Restaurants schweifen. Das *Kaia at the Ned*, untergebracht im Erdgeschoss eines ehemaligen Bankgebäudes, war bekannt für seine asiatisch-pazifischen Köstlichkeiten und ließ kaum Wünsche offen, wenn es um exotische Gerichte ging. Und was sich vor ihm auf dem Teller befand, war ein exquisiter Leckerbissen.

Er dippte eine hauchdünn geschnittene Scheibe Fugu-Sashimi in die Daidai-Sauce und führte sie zum Mund. Er schloss genüsslich die Augen und ließ das Fischfilet auf der Zunge zergehen. Es war wie eine zarte Schneeflocke, die in den ersten Strahlen der aufgehenden Sonne dahinschmolz.

»Und? Erfüllt diese kleine Delikatesse Ihre Erwartungen?«

»Köstlich! Einfach nur köstlich! Ich wusste nicht, dass man hier im *Kaia* auch Sushi vom Kugelfisch serviert. Ich hoffe nur, dass der Meister sein Handwerk versteht.«

Ein feines Lächeln huschte über Parkers Gesicht. »Mein persönlicher *Itamae* hat diesen ebenso erlesenen wie tödlichen Fisch extra für Sie einfliegen lassen und fachgerecht zubereitet. Und da Sie noch nicht über Kribbeln im Mund, taube Lippen oder sogar Atembeschwerden klagen, gehe ich davon aus, dass der Koch sehr sorgfältig gearbeitet hat. Andernfalls könnten wir dieses Gespräch kaum fortsetzen.«

Samuel verdrehte die Augen. »Ein leichtes Prickeln, ein zarter Hauch von Gefahr – das hätte schon seinen Reiz. Nach den eintönigen Wochen in *Halcyon Castle*, noch dazu in Gesellschaft meines Bruders, wollte ich einfach nur wieder das Leben spüren. Sie wissen gar nicht, was für eine Freude Sie mir mit dieser Einladung gemacht haben.«

»Doch, ich kann es mir gut vorstellen. Was haben Sie Ihrem Bruder über Ihren Ausflug nach London erzählt?«

»Dass ich unseren Weinkeller mit ein paar erlesenen Tropfen auffüllen möchte. Sein einziger Kommentar war, dass ich nicht so lange wegbleiben und ihm ein paar Flaschen *Newky Brown* mitbringen soll.«

»Er weiß also nichts von unserem Treffen?«

Samuel winkte ab. »Auf keinen Fall! Wenn er von unserem netten Abend wüsste, er würde mir glatt den Hals umdrehen. Wie Sie wissen, ist er nicht gerade ein Fan von Ihnen. Für Ihre Unterstützung in der Vergangenheit ist er nicht sonderlich dankbar. Im Gegensatz zu mir.«

Parker nickte nachdenklich. »Ich weiß. Wie laufen die Geschäfte denn so?«

»Bestens! Die Welt tobt, weil die Chinesen das Basislager in Nepal besetzt und ein paar Bergsteiger als Geiseln genommen haben. Besonders die Amerikaner sind außer sich vor Wut.«

»Kein Wunder. Vor allem Pekings Ankündigung, das Goldvorkommen am Everest abzubauen, hat an der COMEX in New York zu großer Unruhe geführt. Wenn die Goldmengen tatsächlich so groß sind, wie die Chinesen behaupten, gibt es ein Massaker an der Börse. Der Goldkurs geht dann noch schneller in den Keller, und ein Ende ist nicht in Sicht.«

Samuel rieb sich die Hände. »Oh ja! Wenn ich Ihnen sage, dass heute zum x-ten Mal ein Rekordtief erreicht wurde, ist das morgen schon wieder überholt. Gold ist das neue Eisen: nur noch Schrott. Die Trader, die auf einen Kursverfall gesetzt haben, lachen sich ins Fäustchen. So wie wir. Joshua hat die Entwicklung rechtzeitig erkannt.«

Parker setzte seine Hornbrille ab und fuhr sich mit beiden Händen über das Gesicht. »Alle Investoren versuchen momentan, ihre *Long*-Positionen verzweifelt zu verkleinern, auch B.I.G. Wenn nicht bald ein größeres Wunder geschieht und der Goldpreis sich erholt, bekommen wir einen *Margin Call*, den wir wahrscheinlich nicht bedienen können. Wir müssten unsere Positionen schließen und blieben auf horrenden Verlusten sitzen.«

Samuel sah ihn mitleidig an. »Sie kennen die Spielregeln des Business: ›Solange die Musik läuft, musst du aufstehen und tanzen. Wenn die Musik aufhört, werden die Dinge kompliziert.‹ Mein Bruder hat ausnahmsweise recht: Sie haben sich verzockt und müssen jetzt die Konsequenzen tragen.«

Parker setzte die Brille wieder auf und räusperte sich. »Sie fragen sich bestimmt, warum ich Sie nach London eingeladen habe.« Er verschränkte die Finger und sah sein Gegenüber direkt an. »Sie wissen, dass ich Ihnen und Ihrem Bruder vor vielen Jahren einen Tipp gegeben habe, der Sie beide sehr vermögend gemacht hat. Ich möchte speziell Ihnen noch einmal einen guten Rat geben und hoffe, dass Sie ihn beherzigen. Sie könnten jetzt schon Ihre *Short*-Positionen glattstellen und damit sehr reich werden.«

Samuel betrachtete die restlichen Sashimi-Scheiben auf seinem Teller. »Ich weiß nicht, Lloyd. Das ist ein Vorschlag, der vor allem Ihnen in Ihrer prekären Situation helfen würde. Der Verfall des Goldkurses würde sich verlangsamen, wenn wir jetzt unsere Positionen schließen. Aber warum sollten wir das tun? Joshua will warten, bis die Chinesen an Weihnachten offiziell die Annexion des Everest verkünden. Dann wird der Goldpreis völlig zusammenbrechen – und wir werden die ersten Billionäre der Menschheitsgeschichte sein.«

»Weihnachten ist es schon so weit? Nicht unbedingt ein schönes Geschenk für den Rest der Welt. Haben Sie bedacht, was dann mit meiner Mitarbeiterin, Mrs Hunt, passieren wird? Immerhin gab es schon einen Toten, einen Amerikaner. Die Chinesen sind offensichtlich nicht zimperlich.«

Samuel sah den Investmentbanker überrascht an. »Das wissen Sie? Nun ja, in der Tat keine schöne Sache, aber wo gehobelt wird, fallen Späne. Mrs Hunt tut mir allerdings leid. Das hat sie nicht verdient.«

Parker beugte sich vor. »Es tut Ihnen *leid*, wenn Gilda möglicherweise ihr Leben verliert, nur weil Sie und Ihr größenwahnsinniger Bruder die ersten Billionäre werden wollen?«

Samuel kratzte sich verlegen am Kopf und verzog den Mund. »Ich habe nur bedingt Einfluss auf Joshua und schon gar nicht auf die Chinesen. Wenn es nach mir ginge, würden wir aussteigen und unsere Positionen jetzt schließen. Mir reicht vollkommen, was wir besitzen.«

»*Noch* besitzen.« Parker zückte einen Kugelschreiber und schrieb etwas auf eine Serviette, die er Samuel zuschob. »Sie wollen doch um jeden Preis märchenhaft reich werden, nicht wahr? Das ist das Letzte, was ich Ihnen zu sagen habe.«

Er stand auf. »Bestellen Sie sich noch einen *Château d'Yquem* auf meine Kosten. Ich weiß nicht, wie oft Sie so etwas noch genießen können. Ich wünsche Ihnen alles Gute.«

Samuel sah Parker nach, wie er das *Kaia* mit schnellen Schritten verließ. Er nahm die Serviette und las das einzige Wort darauf: Carmilhan.

KAPITEL 44

Es war später Nachmittag. Eine schiefergraue Wolkendecke wölbte sich über den Khumbu-Eisbruch. Holm wischte Schneeflocken von seiner Schneebrille, um freie Sicht zu bekommen. Er war der Letzte, der an diesem Tag von einem Lastentransport zu Lager 2 zurückkehrte. Er hatte sich absichtlich etwas Zeit gelassen, um an der Südwestflanke kleinere Gesteinsbrocken einzusammeln, die die charakteristischen Einschlüsse für Element 126 aufwiesen.

Er stieg den Gletscher weiter hinab, bis er in einiger Entfernung das Gemeinschaftszelt erblickte. Hier hatten sich alle Teammitglieder während der letzten Abende versammelt, um mögliche Fluchtpläne zu diskutieren. Erstaunlich war, dass Fuzhou ihre Zusammenkünfte duldete und sie ihre Besprechungen ungestört abhalten ließ. Wahrscheinlich wusste er, dass ihre Pläne zu nichts führen würden, denn das scharf bewachte Basislager war eine Falle, aus der es kein Entkommen gab. Holm erinnerte sich an seinen eigenen Vorschlag, der ihm jetzt wie der verzweifelte Plan eines Wahnsinnigen erschien. Über den Everest fliehen? Eine absurde Idee. Auf achttausend Metern konnte man nur eins tun: sich hinsetzen und auf den Tod warten.

Alle klammerten sich nun an die Hoffnung, dass der Major sie doch freilassen würde. Sie hatten ihre Arbeit erledigt und fast alle Lasten bis zum Lager 2 hochgetragen. Fuzhous Männer hatten einen Teil der Ausrüstung weiter Richtung Südsattel und möglicherweise sogar bis zum Gipfel geschleppt. Aus seiner Sicht ein selbstmörderisches Unterfangen. Und das alles nur, um der Welt zu verkünden, dass der Everest bald ganz zu China gehören würde.

Aber Pekings Pläne waren ihm egal. Er hatte durch Zufall einen wichtigen Hinweis zu Element 126 gefunden und wollte nur noch raus aus dieser Eiswüste und nach Hause. In Deutschland würde er mit der Entdeckung von Unbihexium endgültig alle Zweifler zum Schweigen bringen – und wahrscheinlich den Nobelpreis für Physik bekommen. Er stapfte die letzten Meter durch den Neuschnee und betrat das Gemeinschaftszelt.

»Ah, Dr. Terbergen! Schön, dass Sie wieder da sind. Wir haben Ihre

Gegenwart schmerzlich vermisst.« Ott griff nach einer Thermoskanne, goss heißen Tee in einen Becher und schob ihn seinem Kollegen zu. »Wollen Sie sich nicht zu uns setzen?«

Holm ließ den Blick durch das Zelt schweifen, in dem Gilda, Diane, Pasang und Ray am Tisch saßen. Der resignierte Gesichtsausdruck der Anwesenden verriet ihm, dass die Gruppe mal wieder ebenso abenteuerliche wie sinnlose Fluchtpläne diskutiert haben musste. Er nahm den Becher in die Hand. »Wärmsten Dank, Herr Kollege!«

»Nicht dafür! Was gibt's Neues aus dem Eisbruch? Sind Sie dem Yeti begegnet? Hat er Ihnen fantastische Geschichten über Wunderelemente erzählt?«

Holm zog seine Daunenjacke aus und setzte sich neben Ott. »Ja, tatsächlich. Der Yeti hat mir in Camp 2 persönlich Element 126 überreicht – in einem hübschen Acrylwürfel eingeschlossen. Er lässt Sie schön grüßen und meinte, es wäre allerhöchste Eisenbahn, Ihre Forschungsergebnisse zu überprüfen.«

Ott verzog das Gesicht zu einer säuerlichen Miene. »Immer zu Scherzen aufgelegt. Oder haben Sie mit Ihrem Freund Fuzhou geplauscht? Was hat er mit uns vor, wenn wir hier fertig sind?«

»Ach ja, natürlich. Das habe ich glatt vergessen. Der Major möchte, dass Sie bis zum Frühjahr hierbleiben und solange die Schneeflocken zählen. Reicht Ihnen das als Information?«

Ray stand auf und hob beschwichtigend die Hände. »Leute, wir haben andere Probleme als eure ständigen Streitereien – nämlich, wie wir hier rauskommen. Ich möchte dezent darauf hinweisen, dass wir seit fast zwei Wochen die ›Gäste‹ der Chinesen sind und sich unser Aufenthalt so oder so langsam dem Ende zuneigt.«

»Das wissen wir alle«, warf Gilda ein. »Wir haben zigmal darüber gesprochen – ohne Ergebnis. Hilfe von außen können wir wohl vergessen, sonst wäre schon längst etwas passiert. Es gibt nur zwei Optionen: Entweder lässt Fuzhou uns frei und wir können zurück nach Lukla oder ... ihr wisst ja, was er mit Andrew gemacht hat.«

Es folgte betretenes Schweigen. Diane hob hilflos die Hände. »Vielleicht sollten wir mit dem Major reden. In letzter Zeit war er doch ganz umgänglich, findet ihr nicht?«

Ott warf der Chinesin einen vernichtenden Blick zu. »Umgänglich, sagst du? Nun ja.«

Das dumpfe Knattern eines Hubschraubers unterbrach die Unterhaltung, begleitet von Windböen, die das Zelt erzittern ließen. Es wurde immer lauter, die Zeltplane flog kurz auf und Schnee wirbelte durch den Eingang ins Innere. Alle sprangen auf und schauten sich ratlos an. Der Lärm ebbte langsam ab, dann wurde die Zeltplane zurückgeschlagen und Fuzhou trat ein, gefolgt von zwei Soldaten. Er trat an den Tisch heran und hob mit einer theatralischen Geste die Arme. Über sein Gesicht glitt ein breites Lächeln.

»Einen wunderschönen guten Tag! Ich habe erfreuliche Nachrichten für Sie: Sie sind alle frei!«

KAPITEL 45

Samuel blickte nachdenklich aus dem Fond des Jaguars, den Archibald durch den stockenden Verkehr der Londoner City steuerte. Sie waren auf dem Weg zum Flughafen Farnborough, wo eine Gulfstream für ihren Rückflug nach Greedhou Island auf sie wartete. Sie würden bestimmt eine gute Stunde für die Fahrt dorthin brauchen, also Zeit genug für ihn, um das Gespräch mit Lloyd Parker am Vorabend in Gedanken noch einmal durchzugehen.

Parker schien mit B.I.G. und seinen Goldinvestments in ernsthaften Schwierigkeiten zu stecken; anders konnte er sich dessen Bitte, die *Short*-Positionen des *Steenfoll Investment Trusts* glattzustellen, nicht erklären. Oder war es eine versteckte Warnung, vielleicht sogar eine Drohung gewesen? Parker hatte am Abend beherrscht, ja fast entspannt auf ihn gewirkt, so als ob es nur um eine kleinere finanzielle Herausforderung für B.I.G. ginge. Er wurde einfach nicht schlau aus dem Mann.

Er öffnete seine Aktentasche, die neben ihm auf der Rückbank lag, und zog die Serviette hervor, auf der dieses eine kryptische Wort stand: Carmilhan.

Er wusste, dass Parker es liebte, anderen Rätsel aufzugeben, sich bei Geschäften in Andeutungen zu ergehen oder Menschen, die er schätzte, versteckte Hinweise zu geben. So wie damals, als er ihm und Joshua einen Insidertipp gegeben hatte, der sie zu Millionären gemacht hatte.

Aber dieses eine Wort, Carmilhan, war bestimmt keine Kaufempfehlung für irgendeine Aktie, es war auch keine Person, die er kannte. Es musste etwas anderes bedeuten.

Der Jaguar kam abrupt zum Stehen. Der Butler hob entschuldigend die Hand und sah Samuel über den Rückspiegel an. »Tut mir leid, Sir. Der dichte Verkehr.«

»Schon gut, Archibald. Sie sind doch ein belesener Mann. Sagt Ihnen der Name Carmilhan etwas?«

»Nein, Sir. Spontan nicht, aber warten Sie einen Moment.« Der Butler tippte etwas in das Mediendisplay des Wagens ein und wartete einen Augenblick. »Merkwürdig. Das Internet zeigt für Carmilhan nur Einträge über ein Märchen an, in dem es um ein mit Gold beladenes Geisterschiff geht. Ein gieriger Fischer will die versunkene Fracht mithilfe des Teufels heben.« Samuel fuhr sich mit dem Zeigefinger über die Lippen. »Gold sagten Sie? Interessant. Wie geht das Märchen weiter?«

»Einen Augenblick bitte.« Der Jaguar setzte sich langsam in Bewegung und fuhr weiter, bis der Verkehr wieder stockte. Archibald wischte über das Display, um weiterzulesen.

»Die Geschichte nimmt kein gutes Ende. Dieser Fischer, Falke heißt er, überredet seinen gutmütigen Partner gegen dessen Willen, beim Heben des Schatzes mitzumachen. Sie finden auch Gold, aber dann –«

»Was dann?«

Der Jaguar stoppte so abrupt, dass Samuel in den Sicherheitsgurt gepresst wurde und sich mit den Händen am Fahrersitz abstützen musste.

»Hoho, Archie. Etwas vorsichtiger!«

»Verzeihen Sie, Sir, aber mein Vordermann …«

»Ja, ich weiß, der Londoner Verkehr. Wie geht die Geschichte denn nun aus?«

»Der unersättliche Fischer will noch mehr Gold, aber das ist dann sein Verderben: Der Teufel holt ihn sich.«

Samuel ließ sich in den Sitz zurücksinken und lächelte in sich hinein. Das wollte Parker ihm also mitteilen. Der unstillbare Hunger seines Bruders nach immer größerem Reichtum würde diesen ins Verderben führen, während er, der Kluge und Gutmütige in dieser Geschichte …

Er hielt inne. »Archibald, was passiert denn mit Falkes Gefährten?«

Der Butler scrollte auf der Internetseite weiter nach unten. »Der verschwindet spurlos in einer stürmischen Nacht.«

KAPITEL 46

»Wie? Wir sind frei?« Gilda sah Fuzhou verwirrt an. »Heißt das, wir können gehen?«

Der Major schlenderte auf sie zu und klopfte ihr auf die Schulter. »Ja, Mrs Hunt, das heißt es. Sie können gehen. Zwar nicht gleich, aber in Kürze. Zunächst bitte ich, den Lärm zu entschuldigen. Es sind mehrere Hubschrauber gelandet, die meine Leute aus dem Basislager ausfliegen werden. Es bleibt nur eine kleine Restmannschaft hier. Für Sie geht es nach Hause. Aber setzen Sie sich doch erst einmal. Bitte!«

Langsam ließen sich die Teammitglieder auf den Stühlen nieder. Erwartungsvoll sahen sie den Chinesen an, der an das Tischende gegangen war und sich dort vor dem Team breitbeinig aufbaute. Er verschränkte die Arme hinter dem Rücken und lächelte jeden Einzelnen an.

»Zunächst möchte ich Ihnen im Namen der chinesischen Regierung für Ihre großartige Unterstützung danken. Ohne Ihre tatkräftige Mitarbeit hätten wir das alles nicht geschafft. Der Transport der Ausrüstung bis zu Camp 2 war nur mit Ihrem Einsatz möglich. Wie Sie wissen, hatten wir zahlreiche krankheitsbedingte Ausfälle, die Sie kompensiert haben. Mein besonderer Dank gilt in diesem Zusammenhang Dr. Anderson, der sich aufopferungsvoll um meine erkrankten Leute gekümmert hat. Und ich möchte mich dafür entschuldigen, dass Ihr Aufenthalt länger gedauert hat als von Ihnen geplant.«

Gilda sah den Major ungläubig an. War das reiner Zynismus, oder meinte es Fuzhou tatsächlich ernst? Sie erinnerte sich noch immer deutlich an Andrews Ermordung. »Ich bin mehr als überrascht von Ihrer Ankündigung. Ich dachte, wir, also speziell ich, müssten mit Ihnen noch in die Südwestwand steigen, um Ihnen den genauen Fundort des Goldes zu zeigen. Aber jetzt dürfen wir das Lager verlassen, einfach so?«

Sie hielt die Stuhllehne fest umklammert. Hoffentlich verplapperte sich jetzt niemand und verriet Fuzhou unfreiwillig die wahre Natur des »Goldes«. Sie warf Holm einen raschen Blick zu, der angestrengt zu Boden sah. Ott rieb sich die Nase, während Diane mit gespielter Langeweile ihre Finger betrachtete. Ray hingegen wischte imaginäre Krümel vom Tisch.

»Nein, Mrs Hunt. Ich erspare Ihnen die Strapazen, noch einmal bis zum Gipfel steigen zu müssen. Dank Ihrer exakten Beschreibung haben meine Männer die Höhle gefunden, in der Sie im Mai biwakieren mussten.«

Gilda blickte den Major an. »Und Ihre Männer konnten meine Entdeckung bestätigen?«

»Absolut! Es besteht nicht der geringste Zweifel daran, dass der Everest ein wahrer Goldschatz ist.«

»Da bin ich erleichtert. Gab es sonst noch interessante Dinge dort oben?«

Fuzhou zog die Augenbrauen hoch. »Wieso? Reicht Ihnen das nicht? Außer Felsen, Eis und Schnee hat der Everest in dieser Höhe nicht mehr viel zu bieten.«

Gilda lächelte gequält. »Ich dachte nur. Ich bin Ihnen natürlich sehr dankbar, dass Sie mir die Plackerei eines zweiten Aufstiegs ersparen.«

Der Mann log, dass sich die Zeltstangen bogen. Keiner seiner Männer hatte die Höhle gefunden und auch kein Gold entdeckt. Wären sie dort gewesen, hätten sie auf jeden Fall die Mumie des Russen erwähnt. Sie fragte sich bloß, warum er die Unwahrheit erzählte. »Wann dürfen wir das Basislager verlassen?«

»Das würde mich auch interessieren«, warf Ott grummelnd ein. »So toll ist es hier nämlich nicht. Es ist kalt und ungemütlich.«

Fuzhou legte den Kopf schräg. »Gerade von Ihnen hatte ich etwas mehr Zuspruch erwartet. Wo Sie doch die meiste Zeit im Basislager verbracht haben, im Gegensatz zu Ihren Kameraden. Aber ich verspreche Ihnen, dass es bald wärmer wird.«

Ott zuckte die Schultern. »Wenn Sie das sagen.«

Der Major lächelte. »Gedulden Sie sich noch zwei, drei Tage. Morgen werde ich mit vier meiner Männer Richtung Gipfel aufbrechen und dort das andere Team von der Nordseite treffen. Gemeinsam werden wir dann in einer feierlichen Zeremonie der Weltöffentlichkeit die Inbesitznahme des Everest mitteilen. Unsere Übertragung wird mehr Zuschauer anlocken als die Olympischen Spiele.«

Holm meldete sich. »Wir könnten doch jetzt schon gehen. Wir haben unsere Arbeit erledigt. Wofür brauchen Sie uns noch?«

»Ich bitte Sie! Sie werden selbstverständlich meine Gäste sein, wenn China den Everest vollständig in Besitz nimmt. Sie dürfen die Annexion live vor Ort miterleben. Das haben Sie sich redlich verdient. Meine im Lager verbleibenden Leute werden es Ihnen bis dahin so gemütlich wie nur möglich machen.«

Gilda schloss für einen Moment die Augen. Fuzhous Ankündigung war eine dreiste Lüge. Ray hatte zufällig einen Blick auf die Wetterkarte in der Kommunikationszentrale der Chinesen werfen können, als er den Major wegen eines erkrankten Soldaten sprechen wollte. Für die nächsten fünf Tage waren heftige Stürme vorhergesagt worden. Niemand würde bei so einem Wetter eine Gipfelbesteigung wagen.

Fuzhou hatte weder die Höhle entdeckt, noch würde er jemals den Everest erklimmen. Vor allem würde er sie und ihr Team bestimmt nicht am Leben lassen. Ihr Blick wanderte zu Ray, der ihr unauffällig zunickte. Der Arzt schien ebenfalls begriffen zu haben, dass der Major nicht die Wahrheit sagte.

Ihr Entschluss stand fest: Sie mussten das Unmögliche versuchen und noch heute Nacht fliehen – Richtung Everest.

KAPITEL 47

Ott stand auf und klatschte zufrieden in die Hände. Er klappte die Plane zum Eingang kurz zurück und zeigte nach draußen, wo der Major mit seinen Männern zu den gelandeten Hubschraubern eilte. »Habe ich es nicht gesagt? Der Mann ist doch ganz vernünftig und lässt uns gehen. Die letzten zwei, drei Tage im Basislager sitze ich ganz entspannt ab, und dann geht's ab nach Hause.«

Diane blickte zu Boden. »Das sind wirklich gute Nachrichten. Wir können uns freuen. In ein paar Tagen bin ich frei, also, wir sind dann frei.«

Pasang nickte nachdenklich. »Vielleicht haben wir uns ja wirklich im Major getäuscht. Möglicherweise sind Fuzhou nur die Sicherungen durchgebrannt, als er Andrew erschossen hat. Wer weiß?«

Diane zog eine der Thermoskannen zu sich heran und goss sich eine Tasse mit Tee voll. Gedankenverloren rührte sie mit einem Löffel darin herum. »Ich bin mir ziemlich sicher, dass uns unser Gastgeber bald Richtung Heimat ziehen lässt. Warum auch nicht? Selbst wenn wir später der Presse alles haarklein über Andrews Ermordung erzählen sollten, wird das die Chinesen nicht jucken. Bleiben wir einfach noch ein paar Tage im Basislager.« Sie sah zu Ray. »Was ist mit dir? Du siehst aus, als ob du daran zweifeln würdest? Glaubst du Fuzhou etwa nicht?«

Der Arzt stand auf, ging zum Eingang und zog den Reißverschluss der Zeltplane zu. Dann drehte er sich zur Gruppe um und legte den Zeigefinger an den Mund. »Bitte etwas leiser. Was Gilda und ich euch gleich mitteilen werden, darf sonst niemand erfahren. Die Begeisterung über unsere baldige Heimkehr ist leider etwas verfrüht.«

»Und wieso?«, fragte Holm. »Weißt du mehr als wir?«

»Ich fürchte ja«, warf Gilda ein. »Setzt euch bitte.« Sie blickte in die Runde. »Wie bringe ich es euch am besten bei? Fuzhou hat uns alle belogen. Seine Männer waren nicht in meiner Biwakhöhle. Ich habe damals noch etwas anderes entdeckt, was er bestimmt erwähnt hätte, wenn seine Leute tatsächlich dort gewesen wären.«

»Was denn?«, wollte Holm wissen.

»Die Mumie eines Bergsteigers, wahrscheinlich ein Russe der mysteriösen Expedition von 1952. Ich hatte dazu nach meiner ersten Everest-Tour recherchiert.«

Pasang prustete los. »Das glaubst du doch selbst nicht! Diese Expedition hat es nie gegeben. Selbst die Sowjets haben damals ihre Existenz energisch geleugnet. Und richtige Beweise gibt es außerdem nicht.«

»Was ist denn damals passiert?«, wollte Ott wissen.

»Die Russen haben im Oktober 1952 fünfunddreißig Bergsteiger, darunter Ärzte und einen Geologen über Tibet zum Everest geschickt. Wahrscheinlich sollten sie mit der Erstbesteigung des Everest die Überlegenheit der Sowjetunion gegenüber dem Westen demonstrieren«, antwortete Gilda. »Ich habe in der Höhle sehr wahrscheinlich ein Mitglied dieser Gruppe entdeckt. Er war womöglich der erste Mensch auf dem Gipfel des Everest, vor Hillary und Tenzing Norgay.«

»Was ist aus den Bergsteigern geworden?«, fragte Holm nach.

»Als sich das Gipfelteam von Camp 8 auf der Nordseite in über achttausend Meter Höhe meldete, schien alles in bester Ordnung zu sein. In den nächsten zwei Tagen wollte die Gruppe zum Gipfel aufbrechen. Danach hat man nie wieder etwas von den Männern gehört.«

Pasang sah die Britin belustigt an. »Was die dünne Höhenluft so alles mit euch Westlern anstellt. Du hast bestimmt nur einen von diesen bezahlten Klettertouristen aus den letzten Jahren gefunden, der den Abstieg nicht geschafft hat.«

Gilda blickte genervt zur Zeltdecke. »Das spielt doch jetzt keine Rolle. Viel wichtiger ist, dass die Chinesen morgen definitiv *nicht* in Richtung Gipfel aufbrechen werden.« Sie sah zu Ray hinüber. »Erklär du es ihnen. Vielleicht glauben sie dir ja.«

Der Arzt wollte etwas sagen, wurde aber von einem heftigen Hustenanfall gepackt. Schließlich beruhigte er sich. »Verdammte Höhe!«, krächzte er. »Ich werde mich nie daran gewöhnen. Also, ich war neulich im Kommunikationszelt der Chinesen, weil ich mit Fuzhou über einen schwerkranken Soldaten sprechen wollte. Der Major war aber nicht da, das Zelt war leer. Ich habe mich ein wenig umgesehen und dabei den Wetterbericht für die nächsten fünf Tage gefunden. Es wird hier in Kürze ein Sturm mit Windgeschwindigkeiten von bis zu hundertfünfzig Kilometer pro Stunde über das Lager rasen. Dazu kommen Temperaturen von minus dreißig Grad Celsius – im Basislager. Weiter oben wird es noch ungemütlicher. Dann geht keiner mehr raus und schon gar nicht Richtung Gipfel.«

Ott sah den Arzt mitleidig lächelnd an. »Ach ja? Von Medizin haben Sie ja bekanntlich keine Ahnung, aber einen Wetterbericht auf Chinesisch, den können Sie lesen? Lächerlich.«

Ray hob resigniert die Hände. »Sie können gerne hierbleiben, wenn Sie mir nicht glauben. Morgen früh, wenn Sie vor Fuzhous Exekutionskommando stehen, werden Sie anders denken. Vielleicht übernimmt der Major in Ihrem Fall die Liquidation sogar persönlich.«

Ott fegte die Tassen weg, die vor ihm auf dem Tisch standen. »Anderson, das ist doch albern! Ich bin bestimmt kein Freund von dem Schlitzauge, aber der wird uns bestimmt kein Haar krümmen. Außerdem, was ist denn die Alternative zum Ausharren im Basislager?«

»Die Flucht«, antwortete Gilda.

»Ach bitte, nicht schon wieder. Als hätten wir das nicht schon tausendmal durchgekaut. Wohin sollen wir denn überhaupt fliehen?«

»Über den Everest. Ein Vorschlag von Dr. Terbergen.«

»Na, dann kann ja nichts schiefgehen«, antwortete Ott höhnisch. »Ich habe immer wieder von euch gehört, dass es aus dem Tal des Schweigens kein Entkommen gibt.«

»Gunter, hör zu. Es gibt einen Ausgang aus dem Western Cwm. Wir steigen über die Lhotse-Flanke bis zum Südsattel hoch. Von dort aus werden wir den Lhotse überqueren und auf der anderen Seite nach Nepal wieder absteigen«, sagte Gilda.

»Natürlich, was denn sonst?«, kreischte Diane. »Gerade erzählt uns Ray noch, dass bald ein Sturmtief über den Everest hinwegzieht und ein Aufstieg so gut wie unmöglich ist, und jetzt willst du dich vom Berg runterfegen lassen. Das ist doch glatter Selbstmord!«

Gilda senkte den Blick. »Ja, vielleicht. Das Risiko, bei diesem Plan zu sterben, ist sehr hoch. Aber es gibt auch eine winzige Chance, dass er funktioniert. Wenn wir hierbleiben, sind wir jetzt schon so gut wie tot.«

»Das wird nicht funktionieren. Sobald Fuzhou bemerkt, dass wir geflohen sind, wird er uns verfolgen«, warf Ott ein. »Ihr habt erzählt, dass die Hubschrauber mühelos bis zu Lager 2 fliegen können. Spätestens da endet dann unsere Flucht.«

»Ich zwinge niemanden, mitzukommen. Aber wir werden sterben, wenn wir im Basislager bleiben. Ray und ich brechen nach Einbruch der Dunkelheit auf. Fuzhou rechnet nicht damit. Wenn er morgen früh unser Fehlen bemerkt, sind wir schon längst in Camp 2 oder sogar bereits beim Aufstieg in der Lhotse-Flanke. So hoch kommen die Hubschrauber in der dünnen Luft nicht. Auf dem Südsattel machen wir kurz Rast und steigen dann zum Lhotse auf.«

»Außerdem werden wir im Eisbruch alle Leitern und Fixseile lösen und in Gletscherspalten versenken«, mischte Ray sich ein. »In Camp 2 verbrennen wir die Zelte und öffnen die Sauerstoffflaschen. Spätestens da endet Fuzhous Verfolgungsjagd.«

Ott blickte amüsiert zur Zeltdecke. »Ich werde Sie vermissen, Dr. Anderson. Aber bei diesem Schwachsinn mache ich nicht mit. Ich bleibe hier. Ich wünsche Ihnen viel Spaß.«

Diane hob entschuldigend die Hände. »Ich ... Ich komme auch nicht mit. Nichts gegen dich, Gilda, aber ...« Ihre Stimme versagte und sie schaute weg.

»Wieso nicht? Warum lässt du uns ausgerechnet jetzt im Stich? Im Basislager bist du nicht mehr sicher. Aber bitte, wie du meinst. Ich mache dieses Angebot nur einmal. Was ist mit dir, Pasang?«

Der Sherpa lächelte. »Ich gehe natürlich mit euch. Ich lasse Ray und dich nicht hängen.«

Gilda atmete auf. »Dann ist ja alles geklärt. Wir drei brechen heute Abend nach Sonnenuntergang auf. Ich hoffe, ich habe unrecht und Fuzhou und seine Männer werden die Zurückgebliebenen gut behandeln.«

»Moment mal!«, rief Ott. »Was ist mit Kollege Terbergen? Bleibt der hier?«

»Natürlich werde ich Gilda und Ray begleiten. Sie, lieber G.OTT, möchte ich nicht länger ertragen als notwendig«, antwortete Holm. Er stand auf und zog seine Daunenjacke an. Dabei fiel ein Stein aus einer Tasche auf den Boden.

Ott bückte sich und hob den Brocken auf. Er sah ihn sich an. »Nanu, was haben wir denn da?«

Holm streckte die Hand nach dem Stein aus. »Nichts, was Sie interessieren müsste. Geben Sie mir das bitte zurück.«

»Nicht so schnell! Ich möchte doch nur sehen, welches Geschenk Ihnen der Yeti gemacht hat. Den haben Sie doch aus dem Tal des Schweigens, oder?« Ott drehte den Stein in seiner Hand hin und her und betrachtete ihn genau. Mehrfach schüttelte er den Kopf. Schließlich legte er den Stein auf den Tisch und sah seinen Kollegen belustigt an. »Manchmal habe ich mich gefragt, ob Sie selbst an Ihre irre Theorie zu Unbihexium glauben. Als ich dann von Ihrer vermeintlichen Entdeckung am Everest erfahren habe, war mir klar, dass Sie tatsächlich von diesem Schwachsinn überzeugt sind. Ich musste also handeln, um Sie vor der größten Dummheit Ihres Lebens zu bewahren. Allerdings sind Sie ein noch größerer Trottel als angenommen.« Er deutete auf die Punkte auf dem Stein. »Sie glauben bestimmt, dass es sich bei diesen Pünktchen um pleochroitische Radiohalos handelt, die durch die Aussendung sehr energiereicher Alphateilchen entstanden sind. Zum Beispiel durch den Zerfall von Element 126, nicht wahr? Diese Ringe beweisen rein gar nichts. Das Ende des Periodensystems ist und bleibt Element 120. *Ihr* Ende hingegen trägt die Nummer 126.«

Gilda sah Ott fragend an. »Wenn diese Pleodingsda nicht von Element 126 stammen, was sind sie dann?«

Ott fuhr sich selbstgefällig mit beiden Händen über die Glatze. Dann kratzte er mit den Fingernägeln an der Oberfläche des Steins. Rotbrauner Staub rieselte zu Boden. »Erst musste ich meine Zeit mit diesem wertlosen Eisen*sulfid* verschwenden, jetzt mit Eisen*oxid*. Ist das hier Chemieunterricht neunte Klasse? Einfach nur trostlos!«

»Eisenoxid?«, hakte Gilda nach.

»Ja. Besser bekannt als Rost.«

Holm legte den Kopf zur Seite und sah Ott amüsiert an. »Rost also? Wenn Sie das sagen. Schließlich sind Sie der Chemiker. Meinetwegen behalten Sie den Stein als Anschauungsmaterial für Ihren Chemieunterricht.«

Ott schlug mit der Faust auf den Tisch. »Terbergen, nicht frech werden. *Sie* haben versagt. Sie werden es nach Ihrer Rückkehr reumütig in aller Öffentlichkeit bekennen: Es gibt kein Element 126!«

Holm rieb sich die Stirn. »Was haben Sie mir noch vor ein paar Wochen prophezeit? ›Terbergen, Ihre wahnwitzigen Theorien werden genauso zerrieben und schließlich weggespült werden wie das Geröll da unten im Dudh Kosi.‹ Sieht nicht danach aus.« Holm zeigte zum Zelteingang. »Heute Abend werde ich zusammen mit den anderen in Richtung Everest aufbrechen. In ein paar Wochen werde ich dann der Weltöffentlichkeit ein neues Element im Periodensystem vorstellen: Everestium-126.«

KAPITEL 48

Fuzhou saß in seinem Zelt und stocherte lustlos in einer Plastikschale mit Reis und Ente herum, die auf dem Tisch vor ihm stand. Das Licht des späten Nachmittags drang nur noch spärlich ins Innere. Er hob den Kopf und sah die Person ihm gegenüber an. »Was wollen Sie mir dieses Mal mitteilen?«

»Heute Abend will die Gruppe fliehen.«

»Tatsächlich? Schon so früh? Ich hatte erst morgen damit gerechnet. Wohin geht die Reise?«

»Sie werden es nicht glauben, aber das Team will über den Everest fliehen. Das ist der reinste Wahnsinn!«

Fuzhou goss Tee in zwei Tassen und schob eine hinüber. »Sie auch?«

»Gerne. Bei der Kälte tut das richtig gut. Was sagen Sie zu Mrs Hunts Plan?«

»Er überrascht mich nicht. So viele Fluchtmöglichkeiten gibt es ja nicht.«

»Wollen Sie etwas dagegen unternehmen? Ich könnte Sie dabei unterstützen.«

Der Major winkte ab. »Unnötig. Dieses selbstmörderische Vorhaben nimmt mir eine Menge schmutziger Arbeit ab. Wenn Mrs Hunt in ihr Verderben rennen will, bitte schön. Reisende soll man nicht aufhalten.«

»Sie wollen sie wirklich laufen lassen?«

Fuzhou überlegte einen Moment. Sein Spitzel mochte ihm wertvolle Informationen liefern, aber die Konsequenzen seines Verrats schienen ihn nicht sonderlich zu interessieren. Oder er erkannte diese Folgen erst gar nicht. Was hatte er diesem Menschen noch einige Tage zuvor gesagt? ›Ich liebe den Verrat, aber ich hasse den Verräter.‹

Nun, Hass empfand er nicht, eher eine Mischung aus Mitleid und Abscheu.

Er zog seine Armeepistole, eine Norinco NP42, aus dem Holster und legte sie auf den Tisch. »Hier, nehmen Sie.«

»Was ... Was soll ich damit?«

»Fragen Sie nicht! Nehmen Sie die Pistole und zielen Sie auf mich. Jetzt!«

Zögerlich nahm sein Gegenüber die Waffe und richtete sie mit zitternden Händen auf Fuzhous Brust.

»Und jetzt drücken Sie ab.«

»Wie bitte?«

»Drücken Sie ab. Das ist ein Befehl.«

»Ich kann das nicht. Ich schieße nicht auf Menschen.«

Fuzhou nahm die Pistole wieder an sich. »Komisch. Gerade wollten Sie mich noch unterstützen. Denn genau *das* müssten Sie morgen tun, wenn Sie mir helfen wollten: Menschen erschießen – Ihre Kameraden.« Er wog die Norinco in der Hand. »So eine Waffe verleiht sehr viel Macht und noch mehr Verantwortung. Für beides muss man bereit sein. Sie sind es offensichtlich nicht.« Er hob die Pistole und hielt sie an die Stirn seines Spitzels.

»Bitte nicht!«

Der Major ließ die Waffe wieder sinken und legte sie auf den Tisch. »Warum sollte ich Sie töten? Sie sind mir im Augenblick noch nützlich. Vielleicht wird aber eines Tages jemand anderes der Meinung sein, dass Ihr erbärmliches Leben wertlos ist.« Er hob einen Zeigefinger. »Ich musste schon einige Hinrichtungen miterleben. Ich habe gesehen, wie Menschen gestorben sind. Wie sie in der Stunde ihres Todes auf einen jämmerlichen Haufen Scheiße zusammengeschrumpft sind. Kein schöner Anblick, aber man gewöhnt sich daran. Trotzdem, ich wäre Mrs Hunt sehr dankbar, wenn sie ihr Leben im Khumbu-Eisbruch oder anderswo selbst beenden würde.«

Fuzhou lehnte sich zurück und rieb sich die Augen. Wie viele seiner Leute waren am Everest gestorben? In Gletscherspalten gestürzt, an dieser verfluchten Höhenkrankheit krepiert oder vom Gipfel nicht mehr zurückgekommen? Fünfzehn? Zwanzig? Oder noch mehr? Er wusste es nicht, aber es war ihm auch egal. Er hatte eine Mission zu erfüllen.

Er reckte das Kinn vor. »Sie verlassen mit mir morgen früh das Basislager. Die Hubschrauber starten Punkt acht Uhr, vorausgesetzt, das Wetter spielt mit. Verstanden?«

»Ja, natürlich. Was passiert mit Gilda Hunts Team?«

Der Major zuckte gleichgültig die Schultern. »Das wird sich in Rauch auflösen.«

KAPITEL 49

Holm hob den Kopf und blickte in den Nachthimmel. Er war sternenklar. Der Mond hing wie eine große silberne Scheibe über dem Eisbruch und tauchte den Khumbu-Gletscher mit seinen gezackten Sérac und riesigen Eisblöcken in ein kaltes, unwirkliches Licht. Noch mehr als am Tage wirkte der Gletscher wie von einem bösen Zauber belegt, wie eine verhexte Welt, die man nicht betreten sollte. Vor ihm bewegte sich Gilda in mehreren Metern Entfernung zwischen dem Geröll zügig voran, gut erkennbar an ihrem orangefarbenen Daunenanzug, dicht gefolgt von Pasang. Sollte jemand aus Fuzhous Truppe auf die Idee kommen, sich Richtung Eisbruch zu bewegen, würde er Gilda als Erste entdecken. Doch vom Basislager drang nur das dumpfe Wummern von Musik zu ihm herüber. Wahrscheinlich feierten die chinesischen Soldaten noch ausgelassener als sonst, weil ihre Mission in der Eiswüste des Everest morgen beendet sein würde.

Er schloss die Augen und sog die kalte, trockene Luft ein. Eine tiefe Ruhe erfüllte ihn, und trotz der Gefahr, in der sie sich befanden, fühlte er sich fast entspannt. Er hatte alles hinter sich gelassen, was ihn in seinem früheren Leben bedrückt hatte: seinen Job bei GSI, seine Eheprobleme und auch seine Höhenangst. Die zahlreichen Aufstiege durch den Eisbruch zu Lager 1 und 2 hatten ihn langsam, aber sicher gegen gähnende Abgründe und schwindelerregende Höhen immunisiert. Hoffentlich war sein Panikdrache endgültig ausgezogen.

Ray tippte ihm auf die Schulter. »Ich störe dich nur ungern, aber es wäre schon schön, wenn du einen Tick schneller gehen könntest. Es sei denn, du wartest auf Fuzhou.«

»Der kommt nicht. Der wird erst morgen merken, dass wir verschwunden sind. Und wenn schon, es wird ihm egal sein.«

»Da wäre ich mir nicht so sicher. Er hat uns mehrfach belogen. Warum sollte er ausgerechnet dann die Wahrheit sagen, wenn es um unser Leben geht?«

»Der Major hat uns die ganze Zeit über mehr oder weniger gut behandelt. Wenn er uns hätte töten wollen, hätte er es getan. Wir leben aber noch. Es wird nichts passieren, glaub mir.«

Ray sah Holm fragend an. »Ich hoffe, du behältst recht. Aber warum kommst du mit, wenn du Fuzhou für so einen harmlosen Typ hältst? Im Basislager hättest du es gemütlicher als hier draußen bei minus dreißig Grad, vom Ausgang unserer Flucht mal ganz abgesehen.«

Holm zuckte die Achseln. »Ganz einfach. Ich möchte so schnell wie möglich von hier weg. Außerdem lauert Ott im Basislager. *Dem* traue ich nicht über den Weg.«

»Was ist eigentlich, wenn dein Kollege recht hat, und dein Fund nur aus Rost besteht?«

»Das ist kein Rost, egal, was der liebe G.OTT dazu sagt. Seine Anwesenheit ist sogar der indirekte Beweis dafür, dass meine These zu Element 126 richtig ist. Wäre er nicht auch davon überzeugt, dann wäre er nicht hier am Everest.« Holm drehte sich um und blickte zu den Zelten des Basislagers zurück, die zwischen den Felsen wie gelandete Raumschiffe vereinzelt aufleuchteten. »Schau mal einer an: Wenn man vom Teufel spricht.«

Eine Gestalt schritt durch das Geröll zügig auf sie zu.

Ray kniff die Augen zusammen. »Das ist nicht Ott. Der ist viel größer. Hoffentlich ist das keiner von Fuzhous Leuten.«

»Verflucht. Und was jetzt? Weitergehen?«

»Nein, wir warten auf Diane«, hörte Holm eine Stimme hinter sich. Er drehte sich um. Vor ihm stand Gilda, die zurückgekommen war und auf die Chinesin zeigte, die sich rasch näherte. Einen Moment später hatte sie die Gruppe erreicht und blieb schwer atmend stehen.

»Hast du es dir doch anders überlegt?«, fragte Gilda frostig.

»Ich konnte euch einfach nicht im Stich lassen. Ihr braucht mich bestimmt.«

»Na ja, jetzt bist du eben da. Hat jemand bemerkt, wie du das Lager verlassen hast?«

»Nein, die Soldaten feiern ausgelassen das Ende ihrer Mission. Ich möchte nicht wissen, wie viele schon betrunken sind. Von denen wird uns bestimmt keiner verfolgen.«

Holm reichte Diane seine Trinkflasche. »Hier, nimm ein paar Schlucke. Die trockene Luft macht durstig.«

»Trödel nicht rum«, sagte Gilda. »Wir sollten zusehen, dass wir weiterkommen. Sobald wir den Eisbruch erreicht haben, sind wir vor einer möglichen Entdeckung durch Fuzhous Leute einigermaßen sicher.«

Einige Minuten später stand das Team am Rand des Eisbruchs. »Ihr könnt jetzt eure Stirnlampen einschalten«, meinte Gilda. »Ab hier kann man uns vom Basislager aus nicht mehr sehen. Wir brauchen gute Sicht, um halbwegs sicher durchzukommen. Auf geht's!«

»Willkommen im Vorhof der Hölle«, murmelte Holm. »Ihr, die ihr hier eintretet, lasst alle Hoffnung fahren.«

Ray klopfte ihm auf die Schulter. »Sehr gut! Dante Alighieri. ›Die Göttliche Komödie‹. Auch humanistisch vorbelastet?«

»Ich fürchte, ja. Dieses lustige Stück war im Abitur dran. Lange ist's her.«

»Warte erst einmal ab, bis wir den neunten Kreis der Hölle erreicht haben. Da wird es richtig gemütlich.«

Holm verzog nur das Gesicht, dann trat er in das blauweiß leuchtende Labyrinth ein. Schritt für Schritt kämpfte sich die Gruppe zwischen den Eisblöcken und riesigen Séracs hindurch. Kein Wort fiel, nur angestrengtes Atmen war in der Stille der Nacht zu hören. Pasang, der am Schluss ging, zog immer wieder die Fixseile aus ihren Verankerungen, schnitt sie durch und warf die Reste in Gletscherspalten, die auf seinem Weg lagen.

Nach einer Weile erreichten sie die ersten Leitern, die zusammengebunden über einer Gletscherspalte lagen. Alle blieben stehen.

»Erinnerst du dich?«, fragte Gilda an Holm gewandt. »Hier war deine Feuertaufe. Beinahe hättest du dich freiwillig in die Tiefe gestürzt.«

»Keine Sorge, dieses Mal werde ich nicht versuchen, zu springen. Wenn niemand etwas dagegen hat, werde ich als Erster den Styx überqueren.«

Er klinkte sich in das Sicherungsseil ein, das neben der Leiter in Hüfthöhe gespannt war, und betrat die erste Sprosse. Die Leiter hielt. Er hielt inne und schaute zu den vor ihm aufragenden Eiszinnen hoch. Wie oft war er hier langgegangen? Sicherlich Dutzende Male. Vielleicht überquerte er zum letzten Mal diese Leitern, denn wenn alles nach Plan lief, würden sie bald ihr Gefängnis verlassen. Er machte zwei weitere Schritte und die Leiter begann leicht zu schwanken. Noch zwei, drei Meter, dann wäre er auf der anderen Seite.

Er hörte jemanden brüllen. War das Pasang? Was wollte er?

Er hob den Kopf. Am anderen Ende der Leiter tauchten vier Soldaten wie Gespenster aus der Dunkelheit auf, die Läufe ihrer Maschinenpistolen auf ihn gerichtet.

KAPITEL 50

Der rotbraune Staub fiel wie ein feiner Regen aus getrocknetem Blut auf den Tisch und bildete dort eine dünne Schicht. Im schummrigen Licht des Gemeinschaftszeltes betrachtete Ott den Gesteinsbrocken in seiner Hand prüfend von allen Seiten. Er kratzte weiter und wieder rieselten kleine Partikel herab. Nachdenklich legte er den Stein auf den Tisch zurück. Terbergen hatte ihn einfach liegen lassen. War das Absicht gewesen? Oder war sein Kollege so dumm, dass er ihm seine Erklärung abgenommen hatte, die oberflächlichen Einschlüsse seien nur Eisenoxid? Wer täuschte hier wen? Er fuhr sich ratlos mit den Händen über den Kopf.

Was wie eine Probe von der Marsoberfläche aussah, war alles andere, bloß kein Eisenoxid. Er hatte das Gesteinsmaterial einer Kurzanalyse in seinem Minilabor unterzogen, nachdem Terbergen und die anderen das Zelt verlassen hatten. Dieser geheimnisvolle Staub enthielt weder Eisen, Gold oder Iridium noch ein anderes Element, das er kannte. Er hatte die Dichte des Materials mit allen ihm zur Verfügung stehenden Methoden zu bestimmen versucht – und war vom Ergebnis völlig überrascht gewesen. Auch wenn seine Messungen möglicherweise nicht fehlerfrei waren, das Zeug war schwerer als alles andere, was es auf der Erde gab. Er hatte einen Geigerzähler an den Stein gehalten und eine schwache Radioaktivität festgestellt.

Kein Zweifel, diese Substanz war etwas Neues, aber konnte es tatsächlich Element 126 sein? Widerwillig musste er sich eingestehen, dass die Hypothese seines Kollegen nicht ganz von der Hand zu weisen war. Was, wenn Terbergen recht hatte? Er selbst würde mit seiner Show, die er auf der Pressekonferenz in Darmstadt zum vermeintlich letzten Element des Periodensystems abgezogen hatte, im Nachhinein mehr als dumm aussehen. Er wäre nicht nur seinen Job los.

Er durfte jetzt nicht aufgeben. Terbergen hatte sich mit Gilda Hunts Team unbemerkt abgesetzt und befand sich nun auf der Flucht. Wahrscheinlich steckten sie entweder gerade im Eisbruch, im Western Cwm oder wo auch immer fest und rangen verzweifelt nach Luft. Diese Idioten. Er würde in Kürze zu Lager 2 aufbrechen, um dort die Stelle zu finden, an der Terbergen seinen Fund gemacht hatte. Er brauchte wenigstens noch zwei oder drei weitere Exemplare für zusätzliche Analysen. Bei GSI würde man ihn für seinen Fund feiern. Na ja, eigentlich war das Terbergens Entdeckung, aber der würde für immer am Everest bleiben.

Plötzlich hallte das laute Knattern mehrerer Gewehrsalven vom Eisbruch zu ihm herüber. Er stand auf und ging nach draußen. Angestrengt lauschte er in die Dunkelheit hinein. Nichts mehr, nur noch Totenstille. Ein kaltes Lächeln glitt über sein Gesicht. Schade eigentlich, dass sein Konkurrent es nicht mehr erfahren würde, wenn ihm, G.OTT, für seine Entdeckung der Physik-Nobelpreis verliehen würde.

KAPITEL 51

Holm stand auf der Leiter und hielt sich krampfhaft am Sicherungsseil fest –
unter ihm die gähnende Gletscherspalte, vor ihm die Chinesen.

Der vorderste Soldat trat ein Stück vor, hob wieder die Maschinenpistole
und erneut peitschten Schüsse durch den Eisbruch.

Komisch, merkwürdigerweise fiel er nicht um. Wie konnte das sein?

Der Soldat brüllte ihm etwas zu und feuerte eine weitere Salve in seine
Richtung. Dann gab er ihm ein Zeichen, auf die andere Seite zu kommen.

»Volwäds, volwäds!«, rief der Chinese, dieses Mal deutlich energischer,
und machte wieder Handzeichen, die Leiter zu verlassen.

»Geh rüber!«, rief Diane hinter ihm. »Die Männer werden dir nichts tun.«

Klar, die wollten nur spielen.

Dann endlich kapierte er, was los war. *Volwäds, volwäds!* Das war der Mann,
den sie bei ihrem ersten Ausflug mit akuter Höhenkrankheit aus dem Khumbu-
Eisbruch gerettet hatten. Er hob vorsichtig die linke Hand, dass er verstanden
hatte, und lächelte gequält. »Volwäds, volwäds. Alles klar. Ich komme rüber.«

Der Chinese winkte ihm aufmunternd zu.

Wenige Augenblicke später stand Holm auf der anderen Seite der
Gletscherspalte. Seine Knie zitterten leicht. Der Soldat knuffte ihn in die
Seite und übergoss ihn mit einem Schwall chinesischer Worte.

»Er freut sich, uns alle lebend zu sehen«, übersetzte Diane, die mittlerweile auch herübergekommen war. »Er will uns etwas mitteilen.« Sie wartete, bis auch Ray und Pasang die Gletscherspalte überquert hatten. Als
Letzte kam Gilda. Ihr Gesicht war aschfahl. Zögerlich ging sie auf Holm
zu. »Ich hatte dich schon in die Gletscherspalte stürzen sehen.« Sie zeigte
auf den gähnenden Riss im Eis.

»Keine Sorge. Erstens ist das meine Lieblingsleiter und zweitens möchte
ich noch mit dir zu Abend essen. Gibt es wieder Hühnchen mit Reis?«

Gilda erwiderte nichts, sondern umarmte Holm spontan. »Bilde dir jetzt
nichts darauf ein. Ich bin nur froh, dass du noch am Leben bist.«

Ray trat vor und baute sich vor Gilda auf. »Und was ist mit mir? Ich lebe
auch noch. Ein Küsschen für mich wäre schon angebracht.«

Der Soldat schob sich vor, nahm den Arzt in den Arm und drückte ihn fest. Zum Schluss gab er ihm einen Kuss auf die Stirn.

»Was ... was soll das?«, fragte Ray und rang nach Luft.

»Ich habe nur übersetzt, vielleicht nicht ganz korrekt«, antwortete Diane mit einem Schmunzeln. »Du wolltest doch einen Kuss, oder?«

Die anderen Soldaten lachten laut, der Arzt verzog nur den Mund.

»Frag doch mal ›Volwäds‹, warum er uns nicht erschossen hat. Vor allem, wie soll es weitergehen?«, wollte Holm wissen.

»Nicht notwendig. Er hat mir schon alles erzählt. Wir sind alle tot.«

»Wie bitte?«

»Wir sind gerade alle erschossen und in einer Gletscherspalte versenkt worden. Das wird man zumindest im Basislager glauben, wenn Feldwebel Li Wáng, so heißt unser Freund hier, Bericht erstattet hat. Die Schüsse waren sicher bis dorthin zu hören.«

Holm hob verwundert die Hände. »Und warum wurden wir ganz offiziell ins Jenseits befördert?«

»Fuzhou hat ihm befohlen, uns mit allen Mitteln an einer Flucht über den Everest zu hindern. Aber Li meint, dass man nicht auf seine Retter schießen sollte. Er ist uns unendlich dankbar, dass wir ihn damals im Eisbruch nicht zurückgelassen haben«, antwortete Diane.

»Und wir sind jetzt alle mausetot«, warf Ray ein. »Was haben wir doch für ein Schwein.«

»Na ja, schön ist der Gedanke an den eigenen Tod nicht unbedingt«, sagte Gilda. »Fuzhou wird allerdings nach diesem ›Begräbnis‹ nicht nach uns suchen.« Sie wandte sich an Diane. »Frag den Feldwebel, was als Nächstes passiert. Können wir weitergehen?«

Die Chinesin übersetzte und wartete die Antwort ab. Sie hörte konzentriert zu und wandte sich wieder an Gilda. »Er sagt, ja, wir können gehen. Nur ins Basislager sollten wir natürlich nicht zurückkehren. Er selbst kehrt mit seinen Leuten dorthin zurück und sie werden morgen mit den Hubschraubern nach China ausgeflogen. Er möchte nicht mehr da sein, wenn die Party losgeht.«

»Welche Party? Meint er die Annexion des Everest?«, hakte Gilda nach.

Diane dolmetschte. Wangs Gesicht verfinsterte sich und er grummelte etwas auf Chinesisch. Er hob eine Hand und streckte zwei Finger hoch, dann zeigte er Richtung Everest.

»Er sagt, uns bleiben genau zwei Tage, um von hier zu verschwinden. Am 24. Dezember wird sich dann der Drache erheben.«

KAPITEL 52

Fuzhou stand in seinem Zelt und schaute auf seine Armbanduhr. Kurz nach einundzwanzig Uhr. Sobald er fertig gepackt hatte, würde er noch einmal zu seinen Männern gehen und ihnen für ihren Einsatz in den letzten Wochen danken. Das war er ihnen schuldig, aber zum Mitfeiern verspürte er nur wenig Lust. Nicht mit den einfachen Soldaten. Immerhin hatten die Schüsse, deren Echo aus dem Khumbu-Eisbruch zu ihm herübergedrungen war, ein lästiges Problem gelöst. Gilda Hunt und ihr Team waren tot, ihre Leichen in irgendeiner Gletscherspalte versenkt.

Eigentlich schade um die Britin. Er hatte sie in gewisser Weise gemocht, und unter anderen Umständen wären sie vielleicht ein gutes Team am Berg gewesen. Trotzdem, was getan werden musste, wurde getan. Er war Soldat und das bedeutete Gehorsam und Disziplin, für seine Männer und auch für ihn. Er stopfte mehrere olivgrüne Unterhemden in seinen Armeesack, aus dem ein strenger Geruch aufstieg. Wenn er zu Hause war, würde er einen ganzen Tag lang in der Badewanne verbringen.

Etwas raschelte am Zelteingang. Fuzhou griff nach seiner Pistole, die vor ihm auf dem Tisch lag, und richtete die Waffe auf den Eingang. »Wer da? Parole?«

»Gefreiter Zhâng. Parole: Drachenfeuer. Sie haben mich hierhin befehlen lassen.«

Fuzhou ließ die Norinco sinken und klappte die Zeltplane zurück. Vor ihm stand ein hochgewachsener Mann Mitte zwanzig. Er nahm Haltung an und salutierte.

»Eintreten!«, sagte Fuzhou und winkte den Soldaten herein. »Stehen Sie bequem. Sie waren bei der Wachmannschaft von Feldwebel Wáng eingeteilt. Richtig?«

»*Shì*, das war ich!«

»Was hat sich vorhin im Eisbruch abgespielt? Ich habe die Schüsse gehört. Ich will jedes Detail wissen.«

Der Gefreite wurde rot. »Wir haben die Westler an der Flucht gehindert.«

»Was heißt das genau?«

»Wir ... wir haben auf sie geschossen.«

Fuzhou trat dicht an Zhâng heran. »*Geschossen* oder *erschossen*? Antworten Sie!«

Der Soldat trat nervös von einem Fuß auf den anderen und blickte auf den Boden. »Ich glaube erschossen.«

»Was heißt das: Sie *glauben*? *Wissen* Sie es nicht?« Fuzhou hob die Pistole und setzte sie dem Gefreiten auf die Brust. »Zum letzten Mal: Was ist im Eisbruch passiert?«

Die Lippen des Gefreiten zitterten. Er räusperte sich. »Feldwebel Wáng hat geschossen. Über die Köpfe der Westler hinweg.«

»Unsinn! Warum sollte er das tun? Sie wissen, was passiert, wenn Sie einen Vorgesetzten fälschlich beschuldigen.«

Der junge Gefreite nickte heftig. »*Shì*, das weiß ich. Aber Feldwebel Wáng meinte, man schießt nicht auf seine Retter. Deshalb hat er die Gruppe laufen lassen.«

Retter? Wen meinte der Mann damit? Es dauerte einen Augenblick, bis er begriff. Natürlich! Wáng, der höhenkranke Unteroffizier, den Hunts Team aus dem Eisbruch ins Basislager gebracht hatte. Er fasste sich an die Stirn. *Dieser Narr!* Er hatte sich seinem ausdrücklichen Befehl widersetzt, auf jeden zu schießen, der zu fliehen versuchte. Schlimmer noch, sein Verhalten gefährdete das ganze Unternehmen.

Er kniff die Augen zusammen und unterdrückte seine aufsteigende Wut. »Hat Ihr Vorgesetzter gesagt, wohin die Gruppe geflüchtet ist?«

»*Shì!* Die Engländerin und ihr Team sind auf dem Weg ins Tal des Schweigens. Was sie dann vorhaben, wusste Feldwebel Wáng nicht.«

Fuzhou setzte sich und überlegte. Hunts Gruppe hatte einige Stunden Vorsprung, aber in der Dunkelheit kamen sie bestimmt nicht schnell voran. Und selbst wenn, im Western Cwm saßen sie endgültig in der Falle. Er strich sich mit dem Finger über die Oberlippe. Im Grunde genommen war die Gruppe jetzt schon tot. Entweder würde sie in dem aufkommenden Sturm umkommen oder der Drache würde alles erledigen. Trotzdem, er wollte kein Risiko eingehen, nicht so kurz vor Abschluss ihrer Operation. Wenn die Geflüchteten Dinge auf dem Südsattel entdeckten, die nicht für ihre Augen bestimmt waren, dann könnte das komplette Unternehmen scheitern.

Er sprang auf. »Gefreiter Zhâng, wählen Sie zusammen mit Leutnant Huáng drei Männer aus, die innerhalb einer Stunde alles gepackt haben, was für eine Besteigung der Qomolangma notwendig ist. Seile, Eisäxte,

Steigeisen, Zelte, Schlafsäcke, Kocher, Lebensmittel. Ich werde mit Ihnen und den anderen um genau zweiundzwanzig-null-null das Basislager verlassen. Sie haben die einmalige Chance, dem chinesischen Volk zu beweisen, dass Sie doch ein wahrer Held sind. Haben Sie das verstanden?«

Der Gefreite schluckte. »*Míngbái*! Verstanden, Major Fuzhou! Drei Männer, Leutnant Huáng und ich werden Sie begleiten. Aufbruch um zweiundzwanzig-null-null.«

Der Soldat drehte sich um und wollte gerade gehen, als Fuzhou ihn am Arm festhielt. »Jeder von Ihnen nimmt eine Maschinenpistole mit reichlich Munition mit. Wir werden sehr bald davon Gebrauch machen müssen.« Der Major griff nach seiner Pistole. »Ich werde mich erst einmal um Feldwebel Wáng kümmern. Ach, noch etwas, Gefreiter: Der deutsche Wissenschaftler, dieser Dr. Ott, kommt mit uns.«

KAPITEL 53

Polternd stürzte die Leiter in den Abgrund, krachte geräuschvoll noch einige Male gegen die Wände der Gletscherspalte und verschwand dann endgültig in der Tiefe. Pasang rieb sich zufrieden die Hände. »Das war die letzte. Jetzt können wir uns ganz auf den weiteren Aufstieg konzentrieren.«

Gilda klopfte dem Sherpa anerkennend auf die Schulter. Sie hatten den Eisbruch innerhalb von vier Stunden durchquert, schneller als erwartet. Die Teammitglieder kannten die Route durch den Gletscher durch die zahlreichen Aufstiege zu den Höhenlagern mittlerweile in- und auswendig. Jeder Schritt, jeder Griff saß. Nun hatten sie die Abbruchkante am Rande des Western Cwm erreicht.

Der Einzige, der nicht ganz mithalten konnte, war Ray. Er hatte die Wochen zuvor im Basislager verbracht und war daher nicht an größere Höhen angepasst. Sie wandte sich an den Arzt, der vorgebeugt und nach Luft ringend neben ihr stand.

»Na, du wirst doch jetzt nicht schlappmachen? Wir haben das Western Cwm erreicht. Wenn wir in Lager 2 sind, kannst du dich erst einmal ausruhen.«

Ray winkte ab. »Geht schon. Wir sollten lieber zusehen, dass wir weiterkommen. Schau mal nach oben.«

Gilda hob den Kopf und sah erste Wolken am Nachthimmel aufziehen. Der vorhergesagte Sturm schickte seine Vorboten. Bald würde man die Hand vor Augen nicht mehr sehen können. Wenn sie dann durch das mit Spalten durchzogene Tal des Schweigens gehen mussten, wäre das ein reines Himmelfahrtskommando. Sie mussten unbedingt vorher Camp 2 erreichen.

Sie deutete auf den vor ihnen liegenden Taleinschnitt, dessen verharschte Schneedecke im Mondlicht glitzerte. »Weiter! Wenn wir unser Tempo halten, erreichen wir in ein paar Stunden Lager 2. Dort machen wir Rast, versuchen ein wenig zu schlafen und steigen bei Tagesanbruch die Lhotse-Flanke hoch. Vorher legen wir eine kurze Verschnaufpause in Camp 1 ein. Wir können nur hoffen, dass der Sturm dann noch nicht in aller Stärke tobt.«

Gemeinsam zogen sie langsam durch das Tal des Schweigens, Gilda und Diane vorneweg, in der Mitte Holm und Ray, am Ende der kleinen Gruppe Pasang. Immer wieder blieben sie nach Luft ringend stehen. Noch benötigten sie keinen zusätzlichen Sauerstoff, aber auf fast sechstausend Meter Höhe wurde das Gehen zunehmend anstrengender, trotz ihrer Akklimatisierung. Von Zeit zu Zeit schaute Gilda zum Himmel hoch, der sich zunehmend bewölkte. Ein leichter Wind war aufgekommen, aber noch schneite es nicht. Die Temperatur lag sicherlich unter minus dreißig Grad.

Pasang blieb stehen und zeigte nach vorne, wo sich die Umrisse von Zelten im Schnee abzeichneten. »Lager 1. Wir sind bald da«, rief er keuchend. »Wir sollten uns dort einen Moment lang ausruhen.«

Ray reckte mit einem gequälten Lächeln einen Daumen in die Höhe. »Super Idee, mein Freund. Ich bin fix und alle.«

Wenige Minuten später erreichten sie das Lager und betraten eins der größeren Zelte, welches die chinesischen Soldaten als Essenszelt genutzt hatten. Gilda bewegte den Kopf hin und her, um mit ihrer Stirnlampe das Innere auszuleuchten. Sie sah sich verwundert um. »Versteht ihr das? Hier sieht es aus, als ob jeden Augenblick einer von Fuzhous Leuten hereinkäme, um gemütlich den Feierabend zu genießen. Die komplette Einrichtung ist noch da. Ich dachte, die Chinesen wollten morgen abreisen und hätten alles mitgenommen.«

Ray ließ sich auf einen der Stühle plumpsen und wischte sich über das Gesicht. »Unsere asiatischen Gastgeber lernen schnell dazu und machen es wie die westlichen Touristen am Everest. Sie lassen nach Ende der Expedition ihren ganzen Müll zurück. Was soll daran merkwürdig sein?«

Diane zuckte die Schultern. »Ist doch völlig egal. Vielleicht finden wir noch etwas zu essen, dann können wir uns erst einmal stärken.«

Ray nickte. »Wir sollten vor allem Schnee schmelzen. Wir brauchen weiter oben Flüssigkeit ohne Ende, glaubt es mir. Ansonsten trocknen wir aus wie Alkoholiker ohne Schnaps.«

Gilda schmunzelte amüsiert. »Du meinst wohl Whisky, nicht Schnaps. Ach Ray, wenn wir dich nicht hätten. Aber nutzen wir die Zeit und kochen Tee.«

Währenddessen hatte Holm in verschiedenen Kisten gekramt, die weiter hinten im Zelt standen, und kam nun mit einigen Fertiggerichten zurück. »Das Drei-Sterne-Restaurant Fuzhou lädt zu einem exquisiten Candle-Light-Dinner ein. Zur Auswahl stehen Hühnchen mit Reis oder Reis mit Hühnchen.«

Gilda nahm ihm einen Beutel aus der Hand. Ihre Fingerspitzen berührten sich kurz. »Ich hätte Lust auf Thai-Hühnchen mit Reis. Du erinnerst dich?«

Holm nickte stumm und lächelte.

»Freunde?«, fragte Gilda.

»Freunde.« Er nahm ihre Hand und drückte sie kurz.

KAPITEL 54

Joshua Clayton trommelte mit den Fingern auf eine Fensterscheibe der Bibliothek, die den Blick auf einen niobgrauen Atlantik freigab. Die Wellen brachen sich donnernd an den Felsen von Greedhou Island und leckten gierig nach den Schneeflocken, die im Sturm auf und ab tanzten. Für eine Weile wurden sie hin und her gewirbelt, während sie versuchten, der brodelnden See zu entkommen, um dann ihr kurzes Leben als Regentropfen zu beenden.

»Was für ein Scheißwetter! Von wegen Klimawandel. Ich kann mich nicht mehr daran erinnern, wann es hier das letzte Mal geschneit hat. Es scheint fast, als würde der Everest uns einen feuchtkalten Gruß herübersenden.«

Joshua drehte sich um und ging zu dem Louis-XV-Tischchen hinüber, auf dem eine Etagere mit *Petit Fours* stand. Er griff nach mehreren Gebäckstücken und stopfte sie sich in den Mund. Dann wandte er sich seinem Bruder zu, der auf dem Sofa saß und eine Tasse umklammert hielt, aus der ein würziger Geruch aufstieg.

»Riecht gar nicht so schlecht, was du da in dich hineinkippst. Wieder ein prämierter Fusel von den Frogs?«

»Nein, Glühwein nach einem alten Rezept von Archibalds Großvater, das er aus deutscher Kriegsgefangenschaft nach dem Zweiten Weltkrieg mitgebracht hat. Genau das richtige Getränk bei diesem Wetter. Möchtest du auch einen Schluck?«

»Lass mal gut sein. Erzähl mir lieber, wie es in London war.«

Samuel rutschte unruhig auf dem Sofa herum. »Was soll ich sagen? Gar nicht schlecht. Ich habe einige Bestellungen für unseren Weinkeller aufgegeben, mich in ein paar Antiquitätengeschäften umgesehen und ansonsten die Abwechslung genossen.« Er setzte die Tasse ab und rieb sich am Ohrläppchen. »Ach so, bevor ich es vergesse: Ich habe zufällig Lloyd Parker getroffen.«

»Wen hast du getroffen? Parker? Zufällig? Das glaubst du wohl selbst nicht.«

Samuel knetete die Finger. »Na ja, wir haben zusammen im *Kaia* zu Abend gegessen. Ich kann dieses Restaurant nur empfehlen.«

»Red keinen Unsinn! Was wollte der Typ von dir? So einer wie der trifft sich nicht ohne Hintergedanken mit einem.«

Samuel nahm die Tasse und trank ein paar Schlucke Glühwein. Seine Wangen röteten sich. »Parker scheint in Schwierigkeiten zu sein und braucht unsere Hilfe. Er hat mich gebeten, alle unsere *Short*-Positionen zu schließen, um die Goldkurse zu stabilisieren. Er selber hat auf steigende Notierungen gesetzt und sitzt jetzt auf seinen *Long*-Positionen. Falls kein Wunder passiert, ist er Weihnachten bankrott.«

Joshua schlug mit der Faust auf das Tischchen. *Petit Fours* flogen durch die Luft und schlitterten über das Eichenholzparkett der Bibliothek. »Ich habe dir gleich gesagt, dass der Kerl keine Ahnung vom Geschäft hat. Dieser Idiot hat sich verspekuliert und winselt nun rum. Wir haben ihn bei den Eiern! Weihnachten können wir seinen maroden Laden übernehmen. Ist dir das klar?«

Samuel hob beschwichtigend die Hände. »Ja, das weiß ich. Aber Lloyd Parker war immer gut zu uns. Es wäre an der Zeit, dass wir uns erkenntlich zeigen und ausnahmsweise ihm helfen. Wenn wir seiner Bitte entsprechen, wären wir so reich, dass wir bis an unser Lebensende jeden Tag in Champagner baden könnten.«

Joshua schlug sich mit der Hand gegen die Stirn. War sein Bruder tatsächlich so naiv oder tat er nur so? Er würde sich auf keinen Fall die Chance entgehen lassen, Parker finanziell zu erledigen. Zu oft hatte ihn dieser Banker ihre Herkunft spüren lassen. Für ihn waren sie beide nur hochgespülte Emporkömmlinge, die es nur dank seiner Hilfe zu etwas gebracht hatten. Das würde er jetzt ändern. Ein für alle Mal.

»Sag mal, bist du bescheuert, oder was? Wir haben jetzt und *nur* jetzt die einmalige Gelegenheit, die ersten Billionäre auf diesem Planeten zu werden und nebenbei diesen feinen Pinsel aus London in die Schranken zu weisen. Und was schlägst du vor? Wir sollen B.I.G. retten.«

Samuel verzog das Gesicht. »Ich verstehe dich ja, aber ich habe kein gutes Gefühl bei der Sache. Parker war – wie soll ich sagen? – viel zu entspannt an dem Abend. Er steht vor dem Bankrott und müsste am Boden zerstört sein, stattdessen plaudert er mit mir wie beiläufig darüber, dass er bald insolvent sein wird. Er hat mir zum Schluss unseres Treffens etwas auf eine Serviette geschrieben: Carmilhan. Der Name eines mit Gold beladenen Geisterschiffs. Was soll das?«

Joshua ließ sich neben seinem Bruder auf das Sofa fallen und legte einen

Arm um dessen Schultern. Sanft klopfte er ihm auf den Rücken. »Entspann dich. Ich habe alles im Griff. Schau bitte nur einmal kurz da drüben hin.« Er zeigte auf den Fries über der Nische am Ende der Bibliothek. »Was steht da? Ich sage es dir: ›Wenn das Gold redet, dann schweigt die Welt‹. Stimmt das? Nein. Die Welt schweigt nicht, sie ist in hellem Aufruhr! Die Esel von der EU verhängen wegen der Besetzung des Everest empört einen Einfuhrstopp für Waren aus China, die Amerikaner drohen mit einer militärischen Intervention im Himalaya, ohne zu wissen, wie sie das machen sollen, und der Rest der Welt versucht, sein Gold loszuwerden. Und was machen unsere Investments? Ihr Wert steigt unaufhörlich.« Er zog den Arm wieder zurück. »Wir werden vor Weihnachten ganz bestimmt nicht unsere *Short*-Positionen schließen. Auf keinen Fall. Verstanden?«

»Ja, habe ich. Mich interessiert aber, was mit Gilda Hunt und ihren Leuten ist. Wie geht es ihnen? Was sagt dein Informant?«

Joshua grinste. »Missy Hunt und ihre Truppe sind in bester Verfassung. Die kleine Chinesin in ihrem Team hält mich stets auf dem Laufenden. Ich bezahle sie ja auch fürstlich dafür. Sie hat mich vor ein paar Stunden angerufen und mich darüber informiert, dass sich unser Goldengel mit den anderen auf den Weg zum Gipfel gemacht hat.«

»Warum ausgerechnet jetzt?«

Joshua bleckte die Zähne. »Ich bin mir sicher, dass Barbie und Co. die Party auf dem Everest nicht verpassen wollen. Heiligabend soll es sogar ein Feuerwerk geben.«

KAPITEL 55

In der Dunkelheit schien die Welt um Holm herum stillzustehen. Das Einzige, was er spürte, war das heftige Pochen seines Herzens. Die eisige Kälte kroch langsam durch alle Kleidungsschichten und ließ ihn fast erstarren. Auch wenn er seine Zehen kaum noch spürte, schleppte er sich weiter. Alle paar Meter blieb er stehen und rang nach Luft. Den anderen in der Gruppe erging es nicht anders. Der Aufstieg durch den Eisbruch und der anschließende Marsch zum Lager 1 hatte sie viel Kraft gekostet. Gilda hatte nach ihrer kurzen Rast darauf bestanden, zum Lager 2 weiterzugehen. Das Risiko, ohne Zelte im Tal des Schweigens vom kommenden Sturm überrascht zu werden, sei einfach zu groß, hatte sie erklärt.

Eine solche Gewalttour hatte er noch nie durchgestanden und er fragte sich, wie sie es später überhaupt auf den Südsattel auf knapp achttausend Meter schaffen sollten. In Lager 2, das wusste er, waren immerhin genügend Sauerstoffflaschen vorhanden, dann würden sie auf alle Fälle eine halbwegs ruhige Nacht haben. Am nächsten Tag wartete allerdings der anstrengendste Abschnitt auf sie: der Aufstieg in der Lhotse-Flanke. Aber hatten sie eine andere Wahl?

Immerhin war Ott im Basislager geblieben. Der würde ihm nicht mehr in die Quere kommen. Und Fuzhou? Der würde in ein paar Tagen der Weltöffentlichkeit feierlich die Annexion des Everest verkünden. Dann war ihre Gruppe, wenn alles gut lief, schon auf dem Weg nach Lukla. Er blieb wieder stehen und blickte zurück. Hinter ihm bewegten sich wie in Zeitlupe Ray, Gilda und Diane vorwärts. Er beugte sich vor und machte mehrere Atemzüge. Vor seinem Mund bildeten sich kleine Wolken, die sofort zu winzigen Eiskristallen erstarrten.

Pasang schloss zu Holm auf. Er blieb neben ihm stehen und klopfte ihm aufmunternd auf die Schulter. »Du bist ja fast ein richtiger Sherpa geworden. Ich habe am Anfang unserer Reise nicht geglaubt, dass du es so weit schaffen würdest. Alle Achtung!«

Holm hob den Kopf. »Danke, aber meine Kräfte lassen langsam nach. Wie weit ist es noch?«

»Vielleicht noch eine gute Stunde, dann kannst du dich für den Rest der Nacht im Zelt ausruhen. Gott sei Dank ist der Sturm noch nicht da.« Jetzt näherte sich auch Ray, gefolgt von den beiden Frauen. Der Arzt ließ sich vor Pasang in den Schnee plumpsen und stöhnte auf. »So eine Schinderei. Ich kann nicht mehr. Kann mich einer tragen?«

»Reiß dich zusammen!«, ertönte Gildas Stimme. Sie blieb neben dem Arzt stehen und sah ihn von der Seite an. »Die paar Minuten wirst du auch noch durchstehen.«

»Das sagst du schon die ganze Zeit. Hast du wenigstens ein bisschen Sauerstoff für mich?«

Gilda ignorierte die Frage. Sie beugte sich vor und stützte sich mit beiden Armen auf den Knien ab. »Wir verbringen die Nacht in Lager 2 und steigen morgen früh in die Lhotse-Flanke ein. Dann wird euch die Tour von heute wie ein erholsamer Spaziergang vorkommen. Glaubt es mir.«

»Wir glauben es«, erwiderte Ray und lächelte gequält. »Und freuen uns schon drauf.«

Diane trat neben Gilda. »Wäre es nicht besser, wir warten in Lager 2 die weitere Entwicklung ab? Wir sind vollkommen platt. Wenn Fuzhou mit seinen Männern abgereist ist, könnten wir doch ganz entspannt wieder ins Basislager zurückkehren. Da ist doch dann keiner mehr.«

»Mag sein. Trotzdem, es geht erst einmal weiter.«

Alle rafften sich auf und gingen Schritt für Schritt langsam vorwärts. Nur das Kratzen der Steigeisen auf dem verharschten Schnee durchdrang die Stille der Nacht, untermalt vom rhythmischen Keuchen der Teammitglieder.

Innerhalb einer Stunde erreichten sie die Zelte von Lager 2. Hier bot sich das gleiche Bild wie in Camp 1. Die Chinesen hatten alles zurückgelassen, so als ob sie ihre Ausrüstung und die Zelte nicht mehr brauchen würden. Das Ganze sah nach einem hektischen, fast überstürzten Aufbruch aus.

Pasang sah sich verwundert im Gemeinschaftszelt um. »Warum macht Fuzhou so was? Er könnte doch alle Sachen wieder mitnehmen.«

Ray sah den Sherpa an. »Der feine Herr muss doch angeblich noch einmal hier durchkommen, um seine Gipfel-Show abzuziehen. Meinst du, er übernachtet dann im Freien, ohne seine Knechte, die ihn bedienen?«

»Also mir kommt das auch komisch vor«, warf Holm ein. »Was hat ›Volwäds‹ noch einmal zu uns gesagt? In zwei Tagen müssen wir hier weg sein, danach wird sich der Drache erheben? Was bedeutet das nur?«

Diane zuckte die Schultern. »Wir Chinesen lieben eben eine blumige Sprache. Wahrscheinlich wollte der Feldwebel uns nur mitteilen, dass die Qomolangma dann ganz zu China gehört. Mehr nicht.« »Meinetwegen«, antwortete Holm. »Ich will nur noch etwas trinken und dann in meinen Schlafsack kriechen. Ich bin hundemüde.«

»Sollten wir nicht noch die restlichen Sauerstoffflaschen aufdrehen, falls uns doch die Leute von Fuzhou folgen sollten?«, fragte Pasang.

»Spar dir die Mühe«, antwortete Gilda. »Wir brauchen nur ein paar Flaschen für uns, alles andere kann bleiben, wie es ist. Mir fehlt schlicht die Energie für weitere Aktionen.«

Eine halbe Stunde später hatten alle reichlich von dem Tee getrunken, den Pasang und Ray frisch aufgesetzt hatten, und sich für den Rest der Nacht in zwei Zelte aufgeteilt: Die drei Männer nahmen ein größeres, Gilda und Diane eins für zwei Personen.

Holm hatte sich schnell in seinen Daunenschlafsack gekuschelt, eine Atemmaske für die Nacht aufgesetzt und den Luftdurchfluss auf maximale Stufe gestellt. Innerhalb von ein paar Minuten war er in einen tiefen traumlosen Schlaf gesunken.

Er wusste nicht, wie lange er geschlafen hatte, als ihn ein dringendes menschliches Bedürfnis weckte. Ray hatte ihm erklärt, dass sich durch die Anpassung der Atmung an die Höhe auch der Säure-Basen-Haushalt des Organismus umstellte, womit eine erhöhte Flüssigkeitsausscheidung einherging. So wie jetzt. In den ersten Nächten im Basislager hatte er für diesen Fall immer eine Plastikflasche neben seinen Schlafsack gestellt, die ein Austreten während der Nacht in die Kälte unnötig gemacht hatte. Man musste nur aufpassen, dass man im Halbschlaf diese Flasche nicht mit der Trinkflasche verwechselte ...

Holm richtete sich in seinem Schlafsack halb auf und versuchte, die Müdigkeit abzuschütteln. Die paar Stunden Schlaf hatten ihm gutgetan. Neben ihm lagen Ray und Pasang, aus deren Masken er das Geräusch gleichmäßig ausströmender Luft wahrnahm. Ansonsten war es still im Zelt.

Er befreite sich vorsichtig aus seinem Ruhelager und kroch zum Ausgang. Auch wenn es draußen lausig kalt war, hatte er keine Lust, sich extra anzukleiden. Das kleine Geschäft, das er etwas weiter weg von den Zelten zu erledigen hatte, würde nicht lange dauern. Seine Thermounterwäsche würde ihn schon vor dem Erfrieren schützen. Er warf sich seine Fleecejacke über, zog den Reißverschluss der Zeltplane auf und krabbelte nach draußen. Es war absolut windstill, kein Schneefall. Der angekündigte Sturm war wohl eine Falschmeldung gewesen.

Über dem Everest begann sich der Himmel langsam aufzuhellen und seine Farbe wechselte vom Tiefschwarz der Nacht zu einem zarten Grau. Ein neuer Tag brach an. Er blickte auf seine Armbanduhr. Es war kurz nach fünf Uhr. Vielleicht konnte er gleich noch ein bisschen weiterschlummern. Zeit genug hatten sie ja.

Einige Schritte von den Zelten entfernt erleichterte er sich rasch, einen längeren Aufenthalt in seiner spärlichen Bekleidung ließ die beißende Kälte nicht zu. Er wandte sich um und blickte in das Tal des Schweigens hinab, das noch im Dunkeln lag. Er stutzte. Was waren das für Lichter, die sich da unten in seine Richtung bewegten? Spielte ihm die Höhe einen Streich? Er rieb sich die Augen und sah noch einmal angestrengt in die Schwärze des Western Cwm hinab. Kein Zweifel: Langsam, aber stetig bewegten sich die Lichtpunkte auf Lager 2 zu.

KAPITEL 56

Fuzhou warf einen raschen Blick zur Seite. Der Gefreite Zhâng bewegte sich mit erstaunlicher Geschwindigkeit vorwärts. Ihm folgten Leutnant Huáng, ein weiterer Soldat sowie der deutsche Wissenschaftler, der bereits die Atemmaske aufgesetzt hatte. Sie waren seit gut vier Stunden unterwegs und hatten sich keine Pause gegönnt. Der Aufstieg durch den Eisbruch hatte sehr viel Kraft gekostet. Zwei der Soldaten waren nach Ankunft in Lager 1 völlig erschöpft zusammengebrochen und hatten nicht mehr weitergehen können. Damit hatte er bereits gerechnet und mehr Männer mitgenommen, als er für die Erledigung seiner Aufgabe brauchte. Jetzt waren sie noch zu fünft, den Deutschen miteingerechnet. Im Grunde genügte eine einzige Person, um Gilda Hunts Team zu stoppen. Sobald er mit seiner Gruppe in Schussnähe war, würde er erledigen, was er schon früher hätte tun sollen. Er blieb kurz stehen und schaute sich um. Leutnant Huáng schleppte sich mit seinem Gefährten schwer atmend das Western Cwm hoch. Es sah nicht so aus, als würden die beiden noch lange durchhalten. Die Höhe und die eisige Kälte forderten ihren Tribut. Er blickte wieder nach vorne. Irgendwo da im Dunkeln musste Camp 2 liegen.

Zhâng deutete auf dunkle Streifen vor ihnen, die im Schein der Stirnlampen nur schwach zu erkennen waren. »Sollten wir wegen der Gletscherspalten nicht besser Fixseile setzen?«

»Nein, das kostet zu viel Zeit. Mrs Hunt und ihr Team haben leider alle Seile entfernt. Gründliche Arbeit. Wir gehen ungesichert weiter.«

Der Gefreite zögerte. »Aber –«

»Wir marschieren ohne Sicherung weiter. Das ist ein Befehl!« Fuzhou wartete, bis Ott und Leutnant Huáng mit seinem Kameraden aufgeschlossen hatten, bevor er sich an die Männer wandte. »Wir sind bis hierhin sehr gut vorangekommen. Allerdings nähern wir uns nun einem Bereich mit zahlreichen Spalten. Wir gehen ab sofort hintereinander mit zwei Meter Abstand. Jeder bleibt in der Spur seines Vordermannes. Sie, Leutnant Huáng, gehen mit Dr. Ott voran. In einer knappen Stunde erreichen wir Camp 2. Viel weiter dürfte Mrs Hunt mit ihrer Truppe nicht gekommen sein.« Er deutete nach oben, wo sich der Himmel langsam grau färbte. »Es wird bald hell, dann haben wir bessere Sicht.«

Ott nahm seine Atemmaske ab. Er keuchte. »Also, wenn ich einen Vorschlag machen dürfte: Wäre es nicht besser, wenn einer von Ihren erfahrenen Männern mit dem Leutnant vorneweg geht? Ich fühle mich ziemlich schwach und bin auch nicht ganz so schnell. Was meinen Sie?«

Fuzhou legte eine Hand auf Otts Schulter. »Sie sind doch Wissenschaftler. Die sind normalerweise sehr sorgfältig und umsichtig in ihren Aktivitäten. Sie werden daher bestimmt alles tun, damit Sie *nicht* in eine der Gletscherspalten fallen. Das ist doch Ihre wirkliche Sorge, oder? Und jetzt vorwärts.«

Ott zögerte einen Augenblick, dann setzte er die Maske wieder auf und folgte Leutnant Huáng, der bereits vorsichtig voranschritt.

Fuzhou wartete einen Moment, dann folgte er den beiden, hinter ihm gingen die beiden anderen Soldaten. Nach der Flucht von Hunts Gruppe hatte er Glück im Unglück gehabt: Das Wetter war trotz des angekündigten Sturms stabil geblieben und sie waren besser als erwartet vorangekommen. Ein weiterer Vorteil war, dass Hunt nicht mit seinem Erscheinen rechnete. Sie würde davon ausgehen, dass er sie und ihre Teammitglieder für tot hielt. Er knirschte mit den Zähnen. Es würde ihm eine grimmige Genugtuung sein, diese Frau ins Jenseits zu befördern. Oder der übereifrige Dr. Ott würde diese Aufgabe erledigen. Wie auch immer, er musste verhindern, dass Hunts Team die Mission sabotieren konnte. Am 24. Dezember würde sein Einsatz hoffentlich erfolgreich abgeschlossen sein. Falls nicht, würde Peking *ihn* für das Scheitern zur Rechenschaft ziehen. Er ballte die Hände zu Fäusten. Statt einer Beförderung würde ihn dann ein Militärtribunal erwarten, eine anschließende Exekution inklusive. So wie es bei Feldwebel Wáng vor ein paar Stunden der Fall gewesen war. Dieser Verräter würde ihm keine Probleme mehr bereiten.

Huáng blieb abrupt stehen und zeigte nach vorne, wo sich in ungefähr zweihundert Metern die Zelte von Lager 2 im Morgengrauen gegen die Lhotse-Flanke abzeichneten.

Perfekt! In nicht einmal einer halben Stunde würden sie Gilda Hunts Truppe überraschen und dann …

Er sah, wie sich eine Gestalt langsam vor den Zelten bewegte. Er riss seine Maschinenpistole von der Schulter, brachte die Waffe in Anschlag und feuerte eine Salve in Richtung Lager 2. Die Person blieb einen Moment lang stehen, dann brach sie zusammen.

KAPITEL 57

Holm sah, wie zwischen den Lichtpunkten im Western Cwm orangefarbene Blitze aufzuckten, gefolgt von einem trockenen Knallen. Einige Meter neben ihm wirbelte der Schnee in kleinen Fontänen hoch. *Verdammt!* Irgendwer schoss auf ihn. Er ließ sich fallen und kroch tief geduckt in sein Zelt zurück. Er rüttelte Pasang und Ray in ihren Schlafsäcken. »Aufstehen! Wir müssen hier raus! Sofort!«

Der Arzt wälzte sich auf den Rücken und richtete sich mühsam auf. Er nahm die Atemmaske ab und starrte Holm an. »Oh Mann! Was ist los? Ich habe noch keine Sprechstunde.«

»Das sehen Fuzhou und seine Leute anders. Sie haben gerade auf mich geschossen. Es hätte nicht viel gefehlt und ich wäre jetzt ein toter Mann.«

»Was? Geschossen? Wieso Fuzhou? Der ist doch im Basislager.«

»Nein, ist er nicht. Er ist mit ein paar Männern im Anmarsch. In zwanzig, spätestens dreißig Minuten ist er bei uns.«

Jetzt wurde auch Pasang wach und rieb sich die Augen. »Was ist los? Wer kommt?«

Holm riss den Sherpa hoch. »Tut mir beide ganz schnell einen Gefallen: Steht auf und packt eure Sachen.« Er zog sich rasch seinen Daunenanzug und seine Bergstiefel an, rollte den Schlafsack zusammen und verstaute ihn in seinem Rucksack. Als Letztes nahm er sich zwei Sauerstoffflaschen und setzte seine Atemmaske auf. »In drei Minuten treffen wir uns draußen. Ich hole die beiden Frauen.«

»Nicht notwendig. Wir sind schon da.« Gilda schob den Kopf durch den Zelteingang. »Ich nehme an, die Schüsse gerade kamen von unseren chinesischen Gastgebern.«

»So sieht es aus«, antwortete Holm. »Wir müssen schleunigst weg. Fuzhou wird gleich hier sein.«

Inzwischen hatten auch Ray und Pasang ihre Daunenanzüge angezogen und ihre Ausrüstung in die Rucksäcke gestopft.

»Noch nicht einmal Zeit für ein vernünftiges Frühstück«, grummelte der Arzt. »Und was jetzt?«

»Erst einmal müssen wir von den Zelten weg«, antwortete Gilda. »Wenn der Verrückte noch einmal schießt, könnten uns ein paar Querschläger treffen. Weiter vorne ist eine Senke, da sind wir erst einmal außer Sicht.« Diane tauchte vor dem Zelteingang auf. Sie zitterte. »Bitte macht schnell. Wenn es hell ist, sind wir ein ideales Ziel.«

Die Männer schnallten sich ihre Steigeisen um und folgten den beiden Frauen, die geduckt nach vorne eilten. Nach wenigen Minuten hatte die Gruppe Camp 2 hinter sich gelassen und war hinter aufgetürmten Eisblöcken in einer Bodensenke verschwunden. Von weiter unten, Richtung Eisbruch konnten sie nicht mehr gesehen werden.

Ray blieb stehen und riss sich die Maske vom Gesicht. Er war völlig außer Atem. »Pause. Ich kann ... nicht mehr ... Zu anstrengend.«

Pasang ging zu ihm und setzte ihm die Maske wieder auf. Dann kontrollierte er die Sauerstoffflasche, die aus dem Rucksack herausragte, und drehte den Regler auf. »Du musst die Luftzufuhr auch öffnen. Anders ergibt das wenig Sinn.«

Ray sog die ausströmende Luft gierig ein und klopfte dem Sherpa auf die Schulter. »Gleich besser. Danke, mein Freund.«

Diane hob hilflos die Hände. »Ich weiß nicht, wie ihr das seht, aber wir sitzen in der Falle. Wenn wir weitergehen, sind wir ohne Deckung und Fuzhou kann in aller Ruhe auf uns schießen. Wir sollten uns lieber ergeben.«

Holm zuckte die Schultern. »Willst du auf deine Hinrichtung warten? Auf dem weiteren Weg sind wir immerhin halbwegs durch Bodenwellen und die Eisblöcke geschützt. Da kann uns der Herr Major nicht so schnell erwischen.«

Gilda nahm ihre Kapuze ab und schob die Schneebrille hoch. Sie ließ den Blick über die Gruppe wandern. »Okay Leute: Es sieht im Augenblick nicht gut für uns aus, aber wir sollten den Kopf nicht hängen lassen. Fuzhou muss auch irgendwann einmal Rast einlegen. Der Kerl kann das Tempo, das er an den Tag legt, nicht ewig durchhalten. Außerdem scheinen wir für unseren Aufstieg unerwartet einen Verbündeten zu bekommen. Schaut mal nach oben.« Sie zeigte auf die Lhotse-Flanke, über der sich bleigraue Wolken zu einem riesigen Gebirge bedrohlich auftürmten. »Ein perfekter Schutz, in dem man bald die Hand vor Augen nicht mehr sehen kann: Der Sturm ist da.«

KAPITEL 58

Wütend warf Fuzhou die Maschinenpistole in den Schnee. *Verflucht!* Die Kälte hatte dazu geführt, dass der Verschluss der Waffe blockierte, jetzt konnte er nicht mehr schießen. Immerhin hatte er einen dieser elendigen Westler erwischt. Er ging zu Leutnant Huáng hinüber und stieß ihn in den Rücken. »Los, weiter!«

Huáng brach entkräftet zusammen und blieb liegen. Der Major sah ihn einen Augenblick an und schüttelte verächtlich den Kopf. Dann nahm er ihm die MP von der Schulter und stieg über den Soldaten hinweg. Er blickte in Richtung Lhotse-Flanke, wo sich die Wolken über dem Südsattel zusammenballten. Er musste Hunts Truppe unbedingt erreichen, bevor sie in dem aufziehenden Sturm verschwand. Es war zwar unwahrscheinlich, dass die Gruppe in dem Unwetter Camp 3 oder sogar 4 erreichen würde, aber er wollte kein Risiko eingehen. Zu viel stand auf dem Spiel.

Vor ihm lag Lager 2 in Sichtweite. Es war niemand zu sehen. Waren die Flüchtenden schon weg? Er winkte Zhâng und den anderen Soldaten zu sich heran. Die beiden mussten deutlich schneller gehen.

»Sie beide marschieren jetzt vorneweg, und zwar deutlich zügiger. Passen Sie auf, dass Sie nicht in eine dieser verdammten Gletscherspalten fallen.«

»Was ist mit Leutnant Huáng?«, wollte Zhâng wissen. »Der braucht Hilfe.«

»Blödsinn. Der ruht sich nur aus und kommt später nach.« Der Major wartete, bis der Gefreite mit seinem Kameraden ein paar Meter vorausgegangen war, dann folgte er den Männern. Neben ihm schleppte sich Ott voran und blieb alle drei Schritte stehen. Sollte ihn diese Inszenierung etwa beeindrucken? Was für ein schlechter Schauspieler der Deutsche doch war.

Fuzhou trieb die beiden Soldaten vor sich unerbittlich an. »Los, los, schneller! Oder wollen Sie wegen Befehlsverweigerung im Arbeitslager landen?« Die Männer schlurften mehr, als sie gingen, und dann – war der Soldat vor Zhâng verschwunden.

»Halt! Alle stehen bleiben.« Fuzhou näherte sich vorsichtig dem Gefreiten. »Was ist passiert? Wo ist Ihr Kamerad?«

Zhâng deutete auf die Schneedecke zwei Meter vor sich, in der ein dunkles Loch klaffte, das gerade so groß war, dass ein Mensch hindurchpasste. »Er war plötzlich nicht mehr da. Einfach so.«

»Gehen Sie da weg, Gefreiter. Langsam!« Der Major ging in die Knie und ließ sich auf den Bauch sinken. Vorsichtig robbte er an das Loch heran, aus dem ein Wimmern drang. Im Schein seiner Stirnlampe konnte er ungefähr zehn Meter tiefer den abgestürzten Soldaten sehen, der auf einem Vorsprung der Gletscherspalte lag. Sein rechter Arm war abgeknickt.

»Beruhigen Sie sich, Soldat. In ein paar Minuten holen wir Sie da raus«, rief er zu dem Mann hinunter. »So lange müssen Sie noch durchhalten.« Vorsichtig zog sich Fuzhou von der Gletscherspalte zurück und stand auf. Er wandte sich an Ott. »Sehen Sie: Dieser Kamerad ist kein sorgfältiger und vorsichtiger Wissenschaftler wie Sie, und genau deshalb befindet er sich dort unten.«

»Was passiert mit ihm? Ziehen wir ihn hoch?«, wollte Ott wissen.

Fuzhou lächelte. »Natürlich tun wir das. Morgen vielleicht. Weiter jetzt.«

Kurze Zeit später hatten sie Camp 2 erreicht. Sie durchsuchten alle Zelte gründlich, aber keine Spur von Gilda Hunt und ihrer Gruppe. In einem der größeren Zelte fanden sie zahlreiche Sauerstoffflaschen. Alle waren ungeöffnet und standen noch voll unter Druck. Hunt hatte offensichtlich keine Zeit mehr gehabt, sie zu öffnen und die Luft herauszulassen. *Sehr gut.*

Fuzhou rieb sich das Kinn. Er sah Ott und Zhâng an, der mittlerweile auch eine Atemmaske aufgesetzt hatte. »Wir werden hier kurz Rast machen, reichlich Flüssigkeit zu uns nehmen und unsere Flaschen austauschen. Es sind noch reichlich da. Dann werden wir Richtung Lhotse-Flanke aufbrechen. Dort werden wir unser Problem endgültig lösen. Alles klar?«

Zhâng salutierte. »*Míngbái*, Major Fuzhou!« Er sah in seinem Daunenanzug, seiner Maske und der Schneebrille wie ein großes, hungriges Insekt auf Beutefang aus. Fuzhou wandte sich zufrieden an den Deutschen. »Wie sieht es bei Ihnen aus?«

Ott deutete auf die Maschinenpistole, die über der Schulter des Chinesen hing. »Kann ich die haben? Kann sein, dass ich sie bald brauche.«

Ein zufriedenes Lächeln breitete sich über Fuzhous Gesicht aus. »Aber natürlich! Und damit Sie nicht ganz so schwer zu tragen haben, nehme ich das Magazin erst einmal heraus.«

KAPITEL 59

Gilda schlug den Eispickel entschlossen ein Stück über sich ins Eis der Lhotse-Flanke, schob die Steigklemme mit der anderen Hand am Aufstiegsseil nach oben, trat in eine der ausgetretenen Stufen in der vereisten Wand und zog sich schwer atmend einen halben Meter hoch. Im gleichen Augenblick löste sich die Klemme mit einem kratzenden Geräusch aus ihrer Fixierung und sie rutschte mit zunehmender Geschwindigkeit am Seil den Hang hinab.

Fuck!

Sie hieb den Eispickel erneut in die Wand und versuchte, mit den Steigeisen ihren Fall abzubremsen. Schnee spritzte auf und nahm ihr die Sicht. Schließlich kam sie nach einigen Metern zum Halten. Keuchend beugte sie den Oberkörper vor und wartete, bis sich ihre Atmung etwas beruhigt hatte. Das Blut rauschte in ihren Ohren. Dann schlug sie mit ihrem Eispickel gegen die Steigklemme, aus der sich kleinere Eisbrocken lösten und in die Tiefe sausten. Wie oft hatte sie das während des Aufstiegs schon gemacht? Offensichtlich nicht oft genug. Die Metallzähne der Klemme mussten das Seil richtig fassen, sonst ... Sie kontrollierte das Seil, mit dem die Steigklemme an ihrem Klettergurt befestigt war, und nickte zufrieden. Alles hatte gehalten.

Sie musste unbedingt weiter, auch wenn jeder Schritt in dieser steilen Wand aus Eis und Fels eine mörderische Tortur war. Über ihr tobte bereits der Sturm mit voller Wucht und fegte Schnee vom Südsattel zu ihr herunter. Jedes Mal, wenn sie den Kopf hob, bohrten sich Eiskristalle wie glühende Nadeln in ihr Gesicht.

Sie wandte den Kopf nach rechts, wo sie die Umrisse des Lhotse mehr erahnen als erkennen konnte. Dort wollten sie hin, dort *mussten* sie hin. Die Frage war nur wie.

Vorsichtig drehte sie den Oberkörper noch weiter von der Wand weg, sodass ihr Blick nach unten fiel. Wenige Meter unter ihr stand Holm ins Fixseil eingeklinkt und reckte kurz seinen Eispickel hoch, zum Zeichen, dass bei ihm alles in Ordnung war. Noch einige Meter tiefer erkannte sie einen pinkfarbenen Fleck, der durch das Schneegestöber immer wieder aufleuchtete. Das konnte nur Diane sein, die sich hochkämpfte.

Noch weiter unten, in einem brodelnden Meer aus undurchdringlichem Weiß, mussten Ray und Pasang stecken. Das hoffte sie zumindest. Das Tal des Schweigens selbst war gar nicht mehr zu sehen.

Wieder raste eine Böe vom Südsattel herab und zerrte wild an ihrem Anzug. Sie drückte den Körper so fest es ging gegen die Wand und wartete schwer atmend, bis das Heulen des Sturms ein wenig nachließ. In der dünnen Luft auf über siebentausend Metern war Sauerstoff kostbarer als Gold, und ihre Flasche war wahrscheinlich schon zur Hälfte leer. Falls sie auf dem Südsattel keine neuen Flaschen finden würden ... Diesen Gedanken wollte sie nicht zu Ende denken. Tief einatmen, Pickel in die Wand rammen, Steigeisen ins Eis stoßen, Steigklemme hochschieben, nach oben ziehen, Pause.

Sie hoffte, dass ihre Verfolger ähnlich langsam vorankamen wie ihre Gruppe. Vor einigen Stunden waren sie in die Lhotse-Flanke eingestiegen. Keinen Augenblick zu früh, denn von Lager 2 aus folgten ihnen zügig drei Männer, an der Spitze Fuzhou. Die beiden anderen Männer hatte sie nicht erkannt, wahrscheinlich Soldaten.

Am Fuß der Lhotse-Flanke hatten sie noch einmal Gewehrsalven gehört, deren stakkatoartiges Knattern selbst das Brüllen des Sturms übertönt hatte, aber niemand aus ihrem Team war getroffen worden. Sollte der Major ihretwegen doch weiter in die Luft ballern. Ein paar Minuten später waren sie von einem undurchdringlichen Wirbel aus Schnee und Eis eingehüllt worden und für die Verfolger nicht mehr sichtbar gewesen.

War der Orkan auf ihrer Flucht zunächst ihr größter Helfer gewesen, so wurde er jetzt zunehmend zu einem Problem. Bei diesen Windgeschwindigkeiten und gefühlten Temperaturen von minus dreißig Grad und weniger würden sie in der Lhotse-Flanke festfrieren. Schon jetzt hatte sie kaum noch Gefühl in den Füßen. Wenn sie das hier überleben sollte, dann sicherlich mit ein paar erfrorenen Zehen.

Ihr Puls hatte sich wieder beruhigt und sie konzentrierte sich auf den nächsten Schritt. Der Wind ließ in seiner Heftigkeit kurz nach und sie hörte eine Stimme aus ihrem Funkgerät. Es war Diane. »Ich scha... das nicht ... Ich keh... um. Kein Zweck.« Die Stimme ihrer chinesischen Kameradin klang verzweifelt.

Gilda drückte die Sprechtaste. »Gib nicht auf, geh weiter! Fuzhou wird dich sonst genauso erschießen wie Andrew.«

»Kann nicht mehr. Steige ab …«

»Nein, tu das nicht! Wir sind bald in Lager 3.« Das war eine glatte Lüge. Sie brauchten mindestens noch eine halbe Stunde. Aus ihrem Funkgerät drang nur noch atmosphärisches Rauschen, keine Antwort. Sie konnte Diane nicht mehr helfen. Sie biss die Zähne zusammen und stieg weiter. Jetzt konnte sie nur noch hoffen, dass ihre Bergkameradin nicht Fuzhou in die Hände fiel, was allerdings zu befürchten war.

In wenigen Metern Entfernung tauchte eine Gestalt rechts neben ihr auf. Es war Holm, der seinen Eispickel rhythmisch in den Hang schlug und langsam an ihr vorbeizog. War der Mann lebensmüde, ohne Sicherung zu klettern? Ein falscher Tritt, und er würde mehrere hundert Meter in die Tiefe zum Tal des Schweigens hinabstürzen.

Ihr stockte der Atem. Da waren noch zwei weitere Personen, die die Flanke hochkamen, wenn auch deutlich langsamer. Es waren … Pasang und Ray. Auch sie waren nicht gesichert.

»Seid ihr verrückt? Klinkt euch wieder ein!«, brüllte sie aus Leibeskräften gegen den Sturm an.

Der Sherpa hielt an und rammte seinen Eispickel tief in den Hang. Er beugte sich nach vorne und atmete mehrmals tief durch. Er deutete mit dem freien Arm nach unten. »Fuzhou!«, schrie er mit heiserer Stimme durch seine Maske hindurch. »Schneller!« Dann kletterte er weiter hoch, gefolgt vom sichtlich erschöpften Arzt, der das Tempo des Sherpas kaum halten konnte. Ihre Verfolger konnten sie doch unmöglich eingeholt haben?

Sie hörte das Knallen eines Schusses und spürte gleichzeitig, wie etwas durch den rechten Ärmel ihres Anzugs zischte. Eissplitter aus der Wand vor ihr spritzten auf. Sie fuhr herum, so weit, wie es ihr das Sicherungsseil erlaubte. Aus dem weißen Strudel unter ihr schälte sich eine hochgewachsene Gestalt in der Tarnuniform eines chinesischen Soldaten heraus, größer als Fuzhou, und richtete eine Maschinenpistole auf sie. Sie starrte wie gelähmt auf den Lauf der Waffe.

Plötzlich nahm sie aus den Augenwinkeln einen Schatten wahr, der direkt auf den Chinesen zuschoss. Es war Pasang, der halb sitzend die Flanke hinunterschlitterte, die Eisaxt in der rechten Hand schwingend. Der Soldat drehte sich überrascht zu dem heranrasenden Sherpa um, doch bevor er reagieren konnte, traf ihn Pasangs Axt mit voller Wucht in die Brust. Ein gellender Schrei, und beide Männer stürzten in den Schlund des Western Cwm.

KAPITEL 60

Endlich! Vor ihr zeichnete sich der Umriss eines schneebedeckten Zeltes ab, kaum sichtbar und in gefährlicher Schräglage in die steile Lhotse-Flanke geduckt. Sie hatte Camp 3 erreicht. Im Eingang sah sie eine kniende Gestalt, die ihr zuwinkte. Holm.

»Beeil dich!«, rief er. Seine Stimme war im Tosen des Sturms kaum zu hören.

Der Mann hatte gut reden. Auf über siebentausend Meter Höhe war jeder Schritt eine Qual, die eisige Luft schnitt wie Rasierklingen in ihre Lungen, und der Sturm verlangsamte ihre Bewegungen noch weiter. Mit letzter Kraft schleppte sie sich die letzten Meter zum Zelt hoch, wo Holm sie am Arm packte und ins Innere zog. Erschöpft brach sie zusammen, unfähig, ein Wort herauszubringen. Sie blieb eine Weile liegen, während der Sturm wütend an der Zeltplane rüttelte. Schließlich drehte sie sich auf den Rücken und schob die Kapuze vom Kopf.

»Diane und Pasang«, sie machte eine Pause und holte keuchend Luft. »Sie haben ... es nicht geschafft.«

»Was ist passiert?«, fragte Holm besorgt.

»Diane ist verschwunden, und Pasang ist mit einem von Fuzhous Männern abgestürzt.«

»Und Ray?«

»Weiß nicht. Wahrscheinlich auch abgestürzt.« Sie schloss die Augen. Das Sprechen strengte sie an, jeder Atemzug war ein Kampf. Ein leises Rauschen ließ sie den Kopf zur Seite drehen. Neben ihr stand ein Aluminiumtopf auf einem Gaskocher, dessen Flamme flackernd brannte. Holm lächelte sie an. »Gleich ist *Teatime*, Mrs Hunt. Das ist doch Tradition bei euch Engländern, oder?«

Sie nickte schwach. Gegen eine heiße Tasse Tee hatte sie jetzt nichts einzuwenden. Sie richtete den Oberkörper auf. »Wir können hier nicht lange bleiben. Fuzhou kann jeden Augenblick auftauchen. Dann sind wir erledigt.«

»Sind wir das nicht eh schon? Wenn wir rausgehen, erfrieren wir oder werden vom Berg runtergefegt. Bleiben wir hier, werden wir ...«

Ein Rascheln am Zelteingang ließ Holm innehalten. Der Reißverschluss wurde von außen aufgezogen.

»... erschossen«, vollendete Holm seinen Satz und starrte auf den Eindringling, der den Kopf ins Innere schob.

»Fuzhou *shàoxiào*, ich schaffe es nicht mehr bis zum Südsattel. Sie müssen die Gruppe alleine verfolgen und –« Diane hob den Kopf und schaute sich überrascht um. Ihre Augen flackerten. »Oh, ihr seid es? Ich dachte ... Ich meine, schön ... euch zu sehen.«

Gilda starrte die Chinesin entgeistert an. »Habe ich das richtig verstanden? Du hast Fuzhou hier vermutet? Du gehörst zu ihm?« Ihr Atem kam in kurzen Stößen. »Willst du uns umbringen?«

»Nein, natürlich nicht. Lass mich bitte einfach rein. Ich kann alles erklären.«

»Bestimmt nicht. Ich dachte, du wärst meine Freundin, aber du bist offensichtlich nur eine feige Verräterin. Verschwinde!«

»Lass mich rein – bitte.«

»Damit du mir deinen Eispickel in den Schädel rammst?«

Diane ließ sich auf die Unterarme sinken und senkte den Kopf. Sie schluchzte. »Ich wollte euch doch nicht verraten, glaub mir. Aber ich hatte keine andere Wahl.« Sie hob den Kopf und sah ihre Freundin weinend an. »Ich brauche dringend Geld, meine Schulden fressen mich auf.«

»Ach ja? Und deshalb liefert man seine Freunde ans Messer? Ist das so?«

»Es tut mir so unendlich leid, was ich getan habe. Ich habe eine riesengroße Dummheit begangen. Verzeih mir bitte.«

Gilda lachte verbittert. »Eine Dummheit nennst du das? Ist dir klar, dass wir deshalb sterben werden?«

»Was sollte ich denn machen? Als mir die Zwillinge angeboten haben, ich könnte auch für die Chinesen arbeiten, konnte ich doch nicht Nein sagen.«

»Wie bitte? Die Claytons sind deine Auftraggeber? Ich fasse es nicht. Woher kennst du die überhaupt?«

Diane schluckte mehrfach. »Joshua Clayton hat mir erzählt, dass er ein wenig über dich und die übrigen Teammitglieder recherchiert hat und dabei auf mich gestoßen ist. Er sagte, ich sei perfekt für den Job.«

»Den Job? Du meinst Verrat. Wie konnte ich mich nur so in dir täuschen. Wie hast du dich hier eigentlich mit den Claytons verständigt?«

»Ich ... ich habe sie mit meinem Satellitentelefon angerufen, wenn ich allein war. Ich konnte es vor Fuzhou verstecken.«

Gilda sah sie verständnislos an. »Du hättest Hilfe rufen können, du hättest der Welt berichten können, was hier passiert. Wir alle könnten jetzt in Sicherheit sein.«

»Ich habe mich nicht getraut. Fuzhou hätte mich bestimmt erschossen, wenn das rausgekommen wäre.«

»Na prima. Hauptsache, *du* bleibst am Leben.« Gilda streckte die Hand aus. »Gib mir das Ding, bevor du noch mehr Unheil anrichten kannst. Sofort.« Diane zögerte einen Augenblick, dann öffnete sie den Reißverschluss ihres Anzuges und zog das Telefon mit seiner klobigen Antenne heraus.

Gilda riss es ihr aus der Hand. »Was bist du doch für eine verlogene Schlange. Ich habe auch etwas für dich.« Sie fasste in eine ihrer Taschen und zog eine kleine Figur heraus, einen Drachen mit aufgerissenem Maul und erhobenen Pranken. Sie drückte das hölzerne Ungeheuer der Chinesin fest in die Hand, die vor Schmerzen aufschrie. »Das war gar kein Geschenk Fuzhous, richtig? Warum hast du es mir gegeben?«

Diane vergrub das Gesicht in beiden Händen und weinte hemmungslos. »Ich wollte dich bloß warnen. So wie bei den Stupas auf dem Weg zum Basislager. Erinnerst du dich? Ich wollte nur, dass ihr umkehrt. Ich hatte kein gutes Gefühl bei dieser Expedition. Ich wollte nicht, dass euch irgendetwas passiert. Das musst du mir glauben!«

»So, muss ich das? Wie viel zahlen dir die Zwillinge und dein Freund Fuzhou? Lohnt es sich wenigstens?«

»Ich habe nicht geahnt, was passieren würde, sonst hätte ich doch nicht mitgemacht.«

Gilda packte sie am Unterarm und drückte zu, während sie ihr direkt in die Augen sah. »Das stimmt. Du hast es nicht *geahnt*. Du hast es von Anfang an *gewusst*. Sag das mal dem toten Andrew. Am liebsten würde ich dich ... ach, ich weiß nicht was.«

Holm kroch zu ihnen. »Wenn du das alles nicht wolltest, dann tu jetzt wenigstens das Richtige. Steig ab und sag Fuzhou, dass wir hier im Sterben liegen. Oder noch besser, dass wir tot sind.« Er wartete.

Diane hob den Kopf. Mit tränenerstickter Stimme wandte sie sich an ihre Kameradin. »Mach ich. Ich werde alles tun, was ihr von mir verlangt. Nur vergebt mir bitte.«

»Raus!« Gilda schob sie energisch aus dem Zelt. »Ich will dich nie wieder sehen.«

Diane kroch hinaus und querte in der Wand einige Meter zur Seite, um sich wieder in das Fixseil einzuklinken. Noch einmal drehte sie sich um, ihre Augen suchten ihre Freundin. »Du bleibst für immer – «

Sie konnte den Satz nicht beenden. Eine weiße Wand rauschte die Lhotse-Flanke donnernd herab und riss sie mit sich in die Tiefe. Das Zelt bebte unter dem Sog der knapp vorbeischießenden Lawine und wurde fast aus seiner Verankerung gerissen, blieb aber stehen. Nachfolgende Böen wirbelten Schnee auf, der sich wie ein Leichentuch über den Abgrund senkte.

Gilda starrte wie versteinert nach draußen. »Wann hört das Sterben endlich auf?«

KAPITEL 61

Der Sturm fegte über Camp 4 auf dem Südsattel, heulte wie ein wildes Tier, riss und zerrte am Zelt, ließ Eiskristalle auf die zitternde Plane prasseln, die jeden Augenblick zu zerreißen drohte. Die Stangen, welche die labile Konstruktion zusammenhielten, bogen sich ächzend unter der Gewalt der immer wieder anrasenden Böen. Es war nur eine Frage der Zeit, bis das Zelt in Stücke gerissen und vom Orkan weggefegt würde.

Holm lag schwer atmend in seinem Daunenschlafsack und starrte an das Zeltdach. Seine Sauerstoffflasche war leer, der Kocher beim Aufstieg zu Lager 4 verschollen – oder hatte er ihn gar nicht aus Camp 3 mitgenommen? – und seine Trinkflasche enthielt keinen einzigen Tropfen Flüssigkeit mehr. Der Tee darin war zu einem braunen Klumpen zusammengefroren. Hechelnd versuchte er, der dünnen Luft die letzten Sauerstoffmoleküle zu entreißen und sie gierig einzusaugen. Er befand sich auf achttausend Meter Höhe, der Todeszone.

Was hatte Ray gesagt? »Du kannst dich hier maximal achtundvierzig Stunden aufhalten, dann stirbst du langsam.«

Ray, wo war der eigentlich? Seine Erinnerung kehrte bruchstückhaft zurück. War er nicht ins Lager 3 gekommen? Oder war er schon tot? Wie war er nur hier hingekommen? Einzelne Bilder tauchten vor seinem geistigen Auge auf. Das von Schnee und Eis frei gefegte Gelbe Band in der Lhotse-Flanke, das ihm für einen Moment lang wie Gold vorgekommen war, das kratzende Stolpern der Steigeisen über den Felswulst des Genfer Sporns, die zunehmende Atemnot, bis er schließlich die eisige Hölle des Südsattels erreicht hatte, über den unaufhörlich der Orkan raste. Er war zu schwach gewesen, um sich auf dem Plateau näher umzuschauen, stattdessen war er gleich in eines der leeren Zelte hineingekrochen, die die Chinesen zurückgelassen hatten. War er allein hierher gelangt? Er wusste es nicht mehr. Er hustete und das gurgelnde Geräusch, das sich aus seiner Lunge nach oben quälte, erinnerte ihn daran, dass sie sich langsam mit Wasser füllte. Er würde auf dem Südsattel nicht erfrieren – er würde vorher in seiner eigenen Körperflüssigkeit ertrinken.

»Holm?«

Wer war das? Halluzinierte er schon? Mit unendlicher Langsamkeit drehte er den Kopf zur Seite in Richtung der Stimme. Er knipste seine Stirnlampe an – und erschrak. Der Lichtschein fiel auf Gildas eingefallenes Gesicht, die Augen tief in den Höhlen, die Lippen blau verfärbt.

Ihre langen blonden Haare, die unter ihrer Mütze in goldenen Strähnen hervortraten, waren mit glitzernden Eiskristallen bedeckt.

»Holm?«, wiederholte sie flüsternd.

»Ja. Ich bin hier.« Er zog seine rechte Hand aus dem Schlafsack und tastete nach ihrem Arm. »Ich bin bei dir.«

»Gut. Das ist gut.« Ihr Atem klang wie das Brodeln von Wasser in einem alten Teekessel. Er begriff sofort. Auch Gilda litt unter einem Lungenödem. Sie nahm seine Hand.

»War ein dummer Plan von mir, oder?«, fragte sie schlapp. »Ich meine den Aufstieg zu Camp 4.«

»Ja ziemlich. In Lager 3 hatten wir immerhin einen Whirlpool.«

Ein rasselndes Prusten und Keuchen waren die Antwort, die entfernt an ein Lachen erinnerte. »Bitte, keine Witze. Kostet zu viel Kraft.«

Für einige Minuten blieben sie so liegen, rangen verzweifelt nach Luft. Holm fuhr sich mit der Hand über die rissigen Lippen. Endstation. Weiter hoch zum Lhotse würden sie es nicht mehr schaffen, unten in Richtung Lager 3 würde Fuzhou sie in Empfang nehmen. Egal, was sie taten, sie würden in dieser trostlosen Einöde aus Felsen, Eis und Schnee krepieren. Der Südsattel würde ihr Grab werden.

Er dachte an Dagmar zurück. Er würde seine Frau nicht wiedersehen, und sie würde nie erfahren, was mit ihm passiert war. Wie dumm er doch gewesen war. Alles, wirklich alles hatte er verloren. Und wofür? Um seine Theorie über Element 126 zu beweisen. Um die Schuld am Tod seines Bruders zu sühnen. Um aller Welt zu zeigen, was für ein genialer Wissenschaftler er doch war. Er hatte dieses Element gefunden, doch den einzigen Beweis, den es noch gab, besaß Ott. Und der würde keine Sekunde zögern, nach seiner Rückkehr die Entdeckung von Unbihexium als seine auszugeben. Widerwillig musste er lachen. Was für eine Ironie des Schicksals! Ausgerechnet Ott würde den Ruhm einheimsen. Er hustete und blutiger Schaum trat vor seinen Mund. Morgen früh würde er tot und steif gefroren im Zelt liegen.

Gilda drehte sich zu ihm um und sah ihn an. Ihre Augen schimmerten feucht. »Es war mein Fehler. Ich bin an allem schuld. Wenn ich euch von

Anfang an die Wahrheit gesagt hätte, wären alle noch am Leben: Andrew, Diane, Pasang und Ray. Es tut mir unendlich leid.«

Holm nahm ihre Hand und streichelte sie. »Nein, du bist nicht schuld am Tod unserer Freunde. Das sind nur Fuzhou und seine Männer – und der Kollege Ott. Für meine Situation trage ich allerdings selbst die Verantwortung. Niemand sonst.«

Gilda drehte sich wieder auf den Rücken und blickte nach oben. Ihr Atem ging schwer. »Ich wollte reich und unabhängig werden. Ich wollte nie wieder die Armut meiner Kindheit spüren. Ich wollte meinem Vater immer beweisen, dass ich mehr sein kann als nur eine gute Tochter. Ich wollte die Claytons spüren lassen, dass ich sie in den Ruin treiben kann, wenn *ich* es will. Ich wollte den *Masters of the Universe* zeigen, dass sie die Regeln des Finanzbusiness zwar kennen, aber dass es meine Regeln sind.« Sie machte eine längere Pause, bevor sie fortfuhr. »Das alles habe ich erreicht. Und was habe ich jetzt?« Sie zog umständlich einen kleinen Stein aus ihrem Daunenanzug, der im Licht ihrer Stirnlampe kalt glitzerte. »Das hier. Katzengold.« Sie schloss die Augen und drückte Holms Hand ganz fest. »Wir werden bestimmt schöne Eismumien abgeben.«

Holm wachte aus einem unruhigen Halbschlaf auf, sein Atem ging noch flacher. Wie lange hatte er so dagelegen? Irgendetwas war anders. Der Sturm. Er hatte aufgehört. Im Zelt herrschte eine unheimliche Stille, nur draußen hörte er das Kratzen von Steigeisen über Felsen. Er versuchte den Oberkörper aufzurichten, aber es gelang ihm nicht. Er atmete einige Male tief ein und aus und probierte es wieder. Vergeblich, er hatte kaum noch Kraft.

Der Zelteingang wurde aufgerissen und grelles Licht erfüllte das Innere. Geblendet hielt sich Holm eine Hand schützend vor die Augen. »Wer ... ist ... da?«, brachte er mühsam hervor. Eine dunkle Gestalt schob sich in das Zelt und beugte sich über Holm. In der erhobenen Hand hielt die Person einen länglichen Gegenstand, dessen Spitze metallisch funkelte.

»Willkommen im neunten Kreis der Hölle«, hörte Holm eine Stimme flüstern. »Ich habe ein Geschenk für dich!« Dann senkte sich die Hand hinab und stieß die Spitze in Holms Hals. Er spürte einen schmerzhaften Stich, dann erfüllte ihn eine seltsame Ruhe und eine wohlige Wärme durchströmte seinen Körper. Der Kampf war vorbei.

KAPITEL 62

Etwas Kaltes am Kopf weckte ihn auf. Holm öffnete die Augen und sah sich blinzelnd um. Er schaute nach oben, wo sich Tropfen von schmelzenden Eiskristallen am Zeltdach lösten und ihm auf die Stirn fielen. Was war hier los? Warum war es so warm im Zelt? Sein Blick fiel zur Seite. Neben ihm saß Gilda auf ihrem Schlafsack und rührte in einem Alutopf herum, aus dem Dampfschwaden emporstiegen. Sie nahm ihre Atemmaske ab und lächelte ihm zu. »Ausgeschlafen? Du kannst dich in ein paar Minuten mit einem leckeren Frühstück stärken. Dieses Mal kein Hühnchen mit Reis, sondern eine einfache Suppe. Die wird dir guttun. Übrigens, heute ist der 24. Dezember. Ich hoffe, du hast deine Weihnachtsgeschenke schon besorgt.«

Er schüttelte den Kopf, um den Rest von Müdigkeit loszuwerden, und bemerkte, dass er selbst eine Maske trug, aus der die Luft gleichmäßig strömte. Sein Atem ging ruhig und gleichmäßig, kein Rasseln und Gurgeln mehr. Wie konnte das sein? Woher kamen der Kocher und der Sauerstoff? Warum ging es ihm plötzlich so viel besser?

Eine Hand legte sich von hinten auf seine Schulter. »Guten Morgen, Dr. Terbergen. Willkommen im neunten Kreis der Hölle. Wie geht es uns denn heute Morgen?«

Holm drehte sich um und sah in Rays lachendes Gesicht. »Du? Du lebst?«

»Ja, ich bin's tatsächlich, und ich freue mich, dass du wieder unter den Lebenden weilst. Du sahst gar nicht gut aus, als ich dich gefunden habe. Gilda ging's auch nicht viel besser.«

»Was ist passiert?«

Der Arzt zuckte die Schultern. »Da gibt es nicht viel zu erzählen. Ich hatte schon fast Lager 3 erreicht, als ich gesehen habe, wie Pasang mit einem chinesischen Soldaten in der Lhotse-Flanke abgestürzt ist. Da war mir klar, dass Fuzhou uns ganz dicht auf den Fersen ist. Also bin ich seitlich in die Wand gequert, in der Hoffnung, dass unsere Verfolger mich nicht finden. Es kam auch keiner nach.«

»Was dann?«

»Ich bin im Sturm umhergeirrt, um Camp 3 zu finden, und habe es buchstäblich in letzter Minute dorthin geschafft. Ich war total fertig, aber ich hatte ja noch etwas bei mir.« Ray griff hinter sich und zog aus seinem Rucksack einige Fertigspritzen hervor, in denen sich eine klare Flüssigkeit befand. »Voilà, Evericizumab! Dieses Wundermittel hat verhindert, dass ich ein Lungenödem entwickelt habe. Na ja, und da ich davon ausgegangen bin, dass ihr wie geplant zum Südsattel weitergeklettert seid, bin ich euch nach einer längeren Pause gefolgt. Als ich euch gefunden habe, dachte ich zuerst, ihr seid schon tot, aber das rasselnde Geräusch wie von zwei alten Dampfmaschinen hat mich davon überzeugt, dass noch ein Fünkchen Leben in euch steckt. Eine Injektion Evericizumab und ihr seid nach und nach ins Leben zurückgekehrt.«

Holm nahm Rays Hand und drückte sie fest. »Danke, mein Freund! Du hast etwas gut bei mir.«

Der Arzt lächelte verschmitzt. »Insgeheim hatte ich ja gehofft, dass ihr vielleicht einen prämortalen Striptease hingelegt hättet.«

Gilda verzog das Gesicht. »Schon wieder eine von Rays Schauergeschichten. Ich finde das nicht lustig.«

»Ach, komm schon«, fuhr Ray fort. »Aus medizinischer Sicht ist das paradoxe Entkleiden hochinteressant.«

»Was ist das?«, wollte Holm wissen.

»Stell dir vor, du bist dabei zu erfrieren. Dir ist lausig kalt, du kannst dich kaum noch bewegen. Aber kurz bevor du stirbst, erweitern sich die Blutgefäße wieder und Blut strömt in die unterkühlten Extremitäten. Du entwickelst plötzlich ein starkes Hitzegefühl und fängst sogar an zu schwitzen. Du reißt dir die Klamotten vom Leib, so heiß ist dir.« Er warf Gilda einen schelmischen Blick zu. »Irre, nicht wahr? Heißt ja auch nicht umsonst Kälteidiotie. Übrigens, eine Kiste mit ein paar Flaschen dreißig Jahre altem Macallan als kleines Dankeschön würde ich nicht ablehnen.«

Gilda nahm den Alutopf vom Kocher und reichte ihn Holm. »Bevor du dich mit deinem Freund besäufst, trink erst mal was Vernünftiges. Wir müssen in dieser Höhe so viel Flüssigkeit zu uns nehmen, wie wir nur können. Fuzhou wird uns später keine Möglichkeit mehr zur Rast geben.«

»Ich weiß. Was ist mit dem Major? Verfolgt er uns noch?« Er nahm die Schale und schlürfte etwas von der heißen Suppe.

Ray rieb sich das Kinn. »Gute Frage. Ich würde sagen ja und nein. Als Pasang mit einem von seinen Männern die Lhotse-Flanke runtergerutscht ist, habe ich kurz gesehen, wie er mit Ott etwas tiefer beim Abstieg war. Ich glaube, sie wollten sich zunächst in Lager 2 zurückziehen, um dort den Sturm abzuwarten.«

»Ott?!«, rief Holm und richtete sich abrupt in seinem Schlafsack auf, wobei er einen Teil der Suppe verschüttete. »Der Kerl ist mit Fuzhou unterwegs?«

»So sieht es aus. Sobald sich die beiden fit genug fühlen, werden sie die Verfolgung wieder aufnehmen. Darauf wette ich.«

»Oh Mann! Ott wird wahrscheinlich erst Ruhe geben, wenn ich tot vor ihm liege. Über Fuzhou müssen wir erst gar nicht reden. Wir sollten schnellstmöglich auf den Lhotse rauf und auf der anderen Seite wieder absteigen. Dahin folgt uns bestimmt keiner.«

Gilda tauschte mit Ray einen kurzen Blick aus und räusperte sich. »Ich muss dir was gestehen, Holm. Das mit der Flucht über den Lhotse war von mir nicht ernst gemeint. Ich hatte das vorgeschlagen, damit die anderen nicht die Hoffnung verlieren. Eine Übersteigung des Lhotse in unserem Zustand, ohne Ausrüstung und bei diesem wechselhaften Wetter ist so gut wie unmöglich.«

»Schön, dass ich das jetzt auch erfahre. Und hast du einen neuen Plan? Hier oben warten, bis wir in achtundvierzig Stunden abgekratzt sind? So lange kann man es doch in dieser Höhe aushalten, oder was hast du mir mal gesagt, Ray?«

Der Arzt kratzte sich am Kopf. »Ja, das stimmt schon. Zwei Tage kann man es in der Todeszone aushalten, danach wird es kritisch. Aber über den Lhotse abzusteigen, das schaffen wir auf keinen Fall.«

Gilda berührte Holms Schulter. »Wahrscheinlich kehrt Fuzhou nicht zurück, sondern steigt weiter zum Basecamp ab. Es ist auch für ihn viel zu anstrengend, noch einmal zum Südsattel zurückzukommen. Er ist nicht Supermann und Ott schon gar nicht. Lass uns einfach abwarten.«

Er blickte zu Boden, wo die verschüttete Suppe allmählich gefror. Er dachte nach. Vor ein paar Stunden war er noch am Ende seiner Kräfte gewesen, unfähig, sich auch nur zu bewegen. Und jetzt wollte er den vierthöchsten Berg der Welt hochspazieren und auf der anderen Seite wieder absteigen? Pasang hatte ihm an einem der Abende im Basislager erklärt, dass die Übersteigungen von Achttausendern nur wenigen Profis wie einem Reinhold Messner gelungen waren. Er hieß nicht Messner, und er war kein Profi. Gilda hatte recht: Abwarten und viel Tee trinken war vielleicht die bessere Alternative. Er hob den Kopf und lächelte. »Kennt ihr Skat? Das ist ein deutsches Kartenspiel für drei Personen. Damit könnten wir uns die Zeit vertreiben. Vielleicht schaffen wir es mit der höchsten Skatrunde ins Guinnessbuch der Rekorde.«

Gilda legte den Kopf schief. »Sehr schön. Hast du denn ein Kartenspiel dabei?«

Holm schüttelte stumm den Kopf.

»Habe ich mir gedacht. Wir sollten lieber die anderen Zelte der Chinesen nach Sauerstoffflaschen, Kochern, Essen und anderen nützlichen Dingen durchsuchen. Ich möchte vorbereitet sein, falls der Sturm zurückkommt.«

Ray stand auf und klatschte in die Hände. »Gute Idee. Auf geht's!«

Eine halbe Stunde später standen sie auf dem Geröllfeld des Südsattels. Die Sonne schien von einem dunkelblauen Himmel herab, nur ein leichter Wind wehte über das Plateau, ungewöhnlich für diesen unwirtlichen Ort. Nur vom Gipfel des Everest strich eine Eisfahne fast waagerecht Richtung Osten weg, ein Zeichen für den mächtigen Jetstream, der in dieser Höhe über den höchsten Berg der Welt fegte.

Holm sah sich um. Überall lag Müll verstreut herum, nicht nur von den Chinesen, sondern auch von Expeditionen aus den Vorjahren: leere Sauerstoffflaschen, zerfetzte Schlafsäcke, ausgeblichene Verpackungen von Fertiggerichten, zerrissene Zelte. Es war ein schauriges Stillleben, ein Spiegelbild westlicher Arroganz und Respektlosigkeit gegenüber der Göttinmutter der Erde. Sollen sich doch andere um die Beseitigung des Unrats kümmern, schien die Botschaft zu sein.

Gilda zeigte mit einer ausladenden Handbewegung auf die trostlose Ebene. »Die höchste Müllkippe der Welt.«

»Und der höchste Friedhof der Welt«, ergänzte Ray und deutete auf einen leblosen Körper, der etwas weiter Richtung Lhotse zwischen dem Geröll lag. Über das Gesicht des Leichnams hatte man einen Schlafsack gelegt, der mit Steinen beschwert war. »Noch ein sinnloses Opfer von Fuzhous Wahnsinn. Ich fürchte, es wird nicht das letzte sein, das wir finden werden.«

Die Zelte des chinesischen Teams standen trotz des Orkans der letzten Stunden noch intakt da. Die kleine Gruppe durchsuchte eins nach dem anderen und fand in den nächsten Minuten mehrere Sauerstoffflaschen und reichlich Fertignahrung. Holm stöhnte. »Hühnchen mit Reis, Reis mit Hühnchen. Oh Mann, gibt es auch noch etwas anderes?«

Ray hielt eine Plastikpackung hoch. »Hier hätte ich was anderes für dich: *Fang bian mian*. Was auch immer das ist.«

Holm winkte ab. »Besten Dank. Lasst uns noch die zwei Zelte da vorne Richtung Aufstiegsroute durchsuchen, danach will ich zurück in unsere gemütliche Behausung. Ich bin hungrig und müde.«

Der Arzt machte eine Verbeugung. »Selbstverständlich, der Herr. Ich gehe schon einmal vor und setze Tee auf.«

Langsam bewegte sich Holm auf die beiden Zelte zu, die deutlich größer als die anderen und abseits aufgestellt worden waren. Er öffnete den Eingang des ersten und blickte hinein. Nur langsam gewöhnten sich seine Augen an das Halbdunkel, dann erkannte er einige Konturen. Es waren diese merkwürdigen Rucksäcke, die wie zu groß geratene Projektile aussahen und die er schon einmal im Basislager gesehen hatte. Was wollte Fuzhou nur mit diesen Dingern, hier in der Todeszone auf achttausend Meter Höhe? Waren das Lithium-Akkus oder Generatoren, die er für die Übertragung seiner Show auf dem Gipfel brauchte? Er knipste seine Stirnlampe an und betrachtete die Tornister genauer.

Er überlegte einen Augenblick, dann zog er an einem der Rucksäcke den Reißverschluss am stumpfen Ende vollständig auf und warf die Klappe zurück. Er sog die Luft scharf ein und wich erschrocken zurück. Auf dem metallenen Gegenstand, der in der Hülle steckte, war neben einigen chinesischen Schriftzeichen noch ein Symbol aufgebracht: eine Art Propeller mit drei abgerundeten, schwarzen Flügeln auf gelbem Grund. Er kannte dieses Bild aus seinem Institut. Es war das internationale Strahlenwarnzeichen für radioaktive Stoffe.

»Was bedeutet das?«, fragte Gilda, die in das Zelt gekommen war und auf das Zeichen deutete.

Holm drehte sich zu ihr um. Seine Mundwinkel zitterten. »Willkommen im Jenseits.«

KAPITEL 63

Holm blieb stehen und blickte nach oben. Über ihm wölbte sich ein tiefblauer, fast schwarzer Himmel. Es war nahezu windstill, nur ab und zu wehte ein eisiger Lufthauch über das vor ihm ansteigende Schneefeld, das in einem steilen Grat endete. Er spürte, wie sich die Kälte langsam durch alle Schichten seiner Kleidung fraß und ihn auskühlte. Wie lange waren Gilda und er seit ihrem Aufbruch vom Südsattel in Richtung Gipfel schon unterwegs? Vier, fünf Stunden? Oder noch länger? Der vollkommen erschöpfte Ray war freiwillig in Camp 4 zurückgeblieben. Er hatte keinen Schritt mehr weitergehen können.

Doch Gilda und ihn trieb der Mut der Verzweiflung an. Die ungeheuerliche Entdeckung im Zelt von Camp 4 hatte alles geändert. Die tonnenförmigen Objekte hatten sich als gut dreißig Kilogramm schwere nukleare Rucksackbomben entpuppt, ähnlich denen, die die Amerikaner einst für den Ernstfall gegen vorrückende Sowjettruppen in Deutschland vorgesehen hatten. Fuzhou, das wurde ihm langsam klar, hatte gar nicht den Auftrag, den Everest für China zu annektieren: *Big E* sollte mit Atombomben gesprengt werden, um an die vermeintlich riesigen Goldvorkommen im Berg zu gelangen. Was für ein Irrsinn.

Gilda trat neben ihm und tippte auf ihre Atemmaske. »Keine Luft mehr. Ist alle. Da vorne, der ›Balkon‹.« Sie zeigte auf ein fast ebenes Plateau, das noch ungefähr fünfzig Meter vor ihnen lag.

»Und dann geht es da weiter?« Holm deutete auf den steil ansteigenden Grat, der von dem Plateau zu einer in den Himmel aufragenden Felspyramide führte.

Gilda beugte sich keuchend vor. »Ja, das ist der Südostgrat. Führt nur zum Südgipfel. Der eigentliche Gipfel liegt dahinter. Ich brauche *jetzt* Luft!«

Einige Minuten später hatten sie den »Balkon« erreicht, aus dessen Schneedecke mehrere Sauerstoffflaschen ragten. Gilda setzte sich erschöpft hin, während Holm ihre und seine Flaschen rasch austauschte. Er sah seine Kameradin fragend an, die wieder halbwegs normal atmete und langsam zur Ruhe kam. »Was meinst du, wird Fuzhou uns folgen?«

»Das glaube ich nicht. Ray hat beobachtet, wie der Major mit Ott die Lhotse-Flanke abgestiegen ist. Ich denke, er wird so schnell wie möglich ins Basislager zurückkehren und anschließend mit einem Hubschrauber nach China fliegen.«

»Und dann?«

Gilda hob die Hände. »Na, was wohl? Er kann dann in sicherer Entfernung die atomare Sprengung des Everest auslösen.«

Holm nahm die Atemmaske ab und ließ seinen Blick über den Südostgrat schweifen. »Vielleicht auch nicht. Wir haben vielleicht noch eine winzige Chance, das Blatt zu unseren Gunsten zu wenden.«

»Du bist gut. Und wie willst du das machen?«

»Ich vermute mal, dass Fuzhous Soldaten sowie die chinesischen Truppen auf der Nordseite die Flanken des Berges mit den Rucksackbomben gespickt haben wie einen Rehrücken. Wenn Fuzhou das Signal zur Sprengung auslöst, muss es alle nuklearen Sprengladungen *gleichzeitig* erreichen. Nur so ist sichergestellt, dass die Gipfelpyramide komplett in die Tiefe stürzt.«

»Und was heißt das?«

Holm kniete sich neben Gilda und zeichnete ein Dreieck in den Schnee. »Das ist der Everest. Für die Weiterleitung des Signals braucht er einen Empfänger und einen Sender, der nach allen Seiten abstrahlen kann.« Er tippte auf die Spitze des Dreiecks. »Und der müsste genau hier stehen. Ein Funkmast auf dem Gipfel.«

Gilda nickte. »Das erklärt auch die Metallträger, die Fuzhous Männer die Lhotse-Flanke hochgeschleppt haben.«

»Richtig. Wenn es uns gelingt, vor Fuzhous Rückkehr nach China den Gipfel zu erreichen und die Einrichtungen dort zu zerstören, dann können wir die Sprengung verhindern.«

Er stand auf und klopfte sich den Schnee ab. Er musste so schnell wie möglich den höchsten Punkt der Erde erreichen. Alles andere war unwichtig geworden: Element 126, Ott, sein Chef, seine Frau – und auch sein toter Bruder. Er musste jetzt nur ein bisschen die Welt retten. Oder wenigstens den Everest. Es war ein Wettlauf mit der Zeit.

Auch Gilda stand auf und wies auf den Grat. »Lass mich vorsteigen. Ich kenne den Weg vom letzten Mal. Wenn wir uns beeilen, sind wir schneller auf dem Gipfel als Fuzhou im Basislager.«

Die Route war technisch nicht sehr anspruchsvoll. Gilda bewegte sich mit sicheren Schritten vorwärts. Holm folgte ihr in Gedanken versunken.

Keuchend und stöhnend schob er die Steigklemme am Fixseil nach vorne, machte einen Schritt, hörte das Kratzen seiner Steigeisen auf dem verharschten Schnee, blieb stehen, atmete durch und ging weiter.

So vergingen zwei Stunden, bis links vor ihnen ein schräg abfallender Felshang auftauchte, der nur mit wenig Schnee bedeckt war. Auch hier lag ein gelb-rotes, von den Chinesen verlegtes Fixseil, in das sich Holm einklinkte. Er versuchte, Halt auf dem brüchigen Stein zu finden, glitt aber mit den Steigeisen auf dem blanken Fels immer wieder ab, bis er sich endlich hochziehen konnte. Er machte noch ein paar Schritte und stand plötzlich auf einer Kuppel aus Schnee und Eis.

Rund um den Everest gruppierten sich schneebedeckte Berggipfel wie untertänige Diener, darunter einige Achttausender, ganz so, als wollten sie der Königin des Himalayas ehrfürchtig ihre Referenz erweisen. Er hatte soeben den Südgipfel des Everest erklommen.

Er schaute sich um. Wo war Gilda? Dann sah er sie auf der anderen Seite weiter unten stehen. Sie schien irgendetwas zu betrachten, das ein Stück tiefer am Hang lag. Schnell stieg er zu ihr herab.

»Was ist los?« fragte er atemlos, als er sie erreicht hatte.

Gilda deutete nach unten, wo wenige Meter tiefer ein lebloser Körper in weißer Tarnuniform lag. »Noch ein Opfer von Fuzhous Wahnsinn.«

Holm beugte sich nach vorne und schaute in das Gesicht eines Toten. Der Schmerz und die Verzweiflung, die der Mann in den letzten Minuten seines Lebens empfunden haben musste, waren in seinen Zügen förmlich eingefroren und schienen aus dem Jenseits eine Botschaft an alle zu schicken, die sich in die Todeszone wagten. Die Arme und Beine des Soldaten waren in einem Wirrwarr aus Seilen hoffnungslos verheddert. Völlig erschöpft von den Anstrengungen des Aufstiegs hatte es dieser Mensch nicht mehr geschafft, sich aus der Fesselung zu befreien. Der Everest hatte ihn aus seiner tödlichen Umarmung nicht mehr losgelassen. Der Reißverschluss des Daunenanzugs war bis zum Bauch aufgezogen, das Hemd darunter aufgerissen. Offensichtlich hatte der Mann im Sterben noch versucht, sich die Kleider vom Leib zu reißen. Wie hatte Ray dieses bizarre Phänomen bei erfrierenden Bergsteigern noch einmal genannt? »Kälteidiotie«. Offensichtlich waren nur Mediziner in der Lage, solche zynischen Begriffe zu erfinden.

Gilda schob ihre Schneebrille hoch und wandte sich an Holm. »Der arme Bursche. Er ist hier elendig krepiert, und keiner war da, als er Hilfe gebraucht hat. Fuzhou, dieser verdammte Dreckskerl! Lass uns weitergehen.« Sie zeigte auf einen schmalen Grat vor ihnen, an dessen rechtem Rand Schnee-wechten weit über den Abgrund hinausragten. »Die *Cornice Traverse*. Sei vorsichtig und halte dich weiter links. Diese Schneebretter sind tückisch und brechen manchmal ab – zusammen mit demjenigen, der sich gerade darauf befindet.«

Sie schob die Schneebrille wieder ins Gesicht und betrat vorsichtig den Grat. Holm folgte ihr. Wie in Trance kletterte er auf dem schmalen Pfad weiter hoch. Je höher er kam, desto ruhiger und entspannter fühlte er sich. Es war, als würde er alles um sich herum wie in einem Film wahrnehmen, als wäre die Welt nicht mehr real. Er hatte sich von der Wirklichkeit losgelöst und die Wirklichkeit von ihm. Gehen, stehen bleiben, ein- und ausatmen, weiter.

Plötzlich glaubte er, die Gegenwart einer weiteren Person neben sich zu spüren. War Ray ihnen gefolgt? Erschrocken drehte er sich zur Seite. Da war niemand, aber er spürte eine vertraute Nähe, jemanden, der ihn sanft, aber bestimmt nach links zu schieben versuchte, dorthin, wo der Grat mehrere tausend Meter steil nach unten abbrach. Tiefe Ruhe überkam ihn. Er er-kannte seinen Begleiter. »Claas, was machst du hier? Ich dachte …«

Er fühlte, wie sich etwas Warmes auf seine Schulter legte und ihn noch ein Stück weiter nach links drücken wollte. Warum tat sein Bruder das? Aber er gehorchte und machte einen Schritt zur Seite. »So richtig?« Die Erscheinung schien ihn freundlich umarmen zu wollen, dann war sie ver-schwunden.

Im selben Augenblick brach die Wechte ab, auf der er gerade noch ge-standen hatte, und stürzte in die Tiefe. Feiner Schnee wirbelte durch die Luft und nahm ihm kurz die Sicht. Er stand jetzt auf einem vereisten Grat, nicht breiter als eine Holzplanke, rechts und links davon ein gähnender Abgrund. Für einige Sekunden verharrte er auf der Stelle, dann ging er be-hutsam weiter.

Danke, Bruder.

Wenige Minuten später hatte er Gilda eingeholt, die sich zu ihm umdrehte. »Alles in Ordnung?«, fragte sie.

Holm reckte einen Daumen in die Höhe. »Alles bestens! Aber ich hatte gerade das merkwürdige Gefühl, mein verstorbener Bruder wäre an meiner Seite gewesen. Vielleicht hat er mir das Leben gerettet, als eine Wechte weg-gebrochen ist.«

Gilda fasste ihn am Arm. »Du hast gerade halluziniert. Das sogenannte Dritter-Mann-Phänomen. Eine akute Höhenpsychose, möglicherweise ausgelöst durch Sauerstoffmangel. Hat Ray mir mal erklärt.« Sie zeigte auf eine Formation aus mehreren Felsen, die sich vor ihnen steil nach oben stapelten. »Der *Hillary Step*. Das letzte Hindernis vor dem Gipfel. Vor dem Erdbeben 2015 war diese Passage klettertechnisch noch eine richtige Herausforderung, aber jetzt? Eine etwas größere Treppenstufe. Beeilen wir uns.«

Holm zuckte mit den Schultern. Er würde auch dieses Stück noch schaffen. Allerdings erwies sich die Überwindung der »Treppenstufe« in den nächsten Minuten als äußerst anstrengend. Mehrfach hielt er an, um durchzuatmen, aber neue Kraft konnte er in dieser Höhe nicht mehr schöpfen. Endlich erreichte er das Ende der Felsformation und stand auf einem Schneefeld, das ungefähr hundert Meter mäßig steil nach oben anstieg. Dahinter war – nichts mehr. Der höchste Punkt der Erde lag direkt vor ihnen.

Holm schloss zu Gilda auf und deutete auf einen Mast, der sich auf dem Gipfel gegen den Himmel abzeichnete. »Wie erwartet: Fuzhous Funkanlage. Die müssen wir noch beseitigen. Auf geht's!«

Er versuchte noch einmal tief durchzuatmen, aber es kam ihm vor, als würde er Luft durch einen Strohhalm saugen. Sein Herz hämmerte wie ein Presslufthammer und er spürte das Blut in seinen Schläfen pochen. Die Beine fühlten sich an wie Blei, aber jeder Schritt auf dem hart gefrorenen Schnee war ein kleiner Triumph über die eigene Schwäche. Eine nie gekannte Euphorie durchflutete ihn. Er legte einen Arm um Gildas Schultern und gemeinsam schleppten sie sich zum Gipfel, Schritt für Schritt. Einige Meter unterhalb des Mastes blieb Gilda stehen und sank auf die Knie. Sie riss die Arme hoch. »Wir haben es geschafft!«

Holm ließ sich neben sie in den Schnee fallen, nahm Schneebrille und Atemmaske ab und blinzelte in die tief stehende Sonne am Horizont. Tränen der Freude und der Erleichterung rannen ihm die Wangen hinunter und gefroren sofort zu Eis. Niemand würde sie mehr aufhalten.

»Na, Terbergen. Auch schon da? Ich hatte schon befürchtet, Sie kommen gar nicht mehr.« Von dem abfallenden Nordgrat auf der anderen Seite des Gipfels tauchte eine Gestalt in blauem Daunenanzug auf und stellte sich vor ihn. »Schön, dass Sie noch Zeit für uns gefunden haben.«

Holm hob ungläubig den Kopf. »Oh mein Gott!«

KAPITEL 64

Joshua stützte sich mit der rechten Hand auf die Lehne seines Chesterfield-Sessels und starrte auf den riesigen LED-Fernsehbildschirm, der über einem Gaskamin im Fernsehzimmer hing. Er hielt es vor Spannung kaum noch aus und fühlte sich ein wenig wie damals als Fünfzehnjähriger vor seiner ersten Verabredung mit der süßen Camilla. Wochenlang hatte er das Mädchen umworben, bis sie einem Treffen zugestimmt hatte. Er war aufgeregt gewesen und hatte furchtbare Angst gehabt, nicht das zu kriegen, wovon er so lange geträumt hatte. Doch seine Furcht war unbegründet gewesen. Er hatte sich einfach genommen, was ihm seiner Meinung nach zustand. Auch heute an Heiligabend würde er das bekommen, was er verdiente.

Er blickte kurz nach rechts, wo Samuel in einem seidenen Morgenmantel auf einer Chaiselongue lag, die Beine ausgestreckt. Neben ihm stand ein auf Hochglanz polierter Champagnerkühler aus Edelstahl, der aussah wie ein schräg aufgeschnittenes Ei. Darin lag eine goldglänzende Flasche mit einem Pik-Ass-Logo aus Zinn als Etikett. Samuel sah zu ihm herüber und bemerkte seinen Blick. Er lächelte. »Das ist ein *Armand de Brignac, Brut Gold*. Ein wirklich köstliches Tröpfchen, das eine feine Perlage mit spritziger Intensität in kongenialer Art kombiniert. Mineralische Nuancen, reife Noten von Brioche, Getreide und frischen Nüssen: einfach ein fantastisches Geschmackserlebnis. So einen hochkomplexen Champagner hast du bestimmt noch nicht genossen. Ich habe mir erlaubt, schon einmal vorzukosten. Archibald wird uns später eine neue Flasche öffnen. Ich dachte, das wäre für unsere Bescherung heute Abend die ideale Begleitung.«

Joshua betrachtete die Dose *Newcastle Brown* in seiner Hand. »Sauf, was du willst, Bruderherz, ich bleibe bei *The One and Only*. Bevor wir feiern können, müssen aber die *Chinks* noch ihren Job erledigen. Das dauert mir alles viel zu lange.« Er schaute auf seine GMT-Uhr, die ihm Samuel letztes Jahr zu Weihnachten geschenkt hatte. »Um siebzehn Uhr Ortszeit Nepal soll die Party starten, die COMEX in New York schließt um dreizehn Uhr Ortszeit. Also zwischendurch noch reichlich Zeit für die Kurse der Gold-ETFs, weiter in den Keller zu gehen. Wo stehen wir im Augenblick?«

Samuel richtete sich stöhnend auf und griff zu einem Taschenrechner neben dem Kühler. Er tippte ein paar Zahlen ein. »Das wird nicht ausreichen. Wir kommen gerade mal auf 987.654 Millionen Pfund Sterling. So wie es aussieht, werden wir den Billionärstatus heute knapp verpassen. Schade eigentlich. Ich hatte mich zwischenzeitlich an den Gedanken gewöhnt, der reichste Mann der Welt zu werden.«

»Nun sei mal nicht so pessimistisch!«, erwiderte Joshua. »Dein großer Bruder hat nämlich noch eine kleine Überraschung für dich. Schau mal da hin.« Er deutete auf den LED-Bildschirm, auf dem ein westlich gekleideter Reporter auf dem Balkon eines Hotels vor tropischer Kulisse stand. Der eingeblendete Untertitel wies ihn als Peter Jones von der BBC aus, der live aus Kathmandu berichtete. Der Mann drehte sich halb um und deutete aufgeregt auf eine wolkenverhangene Bergkette am Horizont. Joshua drehte den Ton lauter.

»... wie die BBC aus internen Kreisen in Peking erfahren hat. Das würde aber bedeuten, dass durch diese Maßnahme zur Bestimmung des Goldgehaltes der höchste Berg der Welt erheblichen Schaden nehmen würde. Hier in Kathmandu ist man zu Recht empört, denn mit dieser ›exploratorischen Abtragung‹, wie Peking diese Probesprengung euphemistisch nennt, würde der Trekking- und Bergsteigertourismus in Nepal erhebliche Einbußen hinnehmen müssen. Zunächst war man davon ausgegangen, dass China nach der Einnahme des Everest nur einige Gesteinsproben für weitere Analysen sammelt, um anschließend die Besetzung aufzuheben. Momentan ist nicht erkennbar, was gegen die Pläne der Chinesen unternommen werden kann. Weder die Warnung der Vereinigten Staaten noch die angekündigte Dringlichkeitssitzung des UN-Sicherheitsrates wird an dem Vorhaben Pekings etwas ändern.«

Samuel sprang auf und blieb wankend stehen. »Was? Was haben die Chinesen vor? Den Everest sprengen? Sind die verrückt geworden?«

Joshua grinste breit. »Das ist noch nicht alles. Warte mal ab, bis das Bürschchen da vorne auf dem neuesten Stand ist. *Dann* darfst du dich aufregen.«

Jones drückte gegen die Ohrstöpsel und lauschte mit konzentriertem Gesichtsausdruck den Informationen, die ihm übermittelt wurden. Er wurde aschfahl und taumelte gegen das Balkongeländer, den Blick starr in die Kamera gerichtet. Die Hand, in der er das Mikrofon hielt, zitterte. »Wie ich gerade aus unbestätigten Quellen erfahren habe, soll am Everest nicht nur eine Probesprengung stattfinden.« Er stockte und klappte den Mund stumm auf und zu. Schließlich fasste er sich und fuhr mit heiserer Stimme fort. »Die Chinesen wollen offensichtlich gar keine Analysen vornehmen. Sie wollen den Everest wegsprengen. Komplett. Heute, Heiligabend um siebzehn Uhr Ortszeit. Mit Atombomben. Ich ... ich kann das nicht glauben. Ich gebe zurück ins Studio.« Der Bildschirm wurde schwarz.

Samuel plumpste auf die Chaiselongue und fasste sich an den Kopf. »Das ist unfassbar! Das können die Chinesen doch nicht machen! Den Everest sprengen. Einfach so. Puff!«

Joshua gab ein meckerndes Lachen von sich. »Doch das können sie, und die verdammten *Chinks* werden es auch tun. Und nun rate mal, wer diese geniale Idee hatte?«

KAPITEL 65

»Sie schon wieder. Womit habe ich das verdient? Wie kommen Sie eigentlich hierher?« Holm kroch noch ein paar Meter weiter hoch und klinkte den Karabinerhaken seines Klettergurtes in eine der Metallstreben des Sendemastes ein. Dann setzte er sich in den Schnee und sah zu Ott hoch, der ihm einen gönnerhaften Blick zuwarf.

»Ich freue mich außerordentlich, Sie und Gilda wiederzusehen. Und ein alter Bekannter ebenfalls.« Er zeigte hinter sich, wo sich eine Person vom Nordgrat her die letzten Meter hochschleppte: Fuzhou. Als der Major bei Ott angekommen war, klinkte er sich aus dem Fixseil aus und nahm die Atemmaske ab. Er funkelte Gilda und Holm an. »Endlich treffe ich Sie wieder. Hat lange genug gedauert. Aber hier ist Ihre Reise zu Ende.«

»Sie sind also gar nicht abgestiegen?« fragte Gilda perplex.

»Mrs Hunt, sieht es danach aus? Wir haben Sie wahrscheinlich irgendwann im Sturm überholt, ohne dass Sie oder ich es bemerkt hätten. Schade, dass ich Ihnen das Team von der Nordseite nicht mehr vorstellen kann, das ich gerade verabschiedet habe.« Fuzhou deutete hinter sich. »Das spielt aber auch keine Rolle mehr. Wir sind ja alle wieder zusammen.«

Gilda richtete sich mühselig auf und sah den Major an. »Sie wollen den Everest sprengen. Mit Atombomben.«

»Sehr richtig. Und Sie wollen das verhindern, was ich natürlich nicht zulassen werde. Sie und Ihr Freund sind die bei solchen Aktionen unvermeidlichen Kollateralschäden.« Er zog ein kleines schwarzes Kästchen aus seiner Daunenjacke und deutete auf eine rot unterlegte Schaltfläche. »Ich werde nach China zurückkehren und dort in aller Ruhe auf diesen Knopf drücken. Mit einem verschlüsselten Code geht ein einziges Signal gleichzeitig an genau zehn nukleare Sprengköpfe im Gipfelbereich. Danach wird dieser Berg nicht mehr sein. Und damit Sie auf keine dummen Gedanken kommen, werde ich diesen Zünder in der Hand behalten.«

»Aber warum wollen Sie den Everest sprengen?«

Fuzhou lächelte. »Weil er da ist. Im Übrigen tun Sie nicht so naiv. Wir beide wissen, dass in Qomolangma sehr viel Gold steckt. Und das gehört nun einmal der Volksrepublik China.«

Gilda öffnete eine Hosentasche ihres Anzugs und holte den Pyritstein heraus. Sie hielt ihn dem Major dicht vor die Augen. »*Das* hier habe ich gefunden. Das ist kein Gold, das ist Eisensulfid. Wertloses Gestein. Dafür wollen Sie den Everest in die Luft jagen? Ich bitte Sie, ja, ich flehe Sie an: Stoppen Sie diesen Wahnsinn!«

Der Major schüttelte den Kopf. »Ihre billigen Taschenspielertricks verfangen nicht bei mir. Das hat schon Diane Wong versucht. Ihr Kollege hat mir übrigens bestätigt, dass Qomolangma einen hohen Goldgehalt aufweist.« Er zeigte auf Ott, der höhnisch grinste.

Holm lachte und stand auf. Er hielt sich an dem Funkmast fest und zeigte auf seinen Kollegen. »Der feine Herr würde Ihnen auch bestätigen, dass Sie der Kaiser von China sind, wenn Sie es ihm befehlen. Aber selbst wenn der Everest aus purem Gold bestünde, was wollen Sie dann mit dem ganzen radioaktiven Müll, der durch die Sprengung entsteht? Sie können damit überhaupt nichts anfangen.«

»Doch, das können wir. Das chinesische Volk denkt nämlich in größeren Zeiträumen als ihr dekadenten Westler. In einigen Jahren ist die Strahlung so weit abgeklungen, dass das Gold gefahrlos verwendet werden kann. Es gehört dann der mächtigsten Nation auf dieser Erde: China.«

Ott stapfte auf Holm zu. Sein Karabinerhaken ratschte am Fixseil entlang. »Das Spiel ist aus, mein Bester. Finden Sie sich damit ab. Eines möchte ich Ihnen aber noch mitteilen, bevor Sie Ihre letzte Reise antreten. Sie hatten teilweise recht mit Ihren Hirngespinsten zu Element 126.« Er hielt ihm mit der behandschuhten Hand den Stein hin, den Holm im Basislager liegen gelassen hatte. »Die Einschlüsse deuten tatsächlich auf ein neues superschweres Element hin, jenseits von Nummer 120, aber ganz bestimmt nicht Nummer 126. Nun, ich werde meine Theorie wohl ein wenig abändern und dann einer erstaunten Öffentlichkeit präsentieren. Im Gegensatz zu Ihnen bin ich ja lernfähig.« Er steckte den Stein in eine Seitentasche seines Anzugs zurück.

»Sie sind ein mieses Schwein. Aber Ihr Freund Fuzhou wird Sie genauso umbringen wie uns. Vielleicht haben Sie das noch nicht begriffen.«

Ott trat ganz dicht an Holm heran und nahm die Atemmaske ab. »Da irren Sie sich aber gewaltig. Der Major wird mich am Leben lassen. Ich bin der einzige Zeuge dafür, dass Sie und die anderen bedauerlicherweise in einer

Lawine umgekommen sind. Außerdem werde ich der staunenden Öffentlichkeit berichten, wie gut uns die chinesische Volksbefreiungsarmee behandelt hat. Wir waren schließlich ihre Gäste. Tja, Terbergen, so läuft das Spiel.«

Fuzhou schob Ott energisch zur Seite, zog eine Pistole aus einer Seitentasche und machte einen Schritt auf Holm zu. »Es wird Zeit, Dr. Terbergen. Bringen wir es hinter uns.«

Holm wandte den Kopf ab und blickte nach Westen, wo die Sonne langsam hinter dem Horizont verschwand. Es würde bald Nacht werden am Everest.

Der Major drückte ihm die Waffe an den Kopf und zog den Abzug durch. Nichts passierte.

Er drückte erneut ab. Nichts.

Genervt versuchte er es immer wieder, aber die Norinco versagte in der eisigen Kälte ihren Dienst. Zornig schleuderte er die Pistole in den Abgrund.

»Wohl bei Temu gekauft?«, warf Holm mit zittriger Stimme ein und schaute kurz zu Gilda, die wie gelähmt dastand.

Fuzhou drehte sich zu Ott um und riss ihm die Maschinenpistole von der Schulter, die er ihm an der Lhotse-Flanke ausgehändigt hatte. Er hob die Waffe mit einer Hand, in der anderen hielt er den Zünder. Er zielte auf Holms Brust. »Diese wird funktionieren. Leben Sie wohl, Dr. Terbergen.« Er drückte ab.

Nichts.

Holm deutete auf den leeren Magazinschacht der MP. »Ohne Magazin wird das wohl nichts.«

Wutentbrannt warf der Chinese die Waffe in den Schnee und ging auf Holm los. In diesem Augenblick löste sich Gilda aus ihrer Erstarrung, packte den Major an seinem Klettergurt und versuchte, ihn vom Gipfel hinabzustoßen. Fuzhou verlor das Gleichgewicht, ruderte wie ein Ertrinkender mit den Armen, blieb einen Augenblick lang wankend stehen, griff mit einer Hand nach Gildas Anzug, bekam ihn zu fassen, dann rutschten beide vom Gipfel die Kangshung-Wand hinab in die Tiefe, Richtung China. Ein gellender Wutschrei stieg in den Abendhimmel empor.

Ott sah beiden nach. Mit gespieltem Bedauern hob er die Hände. »Da war's um ihn geschehn. Halb zog sie ihn, halb sank er hin – und ward nicht mehr gesehn.«

Ein greller Lichtblitz, heller als tausend Sonnen, zuckte auf und tauchte den Everest für den Hauch einer Ewigkeit in blendend weißes Licht.

KAPITEL 66

Joshua tigerte nervös auf und ab und blickte immer wieder auf den Fernseher. Das Bild hatte zwischenzeitlich gewechselt und zeigte nun einen rothaarigen BBC-Moderator namens Arthur Wellington in einem weihnachtlich geschmückten Fernsehstudio. Im Augenblick überschlugen sich die Nachrichten zum Everest, aber wie es schien, gab es keine zuverlässigen Informationen über die Ereignisse im Himalaya. Joshua sah auf seine Uhr. »In Nepal ist schon siebzehn Uhr durch. Die Sprengung sollte längst stattgefunden haben. Warum senden diese BBC-Idioten das nicht? Verflucht noch mal!« Er ging zum Couchtisch und nahm sich eine neue Dose *Newcastle Brown*.

Samuel hockte auf seiner Chaiselongue und goss sich Champagner nach. »Wird schon gut gegangen sein«, lallte er. »Wenn du sagst, die Chinesen führen die Sprengung um fünf Uhr durch, dann tun sie das auch. Das sind zuverlässige Leute. Glaub mir!«

Joshua warf ihm einen verächtlichen Blick zu. »Woher willst du das wissen? Als ob du schon tausendmal mit den *Chinks* verhandelt hättest. *Ich habe den Deal eingefädelt und mit den Schlitzaugen verhandelt.* Die werden genau das getan haben, was ich ihnen gesagt habe. Klar?«

»Is klar. Was is nun mit dem Everest? Isser weg?« Samuel nahm einen großen Schluck aus seinem Glas und stand auf. Er torkelte zum Fernseher. »Guck mal. Gibt Neuigkeiten.«

Joshua drehte sich zum Bildschirm um, wo Wellington mit angespannter Miene in die Kamera blickte. »Wie ich gerade höre, scheint es eine neue Entwicklung am Everest zu geben. Nach unbestätigten Berichten soll es dort zu einer gewaltigen Explosion gekommen sein. Wir schalten live zu unserem Korrespondenten Peter Jones in Kathmandu. Peter, was kannst du uns über die momentane Lage sagen?«

Auf dem Monitor tauchte das aschfahle Gesicht des Reporters auf, der sichtbar um Fassung rang. Er zeigte auf die majestätischen Berge am Horizont, deren schneebedeckte Gipfel in der untergehenden Abendsonne rotgolden aufleuchteten. Dahinter versperrten Wolken die weitere Sicht. Mit zittriger Hand wischte er sich über den Mund. »Wie uns gerade mehrere

Einheimische aus Namche Bazar unabhängig voneinander berichtet haben, hat es am Everest um siebzehn Uhr Ortszeit eine gewaltige Detonation gegeben, verbunden mit einer extrem hellen Lichterscheinung. Übereinstimmend sagen diese Augenzeugen, die sich in einer Entfernung von ungefähr dreißig Kilometer vom Berg befunden haben, dass es sich dabei um eine oder mehrere Atombombenexplosionen gehandelt haben könnte. Auch wir in Kathmandu konnten den gewaltigen Donner hören, wenn auch nur abgeschwächt. Die Bewohner von Namche Bazar sind in Panik und versuchen aus dem Ort in Richtung Lukla zu fliehen.«

Wellington wirkte wie erstarrt. Einen Moment lang sagte er nichts, dann räusperte er sich. »Peter, was kannst du uns über den Zustand des Everest berichten? Steht er noch?«

Jones zuckte die Schultern. Seine Augen schimmerten feucht. »Uns liegen noch keine gesicherten Erkenntnisse vor, aber wir müssen annehmen, dass der gesamte Gipfel verschwunden ist. Die einbrechende Dunkelheit lässt eine Beurteilung der Situation vor Ort nicht zu. Wir werden erst morgen früh Genaueres erfahren können. Aber so viel kann man wohl annehmen: Der höchste Berg der Erde, der Mount Everest, existiert nicht mehr.«

»Danke, Peter. Wir machen eine kurze Pause und melden uns dann wieder.«

Es folgte ein Werbespot für *Newcastle Brown Ale*.

Joshua stand mit offenem Mund vor dem Fernseher. »Samuel, wo stehen die Investments? Sag es mir. Sofort!«

Samuel stellte den Champagnerkelch auf den Couchtisch und prüfte mit zittriger Hand die Börsendaten auf seinem Smartphone. Es dauerte einige Sekunden, schließlich hob er den Kopf. Ungläubiges Staunen machte sich auf seinem Gesicht breit, dann kreischte er los. »Eine Billion, zweiundzwanzig Millionen, dreihundertachttausend und achthundertneunundvierzig Pfund Sterling! Oh mein Gott: Ich bin der erste Billionär der Menschheitsgeschichte!« Er plumpste rückwärts auf die Chaiselongue und riss dabei den Kühler mit der Flasche um. Sprudelnd ergoss sich der Champagner auf das Eichenparkett und zog eine feuchte Spur.

Mit grimmiger Genugtuung zerdrückte Joshua die Bierdose in seiner Hand. Eine braune, schaumige Flüssigkeit schoss in einer Fontäne heraus und spritzte ihm auf Hemd und Hose. Er schlug mit der Faust auf den Couchtisch und brüllte los: »Jaaa! Ich habe es geschafft: Ich bin der reichste

Mensch auf Erden. *Ich* bin der einzige und wahre *Master of the Universe*. Ich. Bin. Gott!«

KAPITEL 67

Kälte. Stille. Dunkelheit. Nur der Wind, der vom Eis her weht. Der neunte Kreis der Hölle.

»Ich stürze ab!«

Gilda?

»Terbergen, wo sind Sie?«

Ott?

»Holm, das Fixseil reißt!«

Welches Seil?

»Terbergen, retten Sie mich verdammt noch mal!«

Holm hob den Kopf und blickte auf einen glutrot leuchtenden Horizont. Fuzhou hatte also die Atombomben gezündet. Aber er lebte doch noch. Oder etwa nicht?

» Holm! Ich ... ich kann nicht mehr!«

Gilda. Das war ihre Stimme. Benommen stützte er sich auf die Ellenbogen, seine Brust schmerzte. Er schaute sich blinzelnd um, sah den schräg stehenden Sendemast, die Gebetsfahnen, die im Wind flatterten. Das war eindeutig der Gipfel des Mount Everest. Aber warum stand der noch? Was war passiert? Fuzhou hatte doch ...

»Teeerbergen, ich rutsche ab!«

Das Geschrei holte ihn in die Wirklichkeit zurück. Schwer atmend stand er auf und hielt sich unsicher am Mast fest. Langsam begriff er: Er lebte und der Everest war noch da.

»Hoooolm!«

Er drehte sich langsam um und sah nach Nordosten, wo sich die Dunkelheit schon über die Hochebene Tibets gelegt hatte. Woher kamen nur die Stimmen? Er ließ sich auf den Bauch sinken und robbte sich mit seinem Eispickel Stück für Stück nach vorne, bis er die Kante erreicht hatte, an der die Kangshung-Wand mehrere tausend Meter steil nach unten abfiel. Dann sah er die beiden. Nur einen knappen Meter unter ihm hingen Gilda und Ott, eingeklinkt mit ihren Kletterseilen in das zum Zerreißen gespannte Fixseil. Das Seil drohte jeden Augenblick unter dem Gewicht der beiden zu zerfetzen, und sie würden in die Tiefe stürzen. Wie Fuzhou, der sich unvorsichtigerweise nicht eingeklinkt hatte. Der war nun wieder in seiner Heimat.

»Gilda, ich ziehe dich sofort hoch«, rief Holm keuchend.

»Neein, *mich* zuerst.« Ott zog mit der linken Hand einen Stein aus einer Seitentasche. »Hier, Element 126! Der Nobelpreis!« Er streckte den Arm nach oben aus.

Holm blickte unentschlossen zwischen den beiden hin und her. Gilda – oder lieber Ott? »Claas, gib mir den Stein. *Dann* ziehe ich dich hoch.« Er schob sich so weit vor, dass er die Hand seines Konkurrenten erreichen konnte. »Den Stein, Claas. Beeilung.«

Ott sah ihn verwirrt an. »Terbergen, erkennen Sie mich denn nicht? Ich bin es: Ihr Kollege.«

»Gunter!« Gilda drehte den Kopf zu dem zappelnden Chemiker. Ihr Blick war klar und fest. »Ich habe schon einmal einen Menschen auf einem Berggipfel sterben lassen. Ich weiß also, was ich gleich tun werde.«

Ott erwiderte irritiert ihren Blick und klammerte sich noch fester an das Seil. »Wovon redest du da? Wir stürzen gleich ab!«

»So ist es.« Gilda zog ein Messer aus ihrem Daunenanzug, klappte es auf und setzte es ans Seil an.

»Terbergen, tun Sie doch was! Die Verrückte wird uns beide töten!« Er ließ den Stein in die Tiefe fallen und hielt sich krampfhaft mit beiden Händen am Seil fest.

Gilda sah Ott an. »Wie war das vorhin noch mal? ›Halb zog sie ihn, halb sank er hin‹? Genau.« Dann schnitt sie das angespannte Seil in einem Zug durch.

Ott stieß einen gellenden Schrei aus. Verzweifelt krallte er sich mit beiden Händen im Schnee der Gipfelpyramide fest, fand aber keinen Halt. Er begann zu rutschen und blickte in Panik zu seinem Kollegen nach oben. »Terbergen ... bitte ...!«

Holm starrte ihn ausdruckslos an. Dann richtete er den Oberkörper auf und erhob seinen Eispickel.

»Nein! Tun Sie das nicht!«

»Oh doch, lieber G.OTT. Sie haben es sich redlich verdient.«

Dann sauste der Pickel herab.

KAPITEL 68

Mit der zerdrückten Bierdose in der Hand tanzte Joshua ausgelassen um den Couchtisch herum und grölte dabei *We Are the Champions*. Er hatte es allen Klugscheißern dieser Welt gezeigt, allen voran diesem blasierten Pinkel Lloyd Parker. Der stand jetzt wahrscheinlich in seinem Stadthaus in Chelsea mit wackligen Beinen auf einem Stuhl und hielt einen Strick in der Hand. Parker war pleite! *Verspekuliert!* Sollte sich dieser Wicht doch umbringen.

Samuel lag ausgestreckt auf der Chaiselongue und goss sich den Rest Champagner aus der umgekippten Flasche über den Kopf. Er trällerte etwas schräg ein Lied, das entfernt an Pink Floyds *Money* erinnerte.

Joshua warf sich auf seinen Bruder und küsste ihn auf die Stirn. »Uns kann keiner mehr was. Weder die Griechen noch dieser Idiot in London. Und die hübsche Missy Hunt hat sich einfach in Rauch aufgelöst. Ist das nicht geil?«

Samuel schob seinen Zwillingsbruder ächzend von sich herunter, der neben die Liege in die Champagnerlache fiel und sich auf dem Boden weiter suhlte.

Die Tür des Zimmers ging auf, und Archibald kam mit würdigen Schritten herein. Er verzog keine Miene beim Anblick der betrunkenen Zwillinge. »Sirs, Sie haben Besuch!«

Joshua rappelte sich auf und wankte auf den Butler zu. Er tippte ihm auf die Brust. »Wir feiern gerade. Sehen Sie das nicht? Wer stört uns?«

»Lloyd Parker wünscht Sie zu sprechen, Sir.«

Joshua brach in Triumphgeheul aus. »Der Kerl lebt also noch? Der will bestimmt bei mir um Gnade winseln. Herrlich! Das ist das schönste Weihnachtsgeschenk. Der Penner kann reinkommen.«

»Sehr wohl, Sir. Ich werde Mr Parker hereinführen.« Der Butler drehte sich um und verließ den Raum.

Joshua torkelte zum Gaskamin und klopfte auf den Bildschirm darüber. »Sammy, hör zu: Wir werden unsere Positionen erst nach Weihnachten auflösen. Die Kurse rutschen bestimmt noch weiter ab. Das bringt uns noch einmal ein paar Millionen.«

»... gibt es widersprüchliche Informationen vom Everest«, erklang die

Stimme des Moderators aus dem Fernsehlautsprecher. »Peter, weißt du Genaueres?«

Peter Jones wurde eingeblendet. Der Reporter zog die Augenbrauen hoch. »Auch für uns ist es schwierig, diese neuen Informationen zu bewerten. Demnach haben auch andere Einheimische aus Dörfern in der Nähe des Everest die Explosion gehört. Sie glauben aber nicht, dass es sich dabei um die Detonation von Atombomben gehandelt hat.«

»Blödsinn!«, grummelte Joshua und wischte über den Fernseher. »Weg ist weg, egal wie. Langweilt uns nicht mit solchen belanglosen Details.«

Die Tür ging wieder auf, und der Butler trat mit Parker ein, der mit ausgestreckter Hand auf Joshua zuging. »Wie schön, Sie beide zu sehen! Einen passenderen Moment hätte es nicht geben können.«

Joshua musterte seinen ehemaligen Gönner abfällig von oben bis unten. »Was wollen Sie?«, knurrte er.

»Was ich von Ihnen will? Oh, nicht viel: nur Ihr Schloss. Ihre Häuser. Ihr Büro in London. Ihre Autos. Ihren Reitstall. Ihre Bankkonten. Ihr Gold. Ach, und natürlich Samuels Weinkeller. Ihr gesamtes Vermögen. Den Rest können Sie behalten.«

Joshua starrte Parker entgeistert an. »Nehmen Sie neuerdings Drogen? Oder warum labern Sie so einen Schwachsinn? Setzen Sie sich hin und feiern Sie lieber ein bisschen mit uns. Vielleicht schenke ich Ihnen zu Weihnachten ein Monatsticket für die Londoner U-Bahn. Das werden Sie künftig gut gebrauchen können.«

Parker machte eine abwehrende Handbewegung und nahm ein Glas Champagner, das ihm Archibald auf einem Tablett anbot. »Oh, das ist zu großzügig von Ihnen. Ich fürchte aber, dass Sie und Ihr Bruder demnächst die Angebote des öffentlichen Nahverkehrs in Anspruch nehmen werden. Schauen Sie mal dahin.« Er zeigte zu dem Bildschirm, auf dem der BBC-Moderator ratlos die Hände hob.

»Das glaube ich jetzt nicht«, stammelte Wellington. »Aber wenn das wahr ist, meine Damen und Herren, dann ist das für mich das schönste Weihnachtsgeschenk. Wir haben jetzt eine Liveübertragung vom Gipfel des Everest, wo uns die Bergsteigerin Gilda Hunt mit einem Satellitentelefon zugeschaltet ist. Sie wurde zusammen mit ihrem Team seit Wochen von chinesischen Truppen als Geisel gehalten.«

Eine Frau in orangefarbenem Daunenanzug tauchte grobkörnig auf dem Bildschirm auf, ihre Atemmaske hing um den Hals. »Einen wunderschönen

Nachmittag nach London und frohe Weihnachten! Mein Name ist Gilda Hunt, Leiterin der Iridium-Everest-Expedition. Ich stehe hier mit Dr. Terbergen, einem Teammitglied, auf dem Gipfel des Mount Everest in 8849 Meter Höhe.« Sie schwenkte das Satellitentelefon und Holm kam ins Bild, der kurz winkte.

Joshua wurde blass. »Das kann nicht sein. Die Frau ist tot. Das sind Fake News, plumpe Fälschungen.«

Parker klopfte ihm auf die Schulter. »Abwarten, mein Bester.«

Jetzt stand auch Samuel auf und trat schwankend neben Parker. Er tippte auf den Bildschirm. »Das ist Mrs Hunt. Sie lebt ja noch.«

Gilda drehte sich mit dem Telefon langsam um die eigene Achse und andere Gipfel kamen ins Bild. »Wie Sie sehen, steht der Everest noch und auch die anderen Berge in der Umgebung: der Lhotse, der Nuptse, der Makalu. Es ist ziemlich kalt hier oben und die Luft ist dünn, aber ich fühle mich pudelwohl!« Sie setzte die Atemmaske wieder auf.

Wellington strahlte über das ganze Gesicht. »Das sind wunderbare Nachrichten! Uns liegen aber Berichte vor, dass es am Everest eine größere Detonation gab. Augenzeugen behaupten sogar, es habe Explosionen von Atombomben gegeben. Was können Sie uns dazu sagen?«

Gilda führte das Telefon dichter an das Gesicht. Ein dumpfes Lachen drang aus ihrer Atemmaske. »Also, von der Explosion eines atomaren Sprengkörpers hätte ich etwas mitbekommen. Ich würde dieses Interview dann allerdings aus dem Jenseits führen. Aber ja, es gab eine heftige Detonation, irgendwo unterhalb des Gipfels in der Südwestwand. Die haben wir hier oben auch deutlich gespürt.«

»Sie lügt! Verdammt noch mal, sie lügt! Das wurde doch in einem Studio aufgenommen. Wir werden betrogen!« Wutschnaubend schleuderte Joshua die leere Bierdose gegen den Fernseher. Ein braunes Rinnsal lief den Bildschirm herunter und tropfte zu Boden, wo die Flüssigkeit dunkle Flecken auf dem Parkett bildete.

Der Moderator blickte stirnrunzelnd in die Kamera. »Wir bekommen gerade aus der Regie die Nachricht, dass jetzt auch Peking offiziell bestätigt hat, dass es keine, ich wiederhole, *keine* nukleare Sprengung am oder auf dem Everest gab. Es soll sich lediglich um eine ›exploratorische Abtragung zu Analysezwecken‹ oberhalb des Gelben Bandes gehandelt haben, wobei nur konventioneller Sprengstoff zum Einsatz kam. Bisherige Gerüchte besagen aber, dass China den Everest zertrümmern will, um dessen Goldvorkommen auszubeuten. Was wissen Sie darüber, Gilda?«

Wieder kam ein keuchendes Lachen aus den Lautsprechern. Gilda ging auf die Knie. »Oh Arthur, bitte machen Sie nicht solche Witze. Ich kriege hier oben kaum noch Luft. Ich zeige Ihnen, was unsere Expedition tatsächlich gefunden hat.« Sie zog einen goldgelben Stein aus ihrem Daunenanzug. »Das hier. Dr. Terbergen wird Ihnen erklären, was das ist.« Holm kniete sich ebenfalls in den Schnee und nahm Gilda den Stein ab. Er hielt ihn in die Strahlen der untergehenden Sonne. Ein schwaches Glitzern erfüllte kurz den Bildschirm. »Das hier ist nichts weiter als Eisensulfid, ein wertloses Mineral. Ich kann Ihnen versichern: Es gab und gibt kein Gold am Everest – nur Narrengold.«

»Wie schön sie aussieht, unsere Eisprinzessin«, säuselte Samuel und fuhr mit einem Finger auf dem Bildschirm über das Gesicht der Britin. »Leider hat sie uns kein Glück gebracht.«

Joshua stampfte mit dem Fuß auf. »Hör auf damit! Merkst du nicht, dass man uns reinlegen will? Das ist doch alles nur eine billige Inszenierung.«

Gilda zog aus einer anderen Tasche einen grauen, gepunkteten Stein heraus und hielt ihn vor die Kamera. Sie warf Holm einen verschmitzten Blick zu. »Aber Dr. Terbergen von GSI in Darmstadt hat am Everest eine ganz andere Entdeckung gemacht, eine wissenschaftliche Sensation: ein neues, bisher unbekanntes Element des Periodensystems! Wir werden darüber ausführlich nach unserer Rückkehr berichten. Okay, Arthur. Mir geht die Puste aus und es wird dunkel. Wir müssen schleunigst absteigen. Ach, eins noch: Mein ganz besonderer Dank gilt Joshua und Samuel Clayton vom *Steenfoll Investment Trust*, die diese Expedition großzügig finanziert haben.« Das Bild vom Everest verschwand und das Londoner Studio mit Arthur Wellington wurde wieder eingeblendet.

»Diese Hexe! Lüge! Alles Lüge!«, schrie Joshua. Er griff nach dem Champagnerkühler und hieb wie ein Irrsinniger auf den Monitor ein, der in tausend Splitter zersprang.

Parker nahm seine Hornbrille ab und seufzte. »Ich schätze durchaus dramatische Auftritte, aber Sie übertreiben maßlos. Lassen Sie Ihren Bruder die Kurse für Gold-*Futures* und Gold-ETFs checken. Dann werden Sie sehen, dass das hier keine Show ist.«

Joshua funkelte den Banker an und ließ den Kühler fallen. Er griff sich das Smartphone seines Bruders und rief eine Website mit Börsennotierungen auf. Alles Blut wich aus seinem Gesicht, und er sackte in sich zusammen. »Scheiße. Wir sind erledigt.«

»Was ist los?«, stammelte Samuel.

»Nun, die Goldkurse ziehen wieder an«, antwortete Parker. »Oder sollte ich besser sagen: sie explodieren? Sie haben es doch soeben gehört. Es gibt kein Gold am Everest. Alle *Shortseller*, die aufgrund der chinesischen Aktionen am Everest auf ein Überangebot des Edelmetalls und fallende Kurse gesetzt haben, werden sich jetzt bei steigenden Kursen mit Gold eindecken müssen – wie Sie, mein Lieber.«

»*Short Squeeze*«, sagte Samuel tonlos. »Das ist unser Ende.«

Parker zuckte die Schultern. »Erinnern Sie sich daran, was ich Ihnen im *Kaia* auf die Serviette geschrieben hatte? Carmilhan – das mit Gold beladene Geisterschiff. Das ist eine nett gemeinte Warnung gewesen, vor allem für Sie. Sie hätten früher aussteigen sollen, als es noch möglich war, aber Ihr Bruder konnte ja nicht genug kriegen. Seine Gier ist offensichtlich größer als sein Verstand.«

Samuel sah ihn fassungslos an. »So langsam verstehe ich. Sie haben das alles schon vorher gewusst. Richtig?«

Parker hob die Augenbrauen und ein vielsagendes Lächeln glitt über sein Gesicht. »Ich kann es Ihnen ja ruhig erzählen. Es spielt eh keine Rolle mehr. Mein Mitarbeiter Swanson – Sie dürften ihn ja bestens kennen – war so freundlich, mich frühzeitig über Ihre Absichten am Everest bis ins kleinste Detail zu informieren. Als Mrs Hunt auch noch ihren vermeintlichen Goldfund über unsere Experten prüfen ließ, war mir klar, was Sie vorhatten. Wie dem auch sei, ich ließ Sie und auch Gilda Hunt im Glauben, bei dem Pyrit handele es sich um Gold.«

Joshua schnaubte. »Swanson, dieser verfluchte Verräter!«

»Aber nicht doch. Er ist mir gegenüber absolut loyal. Hatten Sie daran Zweifel?«

»Und die Chinesen? Was haben Sie mit denen angestellt? Das waren doch *unsere* Marionetten.«

Parker rieb sich über die Augen. »*Ihre Marionetten*? Sie halten die Asiaten wohl nur für dumm. Glauben Sie wirklich, Peking würde wegen eines kleinen goldfarbenen Steins, den ein drittklassiger Finanzinvestor wie Sie weitergeleitet hat, den Everest in die Luft jagen? Einfach mal so? Wie naiv sind Sie eigentlich?«

Joshua torkelte auf den Banker zu. »Parker, was haben Sie getan? Was?«

»Nun, nicht nur Sie unterhalten gute Kontakte ins Reich der Mitte. Die chinesische Regierung und ich haben festgestellt, dass wir ähnliche Interessen verfolgen. Wir haben uns daher auf ein Geschäft zu beiderseitigem Nutzen geeinigt und die Welt im Glauben gelassen, dass demnächst riesige Mengen des Edelmetalls vom Everest auf den Markt kommen würden. Die Folgen kennen Sie bereits: abstürzende Kurse für Gold – bis gerade eben. Es wäre für alle *Shortseller* wie Sie beinahe ein Freudentag geworden. Aber eben nur beinahe. So aber fällt Weihnachten mit der Beerdigung des *Steenfoll Investment Trusts* zusammen.«

Joshua hielt sich an Parker fest. Sein Blick wurde glasig. »Und Sie haben sich in der Zwischenzeit preiswert mit Gold eingedeckt, stimmts? Sie verdammte Ratte!«

»Nun werden Sie doch nicht gleich ausfallend, mein Lieber. Sie haben doch gut mitgespielt, wenn auch unwissend. Peking und B.I.G. werden das Gold in Kürze wieder abstoßen – mit einem hübschen Gewinn. Nehmen Sie es bitte nicht persönlich.«

Es klingelte, und Joshua hielt sich das Smartphone ans Ohr. »Ja?« Er wartete einen Moment lang. »Was meinen Sie mit ›Sicherheiten‹ und ›nachschießen‹? Wie? Sofort? Wie stellen Sie sich das vor?« Er ließ das Telefon fallen und drehte den Kopf langsam zu seinem Bruder. »Das war Henderson von *Blackfriars*. Das war der erste *Margin Call*. Er sagt, wir sollen zusätzliche Sicherheiten leisten. Heute noch. Und uns mit Gold eindecken.«

»Aber wir haben keine liquiden Mittel mehr«, wimmerte Samuel und ließ sich auf den Boden sinken. »Wir haben alles in unsere *Futures* und ETFs gesteckt. So, wie du es gesagt hast.«

Das Telefon am Boden klingelte wieder. Parker hob es auf und reichte es Joshua. »Wollen Sie nicht drangehen? Ist bestimmt ein weiterer nervöser Broker.«

Joshuas Blick ging ins Leere und er setzte sich neben seinen Bruder auf den nassen Boden. »Ich bin doch der *Master of the Universe. The One and Only.*«

Parker stellte das Champagnerglas auf das Tablett zurück, das ihm der Butler hinhielt. »Falls Sie beide rein zufällig einen neuen Job brauchen: Es wären da zwei Stellen bei *Bright and Tidy* frei. Die Fenster in meinem Büro müssten mal wieder ordentlich gereinigt werden. Interesse?« Er klopfte dem Butler freundlich auf die Schulter. »Haben Sie Ihre Sachen so weit gepackt, Archibald?« Der Diener nickte. »Dann lassen Sie uns gehen. Die Herren wollen bestimmt allein weiterfeiern.«

Als er die Tür erreichte, drehte er sich noch einmal zu den Zwillingen um, die in einer Lache aus Bier und Champagner saßen und vor sich hinstarrten. Ein Lächeln huschte über Parkers Gesicht. »Übrigens: Frohe Weihnachten!«

EPILOG

Holm wischte sich den Schweiß von der Stirn. Es war unerträglich warm im Konferenzsaal des neuen FAIR-Institutes. Immerhin war die Luft deutlich sauerstoffreicher als am Everest. Er fuhr mit dem Lichtpunkt seines Laserpointers über das Whiteboard, auf dem in einer Grafik eine Reihe farbiger Flecken hintereinander wie kleine Koralleninseln in einem blauen Meer projiziert waren.

»Wie Sie hier sehen, liegt Unbitrium, also Element 123, leider nicht auf der ›Insel der Stabilität‹. Allerdings ist seine Halbwertszeit von mehreren hunderttausend Jahren noch immer ungewöhnlich hoch. Daher konnten wir in dem Gestein, das ich vom Everest mitgebracht habe, auch noch etwas Materie dieses neuen Elementes nachweisen.«

Er machte eine Pause und ließ den Blick über die mehr als hundert Zuhörer schweifen, darunter sein ehemaliger Chef Dr. Bäumer, Pastor Camphausen, Harald Koch von *Physical Review C* und die unvermeidliche Gabi Sprondel. Sie alle waren gekommen, um ihn, den »Helden vom Everest« und neuen Leiter von FAIR, zu sehen. Und natürlich, um seine Geschichte über die Entdeckung von Element 123 zu hören. Er fuhr fort. »Auch wenn ich das von mir postulierte Element 126 im Himalaya leider nicht gefunden habe, so geht die Suche nach superschweren Elementen jenseits der Ordnungszahl 120 weiter. Hier im Institut und natürlich auch am Everest – vorausgesetzt, die Chinesen sprengen ihn nicht zwischenzeitlich. Meine Damen und Herren, ich bedanke mich für Ihre Aufmerksamkeit!«

Die Zuhörer standen auf und applaudierten lautstark. Er verließ das Rednerpult und ging auf seine Frau Dagmar zu, die in der ersten Reihe saß.

Sie sprang auf und umarmte ihn. »Ich bin so froh, dass ich meinen Holm wiederhabe, mein strahlender Held.« Sie drückte ihn noch einmal und küsste ihn innig.

Holm fasste seine Frau an beiden Armen. »*Strahlender* Held sagst du? Hoffentlich nicht. Viel hätte nicht gefehlt, und es wäre tatsächlich so gekommen. Wobei dann von mir nur radioaktive Asche übriggeblieben wäre.«

Dagmar tippte ihm leicht auf die Nase. »Ich muss mal kurz für kleine

Mädchen. Du bleibst schön hier, mein Liebling!« Sie drehte sich um und ging Richtung Waschräume.

Jemand knuffte ihn in die Seite. Er drehte sich um. »Ray! Pasang! Wie schön, dass ihr gekommen seid!«

»Den Vortrag von *Superman* wollten wir uns auf keinen Fall entgehen lassen«, meinte Ray schmunzelnd und überreichte ihm eine Flasche Whisky. »Das ist die Ersatzflasche für deine erfolgreiche Everest-Besteigung. Die machen wir später bei euch zu Hause auf. Dann feiern wir, dass es nur so kracht – aber nur, wenn Pasang mitkommt.«

Der Sherpa lächelte nur. »Danke für die Einladung, aber ich feiere eure ›erfolgreiche‹ Besteigung nicht mit und trinke auch keinen einzigen Tropfen von deinem Gift da. Denk dran, was Rob Hall einmal gesagt hat: ›Erwarte keine Medaille dafür, dass du den Berg bezwungen hast, denn der Berg hat dir als Belohnung dein Leben gelassen.‹«

Holm wischte sich Freudentränen aus den Augen und nahm seinen Kameraden in den Arm. »Du kannst dir nicht vorstellen, wie froh ich war, als ich gehört habe, dass du den Ritt die Lhotse-Flanke hinunter überlebt hast. Wie hast du das bloß geschafft?«

Pasang hob die Hände. »Das ist schnell erzählt. Ich bin mit dem chinesischen Soldaten als Unterlage den Hang runtergerutscht. Als ich unten ankam, war er tot und ich noch am Leben. Ich bin dann ins Basislager abgestiegen, aber da war keiner mehr. Anschließend bin ich schleunigst nach Lukla weitergegangen. Das ist alles.«

»Na, erzählen sich die Herren wieder Abenteuer vom Yeti?« Eine schlanke Frau mit langen blonden Haaren und in einem eng geschnittenen Hosenanzug gesellte sich zu der Gruppe.

»Gilda! Wie schön!«, rief Holm und drückte die Britin fest an sich. »Ich hatte schon befürchtet, dass dich wichtige Geschäfte in London aufhalten und du nicht zu meiner Feier kommen kannst.«

Sie winkte ab. »Für mich gibt es keine Geschäfte mehr. Ich habe bei B.I.G. gekündigt.«

»Nanu, warum?«

»Ich habe erst kürzlich erfahren, dass dieser hinterhältige Mistkerl von Parker von Anfang an gewusst hat, dass es kein Gold auf dem Everest gibt. Er hat mir damals absichtlich ein falsches Analysenzertifikat zu meinem vermeintlichen Goldfund ausstellen lassen. Er hat geahnt oder sogar gewusst, dass die Claytons auf meinen ›Fund‹ anspringen würden. Mich hat er als ahnungsloses Dummchen vorgeschickt, damit die Geschichte vom Goldberg für die Zwillinge glaubhaft klingt. Ich könnte mich für meine Naivität nachträglich ohrfeigen!«

Holm zuckte die Schultern. »Du kannst nichts dafür. Parker ist schuld. Ich habe gelesen, dass er jetzt vor einem Untersuchungsausschuss zu den Goldkursmanipulationen aussagen soll.«

Gilda verzog den Mund. »Das stimmt. Aber bei der ganzen Sache wird garantiert nichts rauskommen. Der Mann hat selbstverständlich von nichts gewusst, genauso wenig wie Peking. B.I.G. und die Chinesen haben mit den steigenden Goldkursen natürlich rein zufällig ein riesiges Vermögen gemacht. Leider mussten sehr viele Menschen dafür sterben.«

Ray senkte den Kopf. »Ich muss immer wieder an Andrew denken. Er könnte noch leben, wenn dieser tollwütige Hund von Fuzhou ihn nicht einfach erschossen hätte.«

Holm ballte die Fäuste. »Der Kerl liegt jetzt unter Tonnen von Schnee und Eis begraben. Vielleicht gibt ihn der Kangshung-Gletscher in hundert Jahren als Mumie wieder frei. Mir fehlt er nicht.«

Gilda atmete tief durch. »Ich könnte jetzt auch da unten liegen. Als ich an der Wand hing und das Seil durchgeschnitten habe, habe ich gedacht: alles oder nichts. So war die Spannung auf dem Seil plötzlich weg, und ich bin mit Müh und Not auf den Gipfel zurückgeklettert.«

Ray warf ihr einen fragenden Blick zu. »Hast du Otts Tod dabei in Kauf genommen?«

Gilda lächelte vieldeutig. »Ehrlich gesagt, der war mir ziemlich egal. Außerdem hat Holm für sein Ende gesorgt. Stimmt doch, oder?«

Holm senkte den Kopf. »Ja, ich habe meinen Kollegen um sein Leben gebracht.«

Dr. Bäumer kam von der Seite auf die Gruppe zu und räusperte sich. »Herr Terbergen, ich störe nur ungern, aber die Anwesenden warten auf die Führung durch das neue Institut. Könnten Sie hierzu bitte eine kurze Ansage machen?«

Holm blickte auf und tippte sich an die Stirn. »Ach ja, natürlich. Das hatte ich in dem ganzen Trubel vergessen. Tut mir leid. Ich hole das sofort nach.« Er kehrte zum Rednerpult zurück und klopfte kurz auf das Mikrofon. »Darf ich noch einmal um Ihre geschätzte Aufmerksamkeit bitten? In wenigen Minuten beginnt die Führung durch die Anlagen von FAIR. Unser neuer Mitarbeiter für Öffentlichkeitsarbeit wird Ihnen alles zeigen.«

Er deutete auf einen abseitsstehenden Mann mit Glatze, der missmutig zu ihm herüberblickte.

»Dr. Ott wird Ihnen gerne alles erklären und auch Ihre Fragen beantworten, solange es nicht um neue Elemente geht.«

Der Angesprochene kniff die Augen zusammen und schob mit ausgestrecktem Mittelfinger die schwarze Designerbrille hoch. »Natürlich, Dr. Terbergen. Wir werden die Führung gleich starten.«

Pasang stutzte. »Was ist denn mit dem passiert? Der ist ja richtig handzahm. Und wieso hast du eben gesagt, du hättest ihn um sein Leben gebracht?«

Holm legte den Kopf schief und schmunzelte. »Physisch betrachtet habe ich ihm sogar das Leben gerettet. Als Gilda das Fixseil durchgeschnitten hat, an dem die beiden hingen, drohte er jeden Augenblick abzurutschen. Ich habe dann kurz entschlossen meinen Eispickel durch den Ärmel seines Daunenanzugs ins Eis gerammt und ihn damit an die Kangshung-Wand genagelt. Anschließend habe ich das zitternde Häufchen Elend hochgezogen.«

Der Sherpa lachte. »Das war aber sehr edel von dir.«

»Abwarten, die Geschichte geht noch weiter. Nach unserer Rückkehr hat sich Dr. Bäumer Otts Experimente zu Nummer 120 genauer angeschaut und dabei einige ›Unregelmäßigkeiten‹ entdeckt. Er wollte ihn daraufhin rausschmeißen. Nur auf meine Fürsprache hin darf er bei GSI weiterarbeiten. G.OTT darf sich in der nächsten Zeit mit Besucherführungen rehabilitieren.«

Ray sog die Luft zischend ein. »Autsch. Das tut weh. Ums Leben gebracht durch kollegiale Barmherzigkeit. Ich an Otts Stelle wäre lieber richtig gestorben.«

Alle lachten.

Gilda boxte Holm sanft in die Seite. »Aber was ist jetzt mit deinem Element 126? Habe ich das richtig verstanden, dass der Stein, den du in meinem Zelt zurückgelassen hattest, nur ein möglicher Beweis für Element *123* ist?«

Holm kratzte sich nachdenklich am Kinn. »Ja, das stimmt, aber allein dessen Entdeckung ist schon eine Sensation. Ich werde aber nicht aufgeben und auf alle Fälle weitersuchen.« Er berührte den Zirkonanhänger an seinem Hals. Der Stein verströmte ein schwaches eisgrünes Licht wie von einer radioaktiven Quelle. »Irgendwo wird Nummer 126 schon stecken.«

--- ENDE ---

Feci quod potui, faciant meliora potentes.

NACHWORT UND DANKSAGUNG

Sie erinnern sich an die Geschichte mit dem Goldschiff Carmilhan, und was Archibald mir über Falkes Gefährten erzählt hat? Dass dieser spurlos in einer stürmischen Nacht verschwunden ist?

Nun, wenn Sie diese Zeilen lesen, sitze ich wahrscheinlich auf der Terrasse eines Bungalows mit Meerblick, irgendwo auf einer Insel in der Karibik, und genieße einen 2015er *Chablis Grand Cru Les Preuses.*

Meinem Bruder Joshua ist dieses Vergnügen leider nicht vergönnt. Er bewohnt derzeit für längere Zeit ein Apartment im *HM Prison Pentonville* im Norden von London.

Ich möchte die Gelegenheit nutzen, all denjenigen zu danken, die an dem Zustandekommen meines Berichts mitgewirkt haben, den Sie gerade unter dem Titel »Everest[126]: Das letzte Element« gelesen haben.

An erster Stelle gilt mein innigster Dank meinem Ghostwriter Cordt Coehne, den kennenzulernen ich bei einer Degustation auf einem französischen Weingut die Gelegenheit hatte. Cordt war von meiner Schilderung der Ereignisse am Everest so fasziniert, dass er sich spontan bereit erklärte, diese aufzuschreiben.

Außerordentlich dankbar bin ich den »Bilderbuch-Literaten« Claas Cordes und Selloua Bettaz, die Cordt stets mit ihren kritisch-konstruktiven Kommentaren unterstützt haben. Sie haben am Aufbau und der Gliederung meines Berichts wesentlich mitgewirkt und die eine oder andere stilistische Unebenheit wundervoll geglättet.

Meinen Dank für die unermüdliche Unterstützung und Mitarbeit von Dr. Tanja Lampa in angemessene Worte zu fassen, ist mir fast unmöglich. Als ausdauernde und höchstkompetente Lektorin hat sie das Manuskript einfühlsam und gewissenhaft überarbeitet, und es als Textschleiferin verstanden, die Erzählung sprachlich zu polieren. *Much appreciated!*

Nadjenka Borch bin ich außerordentlich dankbar für das Korrektorat. Sie hat mich in die Geheimnisse der deutschen Grammatik und Rechtschreibung eingeweiht. Als Engländer habe ich da etwas Nachholbedarf.

Nicht zu unterschätzen ist die Mitwirkung der Teilnehmer einer

Romanwerkstatt in Berlin. Namentlich erwähnen möchte ich Petra Tessendorf, Leiterin dieses Workshops, und deren Krimis ich Ihnen als Lektüre ans Herz legen möchte. Rainer, der mit seinem breit gefächerten Wissen mehrere Ungenauigkeiten in meiner Erzählung zu eliminieren wusste, war eine ebenso wertvolle Hilfe wie Carsten, dessen Neufassung von Schillers »Die Räuber« ich mit einiger Spannung entgegenfiebere. Weiterhin hat sich Andrea bei der Auswahl des Buchcovers als sehr engagiert und wegweisend gezeigt. Ellen gilt mein Dank für ihre inspirierenden Schilderungen von exquisiten Wohninterieurs.

Die Führungskraft eines renommierten Finanzinstituts hat mir all die unverständlichen Details zu Leerverkäufen, *Short Squeezes*, *Margin Calls* und anderen Unsinn erklärt. Wenn es Ihnen wie mir geht, und Sie dieses Finanzchinesisch ebenfalls nicht verstanden haben, schauen Sie doch gelegentlich auf Cordts Website (www.cordt-coehne.de) vorbei. Dort können Sie weitere interessante Informationen zu diesem Thema finden. Am besten tragen Sie sich dort in seinen Newsletter ein. Man erfährt darin unglaubliche Dinge.

Am GSI Helmholtzzentrum in Darmstadt durfte ich die beeindruckenden Anlagen besichtigen, in denen neue Elemente entstehen. Prof. Dr. Michael Block verdanke ich faszinierende Einblicke in die Welt der superschweren Elemente. Übrigens, die Personen, die im Buch als Mitarbeiter am GSI Helmholtzzentrum auftauchen, gibt es natürlich so nicht im realen Leben. Wenn Sie noch mehr über die Alchemie neuer Elemente, die Insel der (zunehmenden) Stabilität und Unbihexium erfahren möchten, empfehle ich ebenfalls einen Besuch von Cordts Website. (www.cordt-coehne.de)

Mein ganz besonderer und inniger Dank gilt Cordts Frau und seiner Tochter, die dieses Buchprojekt verständnisvoll begleitet und Cordt in jeder erdenklichen Weise unterstützt haben.

Ich hoffe, meine Geschichte hat Ihnen gefallen! Dann lassen Sie dies bitte auch andere Leser mit einer kurzen Rezension, z. B. bei Amazon, wissen.

Und wenn Sie Zeit haben, besuchen Sie mich doch bei Gelegenheit mal in der Karibik. Der Chablis ist kaltgestellt!

Ergebenst
Ihr Samuel Clayton

PS:

Bevor ich es vergesse: Meine Großnichte Thyra Jensen hat ebenfalls ein unglaubliches Abenteuer erlebt. Cordt Coehne hat sich breitschlagen lassen, auch ihre Erlebnisse aufzuschreiben. Mehr dazu – Sie ahnen es schon – finden Sie unter www.cordt-coehne.de.

Stay tuned!